魅丽文化 花火工作室

暗星 2

卿浅

著

江苏凤凰文艺出版社
JIANGSU PHOENIX LITERATURE AND ART PUBLISHING

图书在版编目（CIP）数据

暗星．2 / 卿浅著．-- 南京：江苏凤凰文艺出版社，2024.6

ISBN 978-7-5594-8394-2

Ⅰ．①暗… Ⅱ．①卿… Ⅲ．①长篇小说 – 中国 – 当代 Ⅳ．① I247.5

中国国家版本馆 CIP 数据核字 (2024) 第 008288 号

暗星．2

卿浅　著

出版统筹　曾英姿
责任编辑　周颖若
特约编辑　朵　爷　王小明
装帧设计　苏　荼　李　娟
出版发行　江苏凤凰文艺出版社
　　　　　南京市中央路 165 号，邮编：210009
网　　址　http://www.jswenyi.com
印　　刷　湖南天闻新华印务有限公司
开　　本　880mm × 1230mm 1/32
印　　张　10.5
字　　数　333 千字
版　　次　2024 年 6 月第 1 版
印　　次　2024 年 6 月第 1 次印刷
书　　号　ISBN 978-7-5594-8394-2
定　　价　46.80 元

目录

目录

第一章

没有人
能攻陷这里

洛朗家族。

这不是一个人的姓名，也不是地址，但这是一个足以震动全世界所有财阀和家族的名字。

在国内，有人不知道傅家、钟家，也有人不知道聂家、穆家，但绝对不会有人不知道洛朗家族。因为唯一一个业务遍布全球的国际银行便是洛朗家族麾下的产业，洛朗银行每天的流水收入要远远超过其他银行一年的流水，掌控着各个大陆的经济命脉。没有人知道洛朗家族的财富到底有多少，富可敌国也难以描绘。

快递箱子上的“洛朗家族”四个字，让钟老爷子和钟管家齐齐陷入了沉默之中。

半晌，钟老爷子才慢半拍地抬起头，打破了寂静，迟疑地问道：“洛朗家族……是咱们知道的那个在中世纪时期就已经风靡整个西大陆的家族吗？”

钟管家仿佛还在梦中，茫然地回道：“不……不是吧？”

洛朗家族是什么地位？世界第一家族！别说钟氏集团了，就算是云京的所有大豪门加起来，那也比不过洛朗家族。

洛朗家族亲自给他们钟家寄东西？传出去只会被当成一个笑话。

钟老爷子也觉得不太可能，又皱眉看了看，忽然间像是发现了什么，脱口说道：“等等！”

他立刻拿出手机，在搜索栏里输入了“洛朗家族”四个字。页面首先出来的就是洛朗家族的发家史：洛朗家族兴起于15世纪，一直到18世纪中期都是西大陆最强大的名门望族之一，人才辈出。洛朗家族统治着特兰西——这个西大陆最大的中心城市，长达三个世纪，并且在这几百年间，洛朗家族还资助过不少文艺巨匠。让整个世界如雷贯耳的奇诺·冯，背后就有洛朗家族的支持，如果没有洛朗家族，恐怕奇诺·冯的艺术天赋再好，也依然会被埋没。

但不知道因为什么原因，在18世纪中后期的时候，洛朗家族突然在一夜之间倾覆，几乎是直接消失了。而在这近一百年，这个古老的家族才重新出现在众人的视线之中，并以迅疾之势掌控了各个大陆的经济命脉，将洛朗银行开遍全球。洛朗家族的兴衰转折，至今仍是一个未解之谜。

这些历史课本上会学的史实，钟老爷子也很清楚，没必要再多看，他又翻开了百科的相册，终于找到了他要查的图。图片上一个金色的王座，配着一顶王冠，神圣风华，不可侵犯，彰显世界第一家族的强大与昌盛。

这是洛朗家族的族徽，和钟老爷子在快递箱子上看到的图案一模一样。

洛朗家族麾下的产业和势力遍布全球，还真没人敢胆大到冒充洛朗家族。

钟老爷子再度沉默，随后嘀咕了一声："还真是洛朗家族寄来的。"

果然是见鬼了，可洛朗家族为什么会给他们寄东西？

"老爷！"钟管家捡起一张卡片，"这里还有一张信卡。"

钟老爷子接过一看，认真地想了想后，问道："咱们这里有叫'可乐奶茶薯条'的人吗？"

重点是谁会取这样的名字？这是有多能吃？肯定是个小胖墩。

钟老爷子带着疑惑，接着往下看，信卡上是很好看的手写体。

"致亲爱的可乐奶茶薯条，您要的王中之王冰种翡翠已经送到，这是我家主人的一点心意。如果有可能，希望能和您认识一下，期待未来的某一天，能在特兰西看到您的身影。届时，我家主人将和您把酒言欢。"

落款是乔布·洛朗。

"冰种翡翠？"钟老爷子愣了一下，神情倏尔严肃起来，"这里面是冰种翡翠？"

钟管家吃了一惊："老爷，表小姐好像说，今天会有快递送来，会不会是……"

大门在这时被敲响，一个女孩走了进来，她颔首喊道："外公，管家爷爷。"

"子衿来了啊。"钟老爷子推了推老花镜，高兴地说道，"快过来看看，这是不是你的快递？"

听到这话，嬴子衿看了一眼包装堪称风骚的箱子，神情顿了顿。几个世纪过去，看来这位洛朗家主的风格并没有什么变化，依然喜欢金光闪闪的东西。

她自然知道她发出去的悬赏是洛朗家主接下的，既然他接下了这个悬赏，其他用户便不会去争夺了。NOK 论坛隐藏板块的用户们都会刻意隐藏自己的身份，唯独洛朗家族不会，这个家族从上到下都是十分高调的作风。

嬴子衿微微点头："是我的快递，谢谢外公帮我签收。"

“这有什么好谢的？”钟老爷子犹豫了片刻，还是按捺不住好奇开口询问，“子衿，你和洛朗家族的……掌权人认识？”

信卡上写的“我家主人”，这主人是谁不言而喻。

嬴子衿稍稍沉默，才说道：“他们是做生意的，只要有钱，就能买到。”

钟老爷子细细一想，觉得也是。是有那么一个传闻，说洛朗家族的掌权者视财如命，是那种要躺在金子上才能睡着的人，谁给他钱，他就会和谁称兄道弟。想到这里，钟老爷子长长地舒了一口气。

原来是这样，方才真的是吓到他了，他还以为他外孙女已经厉害到打入洛朗家族内部了，可想想也是，洛朗家族的大本营远在特兰西，和南宜不知道隔了几万千米。

钟老爷子又皱眉问道：“子衿，这冰种翡翠是怎么回事？”

“现在找不回十方界，”嬴子衿轻描淡写地说道，“我想重新雕刻一个。”

“重新雕刻？”钟老爷子一愣，“怎么雕刻？”

“嗯，有手就行。”

钟老爷子心塞，外孙女又拿他开玩笑了。

“外公放心，四天后，十方界会完完整整地交出去的。”嬴子衿安抚了一下钟老爷子，随后提起箱子，朝着楼上走去。

钟老爷子还有些魂飞天外，好一会儿，他才回过神来，意识到了一个问题——两个成年男性一起才能搬动的箱子，他外孙女怎么一个人单手提走了？

二楼，书房内。

嬴子衿没有用工具，徒手将箱子拆开，将里面的翡翠原石搬到了桌子上。

冰种翡翠是翡翠里的王中之王，呈透明色，因此得名“冰种”。原石的杂质越少，质地越好，这块冰种翡翠连半点杂质都没有，比真正的十方界所使用的原石还要珍贵。

嬴子衿从背包里拿出早已准备好的雕刻刀和其他雕刻工具，她没用尺子，就直接用肉眼测量这块冰种翡翠。

十方界之所以能够成为翡翠斋的镇斋之宝，就是因为在这块并不大的原石上，雕刻师雕刻出了八十八个玉人，每一个都栩栩如生，技艺巧夺天工。五十年前，那位玉雕大师耗时了三个月，在五个学徒的帮助之下，才将十方界雕刻完成。这也难怪DK集团将十方界盗走之后，这么肯定他们拿不出来了。

但对嬴子衿来说，四天的时间重新拿出一个十方界来，是可以完成的事情。她其实没学过国内古代的雕刻，是中世纪的时候在西大陆学的，不过艺术无国界，一切都是通的，她可以继续学。

嬴子衿垂下眼睫，拿起雕刻笔，比对着图片，先开始在翡翠原石上刻画出玉人的模样。

整整一天一夜，嬴子衿都把自己关在房间里。

钟老爷子上去过几趟，却连门都没能进去。他也不知道外孙女到底在里面捣鼓什么，她就是不让他看。就在他生怕她累坏了身体的时候，大门的门铃声响起，又有客人造访钟家。

钟管家从厨房出来，匆匆去开门，见到来人，他一愣："小七少爷？"

"管家爷爷好。"傅昀深懒懒抬眼，打了个招呼，笑了笑，"我来得匆忙，没带什么东西。"

"不用带，家里什么东西都有。"

钟管家把他请进来，喊了一声："老爷，小七少爷来了。"

"滚滚滚！"钟老爷子眼睛一瞪，没好气地说道，"说，你是不是替你爷爷来偷我家蛋糕的？"

傅昀深一愣。

他还真没爷爷这爱好，也不知道以前爷爷到底是怎么厚着脸皮下手的，偷零食偷得都让钟老爷子留下心理阴影了。

傅昀深很有礼貌："钟爷爷，我来看看夭夭。"

出乎傅昀深的意料，钟老爷子竟然没赶他，反而毫不犹豫地答应了："行啊，你上去吧，二楼右手边第四间房。"

"谢谢钟爷爷。"傅昀深颔首道谢，抬脚上楼。

瞧着男人修长挺拔的背影，钟老爷子哼了一声，他外孙女都不让他这个当外公的看，还能让这个臭小子看不成？一会儿这个臭小子就会因为进不去门而下来，然后灰溜溜地离开。

傅昀深并不知道钟老爷子抱着这个想法，他走到书房门前，抬手敲了敲门，唤道："夭夭？"

屋子里没有回应。

傅昀深眉心微动，侧耳倾听。他耳力极好，听见里面传来了平缓的呼吸声，是嬴子衿睡着后才会有的呼吸频率。他握住了门把手，体内属于古武者的内劲一动，门锁咔的一声开了。

书房里，女孩趴在桌子上，头枕着双臂，显然是累极了，已经沉沉睡过去。

晨光从窗外照了进来，落在她的身上，洒下淡淡的金辉。她睡着的时候褪去了素日的冷淡，多了几分乖巧，也只有这个时候，她才会流露出女孩独有的那种柔软。

傅昀深偏头，看见了桌子上还未完成的玉雕。一天一夜的时间，嬴子衿却已经完成了一半。他眼睫垂下，很轻地笑了一声，小朋友还挺固执的。

男人走过去，弯腰将女孩横抱起来，把她送回了卧室。随后，他又折返回书房，静静地看了桌子上的雕刻品几秒，修长的手指拿起了雕刻刀。

夭夭这个年纪的小朋友，应该多休息休息，养了这么久才让她身体恢复了一些，他总不能让她累着了。

剩下的事情，就让他来完成。

此时此刻，青致学院。

因为需要连夜雕刻翡翠原石，嬴子衿请了一个礼拜的假。

其实在导师们眼里，身为（19）班这个特殊班级的学员，不请假直接离校才是正常的，这导致副院长拿到请假条的时候都惊讶了，他专门跑到校长室去求证："校长，您看这是真的吗？竟然有（19）班的学员写假条请假！"

"哦，这个啊，"校长点头说道，"是真的。昨天我给嬴同学打电话，她也跟我说了一声，按照校规登记即可。"

贺珣就在一旁坐着，先前他正在和校长商量诺顿盟校内部面试的事情，闻声也瞥了一眼，眉头皱起。

临近考试，嬴子衿还请了一个礼拜的假，这样的学习态度，还想在期中考试里有一门及格？他真是不知道说她什么好。

贺珣很年轻，当老师的时间并不长，但因为一上来就带国际班，所以他见过的学员在学习上都极其认真。如果不是因为邓老师去西大陆出差，让他给精英院代一周的外语课，他还真没见过嬴子衿这样占着青致精英院最宝贵的学习资源，却还能学得那么差，自身又不努力，上课只知道睡觉的学员。

贺珣的神情愈加冷淡，连带着对嬴子衿的印象又差了不少。

副院长没注意到贺珣的神情变化，颇为欣慰地说道："校长，您别说啊，最近（19）班真的好了不少，都出来做早操和听讲座了，我都怀疑他们是不是集体做梦后觉醒了。"

校长这一段时间震惊的次数很多，已经能够保持镇定了："你少看一点网剧，小心让学员们知道了，你副院长的形象就没了。"

副院长一噎，拿着假条麻溜地走了。

校长重新看向贺珣，发现了他情绪上的异常，不由得眉头一皱。他知道贺珣对嬴子衿有很大偏见，也没想过这件很普通的事情偏偏被贺珣听到了。

虽然贺珣根本不会踏足（19）班，但校长总觉得他一直带着这种偏见去当一个老师，并不是一个好习惯，有些事情还是有必要同他说一说。何况最近嬴子衿进步神速，虽然学习上还差了不少，但在艺术上的天赋不可埋没，说不定在期中考试中她真就成了一匹黑马呢？

校长一直坚信，只要给学员们足够多的鼓励和支持，即便是习惯再差的学员也会迷途知返。

他推了推眼镜，神情和蔼地说道："贺老师，事情是这样的，嬴同学她家……"

"校长，她不是我的学员，她的事情我也没资格管，您也不必和我说了。"贺珣打断了校长，淡淡地说道，"我们还是接着说正事吧。"

他还要给国际班备课，并没有多余的时间耗在别的地方，他只希望日后他的耳根能够清静，不再听到任何有关嬴子衿的事情。

另一边，精英院二年级。

钟知晚拿着笔，却一直都没有动。她呆愣地看着桌子上摆着的习题集，思绪混乱，时不时地回想起那天在钟家发生的事情。

钟知晚作为青致三女神之一，人气一直很高，见她这几天都是一副魂不守舍的样子，精英院的同学们都很关心她。

陆放作为钟知晚最忠实的追求者，自然不会放过这个献殷勤的机会：“知晚，你没事吧？有什么事你说出来，我们帮你解决。”

“是啊，钟女神，有事别藏在心里，会把自己憋坏的。”

“知晚，你是因为翡翠斋的事情吗？嗐，这有什么可焦虑的，你现在是学员，最主要的工作是学习，钟氏集团管理层那么多人，还轮不到你去操心。”

这句话没有任何问题，但听在钟知晚耳朵里，就让她更加难受了。她当然知道这跟她无关，以她的能力，她也插手不了集团的事情，可因为嬴子衿的出现，让她在钟老爷子心中的地位直线下降。如果单单是艺术节比赛输了，钟知晚还能接受，她不能接受的是钟老爷子居然带着嬴子衿去公司，却不让她插手公司的半点事情，凭什么？

钟知晚低着头，没理会其他人的关心，一时间心乱如麻。

“知晚，你就别担心了。”同桌的女生知道她身上发生了什么事，安慰她，“再怎么说，嬴子衿也只是一个外人，你爷爷一时被迷了心窍而已。再说了，你爷爷不让你接触公司也是好事，他们大人都忙得焦头烂额，怎么会把负担扔给你？”

钟知晚抿了抿唇，心中的郁结之气终于散了些许。

“知晚，你只需要安心学习就好了，拿个第一回去。”女生又说，“你还不知道吧？这马上就到月底的期中考试了，嬴子衿居然请了一周假。她成绩原本就差，上课的效率也不高，我看她到时候是得给你当众道歉了。”

钟知晚闻言，淡淡地笑了笑：“她或许有自己的事情要忙，原本她也不学习。”

“可不是吗？”女生摇了摇头，“她要是再这样下去，指不定哪天就被学校开除了。”

钟知晚神情平静，并没有再接话，却把这句话记在了心里。她们本就不是一个世界的人，她委实没有必要自降身份，再和嬴子衿去计较什么。

太阳俯瞰大地，阳光宛若熔化的赤金一般，在地面上缓缓流淌，树叶也染上了一层淡淡的金色。

几天的时间眨眼而过，今天是钟氏集团和DK集团对赌协议定下的日子。依旧是在那间签下赌约的会议室，只不过DK集团这一次来的不只是尤金一个人，还有集团的首席执行官——安德鲁·布鲁斯。

在安德鲁的示意下，尤金站起来，微微一笑："五天的时间已经到了，不知道贵方是否已经找回了十方界？我们也好付剩下的尾款。"

听到这句话，钟氏集团的股东们脸色都很难看，他们连十方界在哪儿都毫无头绪，更不用说找到它，DK集团给的五天时间，分明只是羞辱而已。

钟老爷子坐在长桌首位，并没有说话，目光沉沉。

见到他们这副神情，尤金已经明白了一切，事情也在他的掌控之中，他的笑容加深了些许："看来，钟氏集团还是辜负了我们的信任，很遗憾，对赌协议生效，翡翠斋将由DK集团接管。"

尤金这话一出，股东们脸色突变，对赌协议在签下的那一刻，就已经产生了法律效应。

安德鲁坐在钟老爷子对面，他什么也没说，只是颔首微笑，仿佛一切都已胜券在握。

这时，一个股东站了起来，朝着钟老爷子笑了笑，说："之前钟董说，如果输了，就自请下台，那么一会儿麻烦钟董签一下股份转让书吧。"

说话的股东乃是钟天云一派，一直等着钟老爷子下台的这一天。

闻言，一个中年股东勃然大怒："就算钟叔下台，你以为你就能撑起钟氏集团了？"

"这就不是你要操心的事情了。"又一个股东开口，轻蔑说道，"何况，这可不能怪我们啊，谁让我们一直英明神武的钟董偏偏这一次把翡翠斋的生死和自己的命运，交给了一个什么都不懂的嬴家养女？"

真是作茧自缚，自寻死路。既然钟老爷子已经老糊涂了，那么确实没资格再掌管钟氏集团，这董事长的位置也尽快让出来为妙。

"哦，对了，我记得这份协议是钟董的外孙女签的？怎么，她一手签的对赌协议，她自己却不来了？"尤金看了一眼会议室的门口，意有所指地问。

初生牛犊不怕虎，他佩服嬴子衿的勇气，可她终究还是太年轻了，如此不知轻重，好高骛远，这份勇气便也成了鲁莽，竟然还大开口要他们

DK 集团价值三亿的大单子，结果现在倒是连人都不敢出现了。

尤金摇了摇头，似是惋惜叹道："太可惜了，如果她没有——"

砰！

巨大的响声打断了他的话，会议室的门开了，这种关键时刻话到嘴边却说不出来的熟悉感，把尤金的记忆拉回了五天前。

彼时女孩携光而入，她走进来的时候，步履不疾不徐，眉目却寒凉如雪，目光如刀，让人生生有种喘不过气来的感觉。

尤金的笑僵住，一点一点地敛起。他一回头，果不其然地再一次看到了嬴子衿。

女孩似乎是才睡醒，长长的眼睫上还凝着水雾。她身上穿的衣服也不是什么大牌或者高定，只是普通的 T 恤和牛仔裤，动作懒散至极，看起来完全没有什么修养可言，丝毫不像豪门圈的千金小姐。

安德鲁也瞧见了，微不可察地皱了皱眉。

南宜豪门培养出来的千金名媛自然不会这么暴躁没有风度，难怪只是一个养女而已，虽有一副好皮囊，可在他们这种掌握着权与利的人眼中，美色也不过是可以随意交换的资源而已，并非什么优点。但他还是要好好感谢这位嬴小姐，若非她鲁莽行事，一意孤行，他还无法这么顺利地得到翡翠斋。

思至此，安德鲁整理了一下领带，站起来朝嬴子衿微笑着说道："这位就是嬴小姐吧？我还没有多谢嬴小姐替 DK 集团拿到了翡翠斋，不知嬴小姐今晚有没有空？我想请嬴小姐在汉阁用餐。"

这句话分明是在离心。果不其然，这话音一落，不少钟老爷子一派的股东都变了脸色，外孙女亲手把外公悉心打造了很多年的产业赔了出去，这算什么？

一直未曾开口的钟老爷子终于出声，不冷不热地说道："我知道我的外孙女长得好、品格好，哪里都好，但你也没必要用这么老套又恶心的搭讪方式。我外孙女才二十岁，你都快四十多岁了，看看你满脸的皱纹，老男人不配，滚远点！"

安德鲁的笑瞬间敛起，神情顷刻间沉下。

会议室里安静一片，股东们也陷入了沉默。虽然他们很想反驳钟老爷子，但不得不承认，有种美是真的看一眼就无法忘怀，嬴子衿的美还要在这之上。可都到这个时候了，钟老爷子还说这种话，不怕惹怒了 DK 集团，再让钟氏集团血本无归？

“钟叔，您悠着点，别说这些话了。”中年股东看不下去了，压低声音说道，“我知道您脾气火暴，但您忍忍，别在这种时候火上浇油啊。”

钟老爷子冷笑了一声：“我忍了那还是我吗？”

中年股东一噎，打扰了，他闭嘴，老爷子就是一个煤气罐，一点就炸。

“钟董老当益壮，是我话说错了，我只是想谢谢嬴小姐。对了——”安德鲁忽然笑了笑，“听闻嬴小姐是从贫困县来的，听不懂外语，但真是抱歉，我除了母语，并不会你们的语言。”

他虽然这么说着，却丝毫没有要道歉的意思，面上尽是轻蔑之色。他还以为能签下对赌协议的人有多么了不起，没想到只是这样一个仅有容貌脑子空空的花瓶，真是太让他失望了。

钟老爷子面色沉下，彻底忍不了了。就在他要发怒的时候，一只手按住了他的肩膀，这只手的力度并不大，却有十足的安全感。他一愣：“子衿，你——”

嬴子衿微微抬眼，视线和安德鲁对上，很随意地开口：“Nulli expugnabilis hosti（没有敌人能够攻陷这里）。”

整个会议室因为这一句话，忽然安静一片，有几个能够听懂发音的股东惊疑不定地看着女孩，满眼震惊。嬴家的一个养女，怎么会懂这种语言？

“什么？”安德鲁则是着实地愣了一下，完全没有反应过来。

“没听懂？”嬴子衿颔首，神情淡淡，语调依然没有什么起伏，这次她换了安德鲁的母语，语速流畅，“可惜了，以为你来自西大陆，会懂得多一点。”

言下之意，你也不过如此，既然你不懂，只好用最简单的外语和你交流了。

安德鲁的脸色瞬间难看至极，在这么多人的注视下，他仿佛芒刺在背，狼狈不堪。别说听懂了，他竟然都不知道女孩说的是哪一国的语言，不是他的母语，也不是西大陆任何一个国家的语言，但偏偏又有那么一点像。

钟老爷子咳嗽两声，清了清嗓子，他心里已经乐开了花，但面上的神情很严肃，问道："这句话什么意思啊？"

"钟叔，您高估我了。"中年股东叫苦不迭，"我也就只会全球通用的语言，可能嬴小姐说的是西大陆哪个小国家的语言？"西大陆国家众多，绝大部分用的是国际通用外语。

"唉——"钟老爷子深沉地叹了一口气，"瞧见了吧，我外孙女就是厉害。"

中年股东无言，心想：都没人听懂，谁知道是不是随口瞎编的？

"钟董倒是养了一个好外孙女啊。"安德鲁慢慢地平复了一下情绪，冷冷地说道，"其他的事情我也没兴趣和你们多说，现在就请钟董把翡翠斋的地契和交易证书拿出来吧，我们也好签合同。"

中年股东的神情一变，脱口说道："钟叔，我们——"

他后面的话还未出口，有两个人在嬴子衿的吩咐下搬着一个大箱子走进了会议室，并把箱子放在了桌子的中央。

看到这个箱子，尤金心里忽然有一种不好的预感，钟氏集团不会真的把十方界找回来了吧？不，当然不可能，他们可是请了世界排行前五的神盗团队里的神盗，才将十方界盗走。方才他的下属还来禀报说十方界就在他们仓库里，绝对不可能有人带走，估计是拿了什么赝品来糊弄他们。

尤金不以为意地笑笑："嬴小姐这是什么意思？您找到了十方界？"

嬴子衿没理他，而是看向安德鲁，淡淡地吐出两个字："打开。"

羞辱不成反被嘲讽，安德鲁的心情极差，他渐渐冷了脸，更多的是好笑："你命令我？"

嬴子衿扔下一把裁纸刀，啪的一声绷断了人的神经："让你打开。"四个字冰冰凉凉，不容置疑。

"老板，我来，"尤金抹了一把冷汗，忙说道，"您别生气。"他心中越来越不安，但反正他们都要拿到翡翠斋了，没必要再计较这些。

安德鲁微微地哼了一声，后退一步，表示自己大度。

尤金拿起裁纸刀，开始拆箱子。箱子并不难拆，十几秒的工夫，他就打开了。然而一低头，他瞳孔猛地收缩了起来，目光也在瞬间凝固了，面上满是难以置信，双手都在颤抖，声音是从喉咙里挤出来的："不，这不可能，这、这怎么……"

"什么不可能？让大家都看看啊，一边去。"中年股东上前，一把将尤金推开，自己又哼哧哼哧地将箱子的四边都裁掉了。

这一下，箱子里的东西彻底暴露在了众人眼前，在开启的那一瞬，有光耀目。那是一个半人高的玉雕，玉雕下面配了一个雕花支架，玉石剔透，比玻璃还亮，光泽照人，八十八个玉人神态各异，表情生动，在雕刻师的手下，像是活过来了一样。

这不是十方界又是什么？

会议室一片死寂。

钟老爷子霍然起身，死死地看着这块玉雕，也震惊了。

能够看出不是十方界的，只有钟老爷子一个人，毕竟他看管了十方界这么多年，哪怕有一点变化，他都不会发现不了，更不用说这块玉雕明显比真正的十方界还要精致，技艺也要更高超。

钟老爷子并不傻，他只是稍稍地联想了一下嬴子衿这几天的行动，便知道发生了什么，不由得捂住了自己的胸口。所以说这段时间他外孙女把自己关在房间里，真的是在雕刻十方界？雕刻大师需要三个月才能完成的作品，他外孙女四天就完成了？

钟老爷子因为过度震惊而僵在原地。

自然，受到冲击最大的还是安德鲁，他直接失态了，脱口而出："这不可能！"十方界明明还在他们的仓库，怎么可能又出现在这里？

安德鲁忍不住怒吼出声："这是假的！一定是假的！你们竟然敢用假的十方界来骗我！"

他这句话却连自己都说服不了，单单是这块翡翠原石的颜色，就绝对是顶级冰种翡翠，根本无法造假，更不必说如此高超的雕刻技术，也无法模仿。这到底是怎么回事？

"胡说八道！"中年股东也好不容易才回神，他一拍桌子，大声说道，"睁大你的眼睛看清楚，这就是十方界！现在你们是不是应该把三亿的单子给我们？"

很好，从现在开始，他宣布，这位嬴小姐就是他的偶像了。

中年股东顿时有些羡慕钟老爷子居然有一个这么厉害的外孙女，连十方界都能找回来，还有什么事情是她办不到的？

安德鲁恼火不已，更多的是羞怒，他色厉内荏地说道："既然十方界已经找回来了，到时候剩下的尾款自然会打到钟氏集团的账户上。至于那三亿的订单，你们想都不要想。”

让出去三亿的订单，DK 集团一年之内别想再进展半分了，而在商界，一年的时间足以风云变幻。

安德鲁冷冷一笑，径直起身就要离开这里，他不信，钟氏集团还有人敢拦他了。

嬴子衿抬头，淡淡地看了他一眼，言语是一贯的言简意赅：“接电话。”

“什么接电话？”安德鲁不耐烦地说道，“都说了，三亿的大单子你们不可能拿到，异想天开！”

他朝着门外走去，刚迈出一步——

丁零零！西服上衣口袋里突然响起了铃声。

安德鲁的脚步猛地一定，手颤了颤，才将手机拿了出来。他定睛一看，这是一个来自西大陆的跨洋电话，但没有任何标注，显然不是他认识的人，也不在他的通讯录之中。

安德鲁当真奇怪不已，他在南宜的事情并不是什么秘密，毕竟是他让 DK 集团华国总部发了那条微博，推钟氏集团上热搜，制造舆论，这样一来，他拿下翡翠斋不仅不会被说什么，反而会赢得一片褒奖。

但他没想到的是，五天之内，钟氏集团竟然真的又拿出了第二个十方界，而且这个跨洋电话又是怎么回事？

安德鲁有些困惑，但还是接了起来：“喂？”

电话那头不知道说了什么，他只听了一句话，脸色瞬变。

尤金站在一旁，瞧见自家老板的表情不对劲，心里那抹不好的预感越来越盛，压低声音询问道：“老板，怎么了？”

钟老爷子和其他股东也都看了过来，皆是一副看热闹的表情。

安德鲁冷汗涔涔，哪里还有先前目空一切的样子。他面色惨白，都不知道是怎么把后面的话说出来的，声音颤抖道：“是……是 IBI（国际调查总局）！”

尤金大惊失色：“……IBI？”

钟氏集团的股东们也很震惊，他们自然听过 IBI，只是从来都没有接触过。

IBI 专门打击国际上的违法犯罪行为，抓捕国际罪犯，维护世界和平。IBI 除了代表着国际调查总局的全称 International Bureau of Investigation，还寓意了三个美好的品德——

I，Insist，坚持。

B，Bravery，勇气。

I，Integrity，正直。

在国际上游走的那些神盗团队，就是 IBI 重点打击对象之一，只是因为神盗大多时候来无影去无踪，IBI 调查追捕起来也很困难，所以神盗团队才更加肆无忌惮，尤其是排在前几的那几个神盗团队，就没有一个成员被 IBI 抓到过。因此安德鲁找到神盗团队，让他们把十方界从翡翠斋里偷出来，根本没有考虑过 IBI 这一因素。

那么久都没被抓到，总不会在给他们做任务的时候，这些神盗就被抓住了吧？事实证明，有时候就是这么巧，这个电话正是国际调查总局的一个 A 级探员打过来的。

DK 集团让那伙神盗将十方界运到了西大陆的一个小公国境内，还专门藏在了郊外一个放谷物的仓库中，但现在仓库已经被 IBI 找到，几个神盗也全部被抓了起来。而作为和神盗团伙有交易的 DK 集团，自然也逃不过 IBI 的处罚。连 IBI 都惊动了，可见这桩盗窃案有多大的影响。

安德鲁忘记了对方是什么时候挂掉电话的，他又是怎么听完了这位 A 级探员的话，现在的他整个人陷入了无尽的恐慌之中。

他们做得十分隐秘，请的还是顶级神盗，为此花了不少佣金，IBI 到底是怎么追捕到的？但这些都不重要了，重要的是从 IBI 发出逮捕令的那一刻起，世界上任何一家公司都不会再和 DK 集团合作，他们彻彻底底地失去了所有信誉。并且因为对赌协议，他们将一个高达三亿的大单子拱手相让，不仅如此，从今天开始，DK 集团的高层及相关人员还会成为 IBI 重点观察对象，只要有一点点异常，后果就会不堪设想。

安德鲁后背的衣服都被冷汗浸透了，他勉强稳住身子，却还是不住地发抖。

“哟，IBI 说什么了，怎么把你小子吓成这样？不会是要把你公司查封了吧？”终于得了机会，中年股东可劲儿地嘲讽，他竖起了一个大拇指，夸奖道，“连 IBI 都惊动了，你小子厉害啊。”

安德鲁连一个勉强的笑都挤不出来了，他根本没心情也没面子在这里多待，只想尽快离开这里，可腿此刻僵硬无比，连一步都无法迈出。

尤金的情况也十分糟糕，他只是个员工，一切都按命令行事，怎么就要被 IBI 列入监控名单之中了？

嬴子衿并没有看安德鲁，她朝着钟老爷子微微颔首说道："外公，我先走了，您也忙了这么多天，一会儿记得好好休息。"

"好好好！"钟老爷子蓦地从思绪中回神，忙站了起来，说道，"子衿，外公派人把你送回去。"

"外公，不用了，有人来接我，您还要忙后面的事情。"嬴子衿委婉地拒绝了钟老爷子的好意。

钟老爷子点头说道："那行，我让管家给你炖点汤喝，你也得好好休息，先别急着回去上课。"

嬴子衿轻轻点头，走到会议室门口的时候，她停下了脚步。其他人的视线一直集中在她身上，见她停下，也都不约而同地紧张了起来。

"忘了告诉你刚才那句话的意思，意思是——"女孩回头，眼神凉淡如雪，"没有敌人能够攻陷这里。"

Nulli expugnabilis hosti。

没有敌人能够攻陷这里。

谁都不例外。

与此同时，大洋彼岸。

西大陆的某个小公国，一个谷物仓库门口。

几个神盗手抱着头，蹲成了一排。在他们旁边，IBI 派过来的几个探员正彼此低声交谈。

"本来还不知道头儿为什么在这个时候让我们来这里，现在算是明白了，这几个人总算是被咱们逮到了。"

"是啊，谁会想到他们在这种偏远的地区？也真是会藏。"

这个神盗团队就在 IBI 的通缉名单上，只是一直没抓到，探员们也调查了很久，但因为缺少线索总是无功而返，这让他们又急又气。这些神盗委实太狡猾了，也不知道到底是哪里祖传的偷盗技艺，溜得比蛇都快。这一次总算是让他们抓到了，一会儿就把这些神盗送到 IBI 总部，全部关起来。

“哎，不过话说回来，头儿怎么知道这几个家伙在这儿？”一个探员忽然问，“就咱们头儿那水准，也抓不到啊。”

另一个探员将声音压得更低，说：“我路过的时候，听见头儿和另一位长官交流，好像是一位黑客将这几个神盗的踪迹发了过来，头儿顺着一查，发现果不其然，就把我们派过来了。”

“黑客？哪里的黑客。”

“只能是黑客联盟的成员了，除了他们，其他黑客都没这本事。哦，黑客排行榜上有几个黑客也能办到，不过他们不会管这种闲事，所以——”

等等！这个黑客联盟里的一些黑客，好像也是他们要追捕的对象吧？

探员们神情茫然，面面相觑。

监控屏幕外，某黑客猛吃了一大口泡面，看着画面里那几个目光呆滞的探员，打了个饱嗝，嘀咕了一声：“我差点就被抓了，要不是我机智跑得快，肯定会被这几个探员发现。”

他其实什么违法的事情都没干，只是某一天他闲得没事，心血来潮入侵了一下 IBI 总部，破开系统防火墙后，把一位探长的花边视频给放了出去，但很快就被全网删除了，所以他还挺可惜的。

不过 IBI 这一次可是猜错了，把神盗们的踪迹录像图传到 IBI 总部的不是他，而是嬴子衿，他只是做了一下最后的收尾工作。他堂堂黑客联盟的老大在傅昀深的威逼之下屈才做这种事，传出去都会被 NOK 排行榜上的其他人笑话。

某黑客唉声叹气，又撕开了一袋新的泡面。

DK 集团和钟氏集团的对赌协议在热搜上挂了一天，网友们都在持续关注这个热点话题，他们等待今天已久，只想知道最后到底谁输谁赢。

并没有人看好钟氏集团，网友们一致认为钟氏集团输定了。几天前有人把十方界的照片上传到了微博上，评论都在惋惜这件绝妙的雕刻名作竟然就这么失落了。即便是半点不懂雕刻的人，也能看出来十方界的不凡。

“钟氏集团把十方界找回来了吗？找不回来的话，自家的产业是不是就要输出去了？”

“肯定没找回来啊，要是找回来了，钟氏集团的官方微博还能没有半点动静？”

“到底有没有找到啊？这可是国际对赌，不要丢我们的脸行不行？”

“知情人表示没找回来，我叔叔就在钟氏集团工作，今天早上他看到一众集团高层的脸色都很难看，集团高层和 DK 集团的首席执行官进了会议室，到现在还没有出来。不过话说回来，你们知道这份对赌协议是谁签的吗？就是前一阵告过嬴露薇粉丝的那个嬴家养女，当时真相没出来前，钟氏还为她发声了，估计她和钟家的关系也不错，但谁能想到她居然能够代表钟氏集团签这么大的赌约？我真是服了这个养女，一天到晚正事不做，只会捣乱，现在好了吧，把翡翠斋都给赔了出去，她还有脸继续靠着钟家吗？”

这条爆料立刻吸引了网友们的注意力。

“不是吧不是吧，还能这样？我想不通啊，钟氏集团那么多人，至于让一个外姓人插手公司大事吗？”

“上次钟氏集团给嬴家那个养女发声的时候，我就说肯定有什么不可见人的交易，现在钟氏集团傻眼了吧，翡翠斋没了，哈哈哈哈！”

“钟氏集团都没说什么，你们一天到晚闲得慌去管别人？家住海边啊？管得比谁都宽！嬴妹妹已经够低调了，就这还能被波及？她的微博也不发了，我现在连猪都看不到了。”

“啊，这……难道对赌协议不是她签的吗？为什么不能提？她有什么厉害之处吗？一个养女哎，竟然都有人出来维护了？”

“有一说一，对赌协议这件事情，她确实做得有欠考虑，可能是年纪小什么都不懂，意气用事了。”

“年纪小可不是借口，我读小学时都知道不是自己能干的事情就少插手，真是让人反感。”

就在一部分网友义愤填膺地替钟氏集团大肆讨伐嬴子衿的时候，一条微博新鲜出炉，发微博的用户却在所有人的意料之外。

IBI 华国分部：“云京时间下午三点，我方在西大陆某处查获了一起国际盗窃案，经调查，其盗窃的物品是钟氏集团翡翠斋镇斋之宝十方界。我方会立即派人将此物运送至华国南宜，在此我方也表示深深的歉意，没能在第一时间侦破此次盗窃案。另外，和此次盗窃案有勾结的 DK 集团已经在接受调查中，我方绝对不会允许任何国际违法行为发生。”

这才是真正的爆炸性新闻。

“我眼瞎了，IBI ？是我知道的那个 IBI 吗？”

“我本来还不信，看了一眼认证之后，我乖乖地回来了，对，就是我们知道的 IBI。”

“太震惊了，这是什么操作啊？所以十方界是被 DK 集团偷走的？然后还赖在了钟氏集团身上？”

“对不起，我的关注重点全都被 IBI 拉走了，孩子长这么大还是第一次见到活的 IBI，一直以为这个组织只是书上虚构的。”

“DK 集团也算是捅了大娄子了，把 IBI 都引了出来，好惨啊。”

但凡是上了 IBI 重点监测的名单，那相当于戴上了无形的镣铐，想要摘下来基本不可能。

傅昀深确认 IBI 发的微博无误，将手机里的一条短信删除后，这才抬起头。男人一双桃花眼慵懒带笑，勾魂摄魄。他修长的手指轻轻地敲了敲方向盘，问坐在副驾驶座上的女孩：“夭夭，今天吃什么？”

嬴子衿靠在车窗边，闻言抬了抬眼，因为多次被抽血，她每天依然需要很多的睡眠，此刻她还带着困意，一向清冷的声线也低哑了几分：“嗯，我们去吃回转寿司，还有烧烤。”

“好，你先睡会儿。”傅昀深颔首说道，然后将手机固定在车子里的手机支架上，输入了一家餐厅的名字。

导航开始，他空出了右手，从车座间的空隙中拿出了一条毯子，给嬴子衿盖上。又怕她被外面的嘈杂声吵到，傅昀深微微俯下身，拿出耳塞给她戴上，这才启动了车子。

虽然嬴子衿的身体已经恢复了不少，但因为这几天她都在连续雕刻，昼夜颠倒，还是会撑不住。傅昀深提出让她休息，他帮她完成十方界的雕刻，但被拒绝了，毕竟每个人的雕刻技法都不同，若是衔接不当容易出现瑕疵。

然而，铁一般的人也撑不住这么庞大的工作量，更不用说雕刻还极为费眼，于是后面两天，两个人换着雕刻。奇妙的是，两人分别雕刻的部分都能够很好地衔接，新的十方界就此完成。

嬴子衿也得以在钟氏集团将翡翠斋交出去之前，带着新的十方界来到会议室。DK 集团没想到钟氏集团还有这一招，自然束手无策。这一次对赌协议，钟氏集团拿到了 DK 集团三亿的大单子，公司股票涨了不少，隐隐有超过傅氏集团的架势。

傅昀深笑了笑，重新将注意力放在了前方的路上。

路程走了有四分之一的时候，手机铃声响了起来，他将车停下，这才接起电话，压着声音散漫地说道：“喂？”

“兄弟，厉害啊！”耳机里，是某黑客惊叹的声音，“IBI 的那条声明是你让他们发的吧？”

傅昀深的桃花眼微微一眯，手指轻敲了下方向盘，神情自若地说道：“不是。”

“行了，肯定是！”某黑客可不吃这一套，兴奋得不得了，继续说道，“虽然你的有些身份我也不清楚，但我知道你是真的牛，IBI 都能听你的话发微博，你就说你还有什么事不行？”

“嗯？”听到这话，傅昀深侧头看了一眼沉睡中的嬴子衿，懒洋洋地说道，“大概是还不知道怎么哄小朋友。”

空气有一瞬的沉默，某黑客愣怔过后，怒声吼道：“你有病吧？这叫什么事？”

傅昀深眼睫动了动，低笑了一声，淡淡地说道：“对我来说，目前‘唯二’的事。”

这另一件，自然是要把他爷爷体内的毒素清除了。虽说人老了身体就差了，但总不能让傅老爷子因为未知来源的毒而垮掉。

“行行行，我一普通人理解不了你这种神秘人物的行为。”某黑客还是很兴奋，接着说，“兄弟，你都能让 IBI 发声明，那能给我在里面谋个职位吗？我也不要级别太高的，长官秘书这种就行，这样我就能够随时看他们的花边照片了。”

“嗯，不行。”傅昀深说，“挂了，小朋友睡觉呢。”

电话被无情地挂断了。

某黑客看着手机屏幕，气得连泡面都不想吃了，他一拍桌子：“见色忘义！”

他气哼哼地看着电脑，准备接新的任务。过了一会儿，他突然挠了挠头——不对啊，他记得傅昀深不是也在 IBI 的通缉名单上吗？这叫什么事儿啊？

真是奇怪。

第二章

惹不起的人

事关钟氏集团，即便钟曼华这几天一直闭门不出，嬴露薇一再阻止，她还是知道了今天网上发生的事情。看完南宜新闻头条后，钟曼华又庆幸又好气——庆幸的是十方界最后找到了，钟氏集团没有输；气的是嬴子衿居然代表钟氏集团签了对赌协议，差点害得钟氏集团倒闭！

她立刻给钟老爷子打电话，说话的时候，心肺一直在疼，脸色铁青地说道："爸，您简直就是胡闹，您让她去签对赌协议，就不怕她把整个钟氏集团赔了？她的学习在学院里是倒数，哪里有什么商业天赋？"

如果嬴子衿只是学习不好，礼仪不会，带出去不能给她长脸，钟曼华还能够勉强忍受，她不能忍受的是钟氏集团多少人的心血差一点就毁在了嬴子衿的手上，钟老爷子竟然也任由嬴子衿胡闹。

钟老爷子此刻还在钟氏集团准备收尾工作，所有的好心情一下子被这通电话破坏了，他压着怒意反问："钟曼华，你在教我怎么做事？"

"爸，我不是这个意思。"钟曼华按着太阳穴，平复了一下情绪，接着说道，"您就说她现在人在哪儿？让她赶紧回家来，这件事情我必须训她。您看看她现在什么样子？去哪儿都不告诉我了，我一个当妈的连自己的女儿都找不到，别人怎么看我？我的面子往哪儿搁？"

"钟曼华，你闭嘴！面子面子，你就知道面子，我每次跟你说话，都能短寿一年！"

钟老爷子越听越气，直接按掉了电话，冷着脸吩咐道："让公司现在就发声明！"

"啊？"中年股东还沉浸在巨大的欢喜中，听到这话难免有些疑惑，但还是点头应道，"好好好，钟叔，我这就去，您别急。"

一分钟后，钟氏集团的声明新鲜出炉。

"这一次钟氏集团能赢，多亏了表小姐。哦，你们说什么？表小姐什么都没做？还只会添乱？不好意思，新的十方界就是她雕刻的哦。"

文字下面配了一张图，正是嬴子衿带到会议室来的十方界。

十方界之所以能成为雕刻界的名作，原因就在于它根本无法伪造，且先不说冰种翡翠原石有没有仿造的可能，就算有，那也真没几个人能够在半人高的玉石上雕刻出形态各异的八十八个玉人来，如此导致雕刻市场上根本没有一件十方界的仿品。

这也是为什么当时安德鲁在见到十方界的时候会那么失态了，因为根本没人能想到有人真能够在短短四天之内重新将新的十方界雕刻出来，甚至还要更加绝妙。别说外人了，若非钟老爷子给出这份声明文案，中年股东也不知道原本的十方界还没送回来，他们看见的十方界竟然是嬴子衿重新雕刻而成的。

中年股东发完声明，抑制不住心中的震撼，吃惊地问道："钟叔，不会吧？那不是咱们的十方界？"

"当然不是了。"钟老爷子很骄傲，大手一挥，说道，"都说了，这是我外孙女雕刻的。"

哦，听说好像傅家那小子也帮忙了。不管，他看不见也听不见，这小子什么时候把傅老爷子偷他的零食还回来了，他再正眼看看这小子。

中年股东抹了一把汗，颤声问道："您不是说笑的？"

钟老爷子一听这话，顿时不乐意了："这有什么好说笑的？我还没往大了夸呢！我不怕告诉你，IBI 里都有我外孙女认识的人。"

其实这件事情是真是假他也不知道，但这不妨碍他先吹一波，谁会吝啬夸奖自家孩子？

中年股东其实还是想说钟老爷子在开玩笑，IBI 可是国际组织，是连云京那些豪门子弟都接触不到的存在，他们南宜的人又怎么可能认识？可话到嘴边，他还是有些犹豫地停住了。

IBI 一直在打击国际犯罪行为不假，但也没亲自为了什么事情专门发过一条声明。每天国际上发生的大小事数不胜数，大部分由 IBI 负责监察和管理，他们的人手十分紧迫。即便十方界的丢失是一场跨国盗窃案，十分重大，但更大的事儿也不是没有过，毕竟这桩盗窃案也没涉及伤亡，怎么偏偏这一次 IBI 发声明了？说 IBI 与时俱进，中年股东是不信的，所以或许……真的和这位嬴小姐有关系？

在钟老爷子不断地炫耀下，他终是信了，嬴子衿肯定在 IBI 有人脉。但没亲身经历过这次盗窃案的网友没有一个人会相信这种天方夜谭的事情，只有冷嘲热讽。

"假的吧，就她？我记得她好像是写过什么字获了个奖，可雕刻十方界？对不起，我先笑为敬。"

"钟氏集团能不能整点正常人看的东西，知道你们要维护自家人，可也不是这么往脸上镶金戴玉的。”

“恕我直言，雕刻和写大字、画国画根本不同。行，就算你们表小姐真的会雕刻，四天的时间，她能雕刻完？有证据吗？就一张图，谁知道是不是你们以前的存货。”

“我小声说一句，其他不说，这位表小姐就是很有魄力，还有其他的钟氏内部人员不也说了吗？是她成功让DK集团加了一个赌注，三亿的大单子啊，还是国际通用货币。资金不是最重要的，重要的是把钟氏集团拉进了国际赛道，明白吗？”

“对，单是这一点，我就很佩服嬴子衿。那些只会敲键盘和躲在手机后面嘲讽别人的网友们在她这个年龄时在干什么？是不是还需要妈妈给你换衣服啊？”

“自己没本事就别嘲笑人家妹妹了，换你去和大公司签协议，估计还没到现场就已经吓到腿软，连爬都爬不起来了吧？”

中年股东皱眉看着这些评论：“钟叔，咱有证据证明十方界是表小姐雕刻的吗？”

“要什么证据？”钟老爷子不高兴地说道，“这就是我外孙女雕的，难不成还能凭空变出来第二个十方界？”

中年股东叹了一口气：“可钟叔，问题是网上的人都不信啊，您在这儿和我生气也没有用。”

“不信？我去跟他们辩一辩。”钟老爷子斗志昂扬地掏出了手机，但他还没打开微博，嬴子衿的电话先进来了。

“外公。”女孩声音清冷。

“哎！”钟老爷子咳嗽了几声，正色道，“子衿，你回你爸爸家了吗？”

嬴子衿按着头，委婉地说：“您别再发微博了，麻烦您让我养个老。”

钟老爷子的笑容逐渐凝固了，不是，谁养老？他七十多岁的人了，还没想着退休养老，反而越活越精神，结果外孙女就要养老了？

嬴子衿垂眸，笑了笑又说道：“外公，知道您是好意，我都看着呢。”

钟老爷子心里顿时有些不是滋味，他其实什么都没干，只是让公司发了一条声明而已。有时候，人在黑暗中太久，一点温暖也要紧紧抱着。

钟老爷子欲言又止：“子衿，可网上——”

“没事，我又不看。”嬴子衿淡淡地说，只要这些人别主动跳到她面前，妨碍她养老就行。

通话结束后，钟老爷子陷入了沉思之中。良久，他转头问中年股东：“你觉得我外孙女怎么样？”

“很不错。”中年股东神情认真地说道，“抛去您自个儿的那些滤镜，表小姐很适合当管理者。”

对赌协议，她说签，那钟氏集团就能赢，还能给钟氏集团带来巨大的利益，没见过这么会做生意的。

钟老爷子点了点头，心里面将他名下的股份转给嬴子衿这一决定更明确了，他一边整理文件，一边长长地叹了一口气。

虽然这一次对赌协议钟氏集团赢了，并且找回了十方界，但是风波并没有过去，钟老爷子借着这一次事件，以铁血手腕清洗了钟氏集团内部，但凡是有异心甚至准备联合外人一起谋取钟氏集团股份的股东们，全都下台了。

其实原本大清理不会进行得这么快，毕竟这些股东平常也掩饰得很好，帮着钟氏集团拿过不少大单子，只是这一次DK集团来势汹汹，他们都认为钟氏集团输定了，这才露出了狼子野心。可他们没想到，钟氏集团反而安然无恙地抵御了这一次的冲击，甚至更上了一层楼。几个股东悔恨至极，都跑去给钟老爷子跪下求情了，也没有挽救回来。

震慑了整个钟氏集团之后，钟老爷子亲自去了一趟壹字队关押钟天云的地方。

才进去不到十天，钟天云就已经没了昔日高高在上的风采。他面色枯黄，双眼也无神，壹字队自然没亏待他，一日三餐还有鸡腿，只是钟天云自己憋屈得吃不下。若非不是为了维持生命，他恐怕连水都喝不了一口。见到钟老爷子后，钟天云的脸色瞬变，他激动地站了起来想冲过去，却被两个壹字队的队员牢牢地控制住。

钟老爷子看着他，淡淡地说道：“天云，我真没想到你会和DK集团一起联手。”

DK集团能够想出这么个计划，钟氏集团中自然有高层里应外合。钟老爷子自问从来没有亏待过钟天云，所以最开始才没有怀疑他二弟唯一的儿子。

事到如今，钟天云也知道一切已经成了定论，他已是阶下囚，改变不了什么，于是冷笑了一声："伯伯，你没想到的事情多了去了，就像当年，你有想过你会害死我父亲吗？"

如果不是钟老爷子，他父亲根本不会那么早死，钟氏集团本就是他的！

"你母亲就是这么和你说的？"钟老爷子神色平静，"那她是不是没有告诉你，当时车祸，我和你父亲都是垂危状态，是她赶来给了你父亲一刀。我当时处于半昏迷状态，无法行动，没能阻止，这确实是我的错。"

钟天云神色大变："你说什么！"

"我说什么已经不重要了。"钟老爷子像是累了，他轻轻挥手，"那天的事情，我也不追究了，毕竟你将要接受的惩罚已经够多了。"

他不再理钟天云的咆哮，叹了一口气，背着手走了。

钟氏集团极限逆转，绝地反击，这让网上热闹了一阵子。

即便是平常不关注网络新闻的钟曼华自然也看到了钟氏集团发的那条声明，她连微博都没有下载，还是去钟家的时候，钟知晚告诉她的，彼时她一听，直接就气笑了。

说十方界是嬴子衿雕刻的？江漠远帮他们从贫困县接回来的真千金，他们还不知道嬴子衿有几斤几两？

钟知晚很会察言观色，再加上她这几天心情郁结，便有意无意地将事情往嬴子衿身上推："姑姑，表妹确实挺得爷爷喜欢的，我都有点嫉妒她了呢。"

钟曼华这次倒是没应，钟老爷子喜欢嬴子衿，她其实心里还好受了点。就算嬴子衿什么都不行，至少还讨了老一辈的喜欢。

但客套话还是要说，钟曼华也笑着说道："晚晚，你爷爷最喜欢的还是你。"

钟知晚的笑容凝固了，她低下头，手指攥紧了衣服。

"晚晚，姑姑接个电话啊。"

钟曼华从包里拿出手机，见是一个陌生号码，但她还是接了："谁？"

钟知晚悄悄地竖起了耳朵。

那边不知道说了什么，钟曼华猛地一愣，声调都提高了："什么？你们是全国书法艺术家协会？”

她自然知道全国书法艺术家协会，这可是全国总协会，其他地区书法协会只不过是分协会，分协会的成员或许连总协会的入会资格都拿不到。全国书法艺术家协会在艺术界的地位很高，经常和国外的一些艺术大师有交流，可对方为什么会给她打电话？

她曾经倒是想请全国书法艺术家协会的高级成员给她的小萱当老师，只不过高级成员并没有这个闲心情。毕竟这些书法大师随手一幅字就能卖出天价，自然不会这么容易被她请来。

钟曼华疑惑不已，追问道：“请问你们是不是打错了？”

“打错了？”电话那头是一个工作人员，他听到这话，又仔仔细细地看了一眼电话号码，“没打错，您难道不是嬴大师的母亲吗？”

钟曼华又是一愣，张了张口：“……嬴大师？”嬴家世世代代从商，什么时候还出了个大师？

“不好意思，如果你没有打错，那你就是骗子了，我们嬴家没有什么大师，骗人也要有点技术含量。”钟曼华的神情冷淡，声音也冰冷，不再等那边的工作人员说些什么，她直接按断了电话，并且将这个号码拉黑了。

钟知晚在听见书法协会的时候，就紧张起来：“姑姑，怎么了？”

“诈骗电话。”钟曼华轻蔑地笑了笑，“居然还说自己是全国书法艺术家协会的工作人员，请什么嬴大师去他们那里。骗人也不打打草稿，还骗到我头上来了，手段低级，真是可笑。”

钟知晚的神色倏地一变。

钟曼华没看艺术节那天的直播，钟知晚可是在现场的，嬴子衿双手握笔、左右开弓写出来的那幅字，便是盛清堂也赞叹不绝。盛清堂是全国书法艺术家协会的前任会长，钟知晚可以肯定，这个电话是专门为了嬴子衿打来的，可连她都没想到钟曼华竟然直接当诈骗电话挂掉了。不过这倒也能理解，全国书法艺术家协会在国内的知名度可要比嬴家大多了。

钟知晚说不清是庆幸还是紧张，努力地压着唇边的笑，轻声说：“姑姑，万一真的是书法艺术家协会打来的呢？”

“不可能。”钟曼华抿了一口茶，不以为然地说道，“你姑父还有你表哥、表姐都不是做艺术这一行的料，至于……”后面的话就没说下去了。

钟曼华皱眉，忽然想到了一件事情，全国书法艺术家协会总不会是为了嬴子衿打来的电话吧？她倒是给嬴子衿请过书法和国画的老师，可是最后什么成果都没有。说嬴子衿会艺术，她倒是宁愿相信嬴子衿期中考试能有一门课及格。以前精英院开家长会，她一次都没去过，委实是丢不起脸。

“晚晚，你去忙你的事吧。”钟曼华放下杯子，声音淡淡地说道，“我在这里等你爷爷回来。”

全国书法艺术家协会的工作人员被钟曼华挂了电话后，既困惑又不解，他只得给盛清堂回复说嬴大师家里人把他们当骗子了，不仅如此，还把他们的电话号码拉黑了。

盛清堂闻言十分生气，再三思索，最后决定直接登门去请。就在他准备换衣服出门的时候，青致学院的电话打了进来。

副院长满头大汗，急忙道：“盛会长，给错了，给错了，嬴同学家长的联系电话已经换了，怪我怪我，还拿着老版档案。您记一下，这是嬴同学父亲的电话……”

盛清堂记下，困惑地问道：“那刚才那个呢？”

“那是她养父母家的，挺不是东西的。”副院长也没多说，只是稍稍提了一下。

副院长跟德育主任是好兄弟，一起被学员称为“青致双煞”，不过德育主任比他还多了个“灭绝师公”的名号。他听德育主任说了那么几次，那位嬴夫人不问事实，上来就要扇嬴子衿耳光，当着外人的面尚且这样，私下里又会如何？本以为钟曼华这样的豪门贵妇能有点风度，结果却没什么教养，学院这边也不愿意和她多联系。

盛清堂一直过着隐居生活，还真不知道有这种事，他皱眉说道：“行，我知道了，就是那个四大豪门的嬴家吧？”

得到了副院长肯定的回答之后，他挂断电话，把新的号码给工作人员发了过去，自己则起身，戴上老花镜，坐在电脑前很慢地打字，给现任协会会长发了一条消息。

“我给你说啊，记住这个嬴家，以后他们那里有什么人有求于咱们协会，全都拒绝，然后让他们滚，有多远滚多远。”

欺负小神医，他第一个不答应！

温家。

温风眠吃完药之后，接到了全国书法艺术家协会的电话。他挺诧异，但是并没有多震惊，仿佛这个响亮的名字并不足以让他有什么触动。但肯定是自豪的，毕竟嬴子衿是他一手带大的，即便不是亲生的，他也一直希望她能有最好的未来。

温风眠很欣慰："是要让夭夭入会？"

"不是。"工作人员说道，"我们盛会长说了，是请嬴大师当我们协会的理事，即便什么事情都不干，哪怕就挂个名都行。"

这才是正常的反应，工作人员在心里嘀咕一声，第一个电话打过去时对方应答的语气和话语，他还以为打到了什么了不起的大师那里，还说他是骗子？没事儿骗人入他们协会？哪里找这种好事情？

"好，我知道了。"温风眠咳嗽了几声说道，"这件事我做不了主，我要问问孩子自己的意见。"

"应该的。"工作人员有些受宠若惊，忙说道，"您太客气了，我这就给盛会长回复。"

虽然温风眠的声音很轻，但还是让温听澜听到了。门打开，少年提着一只小熊玩偶从卧室里出来："爸？"

"嗯，是找夭夭的。"温风眠起身，有些担忧地问道，"愈愈，你最近有些嗜睡，没事吧？"

"没事，爸，你别担心。"温听澜揉了揉眼睛，说，"姐姐说了，这是正常现象。"

他已经接受两次催眠治疗了，有些在潜意识中压了很久的负面情绪，也在慢慢抹除。喻雪声身为NOK催眠师榜的第二名，催眠能力自然是世界公认的顶尖之列，治疗温听澜的病轻而易举。

"那就好。"温风眠松了一口气，又摇头一笑，"你啊，还真是就听你姐姐的话。"

温听澜在他身边坐下，倒也没否认："爸，谁找姐？"

"全国书法艺术家协会，让夭夭去当理事。"

"我知道，但是姐好像不愿意。"

"不去也好，省事。愈愈，去拿碗和筷子。"温风眠颔首说道，"夭夭和傅先生在外面吃了，她留了药膳让我们用。"

与此同时，停车场。

嬴子衿坐在副驾驶座上，面无表情地看着伯格疯狂地给她发的信息，她用了极大的耐心才克制住没有把他拉黑。

“嬴大师，是你吧？我就知道肯定是你！嬴大师，你就算不愿意收我为徒，我也一定要叫你一声老师！你太太太厉害了，有哪门艺术是你不会的？嬴大师，我们什么时候再见一面啊？为了你我还留在南宜没走呢。呜呜呜呜，求求了，教教我你是怎么画得那么像奇诺·冯的。”

嬴子衿点击聊天框右上方的三个小点，开启了消息免打扰，很好，世界一下子清静了。

傅昀深侧头，挑了挑眉问道：“是那个想让你去西大陆皇家艺术学院的油画大师？”

“是。你说，这画油画的是不是都是话痨？”嬴子衿若有所思，奇诺·冯是，伯格·布莱恩也是，难不成西大陆油画界有什么传统？

“嗯。”傅昀深靠在驾驶座的座椅上，神情懒懒地说道，“我说不是。”

嬴子衿转眸，眉梢挑起。

傅昀深的桃花眼扬了扬，唇边含笑：“我们小朋友多说几个字，都能要了她的命。”所以他面前这个油画大师很不一般。

“所以我还挺开心的，”他抬手，很轻地揉了揉嬴子衿的头，轻声说，“难得夭夭在我面前还有这么多话可以说。”

他最怕的是什么？怕的就是嬴子衿把自己完全封闭起来，不再接触外界。这样一来，她的病情会更严重，幸好她现在愿意与他分享。

嬴子衿看着傅昀深，眼睫微动。手机在这个时候响了起来，来电显示是盛清堂，她回神，按下了接听键：“盛老先生。”

“小神医！”盛清堂的声音很激动，“我就知道你还有很多地方不一般，没想到你居然连雕刻也会！”

他学过雕刻，比外行更懂十方界的不凡，十方界可不仅仅是雕刻大作，还蕴含着很多知识在其中，要是没看过足够多的书，那绝对不可能把十方界雕刻出来，小神医还是人吗？

“小神医，你最近有没有空啊？我们见一面吧。”盛清堂又说，“我这全国书法艺术家协会的资格证都给你准备好了，你就过来签个名，什么都不用干。”

“不在，不约。”女孩用最礼貌的语气说着最无情的话，“此人已死，有事烧纸。”

电话那头的盛清堂呆住了。

嬴子衿系好安全带，头靠着车窗。

她并不知道盛清堂还让协会的工作人员给温风眠打了电话，这种小事情她并不会专门去看，左右也不会影响未来。她的身体还在继续调理，时不时地会犯困。所幸傅昀深是开车来接送她的，不用她多走路。闭眼休息之前，嬴子衿专门登上微博看了一眼钟老爷子的主页，嗯，很好，外公今天高兴到连微博都没有发，她也终于省了帮他转发做数据的这项工作。嬴子衿打了个哈欠，裹了裹身上的毯子，合上了双眼，慢慢地陷入沉睡之中。

傅昀深车开得不快，到小区的时候，已经过去了四十分钟。嬴子衿坐在副驾驶座上还在睡，半点要起来的意思都没有。他抬起手，拍了拍她，低声唤她：“夭夭。”

嬴子衿动了，但只是转了个身子，随后把头都埋了起来，显然是不想理他。

傅昀深眉梢一挑，拔下车钥匙，下车，然后走到副驾驶座这一边，打开车门。就像是知道他要干什么一样，嬴子衿又把身子转回去了。他又拍了拍她，带着几分无奈喊道：“夭夭，到家了，该下车了。”

“不。”这次她总算是有了点回应，但就一个字。

“总不能在这里睡。”

“就在这里睡。”

傅昀深沉默，三岁一代沟，有时候和小朋友交流真的是有些困难。

“小朋友，”傅昀深一只手撑在车门顶部，身子俯下，微微逼近了一些，一双桃花眼深邃迷人，浅光明灭，仿若倒映了整个星河，他神情懒散，“你不下来，总该不会是想让我抱着你上楼吧？”

听到这句话，嬴子衿微微抬起了眼帘，双眼还是半合状态，半睡半醒之中，也就没注意他离她很近。她像是极认真地思考了一下他这句话的可行性，似乎是觉得这样一来她还是可以不用动，于是她勉强抬起了手。

“哦，那你抱吧。”很困倦很敷衍的语气，语调不变，仿佛是在说今天天气怎么样。

傅昀深神情一顿，缓缓地低下了头。这个回答他根本没料到，他原本只是想用这句话激一激她。按理说，她听到这话会立刻起来把他打一顿，然后踢开他上楼去睡觉。他也只是开个玩笑，虽说嬴子衿在他眼里的确是个小朋友，可男女之间还是要保持距离的，谁知她还真就为了不走路，选择了答应。傅昀深眼睫垂下，嗯，还有一个可能是小朋友就没把他当个男人，所以才这么放心让他抱。在她眼里，恐怕没有性别之分。他看着窝在副驾驶座上的女孩，第一次有了一种好气又好笑的感觉。

"夭夭，听话，"他弯腰，去拉她，说，"起来，上去睡，就几步路，车里怎么睡人？"

"我觉得挺好。"

再一次交流失败，傅昀深压下了声线，语调也放缓："真在这里睡？着凉了怎么办？"

嬴子衿不说话了，一副"你不要打扰我睡觉"的表情。

傅昀深服气了，行，这一次连交流的资格都没了，他只得弯下腰将女孩从车里背了出来。为了小朋友的清誉，抱是不行了，背还可以。没办法，毕竟是他惯出来的，也只能自己受着，还好他只需要应付这么一个小姑娘。他眉心微皱，嬴子衿常年没有摄入足够的营养，又给嬴露薇当了一年的活体血库，即便他这段时间一直在给她投喂各种补品，却也不能在一夕之间弥补，她还是太轻了。

傅昀深锁好车之后，背着女孩上楼。这是个六层高的步梯楼，因为建造得早，并没有电梯。嬴子衿为了方便温风眠下楼，买了一套二层楼的二手房。楼道里很安静，静得能够听见平稳的心跳声。他微微侧头，嬴子衿的下巴抵在他的肩膀上，头偶尔一倾斜，她温热的脸颊擦过他的脖颈，是独属于女孩的柔软。

傅昀深移开了视线，松开一只托着她的手，抬起来，把她的头给放正。但没一会儿，她的头又会偏过来，若有似无的气息拢了过来，恰似暗香浮动。就上楼这么一会儿工夫，傅昀深深刻地感觉到这比他在无人区冒着枪林弹雨走得还要艰难，好在再有几十级楼梯，这种艰难便结束了。

到温家后，他将嬴子衿从背上放下来，一只手把她扶好，防止她摔倒，另一只手敲了敲门。

过来开门的温听澜呆了呆，他揉了揉眼睛，确认自己没看错后，迟疑地问道："我姐这是怎么了？"

"太累，睡着了。"傅昀深从容不迫，微微颔首道，"我送她去卧室。"

温听澜点了点头，总觉得有什么地方不对，但偏偏说不上来。他揪了揪自己的头发，也回到了卧室里。

几天后，青致学院，（19）班。

又是一节自习课，男生们欢欢喜喜地靠在一起打游戏。

修羽在STAR（星星）购物软件上买了新的化妆品，今天刚收到快递，正准备一个接着一个地试。她边打开眼影盘边说："子衿，给江燃送鞋的那个人已经找到了，是云京那边的，画屏姐姐去处理了，我跟你说一声。"

嬴子衿颔首，她对云京并无兴趣。

"子衿，你想什么呢？"修羽很好奇，"都想了半节课了。"

嬴子衿说："我在想期中考试考哪一门，能更省事。"

修羽头上冒出了三个问号，这也用思考？考试这种事情对他们嬴神来说，不是分分钟手到擒来？

她百思不得其解："子衿，你不全考？"

嬴子衿"嗯"了一声："是没有什么区别。"好像校规也没规定考试的时候不能睡觉，那考一门和七门都一样。

修羽不知怎么接话。

是她不懂学神的世界，不，他们嬴神已经超出了学神的范围了。这几天，她一直在看嬴子衿直播讲理化生，但她看不懂，只能去看弹幕，这才知道嬴子衿讲的东西连不少盟校高才生都没学过，甚至都超过了那些盟校导师的水平，这还是人吗？

修羽叹了一口气，他们嬴神要是能分她十分之一，不，百分之一学习上的天赋和智商，她也不会看到数学题就想哭。

"子衿，你要是全考，全校第一得换人了吧？"修羽啧了一声，"到时候看看钟知晚还怎么装。"

嬴子衿神情淡淡。

"对了！"修羽忽然又说道，"子衿，你知道诺顿盟校吧？咱们学校竟然拿到了诺顿盟校内部面试名额，六月会派学员去西大陆。"

"嗯？"嬴子衿终于抬头，"面试名额怎么分？"

“一个给精英院三年级的年级第一，剩下的给国际班。”

嬴子衿的手顿了顿，眼睫垂下，以前三年级的年级第一是谁，她并没有关注过，但自从温听澜转入青致之后，无论是校联考还是市一模、省一模，他就没从第一的位置上掉下来过，而且每一次都能高出第二名 15 分。15 分看起来并不多，但第二名也是精英院的佼佼者，模拟考的分数从没下过 730 分。如果温听澜没来，全国联考的状元非其莫属。

温听澜的成绩几乎和满分没什么区别，只是他特别不喜欢写作文，扣分全部在语文这一科上，但这并不妨碍他依然遥遥领先，那么诺顿盟校这个面试名额，肯定是温听澜的。

嬴子衿若有所思，如此看来，她六月还真得去西大陆一趟。毕竟诺顿盟校如今的真实情况，网上是查不到的，她要亲自去看看，那个炼金疯子到底用什么手段将诺顿盟校开成了世界第一。只是她委实不想见他，担心她无法继续进行她的养老计划。

正当嬴子衿想着怎么避免和某位炼金疯子见面的时候，一个男生慌慌张张地从门外跑了进来：“嬴神，不好了，大事不好了！”

修羽被这声河东狮吼震得眼影画在了眉毛上，她顿了下，抬起头看向男生，眼神足以杀人。

嬴子衿退出 NOK 论坛，安抚道：“别急，慢慢说。”她并没有看到的事情，就证明不是什么要事，那么也不算大事不好。

“子衿，别抱太高的期待，他们跟在江燃后面久了，都一惊一乍的。就前一阵他们不知道跑到哪个女厕所外面偷听去了，然后也是慌慌张张地跑来说大事不好了。”修羽耸了耸肩，说，“结果……子衿你猜怎么着？原来是三年级一个女生要对江燃告白。”

嬴子衿挑眉。

“羽姐，这当然是大事了。”男生痛心疾首道，“因为那个学姐不仅要对燃哥告白，还找来了几个外校的男生，想让燃哥英雄救美，我们当然得提醒他不要上当啊。”

而且也根本不是在女厕所外面，明明是他们去操场时路过女厕所不小心听到的，他们再不正经，也不会专门在女厕所外面偷听。

修羽叹了一口气，深沉地说道：“你要庆幸你跟的是江燃，你要是跟的我，我早就把你扔进垃圾桶了。”

“嬴神，你信我，真的是大事。”男生哀怨地看了一眼修羽，接着说，“我刚才路过副院长的办公室的时候，看见白韶诗去找副院长了，说是什么期中考试的时候要给你单独安排一间教室，防止你抄袭。”

嬴子衿按在手机屏幕上的手一停，淡淡地说道：“你也要庆幸你跟的不是我，否则你也会变成三等残疾。”

男生觉得他幼小的心灵遭受到了严重的创伤。

“她有病？”修羽的神情冷了冷，声音也冰凉，“什么叫防止子衿抄袭？她这是想故意污蔑？”

“可能吧。”嬴子衿并不在意，如果不是男生今天提起，她都已经忘了这个人是谁了。

修羽皱了皱眉，说：“我倒是想起来了一件事，子衿，你和陆放打赌，是用精英院的卷子考试，要跟他们在一个考场考。”

精英院单独出题，卷子难度系数很高，更注重的是考生的思维灵活性，与课外知识的获取程度。一般来讲，以精英院卷子的难度，就算是换作普通院几个实验班的学员去做，能考到五百分就不错了。青致精英院的卷子，一直被称为全国第一难度，即便是云京另外两所与青致同列为全国三大名校的学院出的试卷，也是远远不及青致精英院的难解程度。

因为难度系数不一样，所以在最后录入总成绩的时候，精英院学员的成绩会是总分数乘以 1.2 这个系数。上一学期的期末考试，钟知晚考了 615 分，折算在年级总成绩里面，就是 738 分，所以她是年级第一。当然，也不是没有其他班的学员对此提出抗议，校方给出的解决办法是，除了正常的考试卷子，普通院学员也可以选择精英院的卷子，但最后考出来的成绩，那是肯定会比正常卷子要差。青致精英院创立这么多年，选择精英院卷子的其他班学员就没超过五个。

嬴子衿以前考试所得的 387 分，也只是普通卷，毕竟要是用精英院的卷子，分数可能连个位数都没有。这还是她第一次选择参加精英院的考试，自然在学院论坛上引起了不小的轰动，普通卷子都只得 387 分，精英院卷子所得总分加起来能过 100 分？

“嬴神，白韶诗肯定是因为基因工程课那事对你怀恨在心。”男生愤愤不平地说道，“毕竟教咱们班拿的是其他班的三倍工资，结果她现在不能继续带咱们班了，少了一大笔工资呢。”

白韶诗是他们的基因工程老师，上次因为想把嬴子衿赶出（19）班，故意不来上课，想让（19）班的学员请她回去，还放出（19）班只能在她和嬴子衿之间选一个人的话。但最后白韶诗没讨到好处，反而被副院长调离了（19）班。

“不必担心。”嬴子衿重新戴上耳机，声音淡淡地说道，“事情不会如她所愿的。”

副院长办公室。

听完白韶诗的建议，副院长想都没想就拒绝了：“白老师，你说的这件事情绝无可能，做精英院的卷子，必须和精英院在一个教室考。”他挺生气的，什么叫防止学员作弊？这还没考呢，就先怀疑上了？

“副院，您可能不怎么了解这个学员。”白韶诗也不气，笑了笑说，“她以前在精英院那就是不学无术，把贺老师那么好脾气的人都能气走，您觉得她考试真的会认真考？”

更何况嬴子衿和陆放的赌约，整个二年级都知道了，谁输了，那脸面是真的都没了。

副院长火气直冒：“我不了解，你了解？说了这事没可能，出去！”

“副院，我是真的在认真提建议。”白韶诗的笑凝了凝，继续劝道，“嬴子衿为了能考及格，绝对会作弊，还是给她单独准备一个教室比较好，并且派两个老师进行监考。”

“你是副院，还是我是副院？”副院长把手中的名册重重地摔在了桌子上，冷笑了一声，“行，单独划出一个教室也可以，你现在就去找校长，说你要取代我当这个副院长。”

听到这话，白韶诗的神情难看了几分：“副院，我哪有这个意思？”

“我看你有。”副院长也懒得再理她，冷冷地说，“白老师，记住，你只是一个基因工程老师，还没有资格对考试规定指手画脚，更没资格恶意揣测学员的品格，我说最后一次，出去。”

嘭的一声，门被关上，白韶诗被“请”出了副院长的办公室。

办公室外有学员来来往往，都好奇地看了过来。

白韶诗本就憋了一肚子气，更是忍不了：“看什么看？你们家长没教过你们要尊师重道？再看我给你们的考试记零分！”

“白老师。”这时，一道低沉的男声在她背后响起。

白韶诗的身子一僵，回过头，尴尬地说道：“贺老师，我跟他们开玩笑呢。”

“开玩笑？”贺珣语气冰凉，“白老师，就算是开玩笑也不能随便说这种话，知不知道这种话会对学员造成多大的伤害？”

“贺老师说的是，我知道错了。”白韶诗对贺珣怀有小心思，她立刻道歉并发出邀请，“中午了，我请贺老师吃个饭？也麻烦贺老师多指点指点我。”

贺珣并没有拒绝，抬了抬下巴：“食堂就好。”

白韶诗笑容加深：“多谢贺老师赏脸。”

时光飞逝，白驹过隙，转眼便到了四月底青致学院期中考试的日子，三年级并不包括在其中，因为全国联考临近，他们基本上每天都在考试中度过。

二年级的学员虽然还有一年的时间备考，但他们的考试已经按照全国联考模式进行了，为的是让学员提前感受全国联考的氛围，到时候不会那么紧张。第一天上午考的是语文，考试九点半开始，考生九点进入考场。考试开始十五分钟后，考生就不能再进考场了。

当然，白韶诗的建议并没有被采纳，副院长就当着她的面把嬴子衿的考试位置安排在了精英院考场的正中心，就想让她看看嬴子衿到底会不会作弊，但精英院的学员们不乐意了。

“副院长疯了吧？万一嬴子衿真的要作弊呢？她坐在正中央，周围其他人岂不是都成了她的抄袭宝库？”

“还好我不坐那里，你小心点，到时候把你的卷子保护好了。”

“放心放心，我做卷子速度可快了，保证她抄都没时间抄。”

几个同学一拍即合，决定都要加快做卷子的速度。

九点钟的开考铃声一响，学员们入座，唯独中间的座位还空着。

钟知晚是年级第一，她的位置在第一排第一个。她有意无意地转头往中间看去，蹙了蹙眉。嬴子衿会不会作弊，她暂且不知，但她可以确定的是，即便是作弊了，嬴子衿的成绩依然会差到见不得人。她这几天居然还为此担惊受怕过，现在看来真是太好笑了。已经临近考试点了，嬴子衿却还未出现，也不知到底是临场逃脱还是怕到连现身都不敢。钟知晚轻叹了一声，她很失望，深感她根本无须高看嬴子衿。

九点二十分的发卷铃声响起，伴随而来的还有轻到几不可闻的脚步声，导致女孩在座位上坐下的时候，其他学员都没注意到。监考老师也没说什么，只是觉得这姑娘踩点是真的准。

嬴子衿将准考证放在桌子的右上角，目光漫不经心地在试卷上浏览着，等待着九点半的考试铃声一响，便开始了做题。她从头到尾都没有用过橡皮，涂卡也很快。她觉得语文这门课还不错，选择题挺多，她不需要怎么动笔。这大概是她做题最认真的一次了，以前她跟着那些科学家做实验的时候，都没这么认真过。十五分钟的时间，嬴子衿已经把第一面的阅读选择题做完了，然后她把答题卡翻过来一看。

沉默，还是沉默。

嬴子衿看着答题卡背面的作文格，足足静止了五分钟。

旁边的学员一直提防着嬴子衿抄袭自己的答案，这么一瞥，心情立刻放松了下来，看来嬴子衿已经自暴自弃了，连抄都不想抄，直接开始发呆。既然如此，她何必还和陆放打赌？自讨苦吃？那学员轻嗤了一声，又低头接着写自己的卷子。

嬴子衿面无表情地把笔一放，她需要收回她刚才的想法，作文这种类型的题目，设计出来就是为了反她的存在。

八百字，要她的命，她不写了。

嬴子衿抬头，看了一眼黑板上面的表，离下考还有两个多小时，倒是够睡一觉。她从口袋里摸出两个软耳塞戴上，头埋在了臂弯里。她的举动并没有引来其他精英院学员的注意，毕竟嬴子衿考试睡觉这种事情在他们眼里已经见惯不怪了。

考试规定也的确没有不能睡觉这一条，监考老师欲言又止了好一会儿，还是没有提醒。他倒是想起来往届精英院有个学神，每次参加考试都会先睡一个小时，然后再起来答卷，但即便是这样，也门门第一。可嬴子衿又怎么能跟这位学神比？她睡觉，那就是浪费时间。

临近下考还有三十分钟的时候，监考老师从嬴子衿身边路过，下意识地看了一眼，在发现她答题卡上作文那一栏连题目都没写时，停了下来。

题他看了，这次的语文作文题确实很难，很有可能有学员连题意都理解不了，但一个字不写，就相当于放弃了机会，哪怕写个标题，也能拿到两分。

因为答题卡被压在了嬴子衿的胳膊下面，监考老师也就不知道她正面到底写得怎么样，只是他又注意到，卷子上没有一点做题痕迹，跟启封前一样干净。其他题暂且不说，便是第一题论述文本阅读，总得做点标注吧？这道大题只有三个选择题，一共九分，但很多学员最多拿三分。

监考老师叹了一口气，摇摇头走了。

嬴子衿这一睡，就睡到了下考，也养足了精神。

出考场的时候，忍了两个半小时的钟知晚终于出声了："表妹，你是不是昨天晚上熬夜了？怎么能在考试的时候睡那么久？"

嬴子衿连脚步也没有顿，径直离开。

钟知晚的笑意一凝。

旁边的女生挽起她的胳膊，说："知晚，你就别热脸贴冷屁股了，就让她睡呗，到时候输了赌约，不就得在全校面前给你道歉？你还好心问她做什么？"

钟知晚抿了抿唇，淡淡地说道："嗯，走吧，我们去吃饭，下午还要考数学。"

对于精英院的学员们来讲，数学才是重中之重，连他们也不知道青致到底是从哪里请来的导师，每一次出的题都难到他们这辈子都不想看数学题了。

上学期的期末考试，钟知晚的数学也只考了 112 分。这一次她为了能够提升成绩，专门问她大哥要来了云京盟校数学系的题。数学考试那么难，嬴子衿能看懂题？她委实是认真过头了。而果然如她所料，下午三点半开始的数学考试，嬴子衿在考场上依然睡了很长时间。

五点半的下考铃声一打，嬴子衿拿起准考证和两支笔径直离开了教室，一秒钟都没多留。等嬴子衿离开，精英院的学员们都躁动了起来。

"你们啊，是没看见嬴子衿居然在六十分钟内把数学卷子写完了。我看，她怕不是在答题卡上写什么鬼画符呢。"

"哄堂大笑了，还以为她要抄袭，结果她根本连题都不做，这次的数学题有多难，我就不说了，大家都心知肚明。"

"岂止是难？简直是非人哉！我都没有看懂最后一道大题想让我干什

么，只能硬着头皮写了几个公式，希望批卷老师能给我一些过程分。”

“知晚！”陆放大喊了一声，“你觉得数学题难不难？”

连续两场考试击败嬴子衿，让钟知晚的心情很好，她难得地回应了陆放：“应该能上 125 分。”

精英院的数学卷子能考这个分数，确实是高分了，有学员羡慕道：“知晚，你太厉害了吧！你说你家境那么好，还这么努力，让我们怎么活？”

“家境好也不是我努力来的。”钟知晚淡淡一笑，“我学习好，爷爷才会开心。”

“知晚，等劳动节过后成绩出来了，你就带着你和嬴子衿的成绩一起给你爷爷看。”另一个学员说，“没有对比就没有伤害，到时候你爷爷一定会看清楚谁才是最重要的。”

钟知晚这次并没有出声，低下头，嘴角弯了弯。

这话并非谬论，毕竟以嬴子衿的成绩，总分都没办法和她一门成绩相比，钟家尊师重道，钟老爷子只是一时被嬴子衿蒙蔽了双眼，她相信爷爷终有一日会清醒的。

落日熔金，暮云合璧。

青致学院门口人来人往，天空下白色的飞鸟盘旋而起，随着夕阳远去，渐渐没入了地平线。阳光散落，铺开一地的灿烂。

“今天考得怎么样？”傅昀深打开车门，又从零食袋里拿出了一块巧克力递给嬴子衿。

她身体还在休养之中，他便制作了一个小巧的零食袋随身携带，里面装满了可以补充能量的巧克力和小饼干。

嬴子衿系好安全带，靠在椅子上，半合着眼睛：“还挺累的。”

她写数学卷子的时候，还又涂改了一遍，因为她总是习惯性地用高等学院还未曾涉猎过的公式，所以才会用了六十分钟这么久。明天的综合考试，她需要克制一下。

“那今天早点睡，别再上网了，也不要看那些网剧。”傅昀深沉吟一声，又挑了挑眉，“夭夭，有没有把握及格？”

闻言，嬴子衿神情一顿，沉思片刻，说道：“语文有。”

“语文不是一蹴而就便能够提高成绩的，这门能及格才说明你最近学习努力。”他抬手揉了揉她的头，“我们家小朋友做什么事只要认真了，就很厉害。”

嬴子衿瞟了傅昀深一眼，知道他误会了一些事情，她不紧不慢道：“我是挺认真的。”认真到她做数学大题时还写了个“解”。

“夭夭，那个赌约你也别放在心上。”傅昀深颔首，而后转动方向盘，声音淡淡地说道，“就算真的没及格，还有哥哥在。”

嬴子衿手撑着头，眼尾微挑：“和赌约无关，是我已经答应你了，赌约是顺便玩一玩。”

她之所以会接下陆放那个赌约，前提是因为她和傅昀深说好了，她会认真参加这次期中考试。答应的事情，她一定会做到。

“嗯？”傅昀深一怔，尾音扬起，声调拖长，“哥哥还不知道我已经有这么大的魅力了？”

嬴子衿慢条斯理地将吸管插进奶茶杯里，说：“不是你，是好看的女明星。”

傅昀深嘴角微敛，行，小朋友还是一如既往的无情。

他神态慵懒，笑着说道：“没问题啊小朋友，一门及格，一个好看的女明星。”

他当然记得自己答应了她，如果她考试考得好，就带她去看女明星，他对她的承诺，从来都不会有假。

嬴子衿抬了抬眸，似乎来了兴趣：“如果满分呢？”

“满分？”傅昀深虽然没想过她能考这么高分数，但也答了，“满分的话，哥哥送你一家娱乐公司，尽力就好，你别有太大负担。”

声音随风散去，车窗外花香缭绕，流云似梦。

第三章

巅峰古医术

第二天，嬴子衿在上午九点十分抵达了考场，比昨天还早了十分钟。这让精英院的学员们也有些稀奇，不过他们并没有放在心上。以嬴子衿的表现，她的语文和数学成绩最多不过二十几分，即便这场综合考试认真答了，又能怎么样？

陆放按捺不住内心的兴奋，努力地忍着笑，很快他就能让嬴子衿当着全校的面跟钟知晚道歉了，这样一来他也离他的女神更近了一步。

每场考试的监考老师都有两个，而且是一场一换，随机抽取，不会给予学员们任何作弊的机会。今天的综合考试轮到贺珣监考，他将密封的卷子放在讲桌上，一抬头就看到了坐在中间的嬴子衿，不由得皱眉。打赌的事情已经传遍了整个青致学院，他自然也是知道的，他又能说什么？只能说嬴子衿不自量力，居然要和精英院的学员比考试成绩，结果除了丢人现眼根本不会有第二种可能性。贺珣收回了视线，并没有在嬴子衿身上多施舍一秒钟的时间。铃声响起，他和另一位监考老师开始发卷子。

综合考试只有两个半小时，题目范围广又很难，时间是远远不够的，考试铃声一响，包括钟知晚在内的学员，都抓紧时间开始做题。

嬴子衿先是展开卷子看了一遍，确认没有哪一道题需要太费笔力，这才下笔。她做题速度很快，选择题十几秒一个。十分钟的工夫，在其他学员还在绞尽脑汁做单选题的时候，她已经开始写物理实验大题了。

贺珣在巡查考生有没有写好姓名和学号，路过嬴子衿的时候，本不想多看，却发现她在答题卡上随意地填涂，还是冷冷地低斥道："要是随便写的话，你不如不考了，卷子给我，你现在可以出去。"

贺珣工作恪尽职守，一丝不苟，教学员的时候也要求他们精益求精，认真严谨，所以在他的课堂上绝对不允许出现学员走神的现象，更不用说上课睡觉了。考试这么重要的事情，怎么能随便写？那还来考什么？浪费资源，也浪费他的时间。他本以为嬴子衿选择参加精英院的考试，是真的有心想要悔改，看来不过是表面做做功夫。

嬴子衿的手并没有停，但抬起了头。她瞳光如雪，眉目生寒，这一瞬仿佛有冷风化为刀刃席卷而来，让整个教室骤然跌入了冰天雪地之中。

所有人都听到了女孩清冷的嗓音："大脑没事多装点东西，怎么连水都没有？"

教室里瞬间死寂一片，钟知晚吃了一惊。

嬴子衿疯了？居然敢对贺珣这么说话？她难道不知道贺珣是诺顿盟校毕业的？诺顿盟校的高才生不管在哪个行业都是佼佼者，没人愿意去得罪他们。毕竟诺顿盟校这个名头委实响亮，更不必说贺珣手上还有三个诺顿盟校的面试名额。这么多年，青致学院也就聘来了贺珣这么一个诺顿盟校的高才生，即便他教学方法偏激，对学员们区别对待，但其他导师也一直都顺着他，就连校长有什么事情也是先以贺珣的想法为先，其他人为后。贺珣来青致这两年，顺风顺水，还从来没有被忤逆过，他金丝眼镜下的眸中蕴含着怒意。

嬴子衿却没再看他一眼，立刻起身，直接走出考场，快到另一位监考老师都没来得及阻止，他只得看向贺珣："贺老师，怎么回事？你怎么能在考场里和学员起冲突？"为了能让学员们安静地考试，他们走路的时候都不敢发出声音。

贺珣没说什么，只是淡淡地说道："李老师，这事你别管。"

李老师又急又气："贺老师，有什么私人恩怨，你不能私下里解决？"

贺珣的声音冷了下来："李老师认为我是因为私人恩怨？"

"不然呢？"李老师都气笑了，"难不成她坐在那里答题，还主动惹你了？贺老师，你还有师德吗？"

贺珣抿了抿唇，没说话了。嬴子衿自然是没主动惹他，但他就是看不惯她的随意和不认真，他也不再解释，反正她已经识趣地主动出考场了，结果没什么区别。

他转身，准备把桌子上的卷子和答题卡都收起来的时候，嬴子衿回来了。只不过她并非是一个人回来的，身后跟着匆匆而来的副院长。

副院长冷笑了一声："贺老师，你什么意思？"

贺珣愣了一下，皱眉问道："怎么了？"

"你随随便便就想取消考生的考试资格，你还问怎么了？"副院长冷冷地说。

贺珣也没否认，冷淡地回道："她不好好答题，随便在写，浪费一张卷子，我才要拿走。"

副院长只觉得他委实是不可理喻："人家乐意怎么答就怎么答，和你有关系？就算在答题卡上画个杜甫，碍你事了？怎么，卷子是贺老师你出的，还是你掏钱印刷的，抑或是嬴子衿同学没交学费不能有卷子？"

考卷本来就是每一位学员该有的，哪怕请假没来。他当副院长二十年了，怎么就没见过这样的老师？还是说从诺顿盟校毕业的高才生比一般人都要傲气？

贺珣被质问得哑口无言，神情颇为狼狈，尤其是还当着这么多学员的面，让他第一次感觉到颜面无存。

“贺老师，是这样的，这场考试和后面的外语考试你都不用监考了。”副院长淡淡地说道，“我怕你要是见到哪个学员在思考，会以为他是在发呆，也收了他的卷子。贺老师，现在请你立刻离开考场。”

贺珣的脸色前所未有的难看，极度的自尊与自傲让他无法接受这种屈辱，整个人仿佛被投身于烈火中燃烧。他下颌绷紧，死死地捏住拳头，终究还是不甘地离开了教室，行走间双腿都在颤。

副院长转头，挥了挥手说道：“其他人继续考试，耽误的时间一会儿会补上。”

接下来这一场综合考试，让嬴子衿周围几个精英院的学员如坐针毡，他们看着女孩随意地扫了眼卷子，便在答题卡上轻轻松松地落笔。哪怕耽搁了不少时间，从头到尾她的答题时间也没超过一个小时。即便他们知道嬴子衿在随便写，但这样的做题方法还是影响到了他们。

下考铃声响的时候，一部分学员连选修部分的三道大题都还没来得及看，嬴子衿已经睡了一觉起来了。学员们一面震惊，一面又庆幸，震惊于嬴子衿的心态这么好，庆幸她根本不会做。

钟知晚的心情有些差，这一次物理题目的难度超出了她的预想，哪怕她做了不少准备，估计也拿不到高分，勉强超出及格线 10 分。不过好在她的基因工程和化学不差，综合最后应该能拿个 250 分。

钟知晚本想将综合考试上发生的事情告诉钟曼华，想了想，还是放弃了。她抱着文具袋，离开了教室。

中午。

嬴子衿登录了鲨鱼直播平台，打开了直播。这个时候虽是饭点，直播间的人气却不低。

“大师终于回来了，等你等得好辛苦啊！虽然数学让我吃不下饭，但大师讲的数学还挺下饭的。”

"前面的兄弟好巧啊，我也捧着一碗饭在吃。"

扫了一眼弹幕，嬴子衿换了个中性的声线，开口："今天讲高等学院二年级的数学选修。"

"哇！大师这是终于做个人了？居然要讲高等学院的数学，我已经搬着小板凳坐好了。"

"二年级的孩子默默路过，终于轮到我拜大师了。"

"大师最近怎么都没直播啊？"

嬴子衿拿出数学选修第二册，随口说道："期中考试，备考。"

屏幕前的粉丝们："……大师，咱们能不开玩笑吗？"

看着清一色的省略号和问号飘了满屏，同样正在看直播的贺珣皱起了眉头。

期中考试？这个级别的学者，还有期中考试？就算是为了不暴露身份，也没必要用这种一下子就能拆穿的借口吧？

因为被副院长禁止继续监考这一次的期中考试，贺珣今天的时间空了出来，再加上诺顿盟校对他的考核越来越近，他亦心急如焚。倘若这次考核他无法通过，他的学位证书便会被吊销，而这位神秘的主播恰巧能够帮到他。

贺珣一直很想知道，这位学习主播是谁，但奈何这位主播直播的时候，不露面只露手，让他都没办法去猜。

华国学术界有这种能力又很年轻的学者，一个巴掌绝对数得过来，可贺珣没办法把这位主播和那些学者对上号。他只能断定对方不会是诺顿盟校的导师或者学员，即便是从D级学院毕业的他，也不会有人去直播当网红，更不用说A级以上学院的那些学员。

贺珣也联系过鲨鱼直播平台，想要得到这个主播的联系方式，却被鲨鱼直播平台以不可泄露信息拒绝了。他思索了一下，从抽屉里拿出了他的结业证书，拍了一张照后，给主播发去了私信。他相信有诺顿盟校这个金字招牌在，一定能够得到回复。

在等回复的过程中，他有些坐立难安，偏偏这个时候他的手机响了起来，他拿起一看，神情瞬变。屏幕上并没有来电显示，很明显被隐藏了。他手机上自然是出现过这种号码，还不止一次，也只有一个地方给他打过来的电话会是隐藏号码——

诺顿盟校。

第一次看到这样的号码，是七年前他被诺顿盟校录取时，诺顿盟校招生办打来电话。不过后来他再也没有接到诺顿盟校官方的电话，剩下几次都是他导师打来的。

因此别说外人了，就连他们这些曾经的诺顿盟校在校生，都无法窥见诺顿盟校的全貌。这座世界排名第一的盟校太神秘，也太让人向往。

贺珣回神，立刻接起："喂。"

"贺，是我，本来这个电话你应该是接不到的。"电话那边果然是他的导师。

听到这句话，贺珣的喉咙一紧："导师？"

"你应该知道的吧？"导师叹了一口气，"学校这边也在记录你的工作，以此来评判你是否可以不用考核就能够毕业。"

贺珣眸光一沉："是，我知道。"

因为考核太难，诺顿盟校给出了别的方案，如果学员在日后的工作领域做出的贡献达到了学校的要求，就可以不用考核，直接拿到学位证和毕业证。

他选择来青致当老师，也是因为老师这个工作更简单方便。

"你今天的表现，学校很失望，尤其是还被处罚了。"导师很遗憾，"贺，所以你的考核难度加倍了，你教出来的学员，必须有两个通过学校的面试和录取考试。"

贺珣的神色顷刻间就变了："导师！"

这个录取考试可不是D级学院的，就算达不到S级，至少也要是A级，可要是谁都能进A级学院，考核还考什么？一个就已经难如登天了，两个几乎是不可能的事情。

诺顿毕业生的考核是二选一，但另一个考核更难，要解出诺顿盟校给的一个课题，所以他才会去求助那位学习主播，可到现在都没有得到对方的回复。

"就这样吧，贺，"导师说，"愿上天保佑你，祝你好运。"

电话挂断，贺珣久久无法回神。

远在西大陆，隔着一个大洋和不知道多少个国家，诺顿盟校居然也能够知道青致学院这边发生的事情。

这让贺珣想起来一年前，他的一个同学选择的工作是销售，选择不同，考核内容也不同。而有一次，他同学在推销的过程中对顾客进行了辱骂，也被公司惩处了，没多久诺顿盟校的电话就打来了，一样的措辞，仿佛这个世界上没有诺顿盟校不知道的事情。

贺珣抿了抿唇，坐在椅子上发呆。

直播间里的人越来越多。

“好巧啊大师，我今天也期中考试。你是不知道，我们学校的题有多变态，我发你私信了，有空看看就行。”

“大师真是接地气，居然还有期中考试。”

“啊啊啊，我今天才考完了综合，大师帮我看看题！”

嬴子衿打开了私信箱，例行回复粉丝的问题，然后她就看见了青致精英院的综合考试题。

她沉默了，是真的巧，连做的卷子都是一套。

将答案发过去后，嬴子衿的视线下移，看到了引起她注意的四个字——诺顿盟校。她眼睫垂下，点开那条私信。

“你好，我是你粉丝榜上第四，你一直没回我私信，也不知道是什么原因。我是诺顿盟校毕业的，有一件事情想请你帮忙，看到请回复。”

这条私信下面是一张图片，诺顿盟校的结业证书，是结业证书，不是毕业证书。

嬴子衿并没有回复，点开私信人的头像，拉黑删除一条龙，继续进行直播。一个半小时之后，她关掉电脑，拿出两支笔去参加外语考试。

对于曾经在西大陆中世纪生活了很长一段时间且参与过古外语的演变的嬴子衿来说，外语是最简单的科目。

依然是很变态的答题速度，更不用说外语还都是选择题，嬴子衿的做题速度飙出了天际，旁边精英院的学员还在做完形填空的时候，她已经答完了改错题。

嬴子衿看了一眼作文要求，要写一百五十个单词，她挺想放下笔的，但是语文已经拿不到满分了，外语还是做一做吧。又用十分钟写完作文后，嬴子衿打了个哈欠，闭上眼开始养精蓄锐。

青致学院的考试规则一切按照全国联考来，只能提前十五分钟交卷，外语科目提前交卷的人不少，精英院的学员出来后，表情都一言难尽。

“我本来以为嬴子衿真的是在胡写乱画，但是我交卷子的时候，路过她桌子看了一眼，她作文用的一些单词，我见都没见过。”

“这才证明她是乱写的吧？你好歹也背了盟校必备 8000 词，你都没见过，估计是她用字母现编的。”

“可看起来还挺正经的，她的答题卡前面都涂满了，我有印象，有几个选项和我做的一样。”

“那你完了，你那几道题都错了。”

钟知晚淡淡地笑道：“你们别这样说，我姑姑还给表妹请了外语老师呢，上一次她在课堂上回答的那个问题，我都不会。”

“瞎猫碰上死耗子而已，”陆放讥讽道，“就让她再轻松三天，放假回来后，她就笑不出来了。”

学院门口。

嬴子衿打开玛莎拉蒂的车门，习惯性地坐在副驾驶座上：“我们今天去哪儿吃？”

“今天不在南宜。”傅昀深懒洋洋地说道，“带你去影视城，我们夭夭不是想看真的好看的女明星？”

嬴子衿系安全带的手顿了顿：“成绩还没出来。”

“所以呢，今天是先让夭夭看看，”傅昀深挑眉，唇弯起，“等下要是看到哪个很好看的女明星，被刺激了，也就有动力学习了。”

嬴子衿面无表情地看着傅昀深，有时候她委实不太想和他说话。她拿出毯子把自己裹起来，转过身，只给傅昀深留了个背影。

傅昀深眉挑得更高，笑容淡淡。

小朋友，果然是难哄的。

他们抵达影视城的时候，已经是晚上八点了，但剧组大多还在拍戏。

嬴子衿下车，抬起头，看向前方。

这是影视拍摄基地，但基本是拍古装剧，所以都是清一色的古代建筑。这并没有引起她的兴趣，毕竟她在修灵世界的时候，眼前天天是宏伟庞大的亭台楼阁。

“这边有家烧烤店不错，不过明天刚好是五一，今天过来这边玩的人比较多。夭夭，你在这边先玩一玩，聂朝一会儿也来，哥哥去排队取号。”傅昀深微俯下身子，很自然地捏了捏女孩的脸，想了想，他又把口袋里的袋装坚果拿出来，放到她手里，“你睡了一路，先吃这个垫垫胃。”

嬴子衿颔首：“我等你。”

傅昀深重新上车，去停车场。

没几分钟，聂朝穿着一身扎眼的粉色西装，从另一边过来了，一路上吸引了不少注意力。看到女孩后，他眼睛一亮：“妹妹！”

嬴子衿回头，瞧了瞧他脚下的拖鞋。

她有点不想认。

“妹妹，我真是太太太想念你了。”聂朝噌噌噌地跑过来，“唉，可惜七少把你藏得太好了，我连面都见不着。”

嬴子衿：“我就在学校。”

聂朝有些接不上话。

怎么两个人都不开窍？他分明是暗戳戳地说两个人关系近啊。

聂朝挠了挠头，立刻转移话题：“我公司就在那边拍戏，要不要先去看看？”

听到这话，嬴子衿打算多理他一下：“女的男的？”

“男女都有。”聂朝拍着胸脯保证道，“女的靓，男的帅，包你满意。”

嬴子衿微微点头：“嗯，走。”

聂朝殷勤地带路：“我投资了个清宫戏，他们在明清宫苑这边拍。”

明清宫苑是影视城的一大景点和拍摄地点，一比一复制了故宫，又仿效了其他朝代的礼制，还融入了民国年间的建筑特色。

嬴子衿想了想。

她几个世纪前来华国这边的时候，确实还是古代，那就更没意思了，不过聂朝他们公司拍的狗血剧，确实还挺合她胃口。

“这里是皇家园林，”聂朝边走边介绍，“一会儿好像有一场妃子之间相互争执的戏。妹妹，椅子我都给你准备好了，你就看戏。”

嬴子衿微一挑眉：“好，作为回报，我可以给你算一算你的桃花运。”

聂朝大喜过望：“谢谢妹妹！”

傅昀深进到了烧烤店的包厢之后，才让聂朝带着嬴子衿过来。

嬴子衿在傅昀深身旁落座，从口袋里摸出了一个瓶子，扔给了聂朝。

“这是什么？”聂朝激动了，“是不是能让我有桃花运的仙丹？”

“不是，”嬴子衿还没应，傅昀深慢条斯理地抬起眼睫，“补肾的。”

“什么？”聂朝大惊失色，他正值大好年华，怎么就要补肾了？

傅昀深桃花眼弯起，低笑了一声：“是吧，小朋友？”

嬴子衿颔首，补肾只是其中之一的效果，这么说也没错。

聂朝心碎了，这两个人合起伙来欺负他。

傅昀深将袖子挽到小臂中段，拿起一串鸡翅递给嬴子衿：“对了，今天夭夭考得怎么样？”

“还行。”

“嗯，综合有把握上一百？”

“三百吧。”

“噗——”聂朝一口啤酒喷了出来，“妹妹，这打架你很在行，可你学习上跟我一样也是个差生。”

虽然他毕业挺久了，但也知道综合三百就是满分了，他又不是没打听过嬴子衿在青致的学习成绩，及格都困难。有些地方他还能和嬴神一样，这让聂朝有了点安慰。

傅昀深瞥了聂朝一眼：“不一样。”

“啊？”

“你没我们家小朋友乖。”

聂朝看了一眼认真吃烤肉的女孩，心说那可真是乖，乖起来一手能打十几个大男人。

吃完饭后，聂朝又开始炫耀：“七少，妹妹，我这边有一套阁楼套房，已经收拾好了，专门给你们留着呢。”

傅昀深“嗯”了一声，看了眼手腕上的表：“快十点了，夭夭，该回去睡觉了。”

“不，一会儿要看剧。”

“明天看真人。”

“那也不。”

聂朝竖起耳朵在听，眼放绿光。

“行，”傅昀深放弃了，“只能看一集。”

三人往回走，去套房的路上路过了先前的明清宫苑。这个时候，所有剧组已经收工了，制片人正在和导演交谈。

“老板，您怎么亲自来了？”看到聂朝，制片人露出惊恐的表情，就差跪下了，“我发誓，这一次的剧情真的没有上次狗血了。”

虽说这剧本的统筹和拍摄都归他管，可他也不知道老板的喜好是什么，原本他是按照当下潮流制作出来的小网剧，怎么狗血怎么来，什么失忆、跳崖全都用上了。当时他看见网上评论很多，还自觉不错。谁知道他们老板亲自跑到工作室来，扬言说他们再拍这种狗血剧，就打断他们的腿。

制片人内心惶恐，他们老板基本上不来影视城，这次不会来真的吧？

“瞧你那小样，我都没说什么话，你怕什么？”聂朝摆足了架子，压低声音对傅昀深说，“七少，我帅吧？”

傅昀深瞥了他一眼，似笑非笑：“等你有点穿衣品位再说。”

“我穿衣品位怎么了？我要是有你和我哥那气势，我套个麻袋都行。”

聂朝嘟囔一句，又转头说道：“行了，我没想打断你的腿，你接着拍剧吧。我们就走了。”

制片人在心里捏了一把汗，送走三人：“老板，放心，这一次的剧一定包您满意。”

嬴子衿忽然停了下来，然后拿出了一袋零食，递给制片人：“我觉得剧本不错。”

制片人呆呆地看着她。

“还是怎么狗血怎么来，越多越好。”嬴子衿打了个哈欠，微微点头，“有前途，继续努力。”

制片人看着手中的薯片，茫然地摸了摸自己的秃头。

“妹妹，你想看什么剧？”聂朝听见了，“我直接让他们给你定做，这剧本、演员、类型，都由你说了算。”

嬴子衿饶有兴致：“狗血剧。”

聂朝茫然，真有人爱看狗血剧？

“好！”他一拍大腿，“我这就让他们去加两场失忆，三次跳湖，四回流产！”

傅昀深闻言，踢了聂朝一脚，漫不经心地说道：“看路，小心撞树上。”

小楼二层。

嬴子衿从浴室走出来，一手拿着毛巾擦头发，一手拿出手机，登录NOK论坛。

NOK论坛其实只有电脑版的登录程序，只是她觉得天天背着电脑挺麻烦，就重新编写了一个手机软件。

账号刚一登录，私信箱里就疯狂地响着，嬴子衿关掉声音，也没看，将私信箱里陌生人的信息全部删除了。自从那天她在论坛里发布了悬赏之后，每天都有无数人私信她，加好友的消息更是一大堆，甚至还有管理员。不过她开这个账号，一是为了了解现在的世界，二是为了看八卦养老。

隐藏板块的悬赏比普通板块首页的要多，神一般的人物也会出来刷帖，找点乐趣。譬如昨天有人讨论到IBI里某位长官被老婆用棍子赶出了家门，只能去找麾下的探员收留。让外界闻风丧胆的IBI，在NOK里只是一个谈资。这倒也很正常，毕竟当IBI找不到人，IIA（国际情报总局）又查不到消息的时候，他们就只能发帖子求助。

嬴子衿删完私信之后，好友栏跳出了一条新消息。

“神医！神医啊！用了你寄来的那个药，我身上的疤终于好了。成长值对我本来就没有用，我觉得神医你亏了，看看你缺什么，我给你寄点东西过去？”

嬴子衿想起这是她没进隐藏板块前接的悬赏，随手回了四个字：“不用，试药。”

刚回完这条消息，好友栏处就多了个红点。

“叮，请你吃颗药请求加你为好友，是否同意。”

嬴子衿凤眼微眯，进入NOK论坛的隐藏板块后，她就已经浏览完了所有信息，自然也看见了置顶的悬赏信息，所以她才要用新号好好养老，她如今也知晓当时要傅昀深命的是NOK榜上的一个猎人。

猎人只是一个统称，其下有很多分类，神枪手、催眠师、易容师以及毒药师等。每个分类都有一个排行榜，这个名为“请你吃颗药”的账号是毒药师榜排行第三的毒药师，据说跑到海滩去卖防晒油了，不过和她没什么关系。

嬴子衿手指一动，点了个“否”。她浏览完今天的帖子，退出了论坛。

次日，嬴子衿和傅昀深在影视城吃完了午饭后，才驾车回南宜，回到温家已经下午五点了。

原本嬴子衿打算在这个假期清除傅老爷子体内的毒素，但是在考试前她查看了一下傅老爷子的身体，发现以他目前的身体状况还承受不住药力的冲击，于是她留下了一些调理类的药丸，准备再等一段时间。她已经将傅昀深带回来的六种药材处理完毕，将最精华的部分密封了起来。

“夭夭回来了。”温风眠微笑道，“和傅先生在外面玩得怎么样？”

他很担心嬴子衿，以前家里清贫，食不果腹，他没有能力带姐弟俩出去游山玩水，也许是一直闷在清水县的缘故，导致姐弟二人都越发沉默寡言。所以嬴家过来接嬴子衿的时候，他才会劝她离开。只是谁也没想到，嬴家只把她当成一个活体血库。

温风眠叹了一口气，若他早知如此，哪怕日子再清贫，他也不会把嬴子衿送走。

嬴子衿淡淡一笑：“嗯，挺好。爸，小澜呢？”

“愈愈在屋子里，”温风眠说，“应该在玩魔方。”

嬴子衿颔首，针对温听澜的心理治疗需要借助很多外物，要让他逐渐融入现实世界，不能自我隔离。

温听澜听见了动静，走出卧室：“姐。”

“给你带的，不能多吃，每天一块。”嬴子衿指了指桌子上的点心盒，又问，“怎么没去学校？”

她记得青致三年级没有假期，这几天也在模拟考。

“没意思，”温听澜眼睫垂下，语气很冷淡，“他们都很傻。”

温风眠头疼了：“愈愈，你收敛一下。”

“也是。”嬴子衿却沉吟道，“那你就做我给你的题。”

温听澜点头。

温风眠捏了捏眉心，算是明白了，温听澜的性子全是嬴子衿惯出来的。

“姐，明天成绩是不是就出来了？”温听澜轻声说道，“论坛上在说你和精英院学员的赌约……”

“嗯，没事，吃你的。”嬴子衿神情淡淡地说道，“考试而已，不必担心。”

她打开点心盒子，眸光却倏地一凝，茫茫未来之中，她看到傅老爷子被送进了急救室里，又想起先前傅昀深匆匆离开，神色寒凉。难怪，是她疏忽了。

温听澜察觉到她的异常：“姐？”

嬴子衿擦了擦手，站起来：“突发急事，我出去一趟，你照顾爸爸。爸，麻烦您帮我跟老师请两天假。”

温风眠愣了一下，但也没往深里问，应道：“好，夭夭，你注意安全。”

第一医院里，医生和护士们都手忙脚乱，连院长和副院长都被惊动了。

无论是傅家还是医院都没想到傅老爷子在这个时候再一次发病了，还是有史以来最重的一次。这两个月来傅老爷子的身体一直在好转，说不定就会有奇迹发生呢？傅老爷子虽然已经退下来了，但依旧是傅家的掌权人，这要是真的交待在了他们医院的人手中，傅家绝对不会善罢甘休。

重症监护室外，傅明城和几个兄弟姐妹都在焦急地等着，但到底是真急还是假急，只有他们自己清楚了。

有人开口：“你说爸他会不会……”

傅明城冷眼一扫：“都闭嘴。”

其他人瞬间噤声。

“傅一尘，你给我过来！”傅夫人把傅一尘拉到了角落里，声色俱厉道，“你在书房和你爷爷说了什么？”

傅一尘抿了抿唇：“我什么也没说，就骂了傅昀深几句，根本……”谁知道傅老爷子就突然晕过去了？

傅夫人气急：“谁让你说了？你私下里怎么骂他都行，非得到你爷爷面前去？你脑子是猪脑吗？啊！”

傅一尘说不出话来，十分懊恼。

“傅一尘，我告诉你，你就期待着你爷爷这一次能挺过去，要不然你就是杀人凶手，你大哥都会被你连累！”

傅夫人深吸了一口气，又走回傅明城身边，将声音压到最低：“明城，老爷子这一次恐怕是真的撑不过去了。”

谁都知道傅老爷子的身体很差，上个世纪，南宜处于动荡之际，在掩护一个后辈逃跑的时候，傅老爷子重伤垂死。幸运的是当年穆家的掌权人穆鹤卿正好路过南宜，把傅老爷子救了，可傅老爷子的身体还是落了病根。

原本靠着傅家的底子，傅老爷子也能养好身体，可坏就坏在二十年前，也不知是什么原因，他的身体状况再一次急转而下，这些年全凭着医院的高价药物吊着。三年前，南宜人人都说傅老爷子这一走，南宜定然天翻地覆，可谁也没想到这三年反而是他身体最好的三年。

傅明城神色莫测："折磨了这么多年，老爷子也该休息了。"

他又岂会不知道，傅老爷子到底是为谁撑到了现在？

就在傅家人人心各异的时候，重症监护室的门开了，一个护士匆匆地从里面出来："亲属呢？病危通知单，请签一下。"

这话一出，傅家人的脸色顷刻间就变了。这不是医院第一次下病危通知单了，但这一次是最快的。终究，傅老爷子还是走到了这一步。

傅明城接过病危通知单，直接落笔。

楼道尽头响起了一阵脚步声，很急促，但又很有序，为首的是一个年轻人，他身后跟了几个保镖，还有一群医生，但显然不是第一医院的。

年轻人并不看傅明城，直接下令："开始转院。"

医生们进到了重症监护室里，将傅老爷子连床带人推了出来，迅速往外赶。

"你们干什么！"傅明城又惊又怒，"你们是什么人？你们说转院就转院？我凭什么让你们带走我父亲？"

年轻人回头，冷笑："凭你什么用都没有，凭这里没法救老爷子。当然，你也可以试试阻拦我们。"

傅明城脸色一变，还是没有上前，双拳死死地捏紧，额角青筋剧烈地跳动着，其他傅家人就更不敢过去了。

年轻人走了几步，又停了下来，他的视线在一众傅家人身上扫过，最终落在了傅一尘的身上："把他也一并带走。"还在震惊中的傅一尘被两个保镖架着走了，连挣扎的余地都没有。

"一尘！"傅夫人面色一白，追了上去，"你们要把我儿子带去哪里？"

"傅夫人，别急，只要老爷子没事了，您这二儿子保准给您完好无损地送回来。要是老爷子出了什么事……"年轻人微微一笑，顿了下，肃杀之意骤生，“您也就等着吧。”

傅夫人眼前一黑，直接晕了过去。

医院里又是一阵手忙脚乱。

等到傅夫人好不容易转醒，她立刻抓住傅明城，声音颤抖：“明城，那群人是不是、是不是……”

“应该是他们，”傅明城目光沉沉，“这三年一直没出现过，现在又来了。”

三年前也是有一批人突然造访傅家，救了傅老爷子。

傅明城派人去查过，却什么都查不到。他也问过傅老爷子，傅老爷子却次次装傻说不清楚。

这些人到底是什么来头？

十分钟后，南宜东部的一家私人医院。

这群医生是从西大陆和云京赶过来的，其中有几位在国际上是顶尖的层次，但对傅老爷子的病情也有些束手无策。如果只是普通的病根还好，坏就坏在傅老爷子体内的毒，闻所未闻，见所未见。

“少爷，还是不行，只要我们的人一接触到老爷子体内的毒素，那些毒素就变得特别活跃，根本无法清除。”年轻人皱了皱眉。

他们早就确定了，傅老爷子体内的毒素，绝对是某位毒药师制作出来的，这毒药师还必然在毒药师榜的前五！这些排行名次高的毒药师，做出来的毒药都很具个人特点，解药也只有他们本人有。

傅老爷子体内的这种毒是活的，这一次更是彻底活了过来，只要医生一旦有了想把这毒清除的动作，毒药师就能够通过毒素直接觉察到。傅昀深在NOK论坛上请过榜三的毒药师出手，但是依然没能解决掉这毒，榜二的毒药师则是没有在NOK论坛出现过。

他们怀疑傅老爷子体内的毒出自排名第二的毒药师之手，至于是不是他下的，就不得而知了。黑客联盟曾经追查过榜二的毒药师，但是反而死了几个黑客，还是在隔着数百米的情况下。榜二的毒药师已经如此恐怖了，榜一的毒药师又该如何？可惜的是榜一的毒药师更是连踪迹都没有，NOK论坛的大拿们都确定其实根本没有榜一的存在。

傅昀深神情没什么变化，周身的气压却极低，向来带笑的桃花眼也渐渐冰封。他轻轻地“嗯”了一声，问：“有多少把握？”

这一次毒素彻底活过来了，显然是已经引起了毒药师的注意，倘若清除了傅老爷子体内的毒素，这位毒药师也定然会发现。他相信嬴子衿能解，但这会把她也牵扯进来，他的命可以给出去，他只是……不想再连累其他人了。本想等傅老爷子体内的毒素最为平稳的时候再清除，谁知道这次发作会这么来势汹汹。

年轻人稍稍沉默了一会儿，才艰难地吐字：“百分之零点零一。”

这个可能性，跟零是没有什么区别的，哪怕是成功率有百分之九十的手术，也可能失败。

傅昀深一手撑着墙，眼睫垂下，再抬头时，他唇边的笑已敛起，眉眼间只剩下一片寒凉。他说：“送我进手术室。”

“少爷！”年轻人吃了一惊，他知道傅老爷子中毒的原因其实和傅昀深有关，二十年前那件事……谁也不想再提起。

“少爷，老爷子肯定不希望您用自己的生命去换他，他本就是为了您啊！”年轻人急了，劝道，“而且就算您把那毒转移到自己的身体里，老爷子的心脉都已经被毒素侵蚀了，也没有……”

“送我进去。”傅昀深重复了一遍，口吻不容置喙。

年轻人知道自己没有阻止的理由，也没有阻止的能力，只得答应。

傅老爷子的身体已经亏空，无法满足那些毒素，一具年轻的躯体正合适。手术室被分成了两边，用帘子隔开，医生们把仪器摆好，调整指标，进行毒素转移。

阳光忽然涌进，有身影破门而入，步履匆匆。

年轻人听见了动静，抬头一看，身子一震：“你、你是……”

女孩明显来得匆忙，发丝有些凌乱，外面又下了雨，鬓发贴在肌肤上。即便如此也难掩她骨子里的高贵，恍然让人一瞬来到了云巅之上，见到了云外仙人。

她下巴微抬，指着手术室：“人在里面？”明明是个问句，却又很肯定。

年轻人还在愣怔之中，下意识地“啊”了一声。

嬴子衿点头，将身上清理了一下，换上了无菌手术服。

“等等！”年轻人终于回神了，厉声阻止，“你不能进去！”

他想起来了，多日前他向傅昀深汇报药材下落进展的时候，遇见过这个女孩。那时她穿着校服，吃着棒棒糖，看起来只是一个长得很好看很乖但很普通的高等学院学员，没有眉眼间的漠然冰冷，更没有这种凌人之气。

嬴子衿没看他，手一挡——嘭！

空气中有清脆的声音传来，很细微，年轻人却倏地一惊，双眸睁大。这是内劲！古武者？古武者怎么可能会出现在南宜？

嬴子衿神情依然平淡，进了手术室。

室内，正在将针管刺入傅昀深血管之中的医生动作一停，回过了头，也是一愣，躺在手术床上的傅昀深则在顷刻间直起了身子。以他的耳力，哪怕手术室的隔音再好，门外的动静也无法逃脱他的耳朵。见女孩进来，他神情微微一变，一向温柔的声音也沉哑下来："夭夭，出去。"

嬴子衿只看了一眼昏迷中的傅老爷子，便对他此刻的病情了然于心。她淡淡地说道："你也看见了，毒彻底活了，你以为将毒转移到你体内，你就没事了？"

她当然知道傅昀深是什么想法，将傅老爷子体内的毒转移到他身体里，让毒平静下来，再进行解毒。但这种毒一旦活过来后，就会异常敏感，更加凶猛。转移毒素是一种解决办法，但也是最坏的情况。

嬴子衿并没有出去，而是又道："有更好的解决办法，你却要一命换一命，愚蠢。"

傅昀深沉默了一下，笑了笑，说："夭夭，涉及'感情'的事情，有时候是会很愚蠢。"

嬴子衿没出声，伸出手。

"少爷，她——"年轻人赶了进来，话音戛然而止，他看见女孩只用一只手就把傅昀深从病床上拉了起来，看样子还没用什么力。

年轻人只感觉到了心惊肉跳，他是为数不多清楚傅昀深武力的人，知道傅昀深是曾经横扫西大陆的第一杀手。即便女孩真的是古武者，但哪怕是极其厉害的古武者，也不可能这么轻而易举地制住傅昀深。

"我说过，你帮我，我也帮你。"嬴子衿关掉转移毒素的仪器，声音淡淡地说道，"如果我真有事，你也不会不管。"

"小朋友，有时候你比我还要固执。"傅昀深神情无奈却又温柔至极，他顿了顿，低笑了一声，"我怎么可能让你出事。"

他和榜二的毒药师交过手，对方不是他的对手，只是毒药师全身上下都是诡异的毒，除了他，其他人都没办法接近，又因为傅老爷子体内的毒，他不能对对方下死手。但若这一次榜二的毒药师真的直接追杀过来，他会让对方殒命于此。

傅昀深颔首，示意其他医生退后。

有医生犹豫地问道："不需要帮忙吗？"

"不必。"嬴子衿将药瓶摆在手术床边，"不是什么难事。"

几个在国际上都享有盛誉的医生听到这话，面面相觑，他们默默地退到了一旁，屏住呼吸，视线紧紧地锁住嬴子衿的动作。女孩从长匣中拿出银针和金针，分别插入了傅老爷子的几个穴位之中。

年轻人吃了一惊："少爷，这是……古医？"

"嗯。"傅昀深淡淡地说道，"但不是普通的古医。"

年轻人倒吸了一口气，这个女孩不仅是古武者，还是古医，她还是人吗？可他们也曾从古医界请过人，依旧是没有办法。他迟疑地问道："少爷，她是土生土长的南宜人？"

傅昀深看了他一眼："噤声。"

年轻人把后面的疑惑咽回了肚子里，继续观看。

药瓶里都是剧毒的药材精华，嬴子衿用的时候很谨慎，以她目前的身体状况，距离她的巅峰还差得太远，因此布针的时候也会费成倍的力气。她眼睫垂下，又落下一针，幸也是不幸，这种毒她曾遇见过一次，看来是位老熟人。

很久不见，她在心里淡淡地说。

一天一夜过去，傅老爷子虽然还未醒，但恢复得不错，他的心跳也渐渐地从虚弱转为有力，让其他医生惊叹不已。

这一夜谁也没合眼，但论消耗都比不上嬴子衿。

傅昀深多次请她停下，无一例外被拒绝。她不仅是在清除傅老爷子体内的毒素，也是在给他调养身体。毒素在心肺中停留了二十年，再强的身体也扛不住，否则即便清了毒，傅老爷子也活不了多久。

嬴子衿看向已经完全乌黑的透明试管，缓缓吐出一口气。这是她为了给傅老爷子治病专门特制的工具，如果换成普通的试管，在毒素导出来的那一刻就会迅速爆裂开，到时候一屋子的人都要遭殃。这种级别的毒本不应该出现在南宜，甚至是华国。

她拔下最后一根银针，一直紧绷着的神经也松了下来。她扶着床站起来，却因为气力消耗太多，这么一松弛，反而没法再坚持住，身体一晃倒了下去。

傅昀深神情一变，及时抱住她，手指在微微地颤抖。他动作顿了顿，将女孩拦腰抱起，又拿来了一件衣服将她裹上，之后用手护住了她的头。

傅昀深回过头，淡淡地说："处理好其他的事情。"

年轻人神情一凛："是，少爷。"

隐隐地，他似乎听见了狂风骤雨降临，似要吞噬整个世界。

第四章

碾压之战

今年的劳动节是五天小长假，考完试的青致学员们不少都欢欢喜喜地去旅游了。除了三年级还在补课，剩下的就是改卷老师了，老师们都怨声载道，校长委实没有人性。

不过这也是青致学院的传统了，第二学期的期中考试都在五一前，五一后直接贴排名发卷子。但这次一些科目的老师挺轻松，尤其是物理组的老师，选择题由电脑批改，剩下的是一道实验题、两道解答题，再加上一道选修题，分一分其实也没有多少。最重要的是这次的卷子很难，不管是精英院的卷子还是其他班级的普通卷子，都要比往年难得多，这就导致很多学员有些题都没写。

原本一大早起来改卷子，物理组组长还很不乐意，但改了十几张之后，他爽了。他分到的是选修题，包括精英院在内的五个班，选修题竟然没几个人写，为数不多写了的卷子上也就只有一个机械波公式，能给个两分，其他卷子一眼看去全是一片白，他直接画个零。

物理组组长坐在电脑前，高高兴兴地批卷子，还哼起了小曲。这次的题目他也看了，普通卷子的选修题是物理竞赛的难度，能做出来的也只有实验班上参加物理竞赛的一些尖子生。至于精英院的卷子？他看答案都看了好久，才懂解题思路是什么。

物理组组长改完了一百份普通卷子之后，换成了精英院的卷子接着改。精英院这一届也有几个厉害的学员，说不定就把选修题做出来了呢？但结果依旧是空白、空白、空白，他也给零分、零分、零分，手都不带抖的。他飘飘欲仙，想着马上就能改完带老婆和儿子去爬山，直到他翻到了最后一张答题卡。这张答题卡虽然没有写满整个卷面，但一笔一画，很是工整，字里行间透着一股超然之意，仿佛写这份答卷的人早已超脱世外。

物理组组长停止了哼曲，神情渐渐认真了起来，他凑近了一些，开始仔细地看，发现这张答题卡上的步骤除了前两步和标准答案一样，剩下的就不同了。标准答案一共有十六步，答题卡上只有七步，不过最后算出来的答案都是一样的。

他知道这张答题卡选的是选修 3-4 的题，考的是机械波和电磁波，但这道题还涉及了相对论，所以很多学员都没能做出来。答案并不是什么精准的数字，而是很长一串的方程，不可能像选择题一样蒙对答案。

物理组组长盯着这张答题卡半晌，陷入了久久的沉默中。他发现他理解不了这种解题思路，解题过程和标准答案不一样，却得出了答案。他也不好给分，只得给副院长打了个电话："副院，这次精英院的物理卷子是谁出的？"

"一直都是云京盟校物理系出的。"副院长纳闷地问道，"怎么了？"

"那云京盟校那边没给其他的解题过程了？"物理组组长皱紧眉头，"一道题应该有很多解题思路吧？"

数学、物理和其他科目不一样，尤其是证明题，不止一种解题方法。

"你自己打电话问吧！"副院长很敷衍，"我在海边呢，马上下海了，你别烦我。哎，我老婆叫我，挂了啊。"

物理组组长生气地挂了电话，想把副院长拖入黑名单，可没办法，他只能又拨通了云京盟校物理系的电话，这才得知这一次出题的是一个青年教授。虽然年纪也就三十岁出头，但他出的题莫测高深，看起来不难，下笔却不知道写什么。

物理组组长将这张答题卡的解题思路发过去之后，没多久，那边就回消息了。

"快快快！告诉我这是谁做的？三秒钟，我要这个学员的全部信息！"

"所以是对的？"物理组组长捏了一把汗，心想：这青年教授难不成是霸道总裁剧看多了？

"废话，太对了！我怎么就没想到居然还能这么解？别说了，一句话，给我这个学员的信息，这要是不招进我们物理系，我还是人吗我！"

物理组组长听得目瞪口呆，一时间忘了言语。云京盟校的物理系那可是世界排名前五的水平，比起国外的顶尖盟校也不遑多让，从来都没有主动招揽过学员。他也想知道这是哪个学员，奈何改卷子的时候看不到名字。

"改卷都是密封的，我也不知道，等总成绩出来后，就给您发过去。"

"行行行，你们动作快点，我急着买机票。"

应付完这个有些疯癫的青年教授之后，物理组组长缓了缓，打了个满分之后，才颤颤巍巍地接着改卷。

第二天，五月五日，二年级的老师们提前结束了假期，回到学校。他们要在明天开学之前，把期中考试的成绩计算出来，列出排名，然后把前一百名的名单粘到学校的公告栏上。本以为就是一项很简单的工作，事实也确实挺简单，可这一次的成绩让几个老师对着一台电脑大眼瞪小眼，都束手无策。

副院长穿着新买的短袖，背着手走了进来：“总成绩都出来了吗？”

一众老师回头，就看见了晒得跟煤炭一样的副院长。老师们安静片刻，负责总成绩计算的老师表情古怪，艰难地出声：“出来是出来了，就是这成绩吧，副院，它……”

“什么这的那的？”痛快地玩了一个假期，副院长心情好，大手一挥，“我给你们带了海边特产，一会儿大家分分。”

老师们哪里还有心情分特产，物理组组长直接把电脑推到副院长面前，面无表情地说道：“副院，您老人家还是自己看吧。”

“我当然要自己看，全校那么多人的分数你也说不过来。不过，我现在只想知道第一名是谁，考了多少分。”副院长从口袋里摸出眼镜戴上，“不过你这一言难尽的表情是什么意思，怎么了？这次考试太难，把你——”话音戛然而止。

副院长看着屏幕上的分数，沉默了好久，心想着一定是他看的方式不对。他连忙将眼镜摘下来擦了擦再戴上，然而再一次看过去，发现表格并没有变化之后，他傻眼了。

一个老师高深莫测地说道：“您看见了吧？我们实在是没法算最后的总排名啊。”

表格上的成绩是这样的——

姓名：嬴子衿
班级：二年级（19）班
语文：90 分
数学：150 分
外语：150 分
综合：300 分
总分：690 分
特别标注：精英院试卷

总分690在青致其实算不了什么，上一学期就有不少普通院的学员拿了700分以上的总成绩，但问题就在于这是精英院卷子的成绩，跟普通卷子的算法不一样，如果要换算到年级排名内，还有个1.2倍的系数。这样一来，这第一名的总成绩就成了——

语文：108分。

数学：180分。

外语：180分。

综合：360分。

总分：828分。

精英院的卷子和普通卷子之所以这么换算，是青致办学多年总结下来的经验。历年来，就算是天才学员做精英院的卷子，也绝对不会超过620分，故而学院一直沿用这种换算方法，以此来进行年级总排名。可现在出了一个除语文之外都考了满分的学员！用系数换算过后，这分数直接超出750的总分了，这怎么排名？

很长很长的一段沉默之后，副院长才慢吞吞地抬头："这次精英院的卷子是不是很简单？"要不然怎么能有学员数学和综合都考满分？

这话一出，几个老师的表情更是一言难尽了。

化学组组长摇头说道："副院，这次精英院的卷子不是简单，是难，非常难。我就这么和您说吧，化学选修那道考有机物的大题，就这一个人做出来了，其他人一个字都没写。"

生物组组长也说道："我改的那道考遗传学的大题也就一个全对。"

物理组组长没出声，看来受到惊吓的人不止他一个，很好，他心理平衡了。

副院长再一次沉默了，试卷这么难还能考满分？所以……真就是个天才？能把这些题都做出来的人可以直接进入云京盟校了，还在青致学什么？专门到高等学院来玩？

"嘡——"副院长的牙有点疼，指着语文那一栏的分数，"但是这孩子是不是有点偏科？"

这数学、外语还有综合都是满分，怎么语文才刚及格？精英院的学员们往往是语文这一科拿最高分，再差也都在105分以上，90分未免太低了。副院长呼出了一口气，看来天才也有缺陷。

语文组组长摇了摇头，在电脑上输入一个学号，把答题卡调了出来：“副院，这个您也自己看吧。”

副院长坐在电脑前，查看卷子，感叹了一声：“哎，这字是真漂亮，议论文阅读和文言文你们都给了满分？为什么才及格？”

语文组组长冷漠地提醒：“您动动手看看下一页。”

副院长点击按钮，页面一转，答题卡第二页一片空白，作文没写，连题目都没有，如此扣了60分，所以语文是90分。副院长大惊失色，半晌，他才恍惚地开口：“那总成绩怎么办？”

“我们商量了一下，是这样想的，”物理组组长正色道，“要不然这次就不换算了，直接进行总排名。”

“你等等。”副院长把排名往下一拉，看了看精英院第二名的总成绩——608分，如果不进行换算，这个成绩会很难看。他又查了一下普通卷子的第一名——689分，这两个分数让他确定，这次的卷子是要比以往都难，连实验班的第一名，居然也没上700分。

“好，按你们说的办，我先给校长打个电话。”副院长深感心累，这么重要的事情，一定要汇报。他刚走出去，脚步一停，等等——第一名是谁来着？

他刚才光看分数激动了，名字只匆匆扫了一眼，给忘了。

副院长一拍脑门，又折返了回去。

翌日收假，（19）班的学员们都喜气洋洋的，其他班的学员不清楚嬴子衿的实力，他们又怎么可能不知道？连班里最差的学员听了嬴子衿的基因工程课后，这一次估分都在75分以上，离满分90只差了15分。

修羽身为嬴子衿的同桌，经常见她随手拿起一本五厘米厚的物理书就开始翻。

有男生冷哼了一声：“这陆放真是傻瓜，吃什么不好，非要吃垃圾。”

江燃的兴致也很高，拍桌：“给他弄上一筐来，让他吃个够。”

“够恶心的了，别说了，”修羽面无表情，“我要吐了。”

江燃忽然问：“嬴……嬴神请假了？”

“对。”修羽说，“你不知道子衿都是踩点到的吗？现在早读课都上完了。”

江燃皱眉问道："你没打电话？"

"这用你说？"修羽摇了摇头，"我早打了，但是没打通，应该是有什么急事，反正你管不了，就别多想了。"

江燃忍气吞声，十分卑微。

"出来了，出来了！"一个男生从教室外跑了进来，大喊，"燃哥，羽姐，总成绩排名已经出来了，我看见教务组的老师拿着红纸下去贴了，我们快去看！"

精英院的学员们也陆陆续续地跑下楼，平素里，他们并不关注公告栏的排名，只因每一次考试的年级前五十名必然都在精英院。毕竟精英院的学员是流动的，如果成绩跌出了年级前五十名，就会被移到普通院的实验班，但至今还没有变动过。这次因为陆放和嬴子衿打了赌，也事关精英院的面子，他们都很乐意见到嬴子衿的百拙千丑。

"知晚，你这是要去看公告栏的排名吗？等等我！"陆放见到钟知晚起身，也忙跟着跑了下去。他一直在等待期中考试的总排名公布，甚至已经帮嬴子衿写好了给钟知晚的道歉信，能让嬴子衿无地自容。

钟知晚来到教学楼下面，公告栏前已经围了不少学员，大部分是普通院实验班的，她瞥见了兴致勃勃的（19）班学员，轻哂一声，成绩一出相当于公开处刑，怎么还这么高兴？

"知晚，这一次年级第一肯定还是你。"陆放不忘吹捧，"你这次数学要是上了 125 分，换算一下不就是 150 分满分了？太厉害了！"

钟知晚淡淡地笑了笑，没说什么，算是默认。

老师们把印有成绩单的红纸贴好后便离开了。学员们都迫不及待地抬起了头，钟知晚的目光落在年级第一的位置上，她也没看名字，直接看的分数，毕竟一直以来，年级第一都是她。

第一名的总分是 690 分，怎么会这么低？钟知晚蹙眉，她估了分，总分应该在 610 分左右，但精英院的成绩换算成年级总排名，分数应该在 720 分之上，690 分距离她的估分差得太远，她郁郁不已。

"我的天！我的眼睛是不是出问题了？她不仅在红榜上，还是第一？"人群中突然爆发出了激烈的惊呼声，"不行了，我腿软了，快快快，扶我一把，我就想知道综合 300 分是怎么考出来的。"

"不说300分的综合了，数学150分你们给我考个试试看？而且当时打赌的时候用的是咱们精英院的卷子吧？我要疯了。"

钟知晚一愣，再次抬头，神情倏地一变。她睁大双眼看着最上面的那个名字，像是被人狠狠地打了一棒，面色陡然间苍白不已，血色尽失。周围的声音嘈杂不止，疯狂地涌入她的耳朵里，仿佛暴风雨掀起平静的海平面，让她摇摇欲坠。

"我不得不说一句，嬴子衿厉害，直接力压精英院所有人拿到了年级第一。"

"难怪（19）班那群人一点反应都没有，估计他们早就知道了吧？"

"悄悄说一句，有一次我上厕所路过他们班，看到嬴子衿在讲台上讲课，讲的好像还是基因工程。"

"是啊，白老师不是喜欢贺老师吗？因为贺老师不喜欢嬴子衿，所以她在嬴子衿转到（19）班后就拒绝教他们，除非嬴子衿滚蛋，结果最后是她自己滚蛋了。"

白韶诗也带实验班，实验班的学员自然知道她是个什么样的脾气，讲课一般，喜欢骂人，又动不动就拿分数威胁人。听说白韶诗在云京有些关系，所以一直都没被辞退。（19）班竟然能够脱离白韶诗的掌控，实验班的学员们艳羡不已。

（19）班的几个男生挺胸抬头，雄赳赳气昂昂，羡慕吧？羡慕也没办法，嬴神是他们的，可不能让。

"哎，不对啊！"又有人说，"就算年级第一是嬴子衿，钟知晚怎么可能连前十也没拿到？这不科学啊。"

"有什么不科学的，没考好就是没考好呗。"

钟知晚也终于意识到了不对，慌忙开始在红纸上找自己的名字，可她看了好几遍都没有找到。从第二到第一百，统统没有！这是怎么回事？她心如蚁噬，疼痛不已。

"二年级的同学们请注意，二年级的同学们请注意——"这时，校园广播响起，在教学楼前、教室里、操场上回旋，"因为此次考试有学员用精英院的卷子考到了学校想不到的高分，所以最终排名没有进行系数换算。情况委实特殊，请精英院的同学们见谅。这不代表你们没有考好，学校正在拟定更好的优化方案。"

全校沸腾了。

“所以嬴子衿考出的这个 690 分，是没有经过换算的 690 分？”

“没进行系数换算还是年级第一，她变态吧？”

“重点是她除了语文，其他几门都是满分！”

“不，这也不是重点，重点是我早上去了一趟教务组，听教务组的老师们说嬴子衿没写作文，所以语文才是 90 分。”

…………

全校再一次疯了。

排在年级第二名的是普通院实验班的第一名，一个女生，她双手合十，对着红榜拜了拜，情真意切：“感谢嬴神手下留情，没有写作文，让我只跟您差了一分。”

钟知晚哆嗦着手指拿出手机，登录教务系统，查看自己的成绩。

姓名：钟知晚

语文：109 分

数学：121 分

英语：128 分

理综：250 分

总分：608 分

年级排名：1001

看着这个“1001”，钟知晚眼前一黑，几欲昏死。

二年级一共一千二百五十人，国际班不用参加全国联考，所以参加本次考试的总人数是一千二百人，她这个名次跟倒数没什么区别。

钟知晚喉咙发干，整个精英院也都茫然不已，因为嬴子衿的神级操作，导致他们所有人的排名都在一千名开外了。虽然学校已经解释了这并非他们考得不好，可也依然让他们无法接受。同样的卷子，嬴子衿能拿满分，不换算也是年级第一，公开处刑的是精英院所有人。

陆放更是惊慌失措，六神无主，除了难以置信，他更多的是害怕。他可是放下狠话，如果嬴子衿的分数比他高，他就直播吃垃圾。他缓缓地打了一个寒战，转身往校门外跑。

“跑，往哪儿跑？”江燃看着战战兢兢的陆放，扔掉手中的易拉罐，冷笑了一声，“把这小子给我看住了，把他要吃的东西也准备好。等嬴神回来，让他在鲨鱼平台上直播，让全网都看看你有多么爱吃。”

距离公布成绩已经过去了两节课，精英院的学员们还是一副霜打茄子的模样。

校园论坛上，先前他们开帖嘲讽的话题全都被刷下去了，首页是清一色的“膜拜嬴学神”“现在加入（19）班还来得及吗”“看来精英院也不怎么样啊”这样的帖子。

精英院的学员们既尴尬又狼狈，脸上火辣辣地疼。当初他们笃定嬴子衿绝对是倒数第一，等着看她给钟知晚道歉，可一朝天堂，一夕地狱，嬴子衿拿了年级第一，将他们所有人远远地甩在了后面。唯一能够让他们感到安慰的是校园论坛是匿名的，没人知道谁是谁，这多少让他们保存了一些脸面。

“不可能，绝对不可能！”陆放被江燃让人抓了回来，他脸色铁青，“她怎么可能考满分？一定是老师改卷改错了！”

有人摇了摇头，说：“学校改卷跟全国联考一样严，肯定不会改错。”

“嬴子衿肯定有答案！”陆放冷笑，“要不然连语文的主观题都能拿满分？而且今天她还请假了，不就是心虚？”

钟知晚的心还在颤，690 分啊！哪怕她再学个十年，都达不到这样的分数，嬴子衿能考出来？真是贻笑大方，她抿了抿唇，给校长、教务组和各科目组长都发了一封邮件——

《实名举报二年级（19）班嬴子衿，本次期中考试作弊！》

钟知晚专门标注了“实名”两个字，为的就是引起校方的高度重视。她不相信嬴子衿能考这个分数，全校都没有人信。精英院的卷子有多难，全网都有目共睹，年年都会被放到网上接受网友们的瞻仰和膜拜。

嬴子衿有答案，抄个及格也就算了，居然抄了个满分？这不就是让人揪出把柄吗？连作弊都不会，她真不知道嬴子衿除了写写画画，还能干些什么。

钟知晚发完邮件，迅速将手机放在了课桌里，背也挺直，生怕其他人发现什么。所幸这个课间同学们都遭到了沉痛的打击，全部在埋头苦学。

“知晚，你别难过。”同桌还安慰她，“如果换算了，你就是730分，这年级第一的位置不还是……”

话到这里一停，同桌说不下去了。如果真的进行了系数换算，嬴子衿的分数就是八百多分了，钟知晚的730分又算什么？

同桌瞧见钟知晚脸色不对，忙补救道：“知晚，一次考试算不了什么，而且谁知道她是不是作弊了？你的实力大家有目共睹。”

“别说了，”钟知晚深吸了一口气，“上课了。”

同桌点了点头，很快被转移了注意力。

钟知晚却一直在偷偷地看校园论坛上的讨论，她分明看见了几个说嬴子衿作弊的帖子，但很快就被版主删掉了，这不是心虚，还能是什么？

在这样的心情下，钟知晚度过了一天。她捏着课本，等得心焦，举报信已经发出去八个多小时了，怎么校长和副院长他们一点反应都没有？要不然再发一次？

“钟女神，校长让你过去一趟，应该是有重要的事情找你。”学员会的学员敲了敲精英院教室的门，朝着钟知晚喊了一声。

钟知晚压下翘起的嘴角：“知道了。”

校长室里，副院长也在。

“钟知晚同学，”校长推了推眼镜，声音很严肃，“你为什么认定嬴子衿同学作弊了？我没记错的话，她是你表妹吧？为什么不先去问问她事实如何？”

钟知晚心中轻哂，什么时候嬴家收养的女儿也是她表妹了？她叫嬴子衿表妹，那只是不忍心伤了钟老爷子的心。

“校长，我已经在邮件下面写了证据，”钟知晚淡淡地笑了笑，“而且这种事情就算谁都不说，您不会看不出来吧？”

谁都知道嬴子衿是被嬴露薇强塞进精英院的，嬴子衿上课经常犯困，动不动就请假离校，能学出什么来？更不用说在（19）班这个堕落的班级。

钟知晚又说：“这一次精英院的卷子比以往还要难，学校的换算体系不也是多年经验？那个天才学长也没有考过满分。”

校长的眉皱得更紧：“你的证据就是凭空猜测？如果没证据就举报，恶意造谣，你会受到处分。”

“这怎么能是凭空猜测？”钟知晚的笑隐去，神情冷淡，“嬴子衿的成绩是众所周知的，而且……”

“够了！”一旁的副院长听不下去了，他怒喝，“钟知晚，我本来以为你是一个学习好品格也好的学员，虽然你成绩很好，可你为什么要在没有证据的情况下恶意揣测嬴同学？卷子是云京盟校出的，密封送到青致，在考试前开都没开过，连老师都不知道题，你告诉我嬴子衿怎么作弊？嗯？她还是你的表妹，你没想着先去问问她？你不会不知道作弊的后果是什么吧？”

考试作弊，直接开除，取消学籍。被青致开除的学员，国内不会有任何一所重点高等学院会招收，跟断了前途没什么两样。

“钟知晚，我告诉你，嬴子衿同学有没有作弊，学校老师一清二楚，否则早就直接取消她的成绩了。”副院长猛地一拍桌子，“你举报，但你没证据，在你举报的时候，你就要想到你要承担什么后果！”

钟知晚面色一白，嘴唇狠狠一颤，身为过去的年级第一，又是钟家大小姐，她还从来没有被老师这么训过。

又是因为嬴子衿。嬴子衿倒是好本事，竟然连副院长都能收买。正常人都不会信有人能把精英院的卷子做出满分，她举报嬴子衿作弊不是很正常的事吗？

“钟知晚同学，这次举报我给你压下了。”校长的语气还算缓和，“你接下来还有课，先回去吧。”

钟知晚猛地起身，连带着椅子都倒在了地上。她眼睛通红，有水雾凝聚，她再也没忍住，捂着脸跑了。

“校长，太过分了。”副院长生气地说道，“我不信只有她一个人这么想，肯定还有不少人觉得嬴子衿同学作弊了。”

当然，这是人的惯性思维，一个曾经门门不及格的学员突然得了满分，还是年级第一，别说学员了，他也会怀疑，所以他先专门查证了一番，最终证实这是真实成绩。凡事都要讲证据，没有证据，凭什么就认定嬴子衿作弊了？

“唉。”校长摇了摇头，“那几家的事情太复杂了，不过还是得把这事说一说，容我想想怎么解决。”

钟知晚没回精英院，坐在台阶上抹眼泪。

这会儿是上课时间，外面没有人，钟知晚越哭越委屈，还很伤心。如果嬴子衿没有作弊，这一次的总排名还是会进行系数换算。那么她还是年级第一，根本不可能在档案中留下1001这么难看的排名。这样的成绩她都没办法带回家给钟夫人看，期中考试之后就是家长会，到时候让那些家长都怎么看她？

“钟同学？”她的头顶响起了一个困惑的低沉声音。

钟知晚急忙擦干眼泪：“贺老师。”

贺珣见她眼睛都哭肿了，愣了愣：“你怎么了？”

“没什么，贺老师，我就是……我就是不明白了，爷爷到底还在不在乎我，竟然连卷子的答案都给表妹找来了。”钟知晚说着，眼泪又流了出来，她声音哽咽道，“不就是一个道歉，很难吗？嬴子衿不能没面子，我就可以？”

卷子是密封的没错，但答案是一早就有的，钟老爷子也知道校园论坛上的赌约，定然会为了不让嬴子衿出丑把答案找来，完全没有想过她的感受。

贺珣皱眉。他也是为了嬴子衿的考试成绩来找校长，这个委实太假了，他在监考综合的时候分明看见嬴子衿涂写得很随便，怎么可能拿到满分？只能是作弊。

“钟同学，你先回去上课吧，我去找校长，”贺珣神情冷淡，“公正不会迟到。”

夕阳西下，天际边绯红色绚烂，雀鸟声声鸣唱。

嬴子衿终于苏醒，她微微睁开眼睛，撑着头坐了起来，身子还有些虚弱，蒙胧间有一道修长的身影，破开黑暗，朝她这边走来。

光耀晨星。

再一次想起这个词语，嬴子衿难得地怔了怔。

还没等她完全适应房间里的光线，她的背被一只手托起，温暖隔着一层衣服传来。傅昀深一手护着她，另一只手端着碗：“夭夭醒了，先喝点粥。”

“我没事。”嬴子衿在床上坐了几秒，才接过碗，“谢谢。”

碗里是药粥，但中药的气味不浓烈，只有淡淡的清香。她喝了一口，双眼一眯。她的味觉和嗅觉一向很灵敏，药粥只是刚接触到味蕾，她就觉察到了不对——有很淡的铁锈味，即便用其他食材压住了，但是依然没有完全消除。

嬴子衿垂眸，眼睫微动，有人的血能入药，但这种血很珍贵，用了也会损耗放血的人的身体。

“怎么了，味道不行？”傅昀深桃花眼一敛，他的厨艺退步了？

“不是，很好喝。”嬴子衿轻叹了一声，“只是又想到了以前的一些事情。”

“谁？”傅昀深眉梢挑起，语调缓缓，“你那个好朋友啊？”

“嗯。”

“她不在南宜？”

“不在，在很远的地方。”

傅昀深沉默下来。他想起嬴子衿在清水县过的日子，还有她在嬴家的那一年，连人身自由都没有，更别说去远一点的地方了。

“没事，等你身体彻底恢复了，哥哥带你去找。”傅昀深抬手，最后只轻轻地拍了拍她的背，“会找到的。”

嬴子衿喝了几口粥后，轻声说：“不用，我知道她过得好就够了。”

“这怎么能行，总是要亲自看一眼。”他揉了揉她的头，笑，“小朋友，好好休息，这几天不要去学校了，身体重要，学习和其他的都往后放一放。”

傅昀深关上门，转身时，笑容尽数收敛，他淡淡地问道：“人在哪儿？”

年轻人说：“少爷，地下室，绑着呢。”

因为傅老爷子的病情，他们高度紧张了一夜。

傅一尘也被绑了一夜，还是倒吊着的。他根本不知道他到底被绑到了哪儿，被带离第一医院后，他被套了个麻袋，一路上东转西转，晕车晕得吐了好几次。他从来没受过这种苦，可他求救无门，哭都没有用。到现在他连一口水都没有喝上，又在一个漆黑的密闭空间里，濒临崩溃。

“放下来。”有淡凉的声音响起。

傅一尘感觉到双脚得以再次落地，腿却支撑不住身体，他嘭的一声跪在了地上，哆哆嗦嗦地抬头，撕心裂肺的声音从喉咙里挤出：“傅昀深？怎么是你！”

傅昀深没应，只是说道：“打。”

两个护卫会意，拿着棍子上前，没有任何收力，狠狠地打了下去。

傅一尘发出了凄厉的惨叫声，根本都来不及想为什么傅昀深会在这里，还很嚣张：“傅昀深，你敢打我？要是让爸和妈知道了，你就要玩完了！你不就是仗着爷爷宠你吗？没了爷爷的宠爱，你算什么东西？你就是一个……啊！”

“好，那你就告诉傅明城，别惹我。”傅昀深拍了拍傅一尘的脸，低笑了声，“爷爷是我最后的底线，我才没有动你们。”

在极度的恐惧之下，傅一尘没能承受住这冲击，昏死了过去。

傅昀深站起来，淡淡地说：“关上七天，再放回去。”

嬴子衿慢慢地喝了一口傅昀深给她煮好的热茶，静静地听校长在电话里讲述今天发生的事情。

“嬴同学，学院这边的解决办法是发一个澄清，论坛里有不少匿名帖说你作弊，也有老师提出疑问，对你的名誉有不小的损伤。”

嬴子衿微微颔首道：“不必，当面解决，一劳永逸。”

校长一愣：“嬴同学的意思是？”

嬴子衿说：“我当面接受他们的质询，随便出题。”

校长心想，似乎没有比这更好的解决办法了，只有实力才是绝对的澄清，他应下：“好，嬴同学，你看你什么时候回学校？你的身体怎么样了？”

“后天我就回来。”她又说，“谢谢校长关心，我恢复得不错。”

校长松了一口气：“那就好，你先休息，我替你准备准备。”

傅昀深问青致要了嬴子衿的答题卡，可他迟迟都没有从语文这一科翻过去。半晌，他的目光从空白的作文纸上移开，落在女孩身上，他蓦然想起几天前他们两人的对话。

“夭夭，有没有把握及格？”

“语文有。”

果然是很有把握，一分都不差，这及格不是因为不会，而是因为小朋友懒得写作文，傅昀深轻轻地叹了一声。

嬴子衿终于觉察到了傅昀深的眼神，那双桃花眼敛着笑，温柔缱绻，看人的时候，有种深情的意味，又有些勾人。她手一顿，问：“怎么了？”

“没什么。”傅昀深的眸光敛起，神情懒懒地说道，“就是觉得我们家小朋友可真是一个宝藏。”

值得被人去珍重的宝藏。

下午六点，青致学院放学。

不速之客是在这个时候匆匆赶来的，是一个青年，他身上的西服和领带皱巴巴，一副风尘仆仆的模样，却吸引了所有人的注意力。

“知晚，那是云京盟校的人！”同桌惊喜道，“你看！”

钟知晚的目光追随着青年而去，他的衣服右胸襟上别着一个白金的徽章。高等学院的学员们都清楚，这是云京盟校的校徽，云京盟校可是所有人梦想前往的高级学府。

“知晚，他肯定是来找你的。”同桌说，“前几届不就有学长学姐在二年级的时候被云京盟校内定了吗？”

钟知晚听得心花怒放，抿唇笑了笑：“怎么会是来找我的。”

“知晚，别谦虚了，除了你还有谁值得云京盟校的人亲自前来？”同桌拉住她，“走，我陪你过去看看是怎么回事。”

钟知晚轻轻地应了一声。

两人上前，钟知晚有些紧张，主动向青年打招呼：“您好，我是钟知晚，不知道您找我有什么事情？”

青年朝着她点了点头，又望向教室：“请问嬴子衿同学在吗？”

一片安静，沉默降临。

钟知晚的笑容凝固，面色也渐渐苍白。这一刻，她耳边仿佛充斥着很多杂音，什么都听不清了，甚至有些站立不稳。

青年没得到回应，再度对着教室里询问：“请问嬴子衿同学是哪一位？

我是云京盟校物理系的教授，有事情想要找你。”

云京盟校的教授为了嬴子衿亲自前来青致？学员们愕然不已。

“教授！错了错了！”物理组组长终于追上了青年，气喘吁吁道，“左教授，你走得太急了，我都没来得及和你说，这孩子不是精英院的。”

“不是精英院的？”青年意外道，“不是精英院的卷子吗？”

“左教授，说来话长。”物理组组长擦了一把汗，“这孩子病了，今天没来学校，我们先去校长室慢慢谈。”

“好。”青年颔首，跟着物理组组长离开。

钟知晚的嘴唇颤抖，终于流露出了几分脆弱，强烈的屈辱感让她眼泪直掉。

“钟女神，别难过，这又不是什么事儿。”有同学安慰她道，“难不成云京盟校你就去不了了吗？咱们院所有人都可以去的。”

青致精英院其实也是云京盟校培养学子的地方，否则也不会专门出卷子了。

听到这话，钟知晚的心情反而更差了。她捏紧书包带，神情冰冷。

校园论坛也在讨论这次期中考试存在严重的不公正行为。

“说实话，嬴子衿能考满分实在太假，我二哥就是云京盟校物理系的，还是去年特招进去的，那道选修题他也只做了一半，嬴子衿也配？”

“受不了了，白天的时候一群人在那儿吹捧她，知道你们吹捧的是个什么玩意儿吗？作弊作出来的，我有答案我也能考这么好。”

“嬴子衿以前的成绩有多烂，大家有目共睹。惨还是精英院惨，最惨的就是钟女神了，如果嬴子衿没作弊，钟女神的年级第一也就不会变成一千多名。”

“心疼钟女神。”

顶帖的人很多，校园论坛是匿名制，这才让不少学员肆无忌惮，尤其是精英院的部分学员，这一次的年级排名让他们心中有不小的怨气。

“我已经给校长信箱投了举报信了，等调查结果出来，嬴子衿就会被开除。”

“有举报信的模板吗？我也去投，人多力量大。”

“这么多人要？那我直接发论坛了。”

这次举报规模极大，学院在官网上发出了公告。

“针对本次期中考试，学校在和当事学员商榷后，决定在本月八日下午两点，于青致大礼堂开启问答质疑会议。凡有异议者皆可以参加此次问答，举报信学校已经全部收到，待问答结束之后，会对此次事件进行最终定夺。”

白韶诗和贺珣等其他几位认定嬴子衿作弊的老师也都接到了教务组的通知，通知让他们准备好问题，到时候进行质询。

贺珣的眉舒展开来，心情舒畅了不少。既然是公开提问，嬴子衿便没可能得到答案，在众目睽睽之下，她更不可能救助场外，她的作弊行为便可直接揭穿。青致对考试作弊者的惩处很大，后果是直接开除。但这也是嬴子衿自作自受，怨不得别人。

贺珣将通知关掉，开始出题。

翌日，学员们已经没有心情认真听课，都翘首期盼下午的礼堂质询。这还是青致有史以来第一次以这样的模式来严查作弊行为，连答案都没有，嬴子衿怎么抄？

江燃好不容易熬过了中午，也没去餐厅吃饭，在食堂窗口买了个汉堡就直奔大礼堂，占据最好的位置。他皱眉道：“不会出事吧？我可听说，国际班那个姓贺的，出了一堆盟校理科专业的题。”

“那又如何，别说盟校了，研究院的题也没有用。”修羽耸了耸肩，“你知道上次嬴神看的什么书吗？讲量子纠缠的！科学家们至今还在研究这个领域。”

江燃：“……她能做个人吗？”

两点还未到，礼堂里已经坐满了人。

“你们学校这几个老师怎么回事？”云京盟校的青年教授问，“人家小姑娘的答案比我给的标准答案解析还精简，这怎么抄？还非要当众质询？”

物理组组长叹气：“左教授，我和他们说了，可他们不信啊。”

青年教授连连摇头，淡淡地说道：“肤浅。”

两点整，嬴子衿如约而至。

礼堂顷刻间安静下来，所有的目光都集中在女孩身上，无数双眼睛看着她步履平稳地走向座席坐下。她的对面是贺珣和白韶诗等几位老师，阵仗倒是不小。

嬴子衿的神情自始至终平静沉稳："可以开始了。"

"最后一道物理题，你用到了很深的狭义相对论知识，"贺珣目光冷淡，语气嘲讽，开门见山，"你知道什么是狭义相对论？这道题的解题思路又是什么？"

物理选修书只是简单地讲了一下相对论，很浅薄。

"关于时空和引力的理论。"嬴子衿说，"我不仅用了相对论，还用了量子力学，你看到的不只是相对论。"

贺珣的神情蓦地一顿，浮上几分狼狈之色。若非嬴子衿提醒，他完完全全忽略了量子力学这个点。

女孩的声音依然不疾不徐："这道题的解题思路是先把几个变量……"

江燃只感觉自己在听天书，头昏脑涨。

三分钟后，嬴子衿才停下讲解："我的回答结束了。"

贺珣张了张嘴，竟是无话可说。

白韶诗立刻追问："你写到了 cre-loxp 重组酶系统，据我所知这个系统具有毒性，且紫蓝光的组织穿透性差，题目要求里有'高效'这个词，你难道不觉得你错了？"

"前不久国内一所盟校已经研发出了具有低毒、高度时空特异和强组织穿透性的 cre-loxp 重组酶系统，符合题目要求。"嬴子衿双手微微交握，淡淡颔首，"我希望接下来的提问能够具有更高的专业性。"

她说得平淡，语气也是平铺直叙，没有什么起伏，可威压深敛，让人听而生畏。

白韶诗和贺珣哑然无声，下面的听众几乎也都疯了。

"燃哥！"一个男生一脸崇拜，"我突然好想嫁给嬴神，她太帅了。"

江燃踹了他一脚，冷笑道："你想都别想！"

男生蔫了。

"漂亮！舌战群儒！"青年教授的眼睛一亮，"小姑娘厉害啊！我原以为她醉心物理，没想到在其他学科也涉猎颇多，我必须让她来我们云京盟校！"

"左教授，冷静，冷静一点。"物理组组长死死地按住他，"你不能这个时候冲上去，这不是打扰人家孩子吗？”

青年教授勉为其难地坐回原座。

被迫来凑数的一个语文老师无奈地发问：“我能知道你为什么不写作文吗？从文言文阅读我能看出你的文学功底很深厚，作文对你来说应该不算难吧？”

嬴子衿稍稍沉默了一下：“字多，人懒。”

语文老师沉默了下来，心想，这委实是个真实的理由。

贺琱的唇紧抿，喉结动了动，心神都受到了极大的震动，怎么会……

嬴子衿喝了一口水，客气而疏离地问：“问完了？”

回答她的是一阵沉默。

这还能问什么？

嬴子衿换了个更为舒服的姿势坐着，并不失风度礼貌。云京盟校的教授就在下面坐着，除了贺琱，其他老师很拘谨，都没有她如此放松。

“那好，”嬴子衿抬眼，缓缓说道，“该我问了。”

死寂将整个礼堂笼罩住，众人都惊愕不已，嬴子衿不会是疯了吧！

副院长也静默两秒，压低声音问：“校长，不是我想的那个意思吧？”

校长也像是才回过神，慢吞吞地推了推眼镜：“应、应该吧。”

副院长倒吸了一口气。先前的质询统共也就进行了不到四十分钟，但几乎是天文地理全都考了一遍。即便如此也没能问住嬴子衿，他还是头一次见到学员反质询老师。

“厉害，太厉害了！”青年教授大力地拍着物理组组长的肩膀，眼睛冒着绿光，“你们这个学员，有个性，很适合学我们的物理嘛。”

被拍得差点吐血的物理组组长心说：人家不是适合学物理，他看连哲学都不在话下！

青年教授神情严肃地拿出手机，若有所思地说道：“我得给院长打个电话。”

提问席的几个老师也都变了脸，贺琱抬起头，有些困惑。

“嬴子衿，你不会真的想反过来问我们吧？”白韶诗本就羞怒不已，此刻更是怒极反笑，“记住，这一次质询是因为你的成绩存在异常，不是因为别的，是你要洗清你的作弊嫌疑，和我们无关。你要问也要问问其他同学同不同——”

“让她问！我们同意了！”有人高喊出声，“快！让她问！让她问！”

“没错，让她问，我们要听！”

不论是实验班还是普通班，乃至精英院的学员都情绪高涨了起来。

“知晚，我突然好兴奋。”同桌的女生抓着钟知晚的手，“贺老师都在下面，嬴子衿居然还敢提问，她真的好厉害啊！”

诚然几个老师都没有超过三十五岁的，但能被青致聘请来，必然是顶级导师，尤其是贺珣毕业于诺顿盟校，这让他在青致的地位很高。挑衅贺珣，那跟挑衅诺顿盟校有什么区别？

钟知晚的笑容彻底凝固，她的手指捏紧了校服裤子，浑身发凉。嬴子衿竟然没有作弊？那自己向校方实名举报，还在不信校长和副院长的情况下进行第二次举报，最后要被处分的岂不是她自己？她忽然意识到公告里所说的“严惩不贷”，针对的不是嬴子衿，而是他们这些没有证据多次举报的人。

“知晚？”女生瞧见她面色惨白，关心地问，“知晚，你没事吧？”

“没、没事。”钟知晚笑容勉强，“我有点不舒服，去医务室一趟。”

她低着头，也不敢去看周围人，匆匆离开了礼堂。

一片沉寂中，反质询正式开始。

嬴子衿微微颔首道：“既然提到了量子力学，我也有些地方不明白，所以想请诸位讲讲如何测量坍塌量子波函数。”

江燃沉默了片刻，艰难地转头：“坍塌什么玩意儿？”

“不知道，你要是听过了，你就是江神了。”修羽耸肩，戳了戳嘟嘟的小肚皮，“嘟嘟，你说是不是？”

嘟嘟发出了嘲讽的哼哼声。

江燃脸色铁青。

贺珣的心脏猛地一沉，他在诺顿盟校学的不是物理专业，量子力学是科学家们一直研究的领域，这么多年来依旧有很多没有攻破的地方。量子力学往最深处讲，甚至涉及了平行宇宙是否存在的问题。坍塌量子波函数他听过，但是没有仔细了解。

“量子本身具有波粒二象性，很难测量。”贺珣紧抿着唇，“这还是物理界的未解难题。”

嬴子衿很轻很淡地笑了笑，说道：“哦？你先前问我的也有数学界的未解难题。”

贺珣猛地看向女孩，喉咙发干，神情狼狈不堪。

其他学员从听到量子力学这个词后就没听懂，都是一副“虽然不知道这说的是什么，但感觉很厉害”的表情，但这句话他们能懂，瞬间，贺珣在他们心目中的地位直线下降。

“贺老师什么意思？问高等学院的学员数学界的未解难题？”

“我听教务组那边说了，他们提前下发了通知，让贺老师他们准备问题，就算他们觉得嬴子衿这次考试作弊也不至于问这种题吧？真的不是故意为难？”

嬴子衿起身：“很可惜，诺顿盟校毕业的也不怎么样。”

她通过上网了解到了诺顿盟校这些年的情况，就读于 A 级学院以下的学员只是挂名，并不能够成为诺顿盟校真正的学员，诺顿盟校给他们提供了一个教学平台，但之后就要看学员自己了。她还真以为某个炼金疯子为了把盟校开成世界第一降低了招收学员的标准。

贺珣的面色微变，他双拳紧握，背脊被冷汗打湿，连牙齿都在打战。

诺顿盟校可以说是所有人心中的一个神圣的地方，云京盟校虽然很难考，但好歹可以触碰得到，考不上也能去参观校园，而诺顿盟校，据说除了学校的学员，都没人知道它的本部在什么地方，因为神秘，所有才让人向往。贺珣也正是借助这一点才瞒天过海，其他人根本不知道他没有拿到诺顿盟校的学位证，只是一个普普通通的挂名毕业生而已。

“不错！”青年教授再一次大力地拍着物理组组长的肩膀，“还是我们云京盟校好。”

物理组组长面如死灰，心想，自己要被拍死了。

“我问完了，谢谢。”嬴子衿朝着其他老师的方位颔首致意后，离开了会场。

礼堂静默如初，唯有钟摆发出沉闷的响声。

教学楼前，嬴子衿扶着路灯，缓缓叹气。她还是高估了她现在的身体，只是这么一小会儿，她的气力又全消耗了。她从口袋里拿出了一颗白色的药吃下，决定请假回家休息几天。

“嬴子衿同学，你好！”一阵脚步声传来，背后有人惊喜地喊她，嬴子衿转过身，青年教授朝着她伸出手，“我是云京盟校的教授左黎，想找你谈一谈盟校的事情。”

“抱歉，我身体不适，何况我现在只是二年级，谈盟校过早。”嬴子衿婉拒。

“早？不早啦！”左黎说，“以你的水平，别说保送盟校了，我可以直接给你申请云京盟校的副教授。嗯，因为正教授必须得自己去升。”

嬴子衿若有所思地问道：“副教授要带学员？”

“自然。”

“还要写论文？”

“是。”

“哦，那算了，我懒。”

左黎噎了一下，只得退让：“嬴同学，我认真的，你根本不用读高等学院，来云京盟校吧。我们都欢迎你，奖金绝对比青致丰厚。”

他有预感，幸好他是第一个跑来的，否则数学系那群跟强盗一样的家伙知道嬴子衿的情况后，一定会哭天喊地地和他抢，他是不会放人的！

“嬴同学，就算你现在不想来，我可以先把你编进我们物理系，以后你想来了，随时都可以来。这是我们物理系每年的奖金条目。”左黎掏出一份文件，“你看——”

“左教授，麻烦您先等等。”嬴子衿凤眼微眯，抬手止住左黎的话，朝着三点钟的方位精准地看了过去，在一瞬间觉察了旁人都无法看到的事情。

“怎么了？”左黎一愣，也抬起头。

蓝天白云，阳光灿烂，连一只鸟都没有，她在看什么？

嬴子衿神情淡淡，弯身从地上捡起了一块石头，然后放在手里抛了抛，才朝着空中掷了过去。一道极其细小的咔嚓脆响，有什么东西碎裂开来，转瞬即逝。

左黎盯着天空看了足足三十秒，才茫然地问道：“嬴同学，你有听到什么吗？”

“嗯？”嬴子衿收回视线，擦了擦手，眉眼冷静，“什么都没有。”

她没想到诺顿盟校的科技已经发展到这种水平了，但这也不能妨碍她养老。

“哦哦。”左黎点了点头，心想：自己果然是太激动，所以出现了幻听。

同一时间，世界上某处。

一个实验室的门忽然从里面被打开，有个身影冲了出来：“招生部的人呢？快快快，有急事！”那是一个老头儿，头发银白，但行走间稳健有力，一点都不显老。

旁边有人提醒：“教授，那边。”

老头儿立马跑走了。他来到招生部后，将手中的U盘放在了值班的招生专员前：“我负责的地方，发现了一个天才，你看看，看好了把邀请函给我。”

“好的，这就给您处理。”招生专员接过，一分钟后，他抬起头，疑惑道，“教授，您是不是弄错了，这里面没有录像。”

“不可能！”老头儿凑近一看，看到电脑上是一片空白的时候，傻眼了，“我的记录呢？谁把我的录像给抹除了？”

诺顿盟校在世界各地的校园投放了隐形无人机，以此来捕捉那些有天赋的学员。当然不会监控学员的私密活动，一切有关隐私的对话，无人机摄像头都会自动关闭，只有在感知到有值得被招入诺顿盟校的学员时，摄像头才会打开，录下有关片段，传送到校本部，这个U盘就连接了其中一台无人机。

老头儿不知道这种无人机到底是谁发明出来的，也没空去管，他现在要做的事情，就是拿到邀请函，立马前往华国，把这个学员提前招收进诺顿盟校。

“教授，这是不可能的。”女助手抱着文件路过，听见这句，摇了摇头，“就算是黑客联盟的老大也不可能毁掉我们的录像，他们都发现不了无人机。”

“可它真的就没了！”老头儿急得团团转，“我刚才还看了一遍，怎么可能一下子就没了？”

“也许您该休息休息了。”女助手又摇头。

这不，老花眼都出来了。

第五章

塔罗牌逆位

汉阁。

再次来到这家餐厅，嬴子衿看了眼桌子旁的香炉。她自然能闻出香炉中燃着的香和第一次不同，不仅仅能够安神，还能舒缓郁结之气。她眼睫微动。果然是特意准备的。

“夭夭，上次答应你，你要是考满分，哥哥呢，就送你一家娱乐公司。”傅昀深将手机推到她面前来，“现在刚好兑现一下诺言，怎么样。”

嬴子衿眉梢微挑，似是意外。

“夭夭，你这个表情——”傅昀深扬起桃花眼，“不会以为哥哥在骗小孩吧？”

嬴子衿手撑着下巴，半点都没留情：“嗯。”

“小朋友，你这可就没良心了。”傅昀深笑，“我什么时候骗过你？”

嬴子衿沉吟，三秒后，她不紧不慢地把他们第一次见面的一句话重复了一遍：“你看我无权无势，万一他把咱俩抓起来怎么办？”

傅昀深一时无言。

他好像是说过这句话。

“可以。”傅昀深靠在沙发上，沉默半晌，又笑了笑，漫不经心地说道，“记哥哥的把柄记得倒清，其他事情却可以忘得一干二净，那哥哥能不能用这礼物抵消？”

他点了点手机屏幕上的字，“初光传媒”四个字被放大。

初光传媒，华国排行第一的娱乐公司，捧出了不少国际巨星。这是娱乐圈的朝圣之地，云京电影学院的学员没有一个不想进初光传媒。业界说初光传媒只培养功底深厚的演员。初光传媒一年的收入流水是一个恐怖的数字，可傅昀深轻描淡写地送了。

“我想了想，觉得这家比较好。”他倒了一杯茶，神情懒懒地说道，“有不少女明星，我没注意过，不过应该是夭夭你喜欢的，不喜欢，也可以再签一些。”

嬴子衿眼睫微动，轻声说：“我送你一些药吧，这次不补肾了，一定延年益寿。”

“嗯，好。”傅昀深挑眉，拖长了声调，“真补肾也不是不行。”

他用不上，但可以送给聂亦。

周一一早，贺珣被请到了校长办公室。

“贺老师，请坐。”校长推了推眼镜，神情和蔼。

贺珣的双手却捏紧了裤子，心也沉甸甸的。自从两天前的质询会议结束之后，他便发现学员们看他的眼神都不一样了，已经没有了先前的敬仰和倾慕。他还听见有人说他没有师德，不配当一个高等学院的导师，他担心诺顿盟校会给他打第二个电话。

贺珣的喉咙紧了紧，才问：“校长找我有什么事？”

“贺老师，当时我说了，在没有证据的情况下还要执意认定学员作弊是要受到惩处的。”校长取出一份文件，淡淡地说，“这是经过讨论后学校对你的处罚结果。”

贺珣压下心中的不安，接过那份文件拆开，一张辞退书映入眼帘。

他猛地抬头，难以置信：“校长！”

“贺老师，我知道你是从诺顿盟校毕业的，学识也够渊博。”校长颔首道，“当初青致聘请你，也是看重了这两点，可这些天发生的事情证明你还需要再在社会上多历练。”

因为毕业于诺顿盟校，贺珣一直很有优越感，他高傲自负，从没想过他竟然会被青致辞退。

“贺老师，青致呢，一向以学员为本。”校长又说，“在我看来，学员的心理健康远比他们的学习好坏更重要。你打压那些学习差的学员，有没有想过哪一天他们承受不住压力，会出现不可挽回的后果？”

在嬴子衿之前，其实也有学员被贺珣孤立，最后罹患抑郁症，不得不退学。原本校长并不知道这件事情和贺珣有关，是因为这次贺珣形象大大受损，有学员向校方举报，他才得知。

“可她答出来了。”贺珣冷声说道，嬴子衿半点损失都没有。

“贺老师，你看，这就是你的缺陷。”校长的神情很冷淡，“你是诺顿盟校的毕业生不错，但你师德低下，如此这般区别对待且打压学员，青致是不会要的。”

“校长，我可以接受辞退，”贺珣不得不放低姿态，深吸了一口气说，“但是诺顿盟校面试的事情，还请校长让我继续跟进，算是我的赔罪。”

青致学院从来不知道的一件事情是——不是青致离不开他，而是他离不开青致。倘若他离开了，他的考核会无法完成，他不能接受诺顿盟校取消他的学位。

“好，也没几天了。”校长点点头，“那就请贺老师在诺顿盟校的面试结束后，尽快离开青致吧。既然贺先生已经不是青致的老师了，也请你尽快从学校分配的公寓里搬出去。”

话说到这个份上，贺珣的神情愈加难堪，他拿起文件狼狈地离开。

此时此刻，（19）班。

江燃因为最近体内的内劲又开始了新一轮的暴乱，正拿校服蒙着头睡觉。可耳边嘈杂声不断，烦得他踢了一脚桌子。抬起头来后，他看到教室的前门和后门都围了一群人，几个男生挡在门口没有让那些学员进来。

江燃强压着暴躁问：“他们干什么呢？赶集？”

他喜好清静。（19）班在楼层的尽头，加之以前名声不好，其他学员对他们班是能避则避，什么时候有这么多人了？

“哦。”修羽照着小镜子，在抹嬴子衿给她带的新口红，“还不明白吗？拜嬴神。”

江燃一噎，这下没脾气了。看向嬴子衿，他轻咳了一声：“那什么，嬴神，借个耳塞？”

嬴子衿看了他一眼，从书包里摸出了一盒没用过的耳塞扔了过去。

就在江燃准备两眼一闭接着睡觉的时候，几个男生兴冲冲地抱着几个箱子进来了，往地上一放：“嬴神，给。”

“这是什么？”江燃低头一看，就看到了一堆粉色、蓝色的信封，这样的东西他再熟悉不过了。

“情书啊。”男生可得意了，“为了防止他们打扰燃哥你休息，我们专门让他们在门外统一把情书交了过来。”

江燃立马堵住了自己的耳朵，蒙头大睡。

“这两箱，有几百封了吧？”修羽说，“子衿，厉害，我最多也就一次收几十封。”

嬴子衿放下手中的书，若有所思地问道：“他们之所以递信是因为我考得好？”

修羽想了想：“好像是哦。”

嬴子衿“哦”了一声，重新低头：“没眼光。”

"子衿，这是好事啊。"修羽被呛住了，"说明他们不看脸，看内在。"

"那没可能了，我看脸。"

修羽默然，好一个拒绝的理由。

男生挠了挠头，噌噌噌地又把箱子搬走了。

修羽好奇地问："子衿，那天云京盟校的教授说什么了？要把你特招进去？"

"不是，"嬴子衿说，"他想让我给他当苦力。"

修羽再次沉默，她可能不理解学神的想法，于是正色道："子衿，等毕业之后，要是你不想去上学，就跟我去云京吧，我还是可以养你的。"

"云京……"嬴子衿顿了顿，轻声说，"再看吧。"

两天后，傅一尘才被傅昀深放回了傅家。

他被人直接扔到傅家老宅门口，手脚被绑着，嘴里塞了个布团。

傅一尘只能发出呜呜声，如果不是园丁恰巧出来浇花，他会在草丛里躺一天一夜。

傅老爷子在前不久被送回了第一医院，傅明城去了公司，家里就傅夫人和其他几个兄弟姐妹。傅夫人见到傅一尘的时候都惊呆了："一尘，你怎么……"

"妈……"傅一尘哭都不敢哭，一哭伤口就疼，他鼻青脸肿，牙齿都被打掉了几颗，说话也口吃，"妈，你、你一定要为我做主，傅、傅昀深他太过分了，他把我打成这个样子，分明没把你和爸放在眼里！你们一定要让他死！"

傅家其他人都看了过来，其中一个贵妇用半疑惑半讽刺的口吻说："大嫂，我没听错吧，他说的是七少爷？七少爷把他打成这样？"

全南宜谁不知道傅昀深是什么样的人？纨绔，风流，游手好闲。以傅昀深在傅家的地位还敢打自己的二哥？除非想被赶出傅家。

"他说着玩呢。"傅夫人的脸色有些不太好，"你们先聊，我带他去上药。"

傅一尘行动困难，傅夫人让人把他抬上楼，然后又让人去叫私人医生。

一进卧室，她心疼得不行，焦急地问："一尘，你怎么变成这样了？"

"妈，我不是说了吗？"傅一尘气得要命，"我这是被你那个小儿子打的啊！”

“一尘，现在就我们两个人，你还说这种胡话？”傅夫人深吸了一口气，“到底是怎么回事？你是不是去赌场被打了？”

“妈，我说的是真的！”见傅夫人不信，傅一尘急了，“我亲眼所见，带走爷爷的人也都是傅昀深的手下，他把我关了七天七夜，只给我水喝，我都快死了。”

人只喝水可以存活一个星期左右，傅昀深显然是算好了这个时间，又把他扔回了傅家。

“没给你饭吃？”傅夫人吓了一跳，“我让厨房给你做点流食，你快躺下，先休息。”

傅一尘彻底被气哭了：“妈，真的是傅昀深，你信我啊，他肯定就等着报复咱们呢，真的！一定要现在就把他弄死，防患于未然！”

“行了，胡话少说，”傅夫人呵斥道，“以后这种话再让我听到，罚你跪祠堂。”

她有些忧愁，傅一尘的大脑委实是越发不清醒了。

夏风化雨，顷刻滂沱。

嬴露薇这几天的心情很好，她已经找到了能够让她顺利举办演奏会，又不会人设崩塌的办法。《日与月》连完整的曲谱都没有流传下来，哪怕顶级钢琴家也无法成功演奏全曲，她只要能够成功弹出一小节便可以大获全胜。

现在最重要的事情是如何让嬴子衿答应来参加她的演奏会，成为她的对照组。

“露薇，好消息啊！”经纪人推门走了进来，“有一个邀约递到了你手上，说是请你出演他们电影里的一个角色，但是需要试镜。”

嬴露薇笑得讽刺：“哪个公司这么愚蠢让我演电影？我可不是娱乐圈那些卖艺的。”

她是音乐界的名人，又是南宜第一名媛，怎么会跟那些明星一样？

“当然不是普通的角色了，如果是，我还会来找你吗？”经纪人笑道，“这是初光传媒和全球电影公司合作的一部电影，讲述 17 到 18 世纪的西大陆音乐史，他们请你出演的角色是薇拉·霍尔！”

要年轻的女性，又要有气质，还要钢琴弹得好，且在网上有着极大号召力的人，除了嬴露薇，经纪人根本想不到还有谁适合这个角色，除非薇拉·霍尔还活着。

“真的？”嬴露薇吃了一惊。如果她能拍这部电影，她完全可以进军国际音乐界，和顶级音乐家进行交流。

“你看，初光传媒那边刚好给咱们打电话了，肯定是说这件事情的。”

经纪人按下接听键：“喂，您好，我是露薇小姐的经纪人。”

经纪人的手在抖，他可以想象到等这部电影播出后，会带来怎样的轰动了，影响的不仅仅是华国，还有整个世界，甚至可以带动一系列的产业发展，所收获的名誉也是无穷无尽的。

就算是云京的名媛也绝对不会拒绝这个橄榄枝，也许一个初光传媒还不足以让大豪门放入眼中，但全球电影公司就不一样了，这是世界级的。能被全球电影公司邀请去拍电影的都是全球顶级演员，这五十年来国内还无一人能够达成此荣誉。所幸嬴露薇经营的人设之中，有一个就是“下一个薇拉·霍尔”，否则这么好的事情还轮不到他们。

“什么？”经纪人原本正笑着，脸色突然一变，“为什么？上周不是说好了吗？是没有签合同，可是——”

他的话还没有说完，电话就被挂断了。

嬴露薇皱眉，有些不悦：“怎么回事？”

好半晌，经纪人才愣愣回神：“初光传媒说虽然他们上周想让露薇你去试镜，但是这几天他们刚换了老板，正在忙交接工作，新任执行长一上去，就把这个项目拿走了，薇拉·霍尔这个角色不允许下面请人来拍。”

初光传媒那边原话是这样的——历史上薇拉·霍尔出现在公众场合都戴着面具，完全可以AI合成，不用真人。哪怕他们去音乐学院随便拉一个学员来演，也不用上嬴露薇。

“为什么不让拍？”嬴露薇气笑了，“难不成这位新任执行长以为自己是薇拉·霍尔？还能左右全球电影公司的决定？”

“这部影片虽然是初光传媒和全球电影公司合拍，且全球电影公司为主导，”经纪人叹了一口气，“但唯独薇拉·霍尔这个角色全权交给初光传媒负责。”

“为什么？”嬴露薇又气又不能理解，“薇拉·霍尔是西大陆人吧？”

“不，露薇，这事儿我也才知道。”经纪人压低声音，“据初光传媒内部透露，环影那边给他们说薇拉·霍尔是华国人，为了严密地贴合历史人物，所以选角也必须是华国人。”

“华国人？这怎么可能！”

“我们又怎么可能清楚？全球电影公司背后是个古老的家族，曾经资助过不少文艺巨匠。他们的老祖宗和薇拉·霍尔是好朋友，所以知道她的真实身份。”

“无知之徒！”嬴露薇嗤笑道，“不请我，我看这部电影他们怎么拍得下去。”

“露薇，别意气用事，这个角色对你真的有好处。”经纪人叹了一口气，“初光传媒那边说，他们的新任执行长今天就在南宜分公司这边，我们去见见，说不定还有机会。”

初光传媒，南宜分公司。

女秘书小心翼翼地问：“老板，真的要用 AI 合成吗？”

“现在的电脑技术很发达。”嬴子衿抬眼，端详了她片刻，“你身高够了，我觉得你戴个面具也可以演。”

受宠若惊的女秘书心说，虽然被夸了很开心，但这个她委实是不能，也不配啊！

“老板，其实我觉得薇拉女神这个角色就没几个合适的人选。”女秘书偷偷地看嬴子衿，又飞快收回目光，“嬴露薇小姐也是南宜第一名媛，又会弹钢琴，已经比较贴切了。”

嬴子衿在翻看初光传媒麾下的女演员照片，淡淡地说：“她有狐臭，每天都会喷很重的香水。”

女秘书呆呆地说道：“那……那是不可以哦……”

嬴子衿选了几张她觉得还不错的女演员照片，推了过去：“让她们去试镜。”

“老板，你眼光真好，挑的全是公司王牌。”女秘书感叹了声，这位执行长虽然很年轻，但是手段果决，这才来公司一天就轻而易举地处理了不少大小事务。

“还有什么事情，找总经理就行。”嬴子衿将几份文件收好，颔首。

她发现她委实懒得管公司，还是每天看看剧比较养眼养生。

初光传媒能够成为华国第一的娱乐公司，也是因为员工们都恪尽职守，不会在上班的时候干私事。各个部门从上到下也很清廉，公司会给艺人最大的利益。无论哪一家公司，都无法撼动初光传媒娱乐圈龙头老大的位置。

女秘书忙跟在嬴子衿身后，送她出去。

初光传媒换了新任执行长的事情，也就内部几个人知道。有不少员工注意到了嬴子衿，但是都把她当成了初光传媒新签的演员，惊艳她那张堪称“神颜”的脸。

“好漂亮啊，哪个经纪人签的，眼光真好。”

“气势好强啊，看上去不是要演戏，是要去打人！”

女秘书飞速地看了眼自家老板，心想，还真是那么回事。

风吹柳树，绿叶翩翩而落。

傅昀深靠在驾驶座上，懒洋洋地问：“小朋友，你这新官上任，感觉怎么样？”

嬴子衿沉思两秒，开口：“还是学习轻松。”

但这让她知晓了全球电影公司准备拍摄西大陆音乐史的事情，再一次提起薇拉·霍尔这个名字，她也回忆起了旧事，她曾经请教过不少音乐家，他们都无一例外地接受过洛朗家族的资助和支持。她“面具女王”的身份，某个视财如命只喜欢钱的人也清楚。

三百年前的那个年代，洛朗家族就是特兰西的王，手握大笔财富，金子如泥沙。外界只知道全球电影公司背后有一个西大陆大家族支持，但并不知道是哪一个，只是有很多猜测。这一次初光传媒和全球电影公司合作，让她了解到全球电影公司背后站着的就是洛朗家族。

嬴子衿若有所思，该不会是她被发现了吧？否则洛朗家族怎么会突然拍这么一部电影？

不过就算她的能力没恢复，别人也找不到她，她依旧可以安心养老。

“嗯，自然。”傅昀深搭在方向盘上的手指轻敲着，沉吟道，“哥哥会找人帮你管理的，你坐着看你喜欢的明星，还有收钱就行。”

她治好了傅老爷子，这么大的情，他不知道怎么偿还。

玛莎拉蒂启动，绝尘而去。嬴子衿刚合上的双眼忽然睁开，倏地一眯。

也是同一时刻，玛莎拉蒂猛然一刹车，来了一个三百六十度回转，发出了刺耳的声音。突如其来的转弯，让周围其他车主都吓了一跳。

傅昀深桃花眼一敛，笑意全隐，只剩下一片冰寒：“夭夭，坐好了，千万别动。”

下一秒，玛莎拉蒂提速再一次冲了出去，直到开离市区，速度才渐渐平稳下来。不必傅昀深解释，嬴子衿也知道有人在追他们，她目光微凉。后视镜里映出十辆黑色的改装车，而他们现在开进了一段山路，曲曲折折，弯路很多，一不小心就会车毁人亡。黑色车队也跟着开了进去，并且加快了速度，眼见着要和玛莎拉蒂并排。

傅昀深唇侧含笑，眼神却冰凉至极。他将油门踩到底，以只有一寸的距离擦着旁边的车子而过，迅速超车，转了一个大弯。

刺啦——

那辆车却因为没有收住速度，直接从路边栽了下去。但这分毫没有影响到其他车辆，其他车辆依旧在高速前进，将玛莎拉蒂夹在了中间。这不是在赛车，是想杀人。

傅昀深瞥了眼时速表，唇弯了弯，再次提速，一秒之内，速度在瞬间达到了极致，连车身都发出了轻微的颤声。

如此高的飙车速度，嬴子衿却连身子都没有斜一下，她很镇定，声音平缓：“左边。”

砰！

玛莎拉蒂一个回旋，就把左边的车给撞了出去。

见此，剩下几辆车都靠了过来，朝着玛莎拉蒂撞去，分明是存了将车毁掉的心思。空气中传来了嘭嘭嘭的爆响声，有几辆车的轮胎承受不住这么快的速度，全部爆裂开来，车速一下子骤减，被远远地甩在了后面。

傅昀深的桃花眼微微一眯，前方是一个很险的弯道，路也很窄，仅仅能供一辆车通过。

唰——

他转动方向盘，竟以极致的速度，直接从那个弯道上转了过去。

无限漂移！

后面的车全都停了，车里的人不可置信地看着玛莎拉蒂从他们的视线里消失了。

傅昀深并没有在山里停留，从另一面下山之后，就重新回到了市区。除了车身上有点擦痕，连凹陷都没有，没人能想到，这辆车先前经历了一场生死时速。

“小朋友，先回家。”傅昀深将嬴子衿送回了温家，他神情犹冷，声调却低缓，“我去处理点事。”

一个小时后，傅家老宅的门口多了十个被打断手脚的人。这一次不是扔在茂密的草丛里，就扔在大门口，别墅区内人来人往，谁都能看见。

能住在这里的，虽然比不上傅家，但也是南宜的中小豪门，难免在生意场上和傅家有大大小小的交易，眼下看到这一幕，都有些惊异。像傅家这样的豪门，自然是树大招风，可傅家毕竟是四大豪门之首，南宜又有谁会挑衅傅家？

傅明城阴沉着脸，让保镖把这十个人都抬了进来。他原本还不知道这到底是怎么回事，就听跟过来的傅一尘吃惊地说道：“我不是让你们去对付傅昀深吗？你们怎么成这个样子了？”

几个人想要说话，但是只能发出呜呜声。

“蠢货！”傅明城这下明白了，他怒极，扬起手扇了傅一尘一巴掌，“你今年多大了？二十七岁！不是小孩子了，你看看你做的这是什么事情！”

傅一尘的伤还没好，被傅明城直接打倒在地。

“明城，有话好好说，打孩子干什么？”傅夫人心疼得要命，阻止道，“一尘才被放回来，身体还虚着，你手劲儿大，这不是要他的命吗？”

“就是你惯的！”傅明城怒不可遏，“傅一尘，你老实给我说，你到底让这些人做什么去了？你要是不说明白，我今天就打死你！”

“我就……我就是让他们去对付对付傅昀深。”傅一尘缩了缩脖子，“谁让他关了我七天还不给我饭吃，我差点就死了，他当然也不能好过。”

“还敢狡辩！”傅明城更怒，也不顾傅夫人的阻拦，又给了傅一尘一巴掌，“说，是不是你又惹上什么事了？”

“一尘，快跟你爸说实话啊！”傅夫人也很急，“反正事情都已经这样了，你说实话也不会有什么事情的，你不说实话我们怎么帮你呢？”

“爸，妈，你们怎么就不信我呢？”傅一尘气得嗷嗷叫，“真的都是傅昀深干的，难不成我脸上这伤还有这地上的人，都是假的吗？”

“把你的好儿子带下去，”傅明城看都不想再看傅一尘一眼，胸口剧烈起伏，“这几天，不许给他一分钱，也不许他出家门。”

无论傅一尘怎么说，傅明城和傅夫人依旧不信这两件事和傅昀深有关。把傅一尘锁到卧室里后，傅夫人担忧地说道：“明城，一尘不会是精神出问题了吧？就算再嫉妒昀深，也不至于……”

说傅昀深打他，还打断护卫的手脚？

傅昀深要是有能力做出这种事，还能是南宜第一风流纨绔？

“我看他就是最近事情太少闲得慌，天天做白日梦！”傅明城余怒未消，“好好让他反省去，你以后也少惯着他。”

傅夫人也不敢触他的霉头，唯唯诺诺地应下。

傅明城平复了一下情绪，说：“后天带他去第一医院看看精神科。”

夕阳西下，惊起万道霞光，风随之来，光线又被低垂的云遮住，白天彻底落幕。

这个时候，青致学院三年级还没放学，正值课间，课间完了后还要接着上晚自习。温听澜不在其中，他不早到也不早退，到点就走。

嬴子衿习惯性在温听澜的班级门口等他，见他出来，她微微颔首道：“走吧。”

音乐教学楼在从三年级学院楼途经校门口的路上，两人穿过教学楼，悠扬婉转的钢琴声从一楼第一间教室里流淌而出。

修羽瞥了一眼，啧了一声：“子衿，你小姑在给一年级弹钢琴呢，看样子又想驯化出一堆唯她独尊的粉丝。你说她这钢琴技术还碰瓷薇拉女神，至少有点真本事吧？”

嬴子衿闻言也没有看向那边，只是淡淡地说道：“没有。”

一首钢琴曲在五秒前正好演奏完毕，音乐教室十分安静，所有人都听见了这番对话。

“没有？你凭什么这么说嬴老师？”一个男生站了起来，冷笑了一声，“你不会以为你考个年级第一，就懂钢琴了吧？嬴老师得到过不少钢琴家的赞誉，你说没有？那你上来弹一个试试？不会的话，就别只嘴上说说！”

每个年级都有独立的教学体系，一年级的学员顶多知道二年级出了一个学神，长得很好看，每天排队去二年级（19）班的人能排到楼下。二年级的风云人物，自然是远远比不过已经给他们上了好几次音乐鉴赏课的嬴露薇了。

嬴露薇在外很注重自己的形象，经营的也是岁月静好的人设。所以每年哪怕再忙，都会在一年级学员刚入学的时候给他们代一节音乐课，先把她温婉的形象在这些新学员的心中立住了，之后保持每个月一堂课的频率。二年级学员有嬴子衿的缘故在，让她的影响力大幅度降低，三年级学员准备全国联考，根本没有时间去听什么音乐课。

嬴露薇没想到嬴子衿会在这个时候出现，但这对她来说是一个可以利用的机会，她并不恼怒，而是微笑着问："小衿不是在二年级教学楼那边吗？怎么来这里了？"

嬴子衿并没有理她。

"小衿，你等等！"嬴露薇忙叫住女孩，又说，"同学们，给大家介绍一下，这是我的侄女，也是你们二年级的学姐。她的钢琴是我教的，以后你们要是想听了，也可以去找小衿。"

"嬴老师，她钢琴是你教的？"先前那个男生更为嬴露薇鸣不平了，"那我倒是挺想知道这位学姐的钢琴水平到底如何，还反过来说老师没有真本事了。"

从上学期到现在，他们上过嬴露薇教的五节音乐课，一年级的学员大多没有去过真正的顶级钢琴演奏会，自然认为嬴露薇的钢琴水平就是最高层次的。

"不是有'青出于蓝而胜于蓝'的道理吗？"嬴露薇也不生气，只是笑，"小衿学习能力强，能学到年级第一，钢琴弹得比我这个做小姑的好，也不是……"

"别叫得那么亲切，你怎么对子衿的，我们可都不是瞎的。"

修羽打断了嬴露薇的话，嗤笑了一声，指着她说："知道你们这位嬴老师做过什么吗？自己有血友病，血型稀有找不到血源，就和自己的未婚夫一起合谋找了个活体血库。喏，这活体血库就在你们眼前站着，一年被抽血十三次，还能活着，真是大幸了。我怎么还听说子衿因为被迫给你抽血，以前连上课的精神头都没有，你还教她钢琴？你是非逼着她连休息都不能休息是吧？你就是个垃圾，不只是你钢琴水平垃圾，你浑身上下哪里都垃圾。"

音乐教室里一片死寂，学员们震惊于活体血库这个词，只是听着就十分残忍。他们看着嬴露薇，眼神新奇到像是第一次见到这么一个恶毒的人，先前的热情也渐渐退去。

嬴露薇全然没想到修羽会把这种事情再一次搬到台面上来讲，众目睽睽之下，她浑身的血液逆流而上，涌进了脑袋，嗡嗡直响。她唇颤着，面色苍白："你、你……"

男生也受到了冲击，他抿了抿唇，色厉内荏地说道："这只是你的一面之词，我们怎么知道真假？她不是说嬴老师的钢琴没有真本事吗？让她上来弹啊。"

"你让上就上，你是谁？"江燃双手揣着裤兜走了过来，"都什么年代了，居然还有这种思想？难不成我觉得城东那边的面包难吃，我还得给他们当厨师？"

江燃的名头，别说一年级的学员了，就算是初级学院三个年级的学员也是清楚的。

男生瞬间噤声。

"小衿，小姑已经给你道过歉了，这事不能全怨我，当初咱们家也是太心急了，加上我也病着，没有考虑周全。"嬴露薇强忍着羞辱感，语气诚挚地说，"再过几天就是我的演奏会了，你能来吗？小姑给你准备了位置，就在第一排。"

仿佛就是在等这句话，嬴子衿微微侧头，淡淡吐出一字："好。"

"如果不行，也不是——"嬴露薇猛地愣住，"小衿，你同意了？"

嬴子衿却没再应，她从书包里翻出一袋牛奶扔给温听澜，姐弟俩并肩离开。

教室里的学员们面面相觑，心里想法各异。

看着女孩的背影，嬴露薇却莫名地有一种不好的预感，她的心突突直跳，像是做了一个十分错误的决定。可左思右想，她也想不出来哪里错了。眼下她委实没心情再待下去了，她将钢琴盖合上后，提着包，匆匆离开，她还有更重要的事情要办。

初光传媒和全球电影公司要拍 17 到 18 世纪西大陆音乐史的事情，初光传媒也只有几个高层知道，因为这件事情还没有尘埃落定，高层们都严加保密。嬴露薇很想借助舆论让初光传媒把薇拉·霍尔的角色给她，但是又没把握。

她思虑片刻，登录了两个月没有登的微博。

嬴露薇："今天是五月十日，我今年第一场演奏会定在五月十八日，届时在南宜大礼堂等着大家，期待和大家的重逢。为了给小衿道歉，我特地邀请她来参加我的演奏会。她的钢琴水平在我之上，青出于蓝而胜于蓝，希望大家喜欢。"

嬴露薇的粉丝数掉了十分之九，但剩下的十分之一才是最忠实的一批。这条微博一发，空虚了好久的粉丝都欢腾了起来，但最后一句话让他们愤怒至极。

"我还是有点疑惑，为什么露薇的演奏会，嬴家的这个养女要来插一脚？能不添乱吗？我们想看的是露薇，不是你。露薇要演奏薇拉·霍尔的《日与月》，请问你要演奏什么？难不成是难度还要在《日与月》之上的《圣战》？又或者是现在没有一个钢琴家能弹出来的《特兰西之歌》？"

"说不定人家要都弹呢？露薇都说了青出于蓝而胜于蓝，妹妹不把《圣战》和《特兰西之歌》都弹了，说不过去吧？"

薇拉·霍尔太神秘，明明是西大陆音乐史上的著名钢琴家，却连一张画像都没有留下，这种神秘引发了后人的向往。

人都有好奇心，面对越神秘的事物和人，就越想去揭开那层神秘的纱。可惜的是西大陆的一些史学家挖掘了很久，都没有挖出来什么新的资料。

历史记载，薇拉·霍尔有两位音乐导师也是当时的顶级钢琴家。世界第一难度的钢琴曲，就是其中一位音乐导师创作的。但这两位音乐导师留下的笔札中也没有关于他们这位门徒的记载，干净到仿佛世界上就从来没有薇拉·霍尔这个人一样。

除了广为人知的《日与月》，薇拉·霍尔还留下了另外两首曲子——《圣战》和《特兰西之歌》。这两首同样是世界级难度的钢琴曲，《圣战》的难度还要在《日与月》之上，同样是因为没有真正的曲谱，至今只有两位钢琴家演奏过，而《特兰西之歌》则还未被演奏过。

嬴露薇炒作自己是下一个薇拉·霍尔的时候，都不敢提《圣战》和《特兰西之歌》这两首钢琴曲，以免翻车。《日与月》对她来说已经难如登天，她不敢想象《圣战》和《特兰西之歌》这两首弹奏起来会是怎样的难度。

“看见薇拉·霍尔这个名字才点进来的，你们是不知道《圣战》有多难吧？要不然怎么会好意思提《圣战》这首钢琴曲？”

“解释一下，历史记载《圣战》这首钢琴曲的灵感取材于神话史诗小说《九日谈》，一共有三个篇章：第一个篇章写神创造了神侍，以及神界的宁静生活；第二个篇章讲述神带第一个人类来到众神侍面前，宣布这是他的继承人，并命令其他神侍向他参拜，但神侍长不从，拒绝臣服，带领了二分之一的神侍叛出神界，和神开战；第三个篇章描绘了曾经的神侍长堕落的故事，这个篇章基调是最悲伤的一段，也是全曲的收尾。其实《圣战》这一首钢琴曲在西大陆那边才更受推崇，比《日与月》在音乐界的地位还要高，《九日谈》可是西大陆史诗级的神话巨作。”

“光看描述已经头皮发麻了，薇拉·霍尔真是个天才！”

“所以《圣战》的难度不仅仅在于弹奏，还在于弹奏者有没有那种气势，能不能撑得起来。我看这个嬴子衿都不知道《圣战》讲的是什么吧？要说这世上还有谁能把《日与月》《圣战》和《特兰西之歌》完全演奏下来，也只有薇拉本人了。”

…………

舆论风向朝着嬴露薇所希冀的方向而去，她关掉微博，问经纪人：“邀请函都发出去了吗？有谁会来？”

“发出去了，不过目前还没有谁回信。”经纪人叹了一口气，“露薇，你也知道这次演奏会是你进军国际音乐界的起始点，咱们请的都是国内有名望的音乐家，他们脾气都挺古怪，也清高，不是说请就能请来的。”

“也是，那你这样跟他们说。”嬴露薇想到了什么，用极低的声音说了几句。

经纪人有些惊讶：“这样真的好吗？万一影响到你怎么办？”

“不会的。”嬴露薇不以为意地笑笑，语气轻蔑，“你不会真以为嬴子衿能弹出什么曲子来吧？她的水平我清楚，《卡农》都弹得磕磕绊绊。而我那个大嫂最注重的就是面子，为了面子什么都可以舍弃，你说她要是看到嬴子衿在演奏会上出丑，会是什么表情？”

经纪人听她这么说，点头道：“好，我这就再去发一份邀请函。”

这是他们唯一能翻身的机会了。

钟老爷子看到嬴露薇发的微博，当即就怒了："又做这么龌龊的事情，我去嬴家找他们算账！"

他才站起来，面前便多了一个杯子，嬴子衿说："外公，多喝水，少生气。"

"子衿，这演奏会你绝对不能去！"钟老爷子气得要命，"你要是去，就如她的愿了。她这是故意把你推到风口浪尖，让你接受舆论的暴风雨。"

嬴子衿不紧不慢地说道："外公多虑了，我自愿的。"

"自愿？"钟老爷子专门戴上老花镜，担忧地看她，"子衿，你是不是被气昏头了？"

嬴子衿面无表情："不喜欢她借名声罢了。"

钟老爷子一愣，没明白这句话的意思，嬴露薇借的难道不是薇拉·霍尔的名声？他叹了一口气："罢了，你决定的事情，外公也不能多干涉。外公认识几个钢琴老师，这就把他们叫来帮你练习。"

嬴子衿微微挑眉："谢谢外公。"

辞别钟老爷子后，嬴子衿去了绍仁医院，每周三晚上她会定点来绍仁医院一趟。她坐在院长给她准备的独立办公室里，桌面上摆了一副塔罗牌。这是她从地下集市买到的，不算是正统的塔罗牌，但贵在这是一副真的塔罗牌。借助塔罗牌，她可以在不动她的能力的条件下看一看大的事件。不过塔罗牌也不能一次使用太多次，这会降低最终结果的准确度。

座机响了起来，是助手："嬴小姐，商先生来复诊了。"

"让他直接上来就行。"

五分钟后，门被敲了敲，得到了允准之后，外面的人才推门走了进来。

五月立夏，他依然裹得很严实，帽子、墨镜、围巾一个不落。将门关上后，他才把伪装摘了下来。

商曜之，国内当下最火的演员，五年前就拿到了金华奖的最佳男主角。

商曜之致谢道："嬴小姐，谢谢你，你的药让我的嗓子比以前还好了不少。"

"客气，钱给到位了就行。"

商曜之笑了笑，这才注意到桌子上的牌，稍稍一怔："这是塔罗牌？"

“嗯。”嬴子衿抬头，“选三张？”

商曜之迟疑了一下。

“随便选，”嬴子衿靠在转椅上，很轻地笑了声，“不要有心理负担。”

商曜之失笑道：“嬴小姐也跟我家表侄女一样，喜欢这种东西。”

嬴子衿没说话，只是示意他选牌。

商曜之抬手，正准备随便选的时候，却在手掌掠过这副牌的上方时，掌心自动吸上了一张牌，他一愣：“有静电？”

“不是静电，”嬴子衿淡淡地说，“这就是你的牌。”

商曜之神情顿了顿，也没说什么，把这张牌交给了女孩。但让他更困惑的是，接下来的两张牌，与其说是他自己选的，不如说也是跟第一张牌一样，自动贴在了他的掌心上，刚刚好三张牌。

他又注意到嬴子衿玩塔罗牌的方法和其他人都不一样，其他人玩塔罗牌还需要摆牌阵，每个牌阵的翻牌顺序、前后左右以及顺逆时针方向也有很严谨的要求。可她就这么直接翻开，没有牌阵，也没问他想要知道什么，这在玩塔罗牌的人眼中就是胡闹。

嬴子衿把前两张牌翻完之后，微微点头。翻开最后一张牌时，她的眼神陡然一凝。她翻牌的时候的确没有什么规矩，很随意，需要牌阵的塔罗牌是市场上贩卖的那些假牌，真的塔罗牌不需要这些准备，选牌的时候，牌自然会贴上来。

商曜之的这三张牌，前两张中规中矩，没有什么——一张正位的愚者，另一张是逆位的月亮。

但第三张——高塔，正位。

嬴子衿陷入了沉默之中。

“嬴小姐，没事，慢慢来，”商曜之见她这样，安慰道，“反正只是玩一玩。”

他的表侄女也会因为他抽完牌之后解不出来而自己生闷气。

嬴子衿颔首问：“你翻牌的时候，想了什么？”

以前商曜之也被人拉着玩过不少次塔罗牌，知道选牌的时候一定要在心中想着自己要问的事情，他想了想，说：“也没想什么具体的，我的未来吧。”

嬴子衿又沉默了片刻，才缓缓开口：“愚者，大阿尔卡纳的第一张，但序号是‘0’，这张牌代表了流浪，正位寓意不错。商先生五岁出来帮着家里打工，七岁就已经当一些电视剧的群演。十六岁在南宜外滩帮着你母亲摆摊的时候被星娱的星探发掘，从此有了自己的事业。二十八岁你会得到另外两个奖项，达成大满贯。二十九岁，你所参演的一部电影被送到西大陆评审，并拿到金缘奖，以后你就是华国电影第一人，恭喜。”

商曜之吃了一惊。

这个时间点太精确了，他以前玩塔罗牌，塔罗师都是模棱两可的答复。譬如“未来一段时间工作上会出现问题，请小心”，又譬如“因为错误的决定，你的人生会陷入绝境”，但这些问题是什么并没有指出来。他虽然已经拿到了金华奖，但金缘奖他根本不敢想。

“第二张，月亮，逆位。半年后你会和星娱解约，摆脱霸王条款合约，但在这之前你会受到来自你们董事长的阻碍，一共有十三次，其中有九次是她用你的家人威胁你。”

商曜之的眼神渐渐认真了起来，他意识到，这绝对不是一次普通的塔罗牌问答。他家境贫寒，父亲残疾，母亲又重病，否则他也不会在当时卖身给了星娱。星娱的董事长对他的掌控欲很强，公司有新人多跟他说一句话，就会被彻底雪藏。

“第三张——”嬴子衿顿了一下，并没有解释这张牌，而是问，“商先生和星娱只有半年合约期了，想不想提前解约？”

商曜之稍稍一怔，半晌，他才摇了摇头，笑着叹气，声音轻不可闻：“如果能提前，那自然是最好的，可这怎么可能呢。”

当初签的十年合同，他为了能养活家庭，连条款都没有仔细看。这几年他找来律师看过他和星娱的合同，里面没有一条是有利于他的，解约根本不可能。

嬴子衿没出声，从抽屉里拿出了一个香囊模样的小布袋，扔了过去：“有助于睡眠，这几天你最好贴身带着，明白？”

“嬴小姐，第三张牌……”商曜之虽然很有兴趣，但也没再追问，“谢谢嬴小姐了，一会儿我会把费用打过来。”

嬴子衿将牌收好，随意道：“不必，几天后再说。”

看着商曜之的背影消失在视野中，嬴子衿又将那张“高塔”抽了出来。高塔，塔罗牌大阿尔卡纳第十七张，正位，代表致命的打击。高塔是二十二张大阿尔卡纳之中，唯一一张正位和逆位都寓意不好的牌，能被这张牌选中，运气是不怎么好。

更改这种重大的命运节点对目前的她来说有点麻烦，但问题不大，能被改变的未来，就不再是未来了。嬴子衿摩挲了一下这张牌的表面，最后又将它收回了牌盒之中。

但愿可以一切顺遂。

保姆车上，商曜之拿出了嬴子衿给他的小布袋。他的睡眠的确不好，但他闻了一下，袋子没有什么香味，应该不是香囊。模样也普普通通，倒像是他去寺庙求过的签文。他想了想，还是把小袋子放进了上衣的口袋里。反正这是神医给的，就算跟睡眠无关，那也一定对他有帮助。而且，他感觉嬴神医不只是个神医，看的事情委实过于准了。

“我真是不知道公司在想什么。”经纪人抱怨道，“曜之，你是影帝，不是那些唱跳偶像和没实力的新人，公司怎么还让你跟着新人一起参加公司的运动会？简直是疯了！”

商曜之是很年轻，可他咖位很大，拿下金华奖的最佳男主角之后，电视剧他都很少拍了。何况是参加运动会这种团建类项目？经纪人委实不知道这是不是公司在临近解约前，故意折磨商曜之。

“快了，”商曜之微微摇头，“半年没多久了。”

经纪人皱眉说：“我看，实在不行就把公司的合同曝光，你的粉丝虽然成熟，不挑事，但事关到你，战斗力很强，也许可以把星娱逼到主动和你解约。”

商曜之的粉丝是娱乐圈的一大“奇葩”，明明商曜之是娱乐圈顶级艺人之一，但粉丝们都很低调，完全和其他顶级艺人的粉丝不同，大概什么样的偶像就有什么样的粉丝。

“不行。”商曜之淡淡地说，“我总要为我的家人考虑。”

经纪人叹了一口气。谁能想到表面上风光的影帝，背后过得还不如一个十八线艺人？

“运动会也会进行录制，到时候会在视频网站上线。”经纪人又说，“公司是想借你的名气带新人，你就随便参加参加，不要太认真了。”

“那可不行。”商曜之笑着应道，“我要为我的粉丝负责。”

经纪人神情复杂。他带商曜之带了这么久，当然知道自己的艺人是什么样的性子。在娱乐圈这个大染缸里，商曜之这样的演员委实少见。经纪人也不好再劝，点头道：“你自己心里有数就行。”

“嗯，回公司吧。”商曜之颔首，“我先回去准备准备这次的运动会。”

第六章

颠倒生死乾坤

阳光热烈，云层随风而动，在天空中翻滚，仿佛一层层白浪涌来，将太阳淹没。云层浪花转瞬而逝，日头更高。

中午放学，修羽像往常一样登录微博，进入商曜之的粉丝超话刷帖。平日里商曜之的超话十分安宁，粉丝们都在友好地互相分享照片，可今天超话里闹翻了天，每秒都有无数帖子诞生。修羽愣了愣，在看到新帖的内容后，神情大变。

“怎么回事？为什么要把曜之一个资深演员送去参加运动会！”

“哥哥出来辟谣啊，你不会有事的对不对？这肯定是假的！”

“啊啊啊，到底怎么回事？我怎么看到救护车都来了！”

修羽的手抖了抖，只感觉喉咙里阵阵发干，一个字也说不出来，她僵硬的目光落在了热搜榜第一位的词条上——“商曜之运动会意外事故”。

词条热度还在呈指数型暴涨，网友们都震惊到失语了。商曜之的国民度和号召力都是一等一的强，他的名字就是影视界的招牌，影迷和剧粉更是横跨了五岁到七十五岁如此庞大的年龄层，所有人都不相信这条新闻是真的。

“大中午的，能别开这种不吉利的玩笑吗？今天又不是愚人节。”

“散了散了，肯定是假消息，曜之的团队里有医生，不会出现这种事的。”

修羽的心情也平复了下来，她缓缓吐出一口气，手却还在发颤。她心里有些不安，决定联系一下圈内人问问具体情况。恰在这时，新的词条出现了，并以更快的速度占据了热搜榜的第一位——“商曜之猝死”。

修羽的心脏猛地一紧，瞳孔也收缩到了最小。几乎无法相信自己的眼睛，她盯着这条热搜看了足足五分钟，才像是终于回过神一般，慢吞吞地点开。

广场上的微博不少，但描述的事情经过始终如一——

在星辰娱乐的安排下，商曜之作为公司前辈参加了这一次的公司内部团建，团建的核心内容是运动会。只不过星娱为了夺人眼球，安排商曜之参加极限类运动项目，有徒手攀登、极限单车、空中冲浪、跑酷、极限轮滑等项目。很显然星娱是借着商曜之的名气，给自家公司提拔新人。

修羽缓缓地吐出一口气，迫使自己冷静下来查看最新报道。

新闻 1+1：“前方记者报道，商曜之因为在参加运动会的时候不幸昏厥，已连夜送入新港综合医院，目前还在抢救之中。”

商曜之的粉丝们却无法沉着淡然。

“工作室能不能出来报个平安！”

“星辰娱乐你们是什么垃圾公司！我哥不是没实力的人气明星，而是有作品有实力的演员！他拍戏已经很累了，为什么还要他一大早参加这种节目？”

“大家冷静一下，曜之一直在健身，身体也很好，一定不会出事的。谁离新港那边近？先去看一看，其他人先上学上班。”

“人在现场，唉，也不知道该怎么劝你们，总之，热搜是真的，节哀顺变。”

修羽原本打算去食堂吃饭，看到这条评论后，立刻让江燃帮她请了下午的假，以最快的速度订了一张机票飞往新港。

商曜之拿到金华奖最佳男主角的那部电影，是当时的电影票房第一，他的影迷极多，别说普通院，哪怕只关注学习的精英院学员们也都在高度讨论这件事情。

但这些人中并不包括江燃，他向来不关心娱乐圈的事情。他看着班里的两个空位，有些烦躁：“这一个两个的，怎么都不来？”

“燃哥，别说风凉话了。羽姐不是追星吗？”男生说，“她追的明星出事了，听说是猝死，但是还没确定，网上已经乱成一团了。”

江燃皱眉：“怎么回事？”

男生立马拿出手机给江燃看今天的新闻头条。

江燃明白了，眉却皱得更紧：“可赢神也追商曜之吗？”他有些忧虑，如果是赢神追的明星，他是不是也应该跟着一起追？

男生挠挠头说：“不知道，不过羽姐经常给赢神看商曜之的相关新闻，赢神也喜欢长得好看的人，所以有可能。”

江燃想了想，起身，踢了踢男生：“帮我也请个假。”

“燃哥，你去哪儿啊？”

“新港。”

下午两点，新港综合医院。

日头高悬，风声猎猎，医院门口人头攒动，全都是闻讯赶来的媒体记者。

外界不会想到出了这么大的事情，守在这里的竟然只有经纪人、助理和一些跟着商曜之去运动会现场的粉丝在。

经纪人给公司打了无数个电话，但没一个接通。他急得要命，更多的是愤怒。他从商曜之十六岁出道就开始带对方，可以说是看着一个少年变成了一个男人，现在被一个公司给毁了。猝死，经纪人简直不能相信，明明几个小时前还是一个活蹦乱跳的大活人，怎么可能一转眼就没了？

“医生，您再仔细查查。”经纪人嗓子发紧，“钱不是问题，只要能救他。”

医生把口罩摘下，摇了摇头，委婉地说道：“送过来的时间太迟了，如果在商先生心跳骤停时便紧急送医，还有一线希望。病人的心跳呼吸都没了，除颤仪等其他急救仪器也全用了。唉……病人的身体很好，如果能早送过来，绝对不会这样。”

经纪人呆住了。

他只不过是去替商曜之回公寓拿东西，没盯紧活动现场，怎么就发生了这样的事情。

医生叹气：“节哀。”

“医生，不不不！别急，先等等！”经纪人的脑海中忽然闪过一个女孩的身影，他拿出手机打开通讯录，拨出一个号码，“我们认识一位神医，让她过来看看，她有办法的，真的有！”

医生知道他一时之间难以接受，耐心地等着。但人死了就是死了，就算是神医又能怎么样？他再次摇了摇头。

经纪人握着手机，手在颤抖，见电话接通，他便道：“嬴小姐，实在是不想麻烦您，但曜之这边出了大事，想请您过来看一看。报酬绝对不是问题，我们在新港这边，能不能麻烦您——”

“不必，我已经来了。”有人在他背后淡淡地开口。

经纪人愣愣地回头。

楼梯口，嬴子衿戴着口罩，耳朵上挂着蓝牙耳机，见到他之后，才把电话挂断了。

"嬴小姐！"经纪人几乎是狂喜，"嬴小姐，您快来看看，曜之就在里面。"

"我知道。"嬴子衿自始至终都很平静，仿佛早已知晓此事。

前天，她没有给商曜之解读第三张牌，因为透过这张牌能够看出他的生死劫。这和她第一次见聂朝时所观测到的结果并不一样，聂朝是性命之忧，哪怕那次她没有帮忙，他也不会死，但避免不了重伤。而塔罗牌告诉她，商曜之必然会死。生死劫事关乾坤，她不可能直接插手，只能做一点小的改变，能不能成功还要看当事人的运气如何。

经纪人推开病房的门，领着女孩进去。

"真是糊涂。"医生望着两人的背影摇头叹气，一个小姑娘能是什么神医？这不是在开玩笑吗？一个小时前还没有送到医院的时候，病人就已经彻底死亡了，还能怎么救？

病床上盖上了一层白布，遮住了"遗体"。经纪人不敢多看第二眼，已经濒临崩溃的边缘。

他强忍着内心的悲痛，低声问道："嬴小姐，有……有救吗？"

经纪人其实没抱多大的希望，他也知道，人死了，那就是回天乏术，华佗再世也无法。

嬴子衿问经纪人："我给他的锦囊可随身带着了？"

经纪人愣了半秒，忙应道："带着呢，就在曜之的衬衣口袋里。"

嬴子衿颔首问道："参加运动会的时候，也带了？"

"没错。"经纪人点头。

"那便好。"嬴子衿眉眼松了几分，"你把那个锦囊取出来。"

经纪人的手颤了颤，勉强将白布拉开一个角，快速地将锦囊拿了出来。

嬴子衿从口袋里拿出了另外一个锦囊，淡淡地说："把这个再给他带上。"

经纪人虽然迷茫，但还是照做了。

嬴子衿"嗯"了一声："好，十分钟后再看看，有没有心跳。"

经纪人的瞳孔倏地收缩了起来，半晌，他才找回了自己的声音："嬴小姐的意思是……有救？"

嬴子衿也没说其他的，言简意赅："他运气好，撑过来了。"

她用塔罗牌看出商曜之的死亡点后，给了他那个锦囊。锦囊里是她调制的特效药，只要贴身携带，便可以保护心脏，提前预防猝死这样的事情。商曜之的死亡点是既定的，她不能插手，也不能提醒他不让他去参加运动会，因为即便他没有参加运动会，依然会在那个时间点出事。于是她把这个锦囊给他，让他贴身带着，然而是否能逃过这个死亡点，看的还是他自己。

“可、可是——”经纪人头昏脑涨，“医生说，中午十二点多的时候曜之就、就……”

“是，但劫难已消去，”嬴子衿咳嗽了一声，神情淡淡，“现在他没事了。”

死亡点已过，商曜之之后的星途，才真的是一片璀璨了。

经纪人的喉结滚了滚，他艰难地伸出手，试了试商曜之的体温。随后，他震惊地发现这躯体并不是冷的了，竟然在慢慢回温。眼前的一切都让经纪人觉得不可思议，他颤颤巍巍地拿出手机：“我得赶紧跟他的粉丝们说一声……”

“不急。”嬴子衿开口，“是没事了，但能不能醒还是个未知数，等他醒了再说。”

“对对对，我太激动了！”经纪人抹着泪，声音哽咽，“我还瞒着他家人的，他家就他这么一个独生子，实在是太苦了，这事儿绝对不能这么算了！”

嬴子衿抬眼：“你想怎么做？”

经纪人愣住了，半晌，他才喃喃道：“我什么都做不了，星娱的后台……”

“先看着他。”嬴子衿看了一眼时间，“如果有什么异常，打我电话。”

“好好好，太谢谢嬴小姐了，您先忙您的事情，这里有我就够了。”

经纪人送女孩出去。随后，他折返回病房，一个人坐在商曜之的床前。关键时刻，他不敢让有心人知道商曜之“死而复生”的事情，生怕再生出其他问题，剩下的事情，一切都等商曜之醒来再做定论。

星辰娱乐总部。

这个时候星娱上下也是一片焦头烂额，毕竟运动会的主办方是他们，商曜之出了这么大的事情，责任也全在他们身上。

在“商曜之猝死”的新闻爆出来的第一时间，星娱便已经发了声明，推卸了责任，但并没有得到网友们的支持，舆论已经彻底失控了，对他们全然不利。

公关部经理战战兢兢地看向星辰娱乐的董事长——冬芸，他吞了吞口水，艰难地问：“冬、冬总，现在怎么办？”

冬芸神情冷漠，正在对着镜子给自己涂口红，漫不经心地问道：“真死了？就那么脆弱？你们到底怎么回事？”

商曜之的行程，她一向会亲自跟着，为的就是防止他在拍戏之外跟别人有多余的交流，她不允许商曜之脱离她的掌控。这一次因为是公司自己的团建活动，她很放心，才没跟着去。

“冬总，这真的不能怪我们啊。”负责人抿了抿唇，硬着头皮道，“他当时倒下的时候，我们都以为他在跟我们开玩笑呢，谁知道……”

嘭！

冬芸猛地拍桌，震怒出声：“开玩笑？就算你们觉得在开玩笑，随行的医疗组呢？”

负责人缩了缩脖子，没开口。他总不能说，公司为了节省开支，就没有配置专业的医疗队，只是在私人诊所里拉了几个护工，商曜之昏厥过去的时候，这几个护工正站在湖边嗑瓜子。还是他们的工作人员在商曜之倒地快十分钟都没起来时，才意识到那不是玩笑，连忙把那几个护工叫来了。现场并没有真正的医疗人员，这种事情，他们根本不敢公开。

“行了。”冬芸一看他的模样，大概知道是怎么回事了，“我不想听。这事是你们整出来的，你们也别指望着用几个声明就能糊弄过去，还是想想怎么办。”

“冬总，肯定只能定性为意外啊！”负责人这下急了，“每年心源性猝死的人有几十万，太常见了，但……”但商曜之是名人，又是人气最高的演员之一，影响太大了。

冬芸很不耐烦：“医院那边死亡通知都下了？”

“下了，”负责人小心翼翼地说，“中午十二点多的时候就下了，新闻也没压住。”

冬芸按了按太阳穴，也没想到事情会这么糟糕。眼见着商曜之和星娱的合约期限就要到了，她挺急，就想着一定要把商曜之留在星娱，可也没想要他的命。冬芸冷冷地开口：“一会儿公司会配合你们发讣告，让其他参加运动会的人都把嘴闭好了，不想得罪星娱，就一个字也别往外说。”

负责人松了一口气，本想着商曜之是星娱的王牌，又得冬芸宠爱，这事儿肯定是他们遭殃，没想到冬芸并没有多跟他们计较。

“安抚一下家属。”冬芸抬手敲了敲桌子，淡淡地说，“另外把这件事情，推到初光传媒的身上。”

人死无法复生，那么利益自然要最大化。

星辰娱乐上下自然不知道嬴子衿已经替商曜之消除了生死劫，他们理所应当地认为商曜之已死且事情无法挽回，公关部经理也按照冬芸的要求发了声明。

星辰娱乐：“很遗憾，经过六个小时的抢救，商曜之先生还是离开了我们。全公司上下深表沉痛，请大家节哀，我们会照顾商影帝的父母，请大家放心。”

官方消息一出，各大新闻头条都被商曜之这个名字占据——“商曜之去世”“最年轻的金华奖得主陨落”“回顾商曜之传奇的一生”……

微博瞬间瘫痪，程序人员足足修了一个小时，才终于修好。

粉丝们始终无法相信这个噩耗。

“怎么回事？一个小时前还说在抢救，怎么就去世了！”

“我不信，今天是愚人节吧？这个玩笑开得太大了！”

“放屁，曜之还很年轻，还在冲击国际影视界，胡说八道什么呢！”

“人确实没了，但本来是可以救的，没成功是因为星娱没有配备专业的医疗队！”

一时之间，全国各大社交软件上都彻底炸锅了，没有人能够接受这一事实。

“我第一次见曜之的时候，是七年前，那一年他才十九岁，也不火，还是个少年。我就比他小了两岁，刚考试失利，想轻生，被救下之后，曜之过来开导我，还给我买了热奶茶。我实在是不能接受，他那么好的一个人，为什么会经历这种事情？”

“嘘，神想看电影了，所以把他带走了。”

…………

新港中心酒店。

“喂，外公。”嬴子衿一手按下接听键，一手刷卡打开房门。

“子衿，你有没有看新闻？”钟老爷子叹了一口气，心里很是难受，“多好的一个孩子，怎么就……真是世事无常，意外太多了。”

前天，商曜之还推荐了他们翡翠斋的玉石，带来了上万个订单。每一个订单的金额虽然不大，但加起来也足以抵得上以前钟氏集团半年的流水收入了。钟老爷子原本不追星，昨天才专门把商曜之获奖的那部电影看了，还在感叹英雄出少年，一觉起来就是临头一击。

“还没有。”嬴子衿说，“不过他没事。”

钟老爷子一愣：“网上的是谣言？可他公司都……”

“也不算谣言，”嬴子衿又说，“至少他们真的认为他死了。”

钟老爷子有些茫然，没能理解这句话的意思，他神情渐渐地严肃起来：“子衿，你先忙你自己的事情，外公也准备去新港一趟，看看是怎么回事。”

通话结束，嬴子衿换上睡衣上床休息。昨天她在NOK论坛上收集情报，今天早上又很早赶到了新港，一直没有合过眼，她必须睡上几个小时来休养她目前的身体。

夜幕降临，天已经黑了，灯火通明，光影明灭。

傅昀深窝在沙发里，神情散漫，动作慵懒。他前面的茶几上，放着一台电脑，屏幕上是视频通话界面，通话的另一方是初光传媒的理事长，很年轻，绝对没有超过三十岁。

理事长气得脸都红了：“少爷，星辰娱乐太不要脸了，他们竟然把这件事情的责任推到了我们这边，现在骂声已经转移了一大半到我们公司，都在说我们是害死商曜之的凶手。”

几分钟前，星辰娱乐旗下的几百个微博号齐齐地发了通稿，都是一个意思，说是因为前一天晚上，商曜之在影视城拍戏拍到凌晨三点，又匆匆赶飞机来到新港参加运动会，才会导致猝死。初光传媒刚好是这部剧最大的投资方，和商曜之拍戏的女主角还有男二都是初光传媒旗下的演员。星辰娱乐抓住了这一点，说初光传媒不把商曜之当人看，压榨他，让他没能休息好，这才导致他的病逝。

傅昀深眸色暗了暗，问："所以？"

"必须得解决啊，少爷！"理事长愤愤不平，"我入娱乐圈这么多年，真是没见过像星辰娱乐这么不要脸的。问题就是不知道该怎么解决，才来问少爷你。"

"你们要是连这点小事都解决不了，我养你们干什么？"傅昀深撑着头，桃花眼弯起，尾音扬着，"嗯——说得好像我以前帮你们解决过什么。"

理事长沉默了。

打扰了，是没有。

傅昀深淡淡地说："这种小事，别打扰你们的新老板，她身体不好，需要休息，以前怎么解决的，现在就怎么解决。"

理事长犹豫了一下："可少爷，星辰娱乐背后……"

"我在。"简简单单的两个字，却仿佛一座高山不可动摇。

理事长明白了，更多的是兴奋："好好好，有少爷你在，我这就去搞垮他们！"

傅昀深又在沙发上窝了一会儿，才不紧不慢地起身，拿着热好的牛奶出房门，敲了敲隔壁房间的门。几十秒后，门被打开，女孩穿着睡衣，赤足站在木质的地板上。她显然是刚睡醒没多久，凤眼中水雾缭绕，朦朦胧胧的。傅昀深眸光一顿，迅速移开了视线，只是将手中的杯子递过去："喝点牛奶，去吃点饭。"

"嗯。"嬴子衿睁了睁眼，将牛奶接过，坐在房间里面的摇椅上。

傅昀深原本打算先离开，但还是开口提醒道："夭夭，以后在外面，见人的时候记得换衣服，这样不好。"

闻言，嬴子衿看了他一眼，似乎觉得他这句话有些多余。她喝完最后一口牛奶，说："除了你，还有谁会敲门？"

"我就行了？"傅昀深一时不知道是好笑还是该气，他也是个男人。

"是你，我就可以懒。"

傅昀深沉默了。

行，他认输。

“你先换衣服，”傅昀深退了出去，“十分钟后楼下见。”

嬴子衿点头，神情看起来很敷衍。

傅昀深给她关上门后，一手撑着墙，似是停了很久很久。

新闻上有关商曜之的热度不降反升，今天是周六，放假的粉丝们都订了飞机票、动车票往新港赶，全都围在了星辰娱乐的分公司大楼门口。

“我们要进去，让我们进去，我们要一个交代。”

“当时的监控呢？不给监控，我们凭什么信你们真的第一时间抢救了？”

一堆烂摊子还没收拾好，负责人原本就很不耐烦，眼下又有这么多粉丝执意要进公司，更是恼火，直接冲着这些粉丝劈头盖脸就是一顿吼：“进什么进？哭天抢地做什么？烦不烦？我就告诉你们吧，别说他商曜之拿了金华奖，就算他三大金奖齐聚，是大满贯影帝，也没什么用，明白吗？”

粉丝们都被吼蒙了，有几个年纪小的，眼泪唰的一下就掉了下来。旁边有很多身形高大的保安，虎视眈眈的，没人敢强行进去。

负责人冷嗤了一声，让保安将这些碍事的粉丝赶走，却在这时，有人大力抓住他的衣领，猛地把他从台阶上拽了下来。

嘭！

一声惊天动地的响声，负责人摔倒在地，眼冒金星。

雨声淅沥，雾气弥漫。

女孩撑着一把伞，一双腿修长笔直，她戴着口罩和棒球帽，衬衣的扣子也一丝不苟地扣到了最上面，只露出白皙的脖颈，目光仿佛冰冷的刀刃，眸中带着凌厉的美。

粉丝们也有些发愣，呆呆地看着这道如刀的身影。

“先回去吧。”嬴子衿没理负责人，对粉丝们缓声道，“外面冷，你们年纪小，公道会有的。”

粉丝们眼睛通红，一个劲儿地鞠躬：“谢谢……谢谢小姐姐。”

他们到这里来，只是想要一个真相，一个公道。商曜之对他们来说不是亲人，但是在生活中，也给他们带来了不少希望和鼓励。他是一个好演员，也是一个好人，凭什么受这样的欺辱？

嬴子衿颔首淡笑，又撑着伞离开。

很长很长的一段沉默之后，粉丝们才回神。

等等——这女孩的年龄不比他们大，看起来最多不过二十岁，却有着远不符合同龄人的气魄，他们第一次见到这样的女孩，可怕而又优雅。

商曜之醒来的时候，距离事发已经过了三天。

他睁开眼睛后，还有种不真实的感觉，因为他真真切切地体验到了死亡是什么感觉。心跳骤停的时候，大脑还是有意识的。那时他也没有想太多，想到了他的父母，想到了家里可爱的表侄女，还有那些一直支持他的粉丝。遗憾的是他没有让他们看到他站在巅峰，就这么栽了下来。可是他怎么就醒了？

模模糊糊之中，商曜之瞬间就想到了嬴子衿给他的那个锦囊，他蓦地睁开了眼，对上了一双关切的眸子。

“崽？崽你有没有事？”这双眸子的主人担心地看着商曜之，又怕影响到他身体，没凑近，只是说，“他们说你今天就会醒了，还有没有哪里不舒服？”

商曜之有点回不过神，半晌，喉咙里才溢出了一个字：“……崽？”

修羽摸着下巴，确认他真的没事了，她才点点头：“我们粉丝都这么叫你。”

商曜之沉默了。

这小姑娘看着比他小了六七岁，为什么会这么叫他？

他是不是已经不懂粉丝们的心理了？

商曜之缓了缓，才说：“我很好，你——”

“太好啦！”修羽站起来，“我去叫医生，崽，你别动，千万别动啊。”

看着跑出去的修羽，商曜之一时之间有些哭笑不得，让他动，他也没法动，他是醒了，可这身子还很僵硬，连抬手的力气都没有。

医生匆匆进来，经纪人就跟在后面，看着活生生的人后，喜极而泣：“曜之！”

医生连忙给商曜之进行一系列身体器官检查，检查完毕后，说道：“病人身体一切正常，只是心律还有一些失常。不过这不是问题，好好休息，能调养过来。”

“那你们当时为什么说我们崽人走了？”修羽困惑道，“我来的时候，他明明好好的。”

“应该是检查错误。”医生迟疑了一下，解释说，“医学上也不是没有这种可能，病人或许是在突发意外的时候，身体自动开启了保护机制，瞒过了仪器，这类似于‘假死’。”

“没事，醒了就好，醒了就好。”经纪人擦着泪，“曜之，你赶紧发一个微博报平安。等你身体彻底好了，先回家一趟。”

商曜之没法点头，就眨了眨眼。

星辰娱乐擅长利用网络，趁着新闻热度还在，冬芸在公司总部大楼外召开了记者发布会。

有记者问道：“冬总，请问您对于初光传媒暗害商曜之先生一事怎么看待？”

“这件事情，我们星娱不会跟初传就这么算了。”冬芸一脸冷漠，抬了抬下巴，“曜之是我们星娱的人，我也一直把他当家人。大家都知道，初传一直在打压星娱，还抢走了星娱手中的不少剧本，但我是真的没想到他们这一次提前得知了曜之的行程，故意将曜之的戏份安排在半夜，导致曜之最后……总之，星娱会为了曜之，和初传抗争到底！”

又有记者将话筒递过来：“也就是说，星娱会给商曜之先生一个公道是吗？”

“当然，毕竟——”冬芸这句话没有说完，因为她面前的记者都躁动了起来，不断地发出了喊声和惊叫声，每个记者的表情都很惊愕，像是见鬼了一样。

“冬总，快看微博！”一旁，执行助理声音颤抖，将手机举起，“商曜之！商曜之他——”

手机屏幕上是一个直播画面，让所有人吃了一惊的是，直播的人正是他们认为已经死了的商曜之。画面中，男人的面色还很苍白，眉眼间尽是疲惫之色。他躺在病床上，显然是才从死亡线爬回来，但胜在他双眼还有神，不是什么回光返照，是真的还活着，他的面容上也是大家熟悉的微笑，温文尔雅。

“大家下午好，我是商曜之，这几天让大家为我担心了。我刚醒，迫不及待地前来给大家报个平安，有神医相救，我没事。之后我会请律师给我和星辰娱乐解约，同时，西风律师事务所会帮我向星娱发出律师函……”

后面的话冬芸已经听不到了，她的耳朵嗡嗡作响，脑子也是一片空白。这一瞬，她的力气像是被抽空了一般，浑身发软，脚下的高跟鞋几乎都要踩断了。冬芸及时扶住一旁的栏杆，甩了甩脑袋，依然没能把那种天翻地覆的眩晕感排出去。

“天啊，商先生还活着！”

“是哪位神医？竟然能和阎王抢人？”

记者们都沸腾了起来，看向冬芸和运动会负责人的眼神也不一样了。他们可都听到商曜之说要和星娱解约，还要发律师函。如果星娱真的无辜，商曜之会这么说？这位顶流影帝的脾气可是圈内公认的好。思绪千回百转，记者们也来不及想商曜之是怎么“死而复生”的，将手中的话筒全都递了过去，争先恐后地开始发问。

“冬总，请问当时到底是怎么回事？为什么不把监控录像放出来？既然是综艺节目，难道没有摄影师跟拍？”

“冬总，现在您也看到了，商先生醒了，但是他不仅没有感谢你们，反过来还要和星娱解约。请问你们当时真的及时抢救了吗？”

“冬总，听商先生说你们还对他的粉丝动手动脚，这一切是不是真的？如果商先生没醒，真的走了，你们利用他来攻击初光传媒，真的不是在吃人血馒头吗？”

“冬总……”

接二连三的质问，让冬芸头晕目眩。

她冷漠沉稳的面具终于碎裂开来，面容狰狞而扭曲，尖叫着后退：“滚！都滚！”

旁边的保镖护送着冬芸进去，大厦门口顿时一片混乱。

记者们都想挤进去，保安拼命地阻拦，今天这场记者发布会原本就是星辰娱乐为了澄清自己并把责任全部推卸到初光传媒才办的，所以星辰娱乐请来的这些记者可都是国内各大有名媒体，为的就是造势。

冬芸根本没想到，她的所有安排哪怕计划得再周密，都抵不过商曜之亲自现身。

回到办公室后，冬芸头还是发昏，无法理解为什么死去的人又活了过来。难不成，新港综合医院在骗他们？可医院又怎么敢拿人命关天的事情开玩笑？

星娱这边乱成了一锅粥，网上的影迷们也要疯了。

“我真的不是在做梦吗？不会是谁易容了来装我哥骗我吧？”

“不会不会，就是曜之，曜之还活着，他真的还活着！”

“不行，我要冷静一下，我怕这是一场梦，但请这场梦千万不要醒来。”

这三天的时间对于粉丝们来说简直是大喜大悲，度日如年。原本他们已经自发地组成了队伍，准备去新港那边祭拜送花了，没想到商曜之化险为夷，成功地击败了死神。

此时此刻的商曜之正在接受来自修羽的“关爱”。

“崽，喝点粥。”修羽端着碗，“你刚醒没多久，只能吃流食，肉就别想了。”

商曜之看着他这位一脸慈爱的粉丝说不出话，突然就生出了想退圈的念头。一想到他八成的粉丝都天天管他叫崽，他就很头疼。

“修小姐，我来我来。”经纪人哪敢让修羽动手，小跑过来，“您歇着歇着。”

他只知道修羽是嬴子衿的朋友，但他就觉得神医的朋友都不简单。

“别过来，”修羽警惕地把碗抬得高高的，“不要打扰我给他喂饭。”

沉默突如其来，商曜之和经纪人的眼睛变成了豆豆大小，都蒙了。

江燃深吸了一口气，这家伙追星追疯了！他看不下去了，离开了病房。

恢复了一些气力之后，商曜之又发了一篇长文来感谢网友、粉丝和初光传媒。

他其实也挺迷惑，就算他的身体开启了保护机制，继而假死，但是他恢复得也未免太快了，早上才睁眼，这会儿他都能下床走了。他甚至觉得他的身体机能比以前更好了，都能一口气拍二十四小时的戏，但是他的粉丝可不这么认为。

“崽，说了让你别动，你怎么还下床来？”修羽把江燃用过的豪华轮椅给搬来了，“你坐这儿，让人推着你。”

商曜之万分无奈，尤其是他还没办法适应“崽”这个爱称。

“其实我真的没有——”话还没说完，他就被强制性地按在了轮椅上。

商曜之再度沉默了。

“崽，我给你拍个照，向其他人证明你被照顾得很好。”修羽掏出手机拍照，拍完，她将照片发到了粉丝群里。

粉丝群的成员看到照片后嗷嗷直叫。

商曜之下意识地一看，一句话映入眼帘。

“崽崽，活的崽崽，崽崽没事，太好了。”

商曜之只想沉默。

修羽把手机放回口袋里，朝着经纪人招手：“记得不要让他下轮椅。”

修羽出去后，经纪人瞧见商曜之的神色不太对，他紧张地问道：“曜之，你不舒服吗？”

商曜之深深地吸了一口气：“没事。”

只是他彻底无法正视他的粉丝了。

死而复生这种事情委实过于荒谬，即便商曜之出来直播澄清，还是有不少人持怀疑态度。第二天就有更多的粉丝赶到了新港综合医院，在见到了真人后，这才确定商曜之确实没事。

新港综合医院也发了紧急声明，说这是医学上概率极其小的事情，几乎就是奇迹，全靠商曜之的意志坚定，才成功地跨过了鬼门关。至于商曜之口中的神医他们不清楚，也没办法告知更多的事情了。

在一片震惊和欢腾之中，一条新的爆料视频悄无声息地登上了各大社交平台。视频显示这一次星辰娱乐举办的运动会团建并无任何专业的医疗团队，并且在商曜之晕倒之后，整整八分钟的时间，工作人员以及护工们都没有一个人动，有说有笑。直到第九分钟的时候，工作组的人才意识到事情不对了，连忙上前，将商曜之送去了医院。

“星娱，你们够冷血！这次幸好有神医，商影帝的意志也够顽强，要不然人就真的没了。星娱你们是杀人凶手，你们知道吗？”

“别以为商曜之醒了就没事了，凶手就是凶手，支持他把星辰娱乐告倒闭。”

商曜之的粉丝都知道星辰娱乐的合同条款有多么不公平，商曜之拍一部电影的薪酬，星娱会直接抽掉九成。剩下的一成，商曜之还需要养自己的团队，助理、化妆师……这些星娱全都不管，他签约的这十年，几乎就是给星辰娱乐打白工。

“解约！我哥终于等到这一天了！”

“我真的看哭了，他那么想要活下去，星娱却斩断他的希望！”

…………

“西风律师事务所怎么会管这件事情？”冬芸又惊又怒，她签商曜之的时候，早就把他的家底查了个清楚。他的父亲在他六岁的时候因为工厂事故，右腿被截肢，只能卧床，他的母亲患有严重的慢性阻塞性肺气肿，需要高昂的医疗费，这也是为什么她能够将商曜之牢牢地掌控住了。商曜之在她的控制下，在娱乐圈里也没有什么大腕朋友，可以说是无依无靠。西风律师事务所那可是云京豪门的御用律师事务所，商曜之怎么请得来？

“冬总，我们也不清楚。”公关部经理急得满头大汗，“但现在的情况对公司十分不利，没有什么应对办法了。”

冬芸更怒：“不是让你们把初光传媒拉下水吗？快去办！”

公关部经理有苦难言，只得唯唯诺诺地应下。

初光传媒总部大楼。

理事长冷哼了一声：“还想搞垮我们，也不看看你们是个什么货色。”

星娱也就是在这几年才崛起成大公司的，万万没办法和早已根基稳固的初光传媒相比，至于星娱背后的那个云京豪门？也万万无法和他们少爷比。

理事长将所有事情交代完毕，联系傅昀深：“少爷，一切都解决完了。不过你不是说不帮忙吗？怎么西风律师事务所还出动了？”

电话那头，傅昀深挑眉看了眼身旁的女孩，懒洋洋地回道：“跟我没关系。”

理事长谄媚道：“也是，少爷你什么时候好心帮过忙。”

傅昀深不想和他废话：“挂了。”

嬴子衿沉思两秒：“你说，我要不要把他签到初传来？”

“嗯？”傅昀深稍稍沉默了一下，桃花眼迷离几分，许久，他才低声说，“签吧，这个世界上身不由己的人太多了，能帮一点是一点……顺便呢，给我们小朋友挣钱。”

嬴子衿撑着头，学着他的样子挑眉：“也是。”

她看了初光传媒现有的合同，有A到D四个等级。A签等级最高，除却公司运营成本，给艺人最大的利益，能拿到A签的只有几位老牌的国际影帝和影后。虽然商曜之还很年轻，但他的实力丝毫不弱于这几位前辈。

嬴子衿给女秘书发了一条消息：“准备一份A签。”

女秘书秒回：“好的，老板！请问给谁？”

“商曜之。”

女秘书瞬间疯了：“啊——老板，真的吗？你要把商曜之先生签过来吗？呜呜呜呜，老板你太善良了，崽崽有救了！太好了，我这就去准备。”

嬴子衿沉默。

她这下明白修羽说商曜之的粉丝里八成都会管他叫崽崽这话不假了。

作为一个粉丝，女秘书的动作前所未有地快。

A级签约合同刚一准备好，初光传媒便开始了行动。

初光传媒：“解约费我们老板出了，欢迎商曜之先生来初光传媒。老板说了，给商先生最高待遇。另外，老板财大气粗，正在进行收购星辰娱乐的计划。”

粉丝们这下双喜临门，更欢腾了。

“天哪，我哥居然被初传邀请了，还是老板亲自发话，这是有史以来第一人吧？”

“哥，去初传！初传良心，你又喜欢拍戏，去了初传，你可以进军国际影视界了！”

“笑死我了，初传这下亲自来辟谣了，星娱还有什么话说？”

…………

“老板，星娱能从一个小作坊做成大公司，手段可真是太龌龊了。”女秘书厌恶道，“这三年星娱压榨了不少艺人，我们收购星娱的时候要不要把他们也都签进来？”

“嗯。”嬴子衿颔首，“等收购和诉讼结束，你负责分配。”

“收到。”女秘书点头，没忍住问道，“老板，话说你知不知道救了商老师的神医是谁啊？”

“没有神医。”嬴子衿淡淡地说道。

“啊？”女秘书很遗憾，“我还想着要是有这种神医，我就问问他有没有美容的医用面膜什么的，天知道我去美容院花了几万都没什么用。”

嬴子衿的脚步忽然停下，转身拍了拍女秘书的肩膀：“很好，你很有商业头脑。”

女秘书既茫然又惊恐，她到底干了什么让老板这么夸她？

回到家后，嬴子衿登录了 NOK 论坛。

“系统提示：可乐奶茶薯条，您已进入隐藏板块。”

嬴子衿扫了扫首页的新信息，发现了一条与她相关的帖子。

我只是个路人：“有人关注华国那个死而复生的明星吗？敢问动手的是榜上哪位毒药师啊？”

帖子下面目前只有零星几个回帖。

“什么华国明星？哪个在榜的猎人会去管娱乐圈的事情？”

“楼主说的这个我也听说了，我估摸可能是华国古医界的？”

“不会是古医界的，这点我可以打包票，至于为什么，我不说。”

“我查过了，查不到，隐藏得很深，肯定是榜上的猎人。”

“这时候就需要‘请你吃颗药’出马了，你能看出来这是你的哪位同僚吗？”

嬴子衿鼠标上移，关掉了这个帖子。她一手撑着头，另一只手在桌子上轻敲着，若有所思。NOK 论坛不愧是号称拥有比国际情报总局还迅疾发达的情报网，这么快就已经查完了，还能肯定是位毒药师。嗯，她的确也是毒药师。

私信箱忽然出现了一个红点，有陌生人给她发了消息。

嬴子衿沉吟了一下，想着今天没什么事，点开了私信。

请你吃颗药：“伙计，加个好友呗，我免费送你三瓶防晒油，你看怎么样？”

嬴子衿微一挑眉，这一次倒是理了这位榜三的毒药师。

可乐奶茶薯条：“没兴趣。”

对面立刻回复：“别别别，加个好友以后好一起接悬赏任务啊。这样，以后我要是接到什么任务，钱分你一半，你看如何？”

系统提示：“可乐奶茶薯条已经成为你的好友，请给他／她备注一个昵称。”

请你吃颗药：“……伙计，你不会是洛朗家族的人吧？这爱好？”

嬴子衿已经关掉了聊天框，下线离开。

第七章

三首神曲现世

金色的阳光突破了云层，将大地染成了赤金色，远处天水交接，海鸥翱翔而过。

嬴露薇工作室在网上发出了新的预告。

“大家久等了，后天就是露薇的演奏会，由于很多粉丝没有买到票，也有一些粉丝离南宜太远没办法来，所以工作室和露薇商量之后，决定同时在网上进行直播，现在开放线上演奏会售票通道。这是本次演奏会露薇即将演奏的曲目。”

粉丝们也十分捧场。

“露薇好贴心啊，我就没抢到票，线上演奏会，冲！”

“已买票。看了一下，露薇这次要弹这么多曲子，千万不要累坏了。”

“我也买了，但我想问一下，嬴家的某个养女是什么时间点弹奏？我实在是不想听一个连基础钢琴曲都弹不好的人占用演奏会的时间来弹奏，到时候我要跳过，以防她伤害我的耳朵。”

抱有这样想法的粉丝不止一个，更不用说这两个多月来粉丝一而再再而三地受挫，他们对嬴子衿一点好感都没有，甚至可以说是厌恶。

“我也要跳过，演奏会有她在场，简直就是一个败笔。就问问露薇请的那些嘉宾不会被恶心到离席吗？实在是不明白为什么好好的一场演奏会，非要让她来硌硬观众？”

“我知道露薇是什么想法，她想栽培，可问题是这烂泥也扶不上墙。假千金就是假千金，怎么学都比不上真正的豪门名媛，真是白瞎了露薇这么好的老师。”

嬴露薇这场钢琴演奏会的门票是 1888 元起步，内场的票价更是高达 8888 元，即便如此，她这批剩下的粉丝也将票一秒抢空了。线上演奏会则因为网上转播的效果没有现场好，价格比现场门票便宜，但一张票也有 288 元的高价。哪怕是天王天后和时下最火热的男团女团以及一些真正的钢琴家都没有定过这种价格的票。

嬴露薇一边欣赏网上吹捧她贬低嬴子衿的评论，一边问：“现在定下几个嘉宾了？”

经纪人翻看着手中的名册：“如露薇你所说的那样，我们跟那些大师说你要弹奏《日与月》之后，他们都表示会抽空来，现在能够确定的有卓兰涵、车裕和巴特·希伯。”

这三个名字让嬴露薇吃了一惊："他们真要来？"

卓兰涵和车裕都是华国顶级钢琴家，虽然已经退休很久，但在音乐界的地位依旧很高。盛清堂于书法界，正如卓兰涵于钢琴界，都是各自领域的天花板人物。车裕的实力要稍稍弱了卓兰涵一筹，但是他门下有不少徒弟，现在也都各自成名，是华国音乐界新生代领军人物。至于巴特·希伯，则是西大陆有名的钢琴家，还是西大陆皇家艺术学院的名誉教授，在国际上的地位很高。这几位嬴露薇不是没想过去结交，可奈何这种级别的钢琴家都没给过她机会。

"不错。"经纪人点了点头，旋即又皱眉，"可露薇，你毕竟弹不了《日与月》，要是戏耍了这些前辈，以后你——"

"别担心，"嬴露薇笑了笑，"到时候这场演奏会的焦点，可不是我。而且，我还有别的办法。"

虽然经纪人还想说什么，但见到她这么坚定，也就没再劝了，于是转了话题："一个小时的时间，线上演奏会的票已经卖了五千张了，保守估计，最后能卖出去五万张。"

嬴露薇漫不经心，对此并不关心："你去管吧，到时候把钱直接打我卡上就行。"

与此同时，与华国相隔了十个时区的西大陆，皇家艺术学院。

来往的学员们看到他们学院里最有名的两位教授在路上拉拉扯扯。

"伯格，你有病吧！"巴特·希伯，这位西大陆有名的钢琴家气急败坏，"我为什么要跟着你去华国？你怎么就帮我答应了邀请？"

什么嬴露薇，他听都没听过，演奏《日与月》？又是一个碰瓷薇拉·霍尔的，也不看看自己配不配。

"哎哎哎，你去了就知道了。"伯格力气很大，一手拉着行李，一手拽着巴特，"老伙计，我告诉你，我上次给你说的那个大师，她也会去参加这次演奏会。"

"画得比你还好的那个？"巴特虽然好奇，但他更不想动，"不去不去，画画好，钢琴肯定不行，玩艺术的，在一项上表现顶尖都不错了，我又不画画。"

"又不是让你去听演奏会，"伯格不放手，"是多一个人多一份力量，能把大师拉到咱们学院来。”

当他不知道华国书法艺术家协会的那个老顽童想和他抢人？但这一次不一样了，加上巴特，他这边就有两个人了，在数量上压倒盛清堂。顺便，他也要去给嬴大师撑撑场面。

盛清堂其实不上网，也不喜欢微博一类的社交软件。但他的秃头儿子在他拔萝卜的时候，突然急吼吼地冲了进来，然后说了一下网上的事情。他当即大怒，立马掏出手机发消息问嬴子衿：“小神医，怎么回事，我怎么看你要去什么演奏会？你说一声，需不需要我找人给你撑场子？”

嬴子衿很有礼貌，也很无情：“谢谢，我不用的。”

“不不不，那怎么行，小神医，你不要害羞，我到时候带着我们一整个协会的人去，保证气势够足，吓死那什么‘银鹭八宝粥’！不多说了，我这就让我的秃头不孝子去买票。小神医，千万别劝我，我这人脾气急。”

嬴子衿沉默，面无表情地将目光移到书本上。

一旁，有男生问：“燃哥，羽姐怎么还没回来？”

江燃冷笑：“呵呵，她护送她的崽崽出院呢。”

“啥意思啊？”男生丈二和尚摸不着头脑。

他挠了挠头，又问：“嬴神，明天你就要去演奏会了，要不要去学校的琴房练一会儿？”

嬴子衿打了个哈欠：“嗯，等一会儿。”

她确实很久没碰钢琴了，这个月才重新温习。好在她的身体经过了这几个月的调理，弹一首钢琴曲下来算是轻轻松松。如果是她刚醒来那会儿，别说《圣战》，就是《日与月》的一小节，她的身体都会撑不住。

早知道当年写一些简单的曲子了。

“嬴露薇的粉丝都疯了，”江燃不爽道，“也不看看嬴露薇是个什么东西。”

“燃哥，你提醒我了。”男生一拍脑门，然后从书包里翻出一沓票来，“我专门买了票，给你个黄金位置。”

江燃嫌弃道：“就她这垃圾演奏会，还值 8888 元。”

“别提了，这还是我用拼尽全力的手速和她那群粉丝抢的。”男生哀怨，“燃哥，你不请我吃饭就说不过去了。”

“请。”江燃很痛快，“演奏会完了，我请全班吃。”

嬴子衿看着两人手中的票，又想起先前给她发消息的盛清堂以及打电话的伯格，两人都说为了支持她买了不少票。她神情淡淡，难得地发了条微博，并提了嬴露薇的大名。

养老勿扰：“票钱拿来，不然不去。”

这是距离上次诉讼事件过后，嬴子衿发的第一条微博。

离演奏会只有一天，嬴露薇的粉丝们都关注着这个号，想看嬴子衿会不会识趣一点主动退出演奏会，可他们都万万没想到，她不仅不退，还这么嚣张。

“票钱为什么要给你？难不成这场演奏会是为你开的？还是说你比露薇弹得更好？”

“我可算是见识了什么叫作厚脸皮了，这就是。”

“不去就不去，真以为我们求着你去。露薇，就别让她去，我决定了，我到时候不跳过她的部分了，我还真就要看看她弹得到底有多么好，能如此大言不惭。”

粉丝们也跑去嬴露薇的微博下评论，让她不要惯着嬴子衿。可他们不知道这场演奏会原本就是嬴露薇特意给嬴子衿准备的，嬴子衿要是不去，她欲让嬴子衿身败名裂的计划也就没用了，她还真得求着嬴子衿去。

嬴露薇自然看到了嬴子衿的微博，她气得浑身发抖，脸都青了：“我就知道她不会安安分分的，原来还有这个目的。”

她这场演奏会，线上和线下的票一共卖了快几千万，够她用很久，嬴子衿居然狮子大开口，还想分她的钱？

经纪人倒是没生气，反而笑了笑：“露薇，你就给她，反正你不是说了吗？等她到时候在那么多大师面前出丑，嬴家还能让她把你的钱昧了？说不定会直接把她赶出去，而且她这么咄咄逼人，你反而成了受害者。”

“也是。”嬴露薇的心情这才好转，她也知道如果她不同意，嬴子衿就真的不会来。

嬴露薇憋屈地转发了这条微博，快到经纪人都没有来得及阻止。见她已经发了出去，经纪人把到了嘴边的话给咽了回去，无奈道：“露薇，你私下里答应她就好了，这样也有反悔的余地。”

“不必。”嬴露薇不以为意，“难不成你真觉得她会弹得比我好？”

经纪人无话可说，他做这一行这么多年，知道在公众场合一定要谨言慎行，要给自己留退路。嬴露薇这几次的举措太急功近利，几乎把自己的后路堵死了。不过倒也是，嬴子衿哪里会弹钢琴？只是他不明白为什么嬴露薇宁愿自损八百，也要对嬴子衿赶尽杀绝。

经纪人能接受，粉丝们不能。

“啊啊啊，露薇你为什么要答应啊？你别这么善良好不好！”

“露薇不会是被威胁了吧？生气，太生气了。”

“经过我理智的分析，事情有可能是这样的——不知道因为什么原因，嬴露薇必须让妹妹来，哪怕是把挣的钱全部给出去。有阴谋。”

“这群粉丝可是笑死我了，一个个说着人家不配，却不知道嬴露薇求人家来呢。”

…………

（19）班，有男生冲在看热闹的前线，他急了：“嬴神，你这么发干什么？缺钱的话我们可以给你。”

嬴子衿起身，淡淡地说：“不用，不想让你们浪费钱。我去琴房。”

青致有艺术班，琴房、画室应有尽有。钢琴房里的钢琴还是专门从西大陆运回来的国际品牌，一架就在百万以上。

嬴子衿来到琴房的时候，傅昀深正在等她。他侧站着，身子微微前倾，修长的手指搭在了琴键上，并没有按下去。但她一眼就能看出他分明也练过钢琴，而且绝对不是普通水平。

听到嬴子衿的脚步声，傅昀深回过头，桃花眼弯了起来。这一刻他周身的些许戾气退去，依旧是惯看的温柔。他眉梢挑起，还是那副纨绔的样子：“小朋友，你这都是公司老板了，怎么还掉钱眼儿里去了？”

嬴子衿在傅昀深旁边的钢琴椅上坐下，随手调试了一下钢琴：“扔垃圾桶里也不给她。”

“嗯，说得不错。对了，夭夭，这个给你。”傅昀深也没再进行这个话题，他拿出早就准备好的东西，“到时候在演奏会上可以用。”

“什么？”嬴子衿的眼神一顿。傅昀深给她的是一份《日与月》的曲谱，不是网上流传的残缺版，而是完整的。她曾经亲自写过的曲谱，自然不会忘记。

“试着补了几个音，”傅昀深倚着钢琴，笑得玩世不恭，“可能有不对的地方，但顺一遍下来是没有问题的。你到时候也不用弹，拿出这份曲谱就可以。”

他在西大陆待了很久，对薇拉·霍尔这位钢琴家有过了解，他这一次补音也不像之前那么容易。如果生在那个年代，他还真想和薇拉·霍尔这位稀世天才见见。

嬴子衿眼睫垂下，轻声说：“没有不对的地方。”

一个音符都没有错。流传下来的曲谱就是缺少了这几十个音符，导致能将《日与月》连续弹下来的钢琴家少之又少。

“嗯。”傅昀深抬手，揉了揉她的头，“东西送到了，哥哥还有事，你先练着。”

傅家老宅。

傅昀深推开大门，目光淡淡一扫，并没有理会正靠在沙发上打游戏的傅一尘。

这几天，傅一尘没有被傅夫人锁在卧室里，但他还是不被允许离开傅家老宅。一见到傅昀深，他气得直接跳了起来：“傅昀深，你就是故意的，你肯定是早就知道爸妈都不会相信我，才会那么做！”

他这些天甚至被迫去了各大医院的脑科和精神科看病，傅夫人又专门联系了云京的医生，准备再给他检查一次。他没病，脑子也没坏，他说的都是实话，可就是没一个人信。

傅一尘都快被气死了。

傅昀深侧头，笑了：“嗯？”

傅一尘被这眼神看得浑身一寒，他缩了缩脖子，不敢动了，都没人信他的话，要是他再被傅昀深抓起来，估计命就要没了。

傅昀深也没看他，上了楼。

傅一尘看着男人的背影，恨得牙痒痒。他忍，他迟早有一天会找到证据，到时候他就看着傅昀深是怎么被赶出傅家的。

楼上，傅老爷子在书房里自己和自己下棋，他的身体基本上完全好了，精神很足。

傅昀深和傅老爷子说了一些体己的话，又离开了傅家，驱车前往城市运动公园。

还是那个树林，年轻人在那里恭敬地等候着。

傅昀深淡淡地扫了他一眼："说。"

"少爷，"年轻人顿了顿，才开口，"我们查到当年子衿小姐走丢的真相了。"

事情过去十九年了，这么长的时间，很多踪迹早就消失了，无论到底是不是人为，查起来也很困难。尤其是那个时候科技没有现在这么发达，街道上几乎没有监控。嬴家老宅只有大门口处有摄像头，毕竟以嬴家在南宜的地位，也没什么人敢在老宅里做偷盗之事。一系列原因导致他们查了很久，才终于找到了线索。

据清水县周边的人说，在当年 2 月的某一天，他们在河边发现了一个弃婴。虽然清水县的人都很贫穷，但不代表他们看不出来弃婴身上穿着的衣服奢华贵重，一看就是大户人家的孩子。弃婴只会简单地爬行，还站不起来，身上没有什么名牌之类能识别身份的东西，也没人知道她到底是怎么到这里来的，被发现的时候，她的手腕上还有掐痕。

清水县的人们再愚钝，也觉察到了不对劲，不想被牵扯进这未知的纠纷，他们都不约而同地避开了婴儿，当作没看见，加上弃婴是个女孩，在文化落后，还抱着重男轻女思想的清水县就更没有人要了。

只有温风眠下工路过河边的时候，把婴儿带了回去。那个时候，他的妻子才拿走了所有的钱，带着大女儿跑掉。家里也有一个刚出生没多久的婴儿，是让人难以想象的贫困。一个被大家族丢掉的女婴和温风眠没有一点关系，他完全可以像清水县其他人一样，忽视这个婴儿。尤其是他自己本就入不敷出，可他没有。他将女婴带回了家，又多接了几份临时工，养两个孩子。一过就是十八年，这些年因为工作量太大，给温风眠原本就不好的身体造成了更大的损伤，但是他从来没有过要把女婴丢掉的想法。

即便是后来嬴家找上门来，他选择把嬴子衿送回去的想法也不是他终于摆脱了一个包袱，或者可以从嬴家拿到补偿费，而是他知道，他没办法给她提供一个更好的环境去发展，让她前途璀璨。可事实不像温风眠想的那样，他也没料到嬴家只是要一个活体血库。

“兄弟几个派人走访了嬴家到清水县这几百千米的路，挨家挨户地查了，”年轻人拿出一沓资料，“功夫不负有心人，还真查到了。”

傅昀深接过，目光逐渐冷戾。

“当时有一伙人，带着一个婴儿在途中一个小旅馆落脚休息。”年轻人接着说，“少爷您也知道，当年住店不需要什么证件，很容易就遮掩过去。那个旅馆在十年前就倒闭了，我们找到了以前的老板娘，最开始不管我们问什么，她一个字都不说，最后才吞吞吐吐地说了。”

虽然时间间隔得很长，但老板娘对这件事情印象还很深。那伙人有一个男的、两个女的，他们带着一个婴儿来住店的时候是半夜。老板娘是已婚人士，能看出来女的根本就不怎么会抱孩子，而且婴儿身上的穿着和这三个大人完全不是一个档次的。最重要的是，凌晨老板娘起夜的时候，听到了这三个人的对话，说是有大家族的人给了他们一大笔钱，让他们把这个婴儿送得远远的，让她自生自灭，生死随意，要么死了，要么永远都不会出现在南宜。

老板娘怕惹麻烦，就没往外说。最后旅馆的收入不好，老板娘也没再开了。这么多年她记着这件事，因为心里实在过不去，还做了一段时间的噩梦。他们找过去的时候，老板娘倒是说出了这件事。在她看来，当时的婴儿早死了，她说出来后也算是解脱了。

傅昀深没说话，还在看资料，眸色越来越深。

“这几个人把子衿小姐扔在了清水县那边的河边，还专门用河边的草盖住。事情做完之后，他们就跑到国外去了。现在这几人都被咱们的人控制住了，用了点手段，他们什么都说了。”年轻人冷笑一声，“大概他们也没想到子衿小姐活着回到了南宜。”

“嗯。”傅昀深也翻完了资料，淡淡地说道，“准备一下，到时候全部发到网上去。”

“到时候？”年轻人一愣，“咱们现在证据很充足了，可以直接立案。”

“再等等，现在不是一个合适的时机。”傅昀深神色散漫，“等小朋友玩够了玩开心了再说。”

年轻人沉默，心说：少爷这人还没老，就已经有了一颗老父亲的心了。

“现在——”傅昀深慢条斯理地抬起眼睫，嗓音温柔，说出的话却狠得让人心惊，“弄不死就行。”

年轻人神情一凛，弄不死，那是比死还狠。他迟疑了一下："如果没查到真相，我还真想不到是她干的。"

从那一男两女口中逼问出主谋后，他简直不敢相信，但证据摆在眼前，不信也得信。

傅昀深不置可否："不奇怪。"

他从来都知道豪门里的明争暗斗超出普通人的想象，像聂家和穆家这样的家族太少了。

"少爷，还有一件事。"年轻人突然说，"在追查这件事情的时候，我们顺便调查了一下温风眠先生那个妻子，发现了一些重要信息。"

傅昀深桃花眼敛了敛，声音沉了几分："稍后传给我。"

夜风吹拂，繁星点点。

钟老爷子很喜欢温家的氛围，经常一个人过来做客。再一次见到温风眠，他还是有一种说不出的熟悉感，可偏偏又想不起来。钟老爷子有些心塞，这人老了，记忆力也退化了，他得去看看医生，预防老年痴呆。

晚饭是温听澜做的，四菜一汤，量也不大，四个人吃刚好。

钟老爷子想了好一会儿，还是没忍住问道："风眠，你以前是不是去过云京？"

一句话，让其他三人的动作皆是一顿。

温风眠抬起头，神情没有什么变化："老爷子怎么这么问？"

"唉，我就是看你眼熟啊！"钟老爷子也没隐瞒，直接道，"你没来过南宜，我又只在云京待过很长一段时间，就想着我们是不是在云京见过。"

"老爷子可能记错了。"温风眠笑了笑，"我就是清水县本地人，半辈子都没去过什么大城市，更不用说云京了。"

"可是——"

钟老爷子又开口，嬴子衿倒了一杯水堵住他的话："外公，喝水。"

温听澜看了看温风眠，又看了看嬴子衿，然后给钟老爷子夹了一块可乐鸡翅。他不喜欢说话，但意思很明显。

钟老爷子无言以对。

很好，不愧是姐弟。

他咬了口鸡翅，赞不绝口："小澜啊，你这手艺真不错，以后也教教外公。”

温听澜终于开口了：“不要，你笨。”

这四个字让嬴子衿都罕见地沉默了，钟老爷子一噎。

温风眠很头疼，但也没办法，还有些难过，患有心理疾病的孩子，有时候连交流都困难，往往一个人一坐就是一整天。温听澜能和除了他和天天之外的人说话，已经是很大的进步了。

钟老爷子自然也清楚这一点，笑眯眯地说道：“小澜啊，明天你姐姐要上台表演，你要不要跟着外公一起去？”也许真的是他想多了，云京那么多人，有和温风眠长得像的，也不奇怪。

温听澜沉默了半晌，才点点头。

钟老爷子又转头说：“子衿啊，明天下午去选礼服，还要做造型。”

“外公，不用那么麻烦。”嬴子衿夹起一块红烧肉，不紧不慢，“我准备披个麻袋。”

南宜是夜晚，特兰西是下午。

阳光热烈，宛如烈焰一般在地上缓缓流淌。如今科技高速发展，特兰西这座拥有古老历史的城市也一样，高楼大厦，鳞次栉比，灯红酒绿，车水马龙，除了一个庄园依然保持着 17 世纪的模样。

洛朗城堡就矗立在这座庄园内，占地面积极广，这里甚至还保持着收送信件的习惯。

今天城堡的管家收到了邮差送来的信，十几封，比昨天少了很多，有一封引起了管家的注意。信封上没有什么特别之处，也没写收信人，唯一特别的是，这是从华国寄来的信。管家想了想，也没想到华国有什么人和家族成员们认识。他拿着这些信站起来，像往常一样，依照吩咐开始一封一封地往火炉里扔。

信封和里面的信笺再怎么防水，也是纸做的，刚飘进火炉里，即刻化成了灰，连渣都没有剩。但最后被丢进去的那封信，竟然还好端端的，信封的周围全都是火焰，却没能让它卷起一个边来。

管家一愣，旋即像是意识到了什么，立马把炉火给灭了。他戴上手套，小心翼翼地把这封信拿了出来。信封不仅完好无损，甚至连灰尘也没有沾上。管家又是迷惑又是惊惧，他负责管理洛朗城堡的外围建筑，每天都会接到几十封信件。这些信件基本是一些狂热粉丝寄来的，洛朗家族的成员们看过几次后就不再看了，说是以后再有这种信件寄来，一律烧了便可，真有重要的事也不会用这么古老的传讯方法了。管家每天都会烧信，早已成了一个习惯。他还是第一次遇到今天这种事，什么纸连火都烧不掉？万一是什么有毒物品呢？

就在管家犹豫着要不要将这封信上交的时候，城堡一楼的大厅里传来了脚步声，同时有声音从他背后响起：“手上的信交给我。”

管家猛地从思绪中回过神来，一转头，看见了一个极其年轻的人。他不认识来人，但他注意到来人的袖口上绣着金色的鸢尾花。金色鸢尾花是洛朗银行的标志，只有城堡内部的核心心腹才会携带这样的标志，他忙将手中的信件递了过去。

“还好，”年轻人接过，轻轻地叹了一口气，“就知道你们会烧信，对方才专门用了纳米材料。”

他将信翻到背面，在看见一朵手绘的金色鸢尾花时，神色也是微微一变。他侍奉洛朗家族的掌权者只有几年，对这位掌权者的一切了解都来自上一任管家。前任管家曾说过，如果未来有一天洛朗城堡收到了这样一封信，那么来信者必然是他们主人唯一敬重的对象，一定要谨慎对待。在前几百年，这样的信从来没有出现过，这一次突然出现，难道这位神秘人竟然也同他们主人一样，活了上百年之久？

管家听得茫然又害怕，试探道：“您的意思是……”

“和你没有关系，去忙吧。”年轻人挥了挥手，将信封小心翼翼地塞入了口袋。他离开城堡大厅，绕过旁边的花园，向着庄园最里面走去。

管家自然是不敢跟上去的，他也算是洛朗家族的老人了，算上当管家前的职务，做了十三年的活儿，但到现在都不被允许进入城堡的核心地带，据说洛朗家族真正的掌权人就在那里住着。别说他了，就连家族其他成员在没有得到允许的情况下也不得擅自踏入其中。那么这封信也一定是真正的掌权人的。一想到这里，他浑身都冒出了冷汗。

还好这信件没事，否则他有几条命都不够赔。

翌日，下午两点，南宜，一家顶级造型店内。

这家造型店只给豪门的名媛们服务，今天第一次被大手笔地包场了。

店内化妆师、美容师、理发师等技师来来往往，手上拿了很多工具。

嬴子衿坐在化妆镜前，什么表情也没有。在她身后，是（19）班的学员以及钟老爷子。她完全不想和他们其中任何一个人说话，甚至也不想回忆她是怎么被拖到这里来的。

上午她给（19）班上完了基因工程课，中午正趴在桌子上睡觉，人还没醒，就被修羽和班里另一个女生拉着走了，说请她去吃新出的甜品。甜品店她是没见到，但看见了笑眯眯等着她的钟老爷子，还有一群跃跃欲试的造型师，然后她就被按在了这张椅子上。

“子衿小姐，您皮肤底子真好。”化妆师看着女孩，又惊艳又羡慕，“原本还打算给您做去角质和光子美白，看来是不用了。我给您做个补水护理，好上妆。”

嬴子衿打了个哈欠，想起她最近经常熬夜，于是点了点头。

补水这一道工序完成后，化妆师把化妆品车推了过来，询问：“子衿小姐，您想做个什么风格的妆容？森系？还是波西米亚系？”

嬴子衿：“麻烦给我化个烟熏妆吧。”

化妆师傻眼了。

同样听了个仔细的钟老爷子也傻眼了。

嬴子衿从镜子里看到了钟老爷子捂着胸口，一脸痛心疾首的表情，顿了顿，她勉强改口了：“巴洛克。”

巴洛克妆容复古味很浓，哪怕只是五官有一点扁平和瑕疵，化上巴洛克妆容都会显得不伦不类。化妆师在这里工作了好几年，也就遇上过两个要求化巴洛克妆容的客人，导致她把这个风格都忘了。

但还真的就没有比巴洛克风格更适合嬴子衿的妆容了。

低调，奢华，尊贵，神秘。

化妆师眼睛一亮，找到了灵感，立马开始了行动。

“礼服！礼服到了！子衿，看，我给你买了好几件，你选一件！”修羽从门外搬进来一个大箱子，她一边说，一边拆开箱子，将礼服一件一件地取出来给嬴子衿看，有海蓝色的公主裙、复古小黑裙，还有琵琶襟旗袍。每一件都是专门定制的，价格昂贵。

嬴子衿缓缓吐出一口气：“有没有不露胳膊也不露腿，最好把脖子也护住的？”

男生挠了挠头，一脸茫然："啊？那只有黑色长袍了。"

修羽被呛住了。怎么就非得把自己的好身材遮起来？身为女生，她看了很心痛！虽然他们嬴神穿件黑色的死神长袍，颜值和气场也直接碾压，可未免也太……她只能无奈地把礼服又放回箱子里。

一个店员捧着个礼盒跑进来："子衿小姐，有人送来的。"

嬴子衿还在上妆，修羽便帮忙拆箱。箱子里面是一套黑色的礼服，但并不是裙装。修羽一眼就能看出，这套礼服单单是上衣，价格就在千万以上，加上礼服上的钻石和其他材料，总价绝对超过了一亿。这么大手笔，谁送的？

修羽虽然好奇，但也没问，而是说："子衿，巧了，这正是符合你喜好的礼服，等你化完妆后，我帮你穿。"

南宜大礼堂。

演奏会晚上七点开始，下午四点就有很多粉丝来排队了。大部分粉丝是第一次来听嬴露薇的演奏会，六点能进去的时候，他们都迫不及待地往里冲。

嬴露薇还在后台对镜梳妆，她的脸色却不好看。原本她已经约好了造型师，但就在几个小时前对方通知她临时有人包场，无法为她服务，她加了价钱也没能谈拢。事发突然，她也来不及找其他的化妆师，只能自己来。

钟曼华在一旁坐立难安，心情焦灼。她一直有意避开有关嬴子衿的一切事情，这段时间青致从不给她打电话，她倒是也松了一口气，没想到嬴露薇直接给她扔下了这么一个重磅炸弹。她来到大礼堂之后才知道了事情的经过，想要离开也办不到了。再一想到还有不少名家要来，线上也有实时转播，她的心肝肺都疼。

钟曼华本以为是嬴露薇好心要给嬴子衿提供一个结交名家的机会，如此的话她现在就可以直接替嬴子衿拒绝，没想到是嬴子衿自己要来。

嬴露薇一直用余光关注着钟曼华，状似不经意道："大嫂，你是不是不舒服啊？要不要去医院？"

"胃疼，老毛病了，"钟曼华笑了笑，不露声色道，"没什么大碍。"

"大嫂一定要多注意身体。演奏会就要开始了，我带大嫂你去席位上入座吧。"

听到这句话，钟曼华下意识地捏紧了包带，但也只得起身和嬴露薇一起出去。两人刚走了没几步，迎面撞上了一个外国人。

嬴露薇先是一愣，继而惊喜，用外语说："您就是巴特先生吧？您能屈尊来参加我的演奏会，我深感荣幸。等演奏完了，您能指点指点我吗？"

"我和你熟吗？"被伯格强行拉来，巴特本来就压着火，更是不耐烦和嬴露薇客套，直接忽略了她，往后面望，"另一个演奏者呢？还没来吗？"

西大陆人说话向来直，尤其是搞艺术的，让他们没兴趣的人，他们向来不怎么去考虑对方的心情。

嬴露薇的脸瞬间涨红了，她手足无措地站在原地，脸上火辣辣地疼。除了难堪，更多的还有震惊。她的经纪人不是说，巴特·希伯接受了她的邀请，他怎么会是来找嬴子衿的？嬴子衿有能力有资格让世界著名的钢琴家专门从西大陆过来一趟？她一百个不信。

钟曼华的身子一震："巴特先生，您说什么？"

"另一个！另一个演奏者！"巴特往后台张望了一圈也没有看见，生气地回头大吼，"伯格，你个白痴，你说的那个比你画画还好的女学员根本不在这里。"

拐角处，伯格端着一杯冰激凌走来，还挺高兴："谢谢你帮我看了。"

巴特深吸了一口气，他就知道学画画的没人性！

钟曼华听得头昏脑涨，有点无法理解巴特在说什么。

比伯格画得还要好的女学员？嬴子衿？这怎么可能？

"走了走了。"巴特不想再多待一秒，也没再看嬴露薇一眼。

"巴特，别忘了，记得帮我劝嬴大师。"

"知道了知道了，你烦不烦。"

"伯格先生，等等，麻烦您等等。"钟曼华回神，忙追上前，"伯格先生，您上次去青致，难道不是因为有人作弊？"

"作弊？"伯格原本没想理钟曼华，听到这个词，火气直冒，"你居然敢侮辱嬴大师？她要是作弊，我都不配画画！别和我说话，滚滚滚！"他气得要命，直接把钟曼华推开。

嬴露薇及时扶住钟曼华："大嫂！"

钟曼华呆呆地看着伯格和巴特远去的背影，大脑一片空白。

嬴大师！西大陆皇家艺术学院的名誉教授，称呼嬴子衿为嬴大师？

虽然她外语只达到了日常交际的水平，但也不会听错。钟曼华又想起当时自称是全国书法艺术家协会的工作人员打电话给她，也说了这么一个称呼，她还以为是骗子。结果他们嬴家真的有一位嬴大师！

她来不及多想，慌忙拿出手机，翻出被她拉黑的手机号，拨了过去。三声之后，对面接通，钟曼华的心怦怦直跳：“喂，你好，我是嬴大师的妈妈，你们先前——”

嘟嘟嘟。

对方直接挂了电话。

钟曼华再拨过去的时候，电话提示占线，她被拉黑了。她愣愣地看着手机，脸上浮起了羞红之色，前所未有的后悔情绪充斥着她的心脏，绞得她几乎喘不过气来，针扎一般地疼。她几乎可以想到，她当时如果没把电话那头的人当骗子，她现在已经能够和华国顶级的书法艺术大师们一起喝茶聊天了。

这种事情她不是没梦想过，毕竟她对书法和国画都很感兴趣。但遗憾的是，无论是天律还是小萱，在这方面的天赋都不高，她也只能放弃。可她竟然把一个曾经摆在她面前的机会拒绝了，甚至还得罪了全国书法艺术家协会……可嬴子衿怎么会画画？

钟曼华的脑子已经混乱不堪，内心更加后悔。

嬴露薇半是疑惑半是紧张地开口：“大嫂？”

“……没事。”钟曼华恍恍惚惚地回神，“露薇，我们先走吧。”

临近晚上七点，大礼堂里已经坐满了人，线上转播设备也同步开启，直播间目前的观众有十二万人，加上今天到场的粉丝，这些就是嬴露薇仅存的粉丝了。

钟老爷子、江燃和修羽等人都坐在前排，钟曼华自然也在，只不过距离他们很远。钟老爷子旁边还有个空座，这个座位是黄金位置。

“小燃，你母亲要来？”

“没。”江燃的表情僵了一瞬，“我妈回云京了。”

“那奇怪了。”钟老爷子疑惑，“这里——”

“钟爷爷。”一道懒洋洋的声音从他头顶落下，带着几分玩世不恭。

看清来人后，钟老爷子捂住心口：“臭小子，你怎么跟你爷爷一样坏，喜欢吓人。”

傅昀深松了松领口，在他身边坐下，拖长声调：“隔代遗传？”

钟老爷子冷哼一声，看着前面的舞台不理他。

帷幕拉开，舞台上是早已架好的钢琴。演奏会一开始，线上直播的弹幕便开始增多了。

“啊啊啊啊，早就听说露薇的钢琴是法奇奥里·布鲁尼，今天终于看到真的了。”

“这架钢琴只有西大陆几个世界著名的音乐厅有，我们露薇真的太厉害了！保守估计这架钢琴价值一千五百万，也只有露薇这样的真豪门名媛才能拥有。至于某位，啧。”

“预警！预警！前三首曲子都是露薇演奏，加上报幕等其他步骤时间大约是四十分钟，然后就到某一位了。”

在贵宾席坐着的巴特原本对嬴露薇什么兴趣都没有，一直在打哈欠。直到这架钢琴的出现，他才终于提起了几分精神。在他旁边依次坐着卓兰涵和车裕，两人都已经年过半百了。车裕也对这架钢琴很感兴趣，便对嬴露薇接下来的演奏抱了很大的希望。只是他刚听了第一首曲子的一小节，就快要听睡着了。

卓兰涵也是在听了第一小节后，眉头就皱了起来。她越听，眉皱得越紧，面色也沉了下来。直到嬴露薇开始弹奏第三首曲子的时候，卓兰涵彻底听不下去了：“就这水平？”

四个字把昏昏欲睡的车裕给叫醒了：“啊，卓老师，抱歉，给我听睡过去了。”

卓兰涵摇了摇头：“得亏你睡着了，要不然真的伤了耳朵。”

如果只是业余人士，这样的弹奏水平已经很高了，她也不会吝啬自己的表扬。但这可是钢琴家！卓兰涵只听了一小节就已经判断出嬴露薇的钢琴水平。

车裕听到这话，又闭上了眼：“卓老师，那我再睡会儿，我昨天教学员教到凌晨两点，有些累。”

卓兰涵点头，强忍着怒意在听。

粉丝们大多是外行，听得很激动。

“太好听了，我们露薇不愧是下一个薇拉·霍尔。”

“说实话我有点失望，我本来是因为露薇钢琴弹得好才喜欢她，但这一次听现场完全没有预想中的感觉。”

“前面的，露薇已经很努力地练习了，也很认真给我们准备这场演奏会，你怎么可以抹杀她的努力？”

嬴露薇一口气弹了三首曲子，额头上全是汗。她缓了缓才站起来，接过主持人手中的话筒：“非常感谢大家愿意来听我的演奏会，也非常感谢卓老师你们的到来。不过今天不仅仅是我一个人的演奏会，我还要给大家隆重地介绍我的侄女——嬴家二小姐嬴子衿。她跟着我学了一年的钢琴，时间虽然不长，也比不了其他人，但我不想让她错过一个这么好的展示机会，也请大家给她一个机会。”

这番话说完，下面的粉丝都发出了嘘声。

卓兰涵面色更沉：“这些人都没有听音乐会的自觉？”大吵大闹，没有礼貌，她真是不应该来。

但这吵闹声没能持续多久，下一秒，所有声音都没了，线上直播的留言也在瞬间静止了。

女孩从右侧上台，步履不疾不徐。她穿着复古典雅的宫廷装，装扮并不繁复，也没什么多余的点缀，却仿佛是油画里走出来的公主。她步伐随意，但不失风度，一举一动都十分优雅。她抬头的那一瞬间，嬴露薇直接成了背景板。这还是第一次，嬴露薇的粉丝在镜头中看到嬴子衿的容貌。

沉默，还是沉默。

直播界面里那些嘲讽的弹幕也消失得一干二净。

嬴露薇从台下观众的表情里知道了此番强烈对比，唇边的笑几乎维持不下去了。她花了高价定制的裙装，竟然还不如嬴子衿这一身黑衣。

台下，傅昀深的视线在女孩的身上停留了半秒，很快移开。

钟老爷子可骄傲了：“我外孙女真好看。”

嬴露薇在一片尴尬之中终于找回了自己的声音：“小衿，你不要紧张，像以前小姑教你的那样弹就可以了，放平心态，才能流利地演奏。”

嬴子衿并不看她。

嬴露薇也不恼，只是疑惑地问：“小衿，你没有给自己准备钢琴吗？小姑要是知道你没有准备，肯定帮你准备一架。”

嬴子衿终于看了她一眼。

嬴露薇叹气，无奈地说道："实在是太抱歉了，这架钢琴很珍贵，小姑实在是不能借你，要不然你先用一下这里的备用电钢琴？"

观看线上直播的粉丝可算是找到了突破点。

"不是吧？她都没有自己的钢琴吗？那还弹什么？"

"当然不能借，她有露薇的演奏水平吗？这架钢琴这么贵，被她弄坏了怎么办？"

"钢琴都没有的话，那还是直接下去吧，让露薇接着弹。钢琴的质量可是会影响演奏的效果，不过也是，她用电钢琴就够了，反正也弹不出什么来。"

坐在礼堂里的粉丝，再一次发出了嘘声。

以卓兰涵的涵养，也彻底不想再待下去了。她冷着脸起身，不管这场演奏会有没有结束，就要往外走。卓兰涵这种重量级的钢琴大师，有专门的摄像头跟着，她有了这个动作后，线上直播的画面立马给了她。

"还不下去，她把卓奶奶都气走了，卓奶奶在我外婆那个年代就已经是华国顶级钢琴家了。"

"露薇太惨了吧，好不容易把卓奶奶他们请来，结果被一个不懂钢琴的乡巴佬给气走了。气死我了气死我了气死我了。"

傅昀深抬手按住右耳里的耳机，望着舞台，眼神淡淡，声线压下："搬上来。"

卓兰涵离开的脚步忽然顿住了，目光唰的一下扫向舞台。浅金色的光芒从深红色的幕帘后面流转而出，四个穿着燕尾服的侍者抬着一架钢琴走了上来。

车裕原本半睡半醒，偶尔看一眼台上，但这一瞬间他彻底醒了，惊得差点跳起来。

"哦，我的天哪！"巴特死死地睁大了双眼，"伯格，掐我，你快掐掐我。"

那是一架洛可可风格的三角钢琴，通体是黄金色的，却并不庸俗，反而尊贵典雅，低调奢华。钢琴的周身是精美的雕刻和绘画，琴身金箔镀满，每一寸都是精心雕琢出来的，线条流畅。和这架黄金钢琴一对比，嬴露薇的钢琴瞬间就成了难看的木头。即便能认出这架钢琴的人很少，但就算是外行，也不可能看不出它价值连城。

“这是路易十五！”巴特震惊，“我就在博物馆见过一次！”

路易十五是一架钢琴的名字，是钢琴界顶级奢侈品品牌曾经专门给西大陆皇室定做的。这架钢琴的制作，动用了制琴大师、油画家、雕刻家等各个领域一百四十名专业人士，历时三年，才终于打造成功。单单是金箔，就用了三公斤多，至今仍是世界上最贵的钢琴。

整个礼堂死一般的沉寂，嬴露薇的粉丝们什么声音都发不出来了。

但受到冲击最大的还是嬴露薇本人，她无法置信。她当然认识路易十五，她去西大陆的时候参观过，可这种古董级别的钢琴，怎么可能轻易外借？

“麻烦让一让，这架钢琴很贵，碰坏了你赔不起。”一个侍者礼貌地对嬴露薇开口。

虽然声音不大，但在安静的礼堂里，足够让前几排的人听到。众目睽睽之下，嬴露薇的脸红得都快炸了。她羞愤难忍，退到了一旁，难堪得抬不起头，手指都在颤抖。

“哎哟，尴尬不？妹妹根本不稀罕你那什么价值一千五百万的钢琴，妹妹自己有。知道这架钢琴多少钱吗？噢，你们肯定不知道。那我就大发慈悲地告诉你们吧，这是世界第一钢琴，路易十五，上亿元！你们嘚瑟什么呢？”

这是聂朝发的，他面前摆着八台电脑，每台电脑的屏幕上都是嬴露薇的线上直播演奏会，因为他买了八张票。

观看线上直播的并不只有嬴露薇的粉丝，还有一些被薇拉·霍尔这个名字吸引来的真正的钢琴爱好者。

粉丝们现在闭嘴了，这些人高兴了。

“好了好了，前面听得我昏昏欲睡，我还准备去投诉退票钱，能见到路易十五，这票钱也值了。而且那个演奏者也很奇怪，说话也阴阳怪气。”

“故意的呗！好像这两个演奏者还是姑侄关系，所以这是？看不懂。”

…………

“呵呵，一亿的钢琴又怎么样，让不会钢琴的人弹也是白瞎了这么名贵的钢琴，真以为自己是薇拉·霍尔呢？我看她还是识趣点，把这架钢琴送给露薇。”

聂朝火了，噼里啪啦地打字。

“哪里来的网络乞丐，滚远点！”

路易十五的出现让卓兰涵坐回了席位上，她从工作人员手中要了一个话筒，面上露出了笑意：“这一次是我的荣幸了，能在这里看到路易十五这架钢琴。一会儿还有谁再吵闹，不如不要坐在这里了！”

粉丝们缩了缩头，憋屈不已，压低声音嘲讽。

“这么贵的钢琴，好了不起哦，可是她又弹不出来。”

“要是用这么贵的钢琴弹一首《欢乐颂》，那真是太丢人了。”

钟曼华就坐在这些粉丝前面，自然听见了这些话。她抓紧包，先前腾起的后悔感又被难堪给压了下去。不错，嬴子衿并不会弹钢琴。钟曼华的脸又青又红，生怕被周围人认出来她就是嬴子衿的母亲，她只想快点离开这里，至少可以不用忍受这份难堪。

钟老爷子狐疑地看了看黄金钢琴：“这不是我准备的啊。”

傅昀深的眼睫动了动，神情依旧懒散。他修长的腿交叠，注视着女孩在配套的钢琴椅上落座。不管怎么样，这套礼服和黄金钢琴还是很搭的。

嬴露薇渐渐镇定了下来，嬴子衿的钢琴是比她的好，演奏水平却只是入门，如此强烈的对比之下，到时候嬴子衿只会更惨。

“那接下来的时间就交给小衿你了。”

嬴露薇优雅一笑，提起裙子下台。

经纪人在下面接她：“先去后台补补妆，你也休息一下，一会儿还有几首曲子要弹。你肯定弹不了完整的《日与月》，到时候就弹一小段也足够了。”

“说不定我没时间弹呢，这好戏马上就要上演了，你就看着她怎么身败名裂吧。”

“没想到你这个假侄女竟然能借到路易十五，难不成她和西大陆皇室成员认识？”

嬴露薇语气轻蔑：“你想多了，我都能猜到是傅家那个纨绔出了大价钱才借来的，真够败家的，难怪傅家一家都不喜欢他。”

经纪人思索了一下，也觉得便是如此了。他没再问什么，带着嬴露薇去休息室。

台上，嬴子衿低头，修长的手指在琴键上慢慢抚过，仿佛是碰到了多年的伙伴，感觉很契合。她的眼神凝了凝，然后缓缓按下了第一个音。很好，还是以前的感觉。

“不是，就这？她这是在搞笑吗？一个音？”

“不是吧，连《欢乐颂》都不会弹？丢人。”

礼堂里面的粉丝还想接着嘲讽，但碍于卓兰涵的威严又不敢，于是他们低下头，开始玩手机。

咚，咚，咚咚……

忽然间，礼堂里响起了低沉的钢琴声，很慢很缓，像是溪水潺潺，清风悠悠荡过山川，黑夜之下，月亮慢慢升起，清辉满地，静谧而安然。

这是一段前奏，很好听，但和一般的钢琴曲似乎没有什么区别。

嬴露薇的粉丝们大感意外，没想到嬴子衿还真的能弹出完整的一段来。

然而，贵宾席上那些钢琴名家都瞬间抬起了头，连呼吸都屏住了。

“《日与月》——”卓兰涵眼中精光大盛，猛地握住座椅扶手，“月神出场！”

《日与月》的灵感取材于西大陆神话，讲述了日神和月神这对兄妹，月神神秘，日神热烈。两种完全相反的风格，却被巧妙地结合在了一起，这是演奏《日与月》的一大难处。想要成功地将《日与月》演奏出来，需要演奏者有极其强大的转换能力。

卓兰涵目光灼灼：“她到底能不能……”

咚咚！

两个音突然一转，钢琴声瞬间高昂了起来，但没有任何突兀感。仿佛万马奔腾，雷霆闪动，太阳之神驾着车，从远处而来，照亮了整个天地，四方世界，都为之倾倒。

咚！

下一秒的琴音更高，一个四分之一秒都不到的转音，让这首钢琴曲达到了一个至高的爆发点，也直接进入了第一个小高潮。

明明只是在听，观众们的眼前却有画面在不断闪过。这就是奏鸣曲的魅力了，以它强大的感染力，能够将在场的观众都直接带入奏鸣曲所描绘的故事之中。

礼堂内观众席安静至极，只有台上的琴音不断跳动着。

时而是月神的悠扬，时而是日神的高昂。

琴音疯狂地转变，女孩的手指快到让人根本捕捉不到。

可怜的巴特都惊呆了："哦，我的天哪！"

《日与月》！薇拉·霍尔的《日与月》！

以他在钢琴上的造诣，他能听出来嬴子衿弹的和曾经几位钢琴家演奏过的不一样，有几个地方的音变了。但就是这几个音的变化，巴特能够感觉到《日与月》这首世界名曲才终于完美了。他正襟危坐，像一个初学者一样，开始听女孩的演奏。

连这些钢琴名家都是这个反应，更不用说其他人了。

当《日与月》进入最大的高潮时，整个礼堂都在震动。

长达二十二分钟的演奏，全程几乎寂静无声。

直到最后一个琴音落下，包括嬴露薇的粉丝们在内，所有人都没能回过神，还在呆愣之中，忘记了所有反应。这首钢琴曲无法用言语去描述，连震撼都已经不足以形容了。

但嬴子衿没有离场，她挑眉，抬起手再次按下了一个音。

第二首曲子就从这个音而起，琴声也再次辗转而出。

不同于《日与月》的前奏，这首曲子的前奏，给人一种神圣感，像是本不应该存在于凡尘的声音，是神界，是乌托邦。

几秒后，线上直播空了很久的界面，终于又出现了一条弹幕。

"天啊！这是《圣战》！"

发这条弹幕的并不是嬴露薇的粉丝，而是前来观看的钢琴爱好者之一。

这位钢琴爱好者本就是抱着试一试的态度来听的，他也不缺一张票钱，结果他还没能从《日与月》这首曲子给他带来的巨大震撼中回过神来，转瞬竟然又听到了《圣战》！

《圣战》是薇拉·霍尔三首钢琴曲中地位最高的一首，《日与月》在技法和整首曲子的立意上，都还要稍逊《圣战》一筹。之所以《日与月》的名气最大，是因为演奏过它的钢琴家有十多位，而《圣战》，至今只被后人演奏过两次。三年前他恰巧在西大陆那边，得以听过一次。但凡听过《圣战》就绝对不会忘记，所以哪怕他只是听了这么一小段前奏，也能瞬间辨别出来。

贵宾席上，车裕的表情跟见鬼了一样，顾不得听演奏会的时候要安静，他只想尖叫：“卓老师，她她她……”

卓兰涵缓缓吐出一口气，身子跟着这轻缓的琴声一起放松下来，喃喃道：“好可怕的天赋。”

《日与月》的基调和《圣战》完全不同，即便两首曲子的前奏都是从低音开始的。但一个是在夜晚，月神背着狩猎弓从山坡上一跃而下，轻盈朦胧；一个是在神界，神明创造万物，神侍缓缓降临这个世间，神圣高贵。

弹完《日与月》，嬴子衿没有休息，直接开始演奏《圣战》，换作他们都没办法在这短短几秒内迅速转换情绪。更重要的是，一首长达二十二分钟的钢琴奏鸣曲，还是《日与月》这样顶级难度的世界名曲，嬴子衿演奏完全曲，竟然连汗都没有沁出一滴，还很悠然闲适。

叮咚叮，叮咚——

琴声流淌，由低到高，很欢快的一段。

卓兰涵的神情渐渐严肃起来，她这是第一次见到，钢琴演奏者能把自己的情绪完全从琴声里剥离出来。

女孩的眉眼是那么的平静，甚至可以说是漠然。她的手指在琴键上飞速地跳跃，几乎能够看见残影了，身子却没有随之晃动。

咚咚！

宁静深远的钢琴声突然拔高了一个调，仿佛钟楼上的钟齐齐震响。

女孩的身体里迸出了强大的爆发力，全都灌注在琴音之中，又将人带入了一个新的故事里。神明带着人类继承者登上神界，神侍长拒绝跪拜，一声令下，神侍直接反叛了二分之一！曾经的父与子对立，圣战就此爆发！

咚！咚咚——

又是一阵疯狂的转音，这首钢琴曲直接飙升到了最高潮。

“嘘，兄弟，振作起来，快振作起来。”伯格摇着快晕过去的巴特，“你别晕，你晕了，我还得给你做人工呼吸。”

礼堂里的其他人已经呆了。

嬴露薇的粉丝们都说不出话来，他们脸色又青又白，恨不得离席。

就算是再不懂钢琴的人都能听出来，到底谁的演奏才更出色，不，嬴露薇的那三首钢琴曲根本没法与嬴子衿相比。

弹幕也渐渐多了起来，钢琴爱好者们陷入了疯狂之中。

“啊啊啊啊！太震撼了！”

“我说一句嬴子衿就是薇拉·霍尔在世，没人反驳吧？”

“何止是薇拉·霍尔在世，我都觉得她是薇拉·霍尔本人。18世纪时期特兰西的那场宫廷演奏会，效果也不过如此吧？”

钟老爷子也呆若木鸡，他外孙女实在是太超出他的想象了！

修羽给他解释道：“钟爷爷，子衿刚才弹的就是她那小姑一直说要弹的《日与月》，现在这一首《圣战》的难度还要更高呢。”

很好，现在她的音乐界女神不是薇拉·霍尔了，是他们嬴神。

这时，钢琴声已经再一次低缓了下来，故事也发展到神侍长失败，开始堕入黑暗。沉重的琴音，悲伤凄婉，让人听得喘不过气来。

傅昀深双手交握，撑着下巴，眸色深沉。几秒后，他抬起眼，看了看礼堂的右上方，一个摄像头便降了下来，继而拉近，给了嬴子衿一个手部特写。她的手太快，不断地落下又弹起，一个个强音爆炸般喷薄而出。

震动耳膜，敲击心脏。

啪啪啪——

掌声如雷。

嬴露薇从后台补完妆出来，听到了激烈的掌声。她脚步一顿，疑惑道：“出什么事了？”

她演奏完的掌声也没有这么大。

经纪人想了想：“会不会是你这个假侄女出丑被卓兰涵赶了出去，你的粉丝在欢呼？”

“也只有这个可能了，”嬴露薇笑容加深，“走，我们过去看热闹。”

从后台到舞台的这段距离，嬴露薇走得很快，就怕错过好戏，所以在她抵达门口的时候，掌声还在。她撩了撩头发，看向了舞台，想着她要不要上去替嬴子衿说说好话。但这么一看过去之后，仿佛是看见了什么恐怖的事情，她浑身的血液在瞬间逆流了。

嬴露薇面上的笑意陡然凝固，脸也在一点一点地变得惨白。她没听过《圣战》，自然不知道这首曲子是什么，但是这并不妨碍她听出这首曲子有多难，比《日与月》还要震撼。她只是听了这么几秒，情绪就被琴声完全带动了。

这是怎么回事？嬴子衿的钢琴当然是她亲自教的，只不过她是故意随便教，她就是不想让嬴子衿学会。真以为嬴家那么好进？回到了嬴家，反而会是嬴子衿噩梦的开始，她就是要让嬴子衿一点点地陷入绝望，最好能够痛苦地死去。但为什么嬴子衿比她弹得还好？

嬴露薇站都站不稳了，眼前也是一阵阵发黑，大脑缺氧，嗓子发干，惶惶之中，她看到女孩从黄金钢琴前抬起头，像是觉察了她的目光一样，看了她一眼。

这一眼很轻很淡，什么情绪也无，没有得意，也没有嘲讽。

像是早已登上巅峰的王者，漠然地在看渺小的万物。

可偏偏就是这么一眼直接把嬴露薇看得崩溃了，她哆嗦了一下，靠在门板上，腿都在发软。不行！绝对不行！这是她的演奏会，怎么能让嬴子衿踩着她上去？

嬴露薇一把推开同样惊呆了的经纪人，朝着调音室跑去。

经纪人也猛地反应了过来，忙追了上去："露薇！"

嬴子衿收回了视线，目光却还是没有放在钢琴上。这一段她太熟悉了，一直都在盲弹。

说《圣战》在音乐上的地位比《日与月》高没错，《日与月》是她创作的第一首钢琴曲，还不算完美，而《圣战》因为借助了《九日谈》这部史诗巨作为背景，立意瞬间达到了巅峰。她眼睫垂了垂，手指从高音区快速抚过，最后落点于一个音上，代表这首曲子的结束。

卓兰涵已经拿起了话筒，准备开口。

但她旋即吃了一惊，因为女孩依然没有要起身的迹象。

嬴子衿稍稍挽了挽袖子，手指再次在琴键上跳跃了起来。

她这一次弹的不是奏鸣曲，而是小夜曲，这是一种抒情风格的音乐体裁。只是片刻，奏鸣曲所带来的强大震撼力，就被小夜曲的委婉缠绵给压住了。

卓兰涵眼神大震，这一首她竟然没有听过。

"我的天！还有啊！这不会是那首从来都没有被演奏过的《特兰西之歌》吧？"

"肯定是《特兰西之歌》，虽然没有人演奏过，但《特兰西之歌》的基调就是这样。”

巴特不晕了，他急忙从手机中调出他收藏的一份文件。这是一份残缺的曲谱，很多地方都缺失了。他又惊了：“是《特兰西之歌》！真的是《特兰西之歌》！残缺的谱子，她竟然也能够弹下来！”

除了薇拉•霍尔本人，三百年过去了，再也没有第二个钢琴家能将《特兰西之歌》这首曲子弹下来。不是因为难到无人能弹，而是因为谱子残缺得厉害，补不了。他也试着修补过，但没有成功。而现在，巴特的脑子里只剩下了一个念头——

国际音乐界，要翻天了！

第八章

各方抢人

调音室里，负责管理设备的工作人员也都被演奏会给震慑住了，一个个都听入了迷，他们没注意到有人在这个时候冲了进来。

“快关掉直播！”嬴露薇大吼大叫，“给我关掉，把所有声音全部关掉，听见了吗？”

趁着演奏会还没有结束，她不能让更多的人看到嬴子衿，哪怕要破坏她的演奏会，都必须终止。但见这些工作人员也沉浸在嬴子衿的琴声里，嬴露薇彻底崩溃了：“我让你们关掉声音啊！”

几个工作人员都没理她，这可是薇拉·霍尔的曲子，他们能听到是三生有幸。

嬴露薇气得浑身发抖，因为情绪失控，精神受到了严重的打击，她的眼泪一直在流。她顾不得那么多，从工具箱里翻出了一把剪刀，然后快步上前，开始剪设备的线。

工作人员震惊于她的举动，立刻上前阻止：“女士！”

“滚开！”嬴露薇所有的伪装都被撕破，哪里还有平常的温婉优雅，“我让你滚开！”

她弯腰接着剪那些线，背后忽然传来了咔嚓几声，是拍照的声音。

嬴露薇瞳孔剧烈地收缩了起来，脸色惨白，更让她内心防线全部崩塌的是，她剪了那么多线，底下的演奏会却丝毫没有受到影响。

“你想干什么？想破坏演奏？做什么梦呢？”江燃双手插着裤兜。一个男生跟在他身后尽职地在拍照。

江燃拍了拍手，冷笑一声：“把她给我扶起来，她不想听，也得听。”

南宜大礼堂外，一辆黑色的加长林肯停下。门打开，江漠远下车，他眼角下还泛着青色，显然是一直连续加班熬夜。

秘书听着礼堂内热烈的掌声，笑道：“三爷，看来露薇小姐的演奏很成功。”

江漠远颔首，他会喜欢嬴露薇，不仅仅是因为他们两家有娃娃亲，更因为整个南宜也只有嬴露薇这位第一名媛能够在各个方面配得上他，尤其是钢琴。他工作累了，会去听嬴露薇弹钢琴，身心总是能够放松下来。今天的工作结束得早，他还能赶上演奏会。

秘书跟着江漠远进去，听着低缓的琴声，惊叹：“三爷，露薇小姐的水平又提高了。”

他还从来没有听过这么好听的曲子。

江漠远的眼神也动了动，步子加快。正门是关着的，他从侧门进去。

这时，最后一个琴音辗转落下。

咚！

宛若在人心上落下一击，无法言说的强大魅力，让人久久无法回神。

江漠远的目光瞬间停滞，瞳孔收缩了起来。他看着黄金钢琴前的那道身影，心脏像是被一只手给捏住了，狠狠地一抽。

是嬴子衿！

秘书也瞪大了眼睛，吃了一惊：“三爷，怎么会是……”

啪啪啪——

全场掌声如雷。

卓兰涵也鼓着掌站了起来，微笑道：“精彩，太精彩了！没想到我这一生中能有幸听到这三首世界级难度的名曲重新被演奏出来。”

或许《日与月》还不算什么音乐界的奇迹，毕竟已经有好几位钢琴家演奏过，可《圣战》和《特兰西之歌》再次现世，足以让整个音乐界为之震动。她能够听到现场版，一生无憾了。难怪即便薇拉·霍尔只留下了三首曲子，也是音乐史上浓墨重彩、不可抹除的巅峰一笔。这样的演奏，称得上绝世无双。

嬴子衿也慢慢地站了起来，颔首：“谢谢。”

“嬴子衿是吗？”卓兰涵的目光中是毫不掩饰的欣赏，“你这个年纪就能够达到如此顶尖的水平，我是自愧不如的。你可有指导老师？”

被两个男生强行带进来的嬴露薇听见了这句话，她突然有一种不好的预感。

“嗯——”嬴子衿眉梢挑起，不慌不忙地说，“我小姑教的。”

“什么？”卓兰涵惊愕，声音却一沉，生气了，倒不是对着嬴子衿，“嬴露薇什么水平，我能不知道？她也配教你？”

车裕认识卓兰涵多年，还是第一次见她发这么大的火。他咳嗽了一声，压低声音：“卓老师，孩子没说谎，刚才嬴露薇确实说她教了这孩子一年的钢琴。”

粉丝们也议论纷纷。

"……露薇的确说了是她教的，而且微博上也写了。"

"我一般不上网，只是单纯喜欢露薇，喜欢她的钢琴，才会来听她的演奏会。我不清楚之前发生了什么事情，但我现在一点都不想再喜欢她了，太恶心。"

"笑死我了，嬴露薇你说这是你教的？你的脸做美容的时候被拉伸了吗？这么大？"

"刚才那些说人家没你们露薇弹得好的粉丝怎么又不见了？就问一句，脸疼不？"

经过车裕这么一提醒，卓兰涵想起来了，她的面色更沉，说道："有意思，太有意思了，这么多年了，我是没听过，这水平低下的，还能教水平巅峰的。"

"卓，别这么含蓄。"巴特拿过一个话筒，冷哼了一声，"有些人自视甚高，喜欢指点别人，不知道自己才是跳梁小丑。"

嬴露薇的脸色煞白，身体不停地发颤，她完全无法忍受这种羞辱，还是在众目睽睽之下，这里有这么多粉丝，还有钟曼华，甚至还有江漠远。可这是她自找的，她为了把嬴子衿踩在脚下，多次与其他人强调不管她怎么教，嬴子衿都学不会。结果就在今天，无形的巴掌照着她脸上扇，狠狠的，毫不留情。

"不是要弹《日与月》吗？"卓兰涵重新坐了下来，心平气和，她看向嬴露薇，口吻不容置疑，"你现在就弹，让我们都看看，你是怎么教别人的。"

嬴露薇根本不会弹这首曲子，她怎么可能上去？

可她身后，江燃推了她一把，冷笑："还不动？"

嬴露薇不知道自己是怎么走到舞台上的，她在她的钢琴前坐下，手指颤抖地放了上去，音符断断续续地从她手下传来，不成调子。有了先前嬴子衿的演奏作为对比，高低立见分晓。

"别弹了，别弹了！"巴特听不得《日与月》这首曲子被这么侮辱，"弹得这么差，你还有脸，我都没了，你怎么能被称为钢琴家？"

咚！

刺耳的声音从钢琴上传来，一个琴键坏了。嬴露薇的手指一缩，彻底弹不下去了。诸多目光如芒刺在背，她的脸又涨红了，冷汗浸透了裙子。

现在，谁都知道嬴露薇根本就是打着《日与月》的幌子骗他们所有人。

“好，很好。”卓兰涵怒极反笑，“你借着薇拉·霍尔的知名度，想要提升自己的地位，我就问一句，你配吗？”

嬴露薇的嘴唇颤着，一句话都说不出来。她明明计划好了一切，今天本该是嬴子衿身败名裂的日子，可她的精心策划比不过嬴子衿直接弹出了薇拉·霍尔的三首钢琴曲。哪怕是到现在，她都不能相信嬴子衿竟然能够成功地进行演奏。

“嬴露薇，你侮辱了钢琴。”卓兰涵目光冰冷，“下去！”

嬴露薇头昏脑涨，踉跄下台。

铺天盖地的悔意将她的所有念头淹没，她要完了。

观看线上直播的人只有十几万，不算多，毕竟嬴露薇根本就没什么路人缘，粉丝也大多离开了，但这并不妨碍她被送上新闻头条，还是以火箭般的速度，迅速占据了热搜第一的位置——“嬴露薇人设彻底崩塌”“卓兰涵当众怒斥嬴露薇侮辱钢琴”“薇拉·霍尔 嬴子衿”……一个接一个的新词条出现。

全网最强爆料君：“有网友投稿说今天某位华国著名的美女钢琴家开演奏会，说要弹《日与月》，结果自然是没弹出来。可好玩的是这位美女钢琴家教的徒弟弹了出来，然后她就做了这样的事情。”

下面配了一段录像。录像里，嬴露薇拿着剪刀疯狂地剪音响等设备的线，她还穿着演奏时的礼服，发型和妆容也没变，但她的五官都扭曲到了一起，跟她营造出来的岁月静好的人设完全挨不上边。

晚上网上流量大，很多网友马不停蹄地跑来看戏。

“拿剪刀剪电线是什么操作？这……嫉妒疯魔了？好吓人，好像女鬼，就这还叫美女钢琴家？哪个钢琴家是这样的？徒弟弹得比自己好又能怎么样啊，难道不应该为此感到欣慰？”

“楼上的，你不知道，人家其实根本不是她的徒弟，但她大言不惭说是她教的，现在翻车了。”

“事情是这样的，嬴露薇给自己的演奏会定了天价的票钱，还跟自家粉丝说要让自己的侄女来演奏。这个侄女曾经被她粉丝网暴过好几次，粉丝们特别讨厌她侄女，知道她侄女要来后，都是一片嘲讽，让她侄女不要去丢人现眼。但现在看来，能让卓兰涵老师说出‘侮辱钢琴’这四个字，真正丢人的是谁就不说了。我现在还在看线上演奏会，现身说法，嬴露薇没有弹出《日与月》，反而是她‘徒弟’弹出来了。最重要的是人家不仅弹了《日与月》，连带着薇拉·霍尔的其他两首曲子也弹了，我要静一静。”

又有网友将之前嬴露薇粉丝的言论整合到一起发了出来，尤其是“露薇要给我们演奏薇拉·霍尔的《日与月》，请问你要演奏什么？难不成难度还要在《日与月》之上的《圣战》？又或者是现在都没有一个钢琴家弹出来的《特兰西之歌》”这句。

网上的动静越来越大，粉丝们自然不可能没看到，而等待他们的是闷头一棒。

全网最强爆料君：“又有好心人爆料来了，给大家分享一段录音。”

这次是嬴露薇的声音：“别说了，我真是服了我那群粉丝，要不是他们去嬴子衿微博底下闹腾，我至于要退网吗？不过还好，这群粉丝很好控制，随便卖卖惨，他们就信了。啧，真是蠢。”

这一条微博才真正引发了粉丝的愤怒。

“我忍不住地哭，真的是太难受了，我们保护她，她把我们当傻瓜！”

“全都是假的，人设是假的，钢琴水平是假的，连平常她对我们的关心也是假的！”

…………

网上发生的一切，嬴露薇还不知道。此刻，她瘫软在钢琴椅上，连站起来的力气都没有。她看到她请来的那些钢琴名家，目光冷漠又厌恶，也看到了她的那些忠实粉丝，离席的时候连看都不想看她一眼。

嬴露薇手脚冰凉，哆哆嗦嗦地看向女孩，眼睛是红的：“你故意的……你故意的！”

难怪嬴子衿会答应出席她的演奏会！

嬴子衿并没有分给嬴露薇一个眼神，她接过傅昀深递过来的外套，走下台。

先前的四个侍者将黄金钢琴又抬了下去，没有人理会疯魔的嬴露薇。

“露薇……”经纪人上前，他声音很疲惫，“这一次，是彻底没办法了，有人爆料了你在背后恶意辱骂粉丝的言论，你的粉丝都已经……”

嬴露薇的双眼瞪大，尖声惊叫："这是什么？快！快给我删了！"

这种她私下里只对经纪人说过的话，怎么会有录音？

"露薇，没用了，你的粉丝已经全部流失，他们还要联名起来告你诈骗。"经纪人无力地摇头，叹了一口气，腿也在发软。

嬴露薇是南宜第一名媛，各方势力都在为她护航，谁会想到有今天这么一天？而且还是所有事情全部在一个时间点爆发出来了，未免有些奇怪。经纪人隐隐约约有一种预感，真正的狂风暴雨即将降临。

黑夜静谧，繁星满天。

"子衿，厉害！"修羽比了个大拇指，"我本来以为你就是随便弹一首，结果你直接来了三首。"

嬴子衿打着哈欠，淡淡地说道："满足他们。"

卓兰涵从另一边过来，笑得和蔼："小姑娘，有没有时间聊一聊？"

嬴子衿颔首，还没有开口，一声怒吼响起："卓老太婆，你不要跟我抢人，这是我们书法艺术家协会定下的，你不许动。"

"我当是谁，原来是你这个老顽童。"卓兰涵扫了盛清堂一眼，微笑道，"你别忘了还是你先前专门跟我说，让我记得来一趟。"

盛清堂要气死了。他的本意只是找人来给小神医撑腰，谁知道成了这样？他和卓兰涵认识多年，知道她一向温和，但强硬起来谁都招架不住。

"不对不对！"赶过来的伯格急了，"怎么就成你们书法协会的了？她是我们皇家艺术学院的！"

"有你这个西大陆人什么事！"又多了一个，盛清堂更怒，"你们西大陆没人吗？抢我们华国人。"

"那又怎么样？音乐没有国界。"

巴特听得目瞪口呆。他的老天爷！他终于明白伯格为什么要拉着他来了，敢情真的是在抢人？

"几位老师别急。"傅昀深抬手，制止几人的争吵，"今天太晚了，她身体不好，眼下也累了，明天有一场庆功宴，几位老师不嫌弃的话可以来，到时候再说。"

盛清堂原本还想开口，但看见嬴子衿确实快要睡着了，也就没再说话。

"老顽童，你等着！"伯格撂下狠话，"我这就给我其他同事打电话。"

盛清堂勃然大怒：“谁怕谁？我也有的是人！”

傅昀深深感无奈，把嬴子衿的头从他的肩膀上扶起来：“夭夭，走了，回家睡。”

嬴子衿睡眼蒙眬，声调也轻：“嗯，你可以把我抱——”

傅昀深眼神一顿，抬头的工夫，他的神情已经自若：“人太多了。”

嬴子衿按了按头，真不好，又得自己走路了。

钟老爷子只感觉到了畅快，看猪都顺眼了：“走走走，明天我请客。”

“子衿！”钟曼华这才终于回过神，她慌了几分，“子衿，等等妈妈。”

可在一群人的拥护下，女孩很快消失在了转角处，连一个背影都没有留下。钟曼华心中的后悔情绪更浓了，心肺还是针扎一样地疼。她抿了抿唇，叫来司机，回嬴家老宅。

这一夜钟曼华睡得并不踏实。清晨，她从只有她一个主人的别墅中起来时，依然头昏脑涨。昨天那一幕给她的冲击是巨大的。无论是伯格还是盛清堂，都是业内大师，如果不是他们本身愿意，请都请不动，可现在他们竟然为了嬴子衿而差点大打出手。

钟曼华完全不能平静下来，直到管家拿着一封信敲了敲门。

“夫人，有人送来一封信，说是和……”他顿了顿，才道，“二小姐有关。”

钟曼华的精神一振：“拿来。”

管家愣了一下，才递了过去。他本以为夫人听到二小姐的名字，看都不会看。这次怎么……但主人的事情，管家也不好多嘴，就候在一旁。

钟曼华迫不及待地将信拆开，她认定这肯定是盛清堂他们之中的某位大师写的，再怎么说，嬴家才是嬴子衿的家。她把信纸从信封里拿出来，第一句映入眼帘。

“关于当年嬴露薇小姐将嬴子衿小姐偷出来扔掉一事——”

钟曼华的瞳孔猛地收缩了起来，没再往下看，所有情绪激烈地上涌，她眼前直接一黑，倒在了沙发上。

管家吃了一惊，忙上前：“夫人！”

“别过来！”钟曼华撑着沙发扶手，勉强让自己重新坐稳。她双眼通红，厉声道，“别靠近我，就站那儿。”

管家不明所以，但这是命令，他只得往后退。退到钟曼华指定的位置后，管家才试探性地开口：“夫人，是不是二小姐又闯什么祸了？她就是那样的人，您千万不要动怒。”

钟曼华没理会他，她耳朵嗡嗡地响，什么声音都听不见了，眼前只剩下了信上这一句话。如果在之前，她肯定认为这只是恶作剧。毕竟嬴子衿被接回嬴家这一年，她和嬴震霆都放弃了管教，只有嬴露薇还很有耐心——让嬴子衿进精英院，教嬴子衿钢琴，还会买很多衣服首饰，也会在他们面前替嬴子衿说话。但今天的演奏会让她意识到嬴露薇对嬴子衿的态度是真的很古怪。

她努力地平复着情绪，才敢接着往下看。看完之后，她整个人都呆了。

信不长，更多的是一系列证据。这些证据完全能够证明，2000 年 1 月 28 日，嬴露薇将一个婴儿从嬴家老宅里偷了出来，然后扔到了远处街边的死胡同里。

即便过去了十九年，钟曼华也绝对不可能忘记这一天。因为那时新年刚过，嬴家来了一个云京的大单子，只要接了这个大单子，嬴氏集团就能够更上一层楼，所以她和嬴震霆都去了云京，为的就是能够顺利签下这个单子。结果晚上回来，她像往常一样去看她的小女儿，婴儿床里却只剩下了一床被子。那么大的婴儿只会爬，根本不可能跑出去。可管家找遍了老宅，都没有发现婴儿的身影，凭空失踪了一样。之后嬴家派人四处去找，也没有找到。

钟曼华捏紧了信封，像是想到了什么，又是厉声一喝：“管家！”

管家一哆嗦，忙应：“夫人。”

“十九年前，二小姐丢失的那一天，你有没有……有没有……”钟曼华闭了闭眼，咬着牙，艰难地吐字，“看见露薇出去过？”

管家一愣，怎么也没想到钟曼华会突然谈起这件事：“夫人？”

“说！”钟曼华怒而拍桌，“你不说今天就滚出嬴家！”

管家拼命地回想，几分钟后，他一拍脑门，脱口道：“夫人，我见到了，露薇小姐晚上八点的时候出去了一趟，八点半回来了，说是外面下雪了，她出去和玩伴们打了回雪仗。我见她浑身都是雪，就让她去浴室了。”

嬴老夫人那时已经休息了，嬴露薇又是她老来得子，他要是伺候不好，肯定会被辞退。

钟曼华的指甲掐进了掌心，深吸了一口气："那你是什么时候发现二小姐不见的？"

"这我不会忘记，"管家虽然困惑，但还是答了，"八点五十，我去给二小姐换奶瓶。"

时间线，全都对上了！

钟曼华死死地咬着后槽牙，都已经尝到了鲜血的味道。她和嬴震霆怀疑过老宅里的任何人，就是没有怀疑过嬴露薇。嬴露薇可以说是他们看着长大的，虽然是同一辈，但他们都把嬴露薇当成小辈来宠爱。嬴露薇从小也很懂事，钟曼华膝下还无女的时候，都是嬴露薇在当她的贴心小棉袄。她完全不能理解嬴露薇为什么要这么做，而且，当年嬴露薇才多大？怎么可能做得出这种恶毒的事情来？

钟曼华接受不了，她手指颤抖地拿起了一旁的座机，拨了一个跨国电话。接通后，她哽咽出声："震霆，你快回来，出大事了……"

一夜的时间，嬴露薇的名声彻底跌入谷底。

网上清一色地在谴责她，她的粉丝也离开了她，不仅不会帮她反击，言语反而更激烈，当初有多么喜欢，现在就有多么厌恶。

嬴露薇躲在她买的公寓里，根本不敢出去。她拿小号偷偷登录微博，越看越委屈难受，尤其是她微博底下的评论，都是她熟悉的账号名。

"你的真面目终于露出来了，这几年耍我们很好玩吧？"

"真恶心人，看看你以前说的那些话，分明就是故意引导我们去欺负嬴子衿吧？你倒是甩手一身轻，还卖惨博了个可怜。"

…………

嬴露薇签约的棋乾传媒见势不对，在事情爆出来没多久，于半夜发了单方面解约的声明。经纪人也终止了和她的合作，连夜跑了。原先她身边所有捧着她的人，如今全都弃她而去。她浑身发冷，眼泪不停地流。她可以确定这背后一定有谁在整她，否则那些爆料的账号不会忽视她的警告。

她利用江漠远把嬴子衿从清水县接回来，就是一个错误。如果她没有把嬴子衿接回来，嬴家这辈子也不会发现嬴子衿的存在，毕竟嬴家已经有一个替代品了。现在她该怎么办？

嬴露薇惶惶然，绞尽脑汁，终于抓住了一根救命的稻草。对，她要尽快嫁入江家，只要她成了江家的主母，就算她在网上和音乐界的人气没了也无所谓。她定了定神，擦掉眼泪，收拾了一下自己后，开车去江漠远的公司。

今天不是周末，青致学院还有课。

课间，嬴子衿一只手撑着头，垂眼看手机屏幕上的NOK论坛。

进入到隐藏板块后，稀有药材就不是问题了，只要能拿出让成员们心动的东西，高到一定的悬赏额，就会有人接下悬赏。虽然最近她没遇到什么棘手的症状，但多囤一点药材，总归不是什么坏事。但这么一囤，钱又花了不少，幸好有嬴露薇演奏会的八千万。

NOK论坛的隐藏板块每天都有很多悬赏帖，为了方便发布和寻找，管理员对这些悬赏帖进行了分类。西大陆有炼金界，华国有古医界，这两个地方对药材的需求都很大，所以药材区一直是论坛的热门悬赏区域，当然价格也会更高。

嬴子衿发了一条收购药材的新帖子后，就退了出去，来到论坛首页看最新的八卦，其中一条帖子吸引了她的注意力。

标题："各位兄弟姐妹们，都知道华国南宜那场钢琴演奏会了吧？"

内容："我不在南宜，但带了我女神薇拉·霍尔的名字，所以买了一张线上的票。震惊我了，我女神的三首名曲第一次全部重现，我敢保证这个演奏者绝对就是薇拉·霍尔！因为她弹的《日与月》和《圣战》，和我以前听的那几场都不一样。而且《特兰西之歌》的曲谱残缺到无法修补，她竟然也弹了出来。啊啊啊，我女神没死，她复活了！"

嬴子衿看着这条帖子，凤眼微眯，手指在桌子上轻敲着。

薇拉·霍尔是音乐史上的巅峰人物，但在NOK的隐藏板块里，其实没有任何热度。毕竟这里涉及了整个世界最深的机密，随便泄露出去一个，全球都会乱套。她薇拉的身份在这些混迹于论坛的成员眼中，也只是一个普通人。可带上了复活这个词，就吸引了不少人的注意力。不过问题不大，她原本就知道会这样，所以提前做了打算，给洛朗家族写了一封信。

1楼："我记得楼主是薇拉·霍尔的忠实粉丝。"

2楼："噢，我听说了，死而复生的事情是有，但是隔了三百年再复活，有点扯了。即便吃了炼金界那些炼金术师还有咱们榜上的毒药师们整出来的那些改变人体细胞的药，也活不了这么长时间。”

…………

604楼：“也不是不行，洛朗家族那个……算了，不敢说，说了我的皮都得被扒了。”

605楼：“你想说记忆移植？科学界的科学家们整出来这个了吗？”

这条帖子的热度在迅速上涨着，也有越来越多的人加入了讨论。

守在电脑前的傅昀深自然是看到了，即便他没看到，也有人给他汇报隐藏板块的事情，而且他也确实有所注意。他眼睫动了动，从抽屉里拿出手机，打了个电话，对方很快接通。

半晌，他低笑一声：“你说，这人有没有可能带着记忆过几百年再活一次？”

电话那头没料到会听到这一句，一时沉默了下来。

傅昀深也不急，就靠在椅背上，抬头望着窗外。阳光热烈，仿佛跨越了很多年的时光。

很长很长的一段安静之后，才有声音从手机里传来：“理论上来讲，这是有可能的，但可能性低到为零。这个世界不像我们看到的那样，它确确实实有超自然的地方。”

傅昀深淡淡地“嗯”了一声。

那边接着说：“否则就不会有炼金和古医、古武出现了，科学的尽头是神学，到现在还是没办法解答生命的一切奥秘。”

“所以——”傅昀深若有所思地看着已经回复了上千楼的帖子，“是存在的。”

“我说了，可能性为零，再怎么超自然，也要讲点科学。”

傅昀深神情慵懒，滑动鼠标，刷新帖子，又拉到最后。

1241楼：“不怪楼主会这样想，《特兰西之歌》的曲谱相当于没有，不是薇拉·霍尔本人，怎么知道的？”

傅昀深眸光微动。

是啊，他从听到嬴子衿弹《圣战》的时候，就已经想了很久这个问题。但是凡事需要个证据，他只是凭空猜测，并没有什么用，可这种事总不能真的直接去问本人。

傅昀深沉吟了一下，准备发帖。

这个时候，又有一条新帖子出现了。这条帖子是自动标红的，只不过没有置顶。但凡是账号级别在 SS 级以上的用户，都有这么一个特权。

只爱钱："退散退散，什么死而复生，真是够离谱的。你们说没有曲谱？不好意思，前阵子我们刚把曲谱卖出去了，华国那边也有人买。不信你们问问论坛里的几个人，他们也买了。"

只要不是新成员，就没有不认识这个账号的用户，这是洛朗家族掌权者的账号。当然，这条帖子不会是这位掌权者发的，毕竟这位掌权者只对钱有兴趣，其他事情都只会交给手下的人。

SS 级用户发帖，NOK 的系统会提醒所有用户，帖子的热度瞬间飙升。

1 楼："惊现西大陆首富！"

2 楼："啥？洛朗家族有曲谱？"

…………

77 楼："洛朗家族有曲谱很奇怪吗？薇拉·霍尔就是洛朗家族祖上资助过的文艺巨匠啊。"

78 楼："我忘了我听谁说过，《特兰西之歌》这首钢琴曲，是薇拉·霍尔专门给洛朗家族写的。"

79 楼："原来如此，那就不奇怪了，只能说华国那个演奏者是个天才。"

…………

209 楼："不愧是你们洛朗家族，这也能卖钱？"

210 楼："把人家曲谱卖了，我真怕薇拉从地下跳出来，把你们捶死。"

发帖的年轻人看到这个回复，暗暗地擦了一把汗。

不这样说，又怎么遮掩？那样他们才会被薇拉·霍尔捶死。看到风波渐渐平息，他这才退出账号，松了口气，总算是把信件上交代的事情办完了，可以和主人汇报了。那群人猜得倒是不错，那还真就是薇拉·霍尔，可惜这种事情是不可能被外界知道的。

日头高悬，阳光热烈。

中午，江漠远还没有结束工作，就接到了江家老宅的电话，是江老夫人给他打来的。自从江老爷子去世之后，江老夫人就搬进了佛堂，一心吃斋礼佛，其他人都不怎么见，这还是这几年江老夫人第一次给他打电话。江老夫人的语气很不好，但在电话里又什么都不说，只说让他现在立马过去一趟。

“告诉其他人，我有些事，下午的会议先推迟，那个单子，谨慎点。”江漠远看了眼手表，叫来了秘书。

秘书点头，顿了顿，才低声说：“三爷，露薇小姐在外面等您很久了。”

江漠远推门的动作一停，秘书把头低下去，也不知道说什么好。

昨天的事情委实太出乎意料了，谁都没想到一个从乡下来的养女，钢琴水平直逼那些顶级钢琴家，不，甚至超越。嬴露薇直接就成了一个笑话，更不用说网上把她曾经做过的事情全都挖了出来，她表面岁月静好，内心却恶毒至极，根本配不上江漠远。

“我知道了。”江漠远没什么表情，推门出去。

嬴露薇哭了很久，见到他出来，她擦了擦眼泪，立马冲过去把他抱住，声音带着哭腔：“漠远！”

跟着出来的秘书直皱眉，若是放在以前，这样没关系，但现在嬴露薇的名声都毁了，引以为傲的钢琴技术也是炒作出来的，怎么好意思还贴着他们三爷？

秘书不悦地出声：“露薇小姐，你——”

话还未说完，江漠远没有丝毫怜惜地将嬴露薇推开，把自己的手臂也从她的怀抱里抽出。身子骤然一空，嬴露薇一愣，不敢置信地看着他，声音发颤：“……漠远？”

“我们的婚礼还没有办，只是订婚，公司是公众场合，注意点。”江漠远看她的眼神没有了平日里的温情，只剩下一片冷漠。他也不看嬴露薇是什么表情，接过秘书手中的西服外套，大步离开。

秘书送江漠远到门口，回头对着嬴露薇笑了笑：“露薇小姐，请你认清自己现在的处境，嬴家会护你，江家可不会。”客气却又轻蔑的语气，同以前对嬴子衿说话时一样。

嬴露薇脸色瞬间煞白：“你……你什么意思？”

秘书并不言语，只是让人把嬴露薇“请”了出去。

江漠远抵达宗祠的时候，江老夫人背对着他，跪在蒲团上，正在默念着什么。

几分钟后，江老夫人才慢慢起身：“漠远，有件事情，妈觉得你还是知道一下比较好。”

江漠远眉皱起：“妈，怎么了？”

江老夫人面容冷淡，将一封信甩到了他的面前：“这是今天一早有人送到佛堂来的，你自己看看吧。”

江漠远接过来，用了足足十分钟的时间，才把信看完。他的身体骤然绷紧了，第一次有种僵硬的感觉，这种事怎么可能……

“江家不需要这种品德败坏的主母。”江老夫人淡淡地抿了一口茶，“原本我就不满意她，南宜那么多名媛，不能找个没病的？但架不住你喜欢，如果你还是非要她，那——”

“这件事情就由妈决定，”江漠远打断了江老夫人的话，“我一切都听妈的。”

“好好好！”江老夫人这才露出了笑容，“毕竟这婚约是你父亲定的，你当面退不太好，妈来帮你。”

江漠远薄唇微抿，不知为何，他竟然松了一口气。

“改天我去嬴家那边拜访一下。”江老夫人又说，“虽然不知道这信是谁寄来的，但他们那边肯定也知道了。这事嬴家也是受害的一方。可怜的小萱，身上竟然发生过这种事情。”江老夫人见过的人多了，但还没有见过像嬴露薇这样从小就如此恶毒的。

江漠远的唇动了动，没说话。他知道嬴家真假千金的事情，也知道当时被嬴露薇偷出来扔掉的是嬴子衿，所以他刚才才会有种莫名的愤怒和后悔。不过这种事情，嬴家都没打算公之于众，他也没必要跟江老夫人说。

钟曼华已经在嬴家老宅里枯坐了一整天，神情恍恍惚惚，这一次的冲击让她的精神又陷入了崩溃中。就像十九年前那样，她眼前出现了幻觉。好在她有备用的药，吃了几颗后，才勉强将情绪平复下来，她努力地忍着内心的愤怒：“人还没回来？”

“夫人，露薇小姐已经在路上了。”管家战战兢兢，“她这两天也不好受。”

钟曼华只想冷笑。不好受？那不都是她自找的？

“再打个电话，”钟曼华冷声，“我要傍晚六点之前见到她。”

管家急忙应下：“是。”

将近六点的时候，嬴露薇回来了。

她这会儿根本没心情跟钟曼华客套，表情很冷淡："大嫂，你找我做什么？我还有事，没有多少时间，你——"

哐当！

下一秒，一个花瓶就朝着嬴露薇砸了过来，在距离她的脚只有一寸的位置裂开，碎片擦着她的脖子划了过去。

"大嫂，你要是发病了，我给你叫医生。你把我叫回来，就是为了冲我发脾气？"嬴露薇吓了一跳，更为愤怒，她从小就被四大豪门的长辈们宠着长大，谁敢这么欺负她？

"嬴露薇，我恨不得杀了你！"钟曼华的声音几近泣血，眼眶也通红，"我和你大哥待你不薄，你怎么能做出这种事情来？你对得起我们吗？"

嬴露薇的心咯噔了一下："大嫂，你在说什么？我什么时候对不起你和大哥了？"

"你自己看！"钟曼华站起来，将信摔在了她的脸上，"十九年前，你为什么要把我女儿偷走扔掉！"

轰的一声，仿佛有惊雷在耳边落下，炸得嬴露薇的脑海一片空白，肺部的氧气也像是被抽空了。她睁大眼睛看着从她头顶纷纷而落的纸张，血液都凝固了。

不可能！这件事情钟曼华怎么会知道？

管家也大惊失色："露薇小姐？"

"十九年前你也是个小孩子！"钟曼华哭着喊，"那时候她才多大？一岁多而已！你怎么能这么狠毒把你的血亲偷走扔掉？"

"不……不！"嬴露薇浑身都哆嗦了起来，语不成调，"这跟我没关系，不是我干的，是她自己爬出去的！对，没错，就是她自己爬出去的，和我有什么关系？"

钟曼华气得浑身发抖："证据确凿，你还狡辩？"

嬴露薇死死地盯着一张纸上的三个名字，情绪再一次崩溃了："不是我干的，说了不是我干的！"她忽然尖叫了起来，夺门而出。

管家还有些发愣，张了张嘴："夫人？"

钟曼华只是摆了摆手，似乎很累的样子："等震霆回来。"

管家犹豫了一下："可这事，如果让老夫人知道了，那么——"

管家的话被一阵电话铃声打断，是座机，钟曼华没有要接的意思，管家上前接起，旋即脸色大变：“喂？什么！夫人，是寄信的人。”

钟曼华这才有了反应，猛地站起，接过电话：“你们到底想要什么？”

“什么都不想要，”电话里的声音听不出来男女，“只是好心帮你们查清楚你们查不到的事情而已。”

钟曼华的脸涨红了，如果说真查不到，那是不可能的，但是嬴家只查了两年，就没再查了。因为那个时候嬴家已经有了新的大小姐。

“真的只是这样？”她不信，“你们不想从嬴家得到什么好处？”

“呵！”像是听到了什么好笑的话，电话里的声音笑了笑，“给我们好处，你们嬴家还不配。不过，我倒是挺好奇的，嬴家打算怎么处理这件事情？不给子衿小姐一个交代？”

“你们胡说什么？是，嬴家丢了大小姐，但丢了之后很快就找回来了，我们不知道是谁丢的而已。”钟曼华努力克制着颤抖的声音，“子衿是我领养的女儿，和十九年前的事情没有关系，你别乱说。”

电话那头沉默了一下，又笑了笑，这一次语气冷了很多：“很好，这是嬴夫人的选择，希望你不要后悔。”

通话结束，钟曼华的身子还在发抖，手脚冰凉，却松了口气。

后悔？她绝对不会后悔。

日暮的时候，（19）班的同学去参加嬴子衿的庆功宴，等到他们抵达订好的饭店时，都震惊了。原以为就是一家普通的奢侈餐厅，没想到竟然会是汉阁。今天参加庆功宴的人零零散散加起来都有八十之数了，抵得上汉阁一个月招待的客人数量。

男生很兴奋，压低声音问：“嬴神，你是不是和汉阁的主人有一腿？”

汉阁连云京的豪门都不搭理，要不是主人开口，他们能没预订就来？

嬴子衿神情一顿，若有所思地看了一眼正在和侍者说话的傅昀深，不紧不慢道：“一腿不至于。”

男生茫然：“啊？”

“最多一手吧。”他们拉过手。

男生有些迷茫，挠挠头，索性也不想了：“不管不管，反正今天不是我出钱，我要吃个够。”他大摇大摆地进去，高兴得蹦跶了两下。

“啧，虽然我对吃食没什么欲望，但汉阁确实堪称餐饮行业中的一绝。”修羽的手搭在嬴子衿的肩膀上，“不过子衿你这么爱吃，以后是不是得找个会做饭的？”

嬴子衿看了她一眼，把她的手扒拉了下去。

修羽轻咳了一声，转移注意力，开始看微博。看着看着，忽然，她大喊了一声：“快看微博，嬴露薇！她又出事了！”

这个名字吸引了其他人的注意力，傅昀深还侧身斜斜地靠在柜台处，闻言微微偏头朝着餐桌的方向看了一眼。那双桃花眼中浅光迷离，深邃动人。他收回视线，低头扫了扫手机屏幕，屏幕上是刚接收的短信。

“少爷，江家已经在整个南宜宣布退婚了。”

修羽说的也是这件事情，她又啧了一声：“我还以为江漠远是个多深情的男人呢，果真应了一句老话——‘夫妻本是同林鸟，大难临头各自飞’。”

江燃嗤笑道：“那你们还真是被他表面的假象骗得不轻，他能是那老女人的儿子，本来就是一个薄情寡义之人。”

别说其他同学，就连修羽都是第一次听江燃提起江家的事：“你是说，你外公在你外婆过世没多久后娶的那位续弦夫人？”

江老爷子有三任妻子，第一任妻子红颜薄命，刚嫁到江家没几天就病死了，并没有留下任何子女；第二任妻子就是江画屏的母亲，但是在江画屏十多岁的时候，也去了；江老爷子娶第三任妻子的时候，他已年过四十，而当时第三任妻子还不到二十岁，这第三任妻子也就是现在的江老夫人，她生了江漠远。

“狐狸精一个！”江燃的声音压着一股躁意，“要不是因为她，我外婆也不会死。”

修羽敏锐地没有再问下去。

以江燃和江画屏如今在云京的势力，可以随手让江家破产。

本以为今天的庆功宴应该很和平，但令所有人都万万没想到的是，因为嬴子衿身边的一个位子，两边又打起来了。

“去去去，你这个毛茸茸的金发洋人。”盛清堂一手死死地挡着伯格，努力地往嬴子衿旁边的位子挤过去，“你们都有体臭，喷了古龙香水也没用，别熏到人家。”

“老顽童，放屁！”伯格气得要命，“你一把老骨头了，肉都咬不动了，跟我抢什么？”

“哎，不好意思。”盛清堂龇牙一笑，“前阵子我刚去镶了牙。”

嬴子衿看着那颗金牙沉默。

（19）班众人面面相觑，敢情这是在玩抢椅子呢？

钟老爷子长舒了一口气，很高兴，还好他不用抢位子，他外孙女给他留了一个。

盛清堂和伯格互相拦着，位子就空了下来。

“嗯？”傅昀深给侍者交代完毕后，瞧见嬴子衿身边空了个位，“夭夭还给我留了位子？哥哥挺感动的。”

“没。”嬴子衿手撑着下巴，神情疏懒，“你没看见你的椅子都被拿走了？”

傅昀深缓缓低头，看到了被盛清堂提着的椅子。

行，他就不应该期待小朋友会说出不无情的话来。

“老顽童，都怪你！”伯格气疯了，“要不是你，我就能坐过去了。”

“我不管，我坐不着，你也别想坐。”盛清堂把椅子一放，坐在伯格旁边，“我要盯着你。”

“我看不如这样，你俩也别吵了。”卓兰涵也很无奈，“反正小姑娘都会，不如都进吧。”

盛清堂一瞪眼：“那怎么行？”

“行行行！”伯格却高兴了，“我这次带来了我们皇家艺术学院的名誉教授特聘资格证，只要嬴大师一签字，就可以了。”

他在人家的地盘，也争不过，退一步海阔天空。

盛清堂只恨他没有带个西瓜来，一瓜给伯格砸上去。

晚上八点，一行人才从汉阁出来。

伯格拿着有嬴子衿签名的名誉教授特聘资格证，美滋滋的。

“小神医，你怎么就答应他了？”盛清堂痛心疾首，“我和你说，他们都不是好人。”

“没事。”嬴子衿打着哈欠，“反正也不用我做什么事。”签个名而已。

盛清堂唉声叹气，正要说什么的时候，刺啦一声，刺耳的声音响起，一辆大货车突然转弯，以极快的速度直直地朝着这边冲了过来。

嬴子衿是背对着这辆大货车的，她站在路口，面前就只有盛清堂一个人。其他人还在汉阁门口，离路口还有一段距离。大货车发出的声音不小，他们自然是听到了，但谁都没想到这辆大货车的目的是杀人。

盛清堂神色一变，连声音都来不及发出，手下意识地就要把嬴子衿往旁边推。可他原本就是个老人，嬴子衿当然不可能让他挡。她猛地转身，内劲聚于左手，嘭的一声响，盛清堂直接被推出了十米远。盛清堂只感觉有轻飘飘的风撞了他一下，他再回神的时候，就已经到了路对面。而这时，大货车已经开了过去。

变故发生得太快，盛清堂失声叫道："小神医！"

"嬴神！"

"子衿！"

这个时间点正是路人多的时候，汉阁又位于繁华地带，周围的人都发出了尖叫。

钟老爷子看得目眦欲裂，哪里还管那么多，也顾不得自己的年纪大了，就往嬴子衿所在的地方开始跑。可他跑得再快，也比不过将速度飙到了极致的重型大货车。

嬴子衿没躲，她身后就是修羽、江燃以及钟老爷子他们，如果这辆大货车真的撞了过去，这些人不死也要重伤。

她抬起手挡住这辆货车。

咔嚓！

她的手臂刚接触到货车的车头，就传来了清晰的骨裂声。

可嬴子衿连眼神都没有波动一下，她眼睫垂下，皱眉。力量还不够，这具身体仅仅只是恢复到了普通人的体魄，勉强能够动用古武，但远远达不到她要的强度。

然而，就像是一定要她的命一样，大货车上装载了不少货物，达到了最大装载量二十四吨。嬴子衿缓缓呼吸着，准备直接用身体去挡。但下一秒，还没等她有所动作，她的腰就被一抱，有人带着她滚到了一旁。

同时，大货车也停了下来，尖锐的声音刺破了所有人的耳膜，整条街都处于惊惧之中。别说钟老爷子，就连江燃和修羽都没能反应过来，全部呆住了。

马路中间，傅昀深一手撑着地，另一只手还护在嬴子衿的腰上。有鲜血顺着他撑地的手流下，一缕一缕，衬得他本就瓷白的肌肤更白。

“夭夭，没事吧？”傅昀深低头，想要抬手去摸她的头，但看见他还在滴血，手又放了下来，顿了顿，嗓音温柔，“没事就好，没事就好。”

嬴子衿陡然抬头，眼神在他身上定住。

她只是右胳膊受了伤，出现了轻微的骨折。可傅昀深抱着她这么一滚，又强行将大货车停了下来，表面上是没有什么伤，但身体绝对受内伤了。这距离他上一次受伤还没到一个月。

今天的这件事情，她的确没料到。上次帮商曜之改了他死亡的那个点，她也受到了小反噬。虽然不像占卜师会出现五弊三缺的情况，但她的能力直接被封了半个月。她这一道本就是插手了天定的因果，若只是预见，不涉及重大事件，也不插手，那么不会有什么，但改变了因果，问题就来了。想要更改因果，就要付出相应的代价，要么自己被反噬，要么身边最亲近的人受伤害。这也是为什么现在真的大师少之又少了，真正的大师一般身体上都有缺陷。

这就是“五弊三缺”这个命理了，五弊是“鳏、寡、孤、独、残”，三缺是“缺财，缺命，缺权”。他们这些窥探天机的，要么有其中一弊，要么有其中一缺，可天机哪里又是那么容易窥探的？倘若她的能力全部恢复了，倒是不会受到任何影响。

“我没事。”嬴子衿用完好的左胳膊扶着傅昀深站了起来，眼神很冷，“我们去医院。”

第一医院。

傅家七少爷受了重伤，医院里又开始了新一轮的手忙脚乱。即便傅昀深在南宜的名声再不好，那也有傅老爷子撑腰，连傅明城都不敢放肆，更不用说其他人了。

“夭夭，嗯……”傅昀深慢慢地吸了一口气，声音还是温柔的，“哥哥没事，你右胳膊骨折了，你们带她去治疗。”最后一句话，是对着修羽和江燃说的。

“我自己——”

“医者不自医，去治疗。”

“我很快，你等我。”嬴子衿把手放下，从口袋里拿出了一瓶药，“记得吃。”

医护人员匆匆地把两个人都送进了病房。

傅昀深这么一伤，傅老爷子不可能不被惊动，他匆匆赶来，到医院的时候，就见到傅昀深躺在床上，俊美的脸庞有些许苍白。

“怎么回事？”傅老爷子在病床边坐下，很焦急，“小七，我听医院说你们出车祸了？”

傅昀深桃花眼扬起，笑道：“算是。”当然不是一般的车祸，而是人为。

“什么叫作算是？”傅老爷子气不打一处来，“你哪里不舒服？我联系云京的医生，让他们过来。”

“爷爷，我真的没事，”傅昀深懒洋洋地说道，“我早就皮糙肉厚了。”

“胡说八道！”傅老爷子脸一板，“你要是皮糙肉厚，外面为什么还有人叫你手无缚鸡之力的公子哥？”

傅昀深沉默了。他爷爷还真是会找精准的点来撑他。

像是想到了什么，傅老爷子神色一冷：“这事儿不会是他们干的吧？我去查一查。”

“爷爷，和傅家无关。”傅昀深淡淡地说，“您先回去休息，等有结果了，我会和您说。”

傅老爷子哪里能放心，刚巧钟老爷子在，他就去找他这个老兄弟了。

傅老爷子离开后，又过了五分钟，病房的门再一次被推开，是先前一直跟在傅昀深身边的年轻人。

他很是愧疚：“少爷，对不起，是我监管不力。”

大货车这件事情，都不用怎么查，他们就知道是嬴露薇做的。他们也一直盯着嬴露薇，但是真没料到嬴露薇那么大胆，竟然直接下手。

“嗯。”傅昀深没说什么，看着窗外，嗓音淡淡，“你回去，让你弟弟来。”

年轻人的心一惊，但也知道这是他的失职，是要受到惩罚，他也甘愿。

“明白，少爷。少爷，子衿小姐她……”

“没事。”傅昀深顿了顿，又像是在做什么保证一样，“我不会让她有事，去准备吧，故意杀人，嬴露薇可以定罪了。”

年轻人点头应下，退了出去。

“什么？”嬴露薇接到电话的时候，简直不可置信，“这都没让她死？你们是废物吗？”

她还专门找了专业人士，策划了这一场意外。她也知道那边准备了一起车祸，用的还是最重型的大货车。原本她只是想要嬴子衿一双手，但她万万没有想到十九年前的事情还能被爆出来。虽然她那时还小，但第一次做坏事，她记得很清楚。她把婴儿偷出去扔掉，怎么会有人怀疑同样是小孩子的她？她必须让嬴子衿死，只有嬴子衿死了，才会死无对证，有嬴老夫人的宠爱，钟曼华也奈何不了她，可现在……

嬴露薇咬了咬牙，起身，敲了敲另一间卧室的门，问道：“妈，您还在睡吗？”

“刚醒。”嬴老夫人的声音很虚弱，“露薇，你进来吧。”

嬴露薇推门进去。

嬴老夫人身体不好，又嗜睡，还住在市中心，远离嬴家老宅，所以也没人给她说最近发生了什么事情。

见到自己的小女儿，嬴老夫人目光慈祥：“露薇，我记得你昨天开了演奏会，怎么样？”

“挺好的。”嬴露薇抿了抿唇，微笑道，“漠远还说我弹得比以前好了呢。”

“那就好，那就好。”嬴老夫人不住地点头，“你和漠远的婚期也该提上日程了。”

嬴露薇低头，目光怨愤，开口：“妈，我今天早上又受伤流血了。”

“什么？”嬴老夫人一惊，“那还不赶紧去医院？那个养女呢？快让她来给你献血！”

血友病有好几种，嬴露薇得的是血友病 A 类的中间型，没有重型那么严重，但偶尔也会出血。

“妈，这……”嬴露薇很为难的样子，“小衿肯定不会愿意的。”

“不愿意就把她直接绑来！”嬴老夫人重重地咳嗽了起来，厉声道，“真以为嬴家收养她是做善事呢？”

嬴家的私生子女都不少，派系又众多，如果不是有利可图，没事收养一个女儿？当初，嬴老夫人就不同意嬴震霆和钟曼华领一个小县城的人回来，领养一个婴儿没什么，反正小孩子没记忆，可一个成年人，能养熟？后来发生的事情，也果然印证了这一切。

“妈，您别气。”嬴露薇要的就是这样，柔声安慰，“现在都晚上了，我们也找不到小衿，还是等明天一早先去找大嫂。”

“你这个大嫂也真是拎不清。”嬴老夫人气得胸口起伏，“不就是一个养女吗？还至于那么纠结？还好小萱还在西大陆那边，这要是回来看见家里多了个人，不会难受？”

“妈，都怪我。”嬴露薇很是愧疚，“早知道我就不和您说了，还让您气坏了身体。”

“妈没事。”嬴老夫人按着太阳穴，像是想起了什么，“薇儿，你那个朋友最近没来找你？”这说的是陆芷。

嬴露薇的笑一僵：“妈，她最近有事，出国了。”

她哪里会跟嬴老夫人说，陆芷和她闹掰了。

“唉。”嬴老夫人叹了一口气，“我这头疼的毛病，看来是真的没法治了。”

“妈，您别说这种丧气话。”嬴露薇撒娇，“绍仁医院不是有神医吗？只不过这位神医每周只看一位病人，我还在排队中，暑假的时候，应该就能排上了。”

“还是我女儿贴心。”嬴老夫人转忧为喜，“你也多去找找漠远，联络感情。”

第九章

恶有恶报

第一医院，无菌手术室外。

钟老爷子正在等嬴子衿做完手术，见傅老爷子向他走来，面上的忧愁散了几分，戏谑道：“哎，傅老头，看来你果真是好了，这走路都有我的风范了，行步如风啊。”

“滚滚滚，我不如你身板硬，行了吧？”傅老爷子气得要命，从小钟老爷子就和他不对付，玩扑克的时候，也从来不让他赢。还怪他兜走零食？他就兜走了怎么着。

“唉，你身体好了，我也算是了却一桩心事了。”钟老爷子这次没呛回去，叹了一口气，“以前咱们还能早上起来约着一起去打太极，自从二十年前你那一病……”

闻言，傅老爷子沉默了下来：“过去的事情，就别再提了。”

钟老爷子颔首，清楚二十年前的事情对傅老爷子来说是一个禁忌，只是他其实也不知道到底发生了什么事情，只记得那一年南宜动荡了整整一个月，有各种奇怪的人来到南宜，去了傅家又走。但傅老爷子不说，他就算再好奇也不会去逼问。

“是啊，我们也老了，总该退下来，交给年轻人。”钟老爷子拍了拍傅老爷子的肩膀。两人正说着，一个护士从手术室里出来，钟老爷子忙迎了上去，“怎么样了？”

“病人的骨折并不严重，手术很顺利。”护士说，“就是这几天一定要好好休息，小姑娘太累，已经睡着了。”

钟老爷子这才舒了一口气：“傅老头，这次我得谢谢你孙子，要不是他，子衿可能就……”

傅老爷子咳嗽了几声，很得意：“我家小七本来就善良。”还有一句话他没说，说出来怕钟老爷子撸起袖子和他干架。这自己的媳妇不救，那救谁？

钟老爷子不知道傅老爷子心里的小九九，只是点头道：“我去看看你孙子。”

这一夜两个老爷子也没回去，就在旁边的病房搭伙睡了一觉。

翌日一早，第一医院又迎来了一方人马。看见来人后，傅老爷子着着实实地惊了：“鹤卿？”

“义昌？”穆鹤卿也是一愣，“你这身子骨好了？”

“侥幸侥幸。”傅老爷子点了点头，笑着道，“阎王爷看我不顺眼，把我送回来了。”

虽然钟老爷子没跟穆鹤卿接触过，但也不会不知道他这个人。他打了个招呼：“穆老先生，你这是？”

他在云京待了很长一段时间，倒是见过穆家人。可见过穆鹤卿的人，那是屈指可数。穆鹤卿有不少功劳在身，受华国保护，想要见穆鹤卿难如登天。穆家家主怎么会突然造访南宜？

“我和小傅还有小嬴是朋友。”穆鹤卿没有架子，笑了笑，“听说他们出了车祸，我过来看看。”

傅老爷子没什么反应，钟老爷子差点把自己的胡子给扯了。云京人人敬仰的穆鹤卿和他外孙女是朋友？能说出朋友这个词，穆鹤卿分明是把嬴子衿当成了同等地位的人去看待。

穆鹤卿朝着两个老爷子颔了颔首，去病房。嬴子衿还在睡，他便没去打扰。傅昀深醒了，穆鹤卿在他旁边坐下：“知道是谁干的了？”

“嗯，知道了。”傅昀深说，“已经去抓了。”

“这件事交给我。”穆鹤卿冷笑，“敢动你和小嬴，也不掂量掂量自己有几条命。”

“那您可悠着点。”傅昀深眉梢挑起，“我怕您这怒火一出，整个南宜都得遭殃。”

“臭小子！”穆鹤卿忍住了想一巴掌抽上去的冲动，“这点数我心里还是有的。我怎么听说，你是为救小嬴才受了内伤？所以这是冲着小嬴一个人来的？”

“嗯。”傅昀深懒洋洋的，“我们这儿可不像您老的穆家，有您震慑，谁都不敢动。”

“看来嬴家也出了不安分的人啊。”穆鹤卿皱眉，“我起初还以为是傅家的人。”

“这件事情很容易解决。”傅昀深桃花眼敛了敛，声音淡淡地说道，“不过有件事情需要穆老您帮个忙。”

穆鹤卿神色一正，严肃地说道：“你说。”

“夭夭的户口还在嬴家，嬴家收养她是合法的。”傅昀深笑着说，“但她如今已经成年，麻烦穆老帮她把户口迁出来，再帮她和嬴家断绝关系。”

穆鹤卿知道傅昀深在南宜不宜过于招摇，否则会引来祸患，于是点头说道：“好，放心，交给我，你也好好休息。”

与此同时，嬴家老宅今日一早迎来了一个中年男人，管家恭敬地替他开门：“老爷。”

“震霆，”钟曼华忙走上前，她眼角还红着，“震霆，你终于回来了。”

中年男人便是嬴家现任的当家人——嬴震霆，他今年四十八岁，正值壮年。

“到底发生了什么？”嬴震霆皱了皱眉，“曼华，不要急，慢慢说。”

和钟曼华夫妻这么多年，嬴震霆知道她的性子——要强，绝对不会轻易开口求助。这还是钟曼华第一次给他打电话求他回来，那么一定是真有大事情发生了。

钟曼华张了张口：“就是——”

话被紧跟着过来的嬴老夫人给打断了，她手中的拐杖重重敲地：“现在不是听你说废话的时候，薇儿的血友病又发作了，快点打电话给那个养女，让她去医院准备着。”

嬴震霆皱眉，开口：“妈。”

“你开口也没用！”嬴老夫人没好气道，“难不成你要眼睁睁地看着你妹妹死？”

嬴震霆无话可说，也看到了嬴露薇面容苍白，毫无血色的样子。他捏了捏眉心，叹了一口气：“曼华，打电话吧。”

钟曼华手发抖。一方面，她根本联系不上嬴子衿；另一方面，她也不想让嬴子衿给嬴露薇献血。可嬴老夫人在这里，她没办法把真相说出来。如果嬴老夫人突发脑出血，她就是一个罪人。她抿了抿唇，没有动。

“曼华？”嬴震霆眉皱得更紧，他拿出自己的手机，找到了嬴子衿的号码。

嘭！

大门却在这时被一脚踹开，一群穿着制服的年轻人，个个神情冰冷。为首的队长看向嬴露薇，声音寒凉：“把她抓起来。”

嬴家的四个人都没反应过来，两个年轻人已一个大步上前，把嬴露薇牢牢地扣住了，丝毫不留情的手法，还很粗暴。

此刻的嬴露薇正等着嬴震霆把嬴子衿绑来，给她献血。她也清楚地知道钟曼华为了嬴老夫人的健康，不敢在嬴老夫人面前开口说那件事。只要她让嬴子衿在献血过程中出个意外，等嬴子衿人都死了，十九年前的事情还能怎么威胁到她？并且在嬴震霆和钟曼华心中，早就有了嬴子衿的替代品，这个替代品还要好出嬴子衿一千倍一万倍。时间能够抹平一切。可她还没来得及将这个念头付诸行动，反而被绑了起来。

“你们干什么？”嬴露薇惊慌失措，拼命地挣扎起来，“你们到底想干什么！”

两个年轻人身材挺拔，力气很大，哪里是嬴露薇能挣脱开的。

队长叼了根烟，冷笑了一声：“老实点！别以为你是嬴家的千金就能够逃脱惩罚，法律面前人人平等。”

嬴露薇的心一咯噔，尖叫得更厉害：“你说什么？我什么都听不懂，快把我放开！”

这才十二个小时都不到，谁有这么大的能耐发现是她做的？

“放开我女儿！”嬴老夫人终于回过了神，血压一下子飙升了，怒斥出声，“你们知不知道这是嬴家？竟然敢如此放肆！”

“嬴老夫人是吧？既然你真这么关心你女儿，那就请你给她准备好律师。”队长将口中的烟取下，冷声说道，“不过这故意杀人罪，你请了律师也没用。”

“故意杀人？”钟曼华首先想到的是十九年前的事情，也急了，“你们到底是什么人？怎么回事？”

嬴震霆皱了皱眉，忽然说：“你们是壹字队的。”

壹字队本就一直监管大小家族，只是向来不怎么出现，唯一的活动地带是云京。嬴露薇到底犯了什么事，把壹字队都惊动了？

“哦，你倒是有眼界。”队长却看都没看嬴震霆一眼，挥手，“带走！”

两个年轻人押着嬴露薇往外走，任她尖叫挣扎，也完全不怜香惜玉。

嬴老夫人气得手指颤抖：“你们、你们简直没有王法！”

嬴露薇是她的女儿，她还能不知道嬴露薇什么性子？别说杀人，她女儿连蚂蚁都舍不得踩死。

“对了，还有嬴夫人你——”队长走到门口，又停下脚步，笑得冰冷，

“既然嬴夫人已经做出了选择，那么，以后子衿小姐和你们也没有任何关系了。”

钟曼华脸色一白，想起了她昨天接到的那个电话，嘴唇颤了一下：“是你们……”

“嬴夫人，放心，你选择隐瞒，我们也会尊重你的意见。”队长说完这一句，头也不回地走了。

“妈！大哥！”嬴露薇是真的慌了，哭着喊，“救我！救我啊！”

嬴露薇被强行拖走了。

嬴老夫人怒火攻心，直接晕了过去。

嬴震霆脸色一变，来不及问钟曼华到底发生了什么，扶起嬴老夫人：“快送医院！”

三十分钟后，第一医院。

嬴老夫人有专门的病房和医师，先前陆芷的导师替嬴老夫人用针灸压住了她的头痛病，这一次发作倒是没有危及生命。

钟曼华内心很不安，又看见这层楼的另一头围了不少她没见过的人，气势内敛，穿着也绝不是普通人。她迟疑了一下，问护士：“今天发生了什么大事吗？”

护士一边给嬴老夫人挂点滴，一边说：“昨天晚上纺织街那边出了车祸，伤者是傅家七少爷。傅老爷子震怒，说要严惩凶手，云京不是有家族和傅老爷子关系好吗？专门过来慰问的。”

钟曼华点了点头，没再问了。既然是傅家的事情，那就和她没什么关系。她抿抿唇，艰难地开口：“震霆，我叫你回来，是因为查到了当时把咱们女儿扔掉的人……就是露薇。”

嬴震霆正在给嬴老夫人掖被角，闻言猛地抬头：“你说什么？”

“震霆，我知道你不信，”钟曼华眼眶又红了，“我也不相信，但证据确凿。”

嬴震霆看了一眼周围，声音压低：“这件事，你还跟别人说过吗？”

钟曼华摇了摇头：“我不知道该怎么解决，就没说。”

“先别说出去，我们得想个对策。”嬴震霆按着太阳穴，姑姑偷走自己的亲侄女扔出去，这无疑是一件更大的丑闻，最好能够私下解决。

第一医院外，一辆迈巴赫上。

“老爷，人已经带过去了，七少爷要过来，被我拦住了。”穆承恭敬道。

“拦得好。”穆鹤卿哼了一声，“那个臭小子，从小就不让人省心，以前天天整一身伤，害得我一把老骨头了，还得把他送去古医界。”

听到穆鹤卿这么说，穆承有些好奇，但他知道有些事情不能多问。他启动车子，转动方向盘，又多说了一句：“对了，老爷，我从七少爷那边出来的时候，看到嬴小姐过去了。”

“两个同病相怜的人啊。”穆鹤卿叹了一口气，淡淡地说，“有时候就像火柴一样，抱着取暖，才能够感觉到对方和自己都是活着的。”

穆承听得一头雾水，索性闭嘴了。

穆鹤卿想了想，问：“聂家那小子是不是也来了？”

“下午的飞机就到。”穆承说，“这次壹字队出动，作为长官，聂亦公子不可能不来。”

“嗯，也好，让他来处理。”穆鹤卿颔首道，“这小子手段狠辣，老头子我自愧不如。今天让那两个孩子好好休息，剩下的事情等他们恢复好了再办。”

这个时候，嬴子衿右手端着一碗粥，左手拿着勺子，正在给傅昀深喂药粥。她的右胳膊虽然骨折了，但及时进行了救治，再加上她自己的药，一个晚上就已经好了。

傅老爷子笑眯眯地看着，心想，两个孩子多配啊。忽然间，他有些后悔，以前因为他身体不好，随时都有可能走，就想着给傅昀深定一个母家强大的千金作为结婚对象。只是没想到他定下的这一家，那位千金连傅昀深的面都不见，转头就嫁给了傅家嫡长孙傅翊含。这件事让傅昀深被南宜豪门圈嘲笑了很久，直到现在人们都在拿这件事情讽刺他。早知道他还能恢复健康，傅老爷子根本不会定下这么一门婚约。

钟老爷子痛心疾首：“子衿，他没手吗？你让他自己喝。”

“哎，钟老头，你什么意思？”傅老爷子不乐意了，“怎么说也是小七救了子衿，喂一喂怎么了？”

这话钟老爷子没法反驳，只能憋着气。

傅昀深没忍住，笑了起来。这一笑，他肩膀一颤，就牵动了伤口。

嬴子衿抬眼，放下碗，伸出手，然后隔着衣服，在他腹部的一个穴位上按了一下。

“咳咳咳……”傅昀深猝不及防地咳嗽了起来，“小朋友，哥哥记得和你说过，这男人的腰腹不能乱动。”

“没乱动，”嬴子衿重新端起碗，不紧不慢，“帮你治疗。”

傅昀深叹气。

行，在医者眼中，他跟嘟嘟这只茶杯猪其实没什么区别。

钟老爷子看不下去了，掉头就走。傅老爷子也不想当电灯泡，跟着出去了。

两人去休息室喝茶，钟老爷子习惯性地刷手机。微博首页推送了一条新闻，他摸出老花镜戴上，发微博的账号他还挺熟悉，当时帮嬴子衿发过澄清视频。

叫我无敌侠：“给大家看看嬴露薇这位南宜名媛都干了什么，事情太多说不完，就说几件大的吧。”

下面贴了三张图，罗列了图片和文字证据：第一张是嬴露薇借助江漠远的助学项目，给自己找了一个活体血库；第二张是嬴露薇找人开车撞嬴子衿，以及在嬴家暗地里陷害过嬴子衿的各种琐碎小事；第三张是十九年前，幼小的嬴露薇将自己的侄女从家里偷走，扔到了街上，婴儿被人贩子捡走。

这一条新闻会出现在所有用户的首页，想不看见也难。以某黑客的黑客技术，这对他来说十分简单。毕竟他身为NOK论坛黑客榜第一的黑客，又是黑客联盟的老大，还入侵过诺顿盟校和洛朗家族的系统，虽然最后被赶出来了，但他始终都代表着这个世界的顶尖黑客水平。

三张图片震惊了整个微博，哪怕不带“南宜第一名媛”这个称谓，只是这三张图片里任意一张里的事情，就已经让网友们不敢置信。

“这也叫南宜第一名媛？真不是第一恶鬼？难怪江家会和她退婚，这要是真娶回家里去了，万一哪天看哪个婴儿不顺眼，也扔了怎么办？”

“我以为嬴露薇是因为嫉妒，才会做出剪电线的事情，没想到她这么恶毒，从小就想把自己的侄女弄死。”

“你理解错了，图片里写的是嬴露薇把她亲侄女丢了，车祸杀人是养侄女，两个不是一个人。”

“这……当她侄女也真是够惨的。”

某黑客吃了一大口泡面后，拿起手机给傅昀深发了一条消息。

“搞定！不过话说回来，兄弟，以后你能不能不要让我做这种事情？大材小用！你知不知道 NOK 上悬赏我出一次手，得多少钱？”

还在病床上窝着的傅昀深一只手打字：“给你寄新口味的泡面。”

“早说啊，兄弟，以后这种事包在我身上了！”

“身体没好，少用手机。”傅昀深刚回了一句话，手中的手机就被抽走了。他看着女孩把他的手机放在旁边的床头柜上，又瞥了他一眼，然后把手机直接塞进了自己的口袋里。

他往后靠了靠，挑眉道：“不是吧，小朋友，我怎么感觉你这是报仇来了？”

枪伤他都能自愈，这种内伤好起来也很快。

而下一秒，他面前就多了一盘猪肝，嬴子衿言简意赅：“补血。”

傅昀深咳嗽了起来，桃花眼弯了弯：“没事，我造血能力强，夭夭，你这还是留着——”后面的话顿住了，因为他被强行塞了一片猪肝。

“对身体好，”嬴子衿慢条斯理地接着夹，“你不要浪费。”

傅昀深缓缓地吐出一口气，认命了。

好歹是连路都懒得走的小朋友发了善心亲自喂他吃，怎么也得吃完。

“夭夭，”傅昀深吃完最后一口猪肝后，缓缓道，“我托穆老帮你把户口从嬴家迁出来，彻底断掉你们之间的关系。”

嬴子衿的手顿了顿，稍稍思考了一下：“还需要这样？”

“不这样，怕他们以后再道德绑架你。”傅昀深淡淡地说，“在法律上的关系一断，你身后还有壹字队，他们不敢乱来。”

壹字队会出动其实是个意外，并不是因为聂亦下令，壹字队才现身，而是因为上一次聂亦来南宜时，也有几个壹字队的队长跟了过来。这几个队长听聂朝说嬴子衿打他们几个一只手都用不着后，就跑去找她切磋了。最后……他们经历了进入壹字队以来最沉重的打击，比聂亦给他们的还要大。壹字队成员的实力很重要，能够当上队长，武力值不低，最后的最后，嬴子衿在壹字队挂了个名，是个闲职，什么活也不干。

嬴子衿喝了一口可乐："真麻烦。"

她和嬴家的因果散得差不多了，等最后一点完全散掉，嬴家彻底不会再和她有关系。这不是法律上的，这是命运上的。

傅昀深颔首问："需不需要把嬴家——"

"不必，"嬴子衿知道他要说什么，淡淡地说，"脱离就好。"

倘若再跟嬴家有什么牵扯，他们之间就又会有了因果，到时候断都断不掉了。因果这种东西说来玄之又玄，但又偏偏存在，别人看不见，她看得见。

"好。"傅昀深抬手揉了揉她的头，嗓音温柔，"交给哥哥。"

某黑客发出去的新闻词条一直挂在热搜榜第一，热度也越来越高。同时，嬴氏集团股票开始了断层式下跌，连半天的时间都不到，直接跌停了。

活体血库的事情再一次爆出来后，人人开始抵制嬴氏集团，整个公司的管理层手忙脚乱，却又联系不到主事者。因为嬴老夫人的昏迷，嬴震霆和钟曼华无暇去管别的事情。等到他们得知这件事情的时候，已经下午四点了。这个时候整个集团已经蒸发了几个亿，还有不少核心技术人员递交了辞职报告，说是不敢再在公司待下去，万一嬴露薇哪天来公司，看自己不顺眼，雇凶杀人怎么办？

嬴震霆看完新闻头条，霍然起身："今早壹字队说露薇故意杀人，是昨天晚上的车祸？"

嬴露薇疯了，连傅家七少爷也敢动！嬴家想护都护不住，可这图片上写的，分明又是嬴露薇买凶要杀嬴子衿，怎么伤的反而是傅昀深？嬴震霆一直不在南宜，不清楚这些。

钟曼华浑身发冷，但也松了一口气："他们没说被扔掉的人是子衿。"

那群人来头未知，不过还是挺守信用的。但他们说以后她和嬴子衿就没有任何关系了，对此，钟曼华嗤之以鼻，她是嬴子衿的生母，怎么没有关系？真是在说笑。

"那还有回转的余地。"嬴震霆眉头紧皱，"不是壹字队守信用，是他们不会管别人的家事。"

壹字队到底为什么会来，显而易见。南宜四大豪门之中唯一和云京家族有深入联系的，就只有傅家。傅昀深出事，傅老爷子当然不可能轻易放过罪魁祸首，能把壹字队请来也在情理之中。

钟曼华心里莫名不安，讷讷地说道："震霆，那……那我们现在该怎么办？"

"让公司的公关部准备好，"嬴震霆冷静地下令，"把嬴家塑造成受害者的形象，毕竟是你我被偷了女儿。"

钟曼华茫然地点头。

"小萱什么时候回来？"嬴震霆皱眉问，西大陆的访学交流，他记得也就是一年。

提起让自己很有面子的女儿，钟曼华的心才没那么紧了。她笑了笑："是快回来了，五月底他们就放假了，但小萱说她参加了一个科研项目，会回来得晚一些。"

"科研项目？"嬴震霆也很意外，"那还真是出息了，你让小萱准备下，注册一个微博账号。"

嬴露薇并不知道网上发生的事情，她被带到了一个密闭的房间里。两天两夜没有任何人来，她没饭吃，也没水喝，甚至连一丝一毫的光都看不到。她恐惧到了极点。她一开始还会拍门大喊，现在她连站起来的力气都没有了，头昏眼花。

嬴露薇这一辈人中，她是最小的那个，从小被四大豪门的长辈们宠着长大，从来没有受过这种苦，也没有人敢碰她，怕她血友病发作。

就在她的精神已经承受不住的时候，门终于被打开了，还是先前壹字队的年轻人，他们把她又拖了出去，先是让她吃了一碗粥，恢复了一点力气后，才将她带到了审讯室。

嬴露薇的手上戴着镣铐，灰头土脸。她费力地抬头，神情转瞬惊恐，又发出了尖叫。

嬴子衿揉了揉耳朵，面无表情。真是吵。

她这个动作，一旁的队长看到了。队长上前一步，冷冷地说道："犯人禁止大声喧哗。"

"你想干什么？我有血友病，你们敢动我？"嬴露薇叫着叫着，却忽然镇定了下来，冷笑了一声，目光重新放在女孩身上，"你倒是命大，这样都能活下来。我真是后悔，当初就应该把你直接扔进河里溺死！"那样才叫斩草除根。

“子衿小姐，要不然别跟她废话了。”队长怒不可遏，“兄弟们直接把她带走，拐卖婴儿，故意杀人，死罪难逃！”

“还死罪难逃？”嬴露薇嗤笑了一声，“嬴子衿，别以为你带着几个打手，把我绑到这里来，你就多厉害了。你要是真有这本事，我还能抽你的血？”

队长直接拿出一个铁口罩，按在了嬴露薇的脸上。

“呜呜！”嬴露薇睁大了双眼，面色煞白。

“不急，”嬴子衿旁边的傅昀深抬手，一副懒洋洋的纨绔模样，“有些东西怎么也得拿回来。”

他笑了笑，眼神却冰凉：“这一年呢，你拿了夭夭多少血，十倍地还回来。”

嬴露薇死死地看着他，眼中满是血丝。

“不过，夭夭说了，血到了你体内就脏了，她也不要。”傅昀深淡淡地说道，“夭夭，还看吗？”

“不看了，”嬴子衿站起来，把棒球帽戴上，“污了眼睛。”

“七少爷，子衿小姐，你们放心吧，这件事情就交给我们了。”队长摩拳擦掌，“国际罪犯我们都处理过，她就更简单了。”

国际罪犯！嬴露薇的心跳在这一刻几乎停了，她终于意识到了恐惧。她想要大叫让嬴子衿停下，声音却全堵住，一个字也发不出来。先前那两个年轻人又再次上来，把她拖进了旁边的房间。

嬴露薇感觉到手腕上传来了刺痛，有鲜血流了下来，速度越来越快。这让她难以置信又崩溃至极，她有血友病，一旦受伤伤口就会难以愈合，这些人难道不知道？

可这些人的确对她毫无怜惜，也毫不惧怕。

几番折磨下来，嬴露薇崩溃一般地尖叫：“我要见钟曼华，我要见钟曼华！就是我大嫂，嬴家的主母，我有话和她说，你们让我见她！”

壹字队的人仿佛没听见一样，队长皱眉走了出去，打了个电话：“喂，子衿小姐，她说她要见钟曼华……好，明白了。”

又度过了暗无天日的两天，嬴露薇的身心遭受到了巨大的折磨，才终于被允许隔着铁门和钟曼华见面。

钟曼华本在忙着给嬴氏集团公关，都快把嬴露薇忘了。若非嬴震霆说上次去嬴家的那队人是壹字队，是云京豪门都惹不起的势力，她根本不会来这种肮脏潮湿的地方，多待一秒她都受不了。

钟曼华神情很冷淡，目光厌恶："听说你要见我，有什么事？"

"呵呵呵……"一见到钟曼华这个表情，嬴露薇就知道嬴家已经放弃她了。这倒也是，她那个大哥眼中也只有利益，他们嬴家人一向冷血，只会为自己考虑。

嬴露薇面色苍白，却在笑："钟曼华，你知道我为什么要把嬴子衿扔掉吗？"

钟曼华先是愣了一下，随后的反应是先看周围。确认旁边没有什么人后，她皱眉，冷斥："你胡说什么，你扔掉的明明是小萱。"

"大嫂厉害啊大嫂，论冷血我还是不如你。"嬴露薇笑得眼泪都出来了，"把亲生女儿当养女，还专门又送给我当活体血库。到这个时候了，你还要顾及嬴玥萱。"

"你到底想说什么？"钟曼华面色铁青，"如果你只是想和我说这些，没什么用。你大哥也想捞你，但关押你的是壹字队，傅老爷子亲自请来的，我们又有什么办法？"

嬴露薇擦了擦眼泪："不错，是壹字队，你们当然没有办法。"

这些天的折磨，让她知道她彻底完了，但她不甘心，她要拉着整个嬴家下水。她真期待钟曼华哪一天知道，壹字队分明就是为嬴子衿而来，下面的小队长都对嬴子衿毕恭毕敬，钟曼华会不会也崩溃？但她现在就不告诉钟曼华，她要让他们后悔。

钟曼华失了和嬴露薇说话的兴致，起身就要走。

"你知道我为什么要扔掉嬴子衿吗？"嬴露薇冷笑了一声，"因为她一出生，包括妈在内，所有人的注意力都到她身上去了。她满月的时候，刚好是我的生日，就因为她一个小感冒，你们全部去了医院，谁都不记得我。你们有想过我的感受吗？"

钟曼华猛地回头，眼眶通红："你简直是个畜生！"

"大嫂，别这么说自己。"嬴露薇微笑，"你那样对待你的亲生女儿，你连畜生都不如。"

“胡说八道，那是你装委屈骗我们！”钟曼华气得浑身发抖，她裹紧外衣，像是这样就穿好了遮羞布，也不再听嬴露薇说一句话，狼狈地走了。

嬴露薇眼神空洞，望着天花板，表情木然。时间过去了十几年，她还记得当时那个女人隔几天就会在她耳边叨叨的这些话。

“露薇，真可怜你，原本你最受宠，结果你大嫂生了你侄女，连老夫人都没那么宠你了。你侄女现在连两岁都不到，要是长大了，你可怎么办？唉，要是没了你侄女，你大哥大嫂还有老夫人最宠爱的还是你一个，可怜啊……”

然后，她心生恶意，找了个机会将婴儿扔了，那个女人……看来她这辈子是见不到了。

嬴露薇扯了扯嘴角，笑得难看。

黑暗无边，一切归于安静。

晨光熹微，雾散光落，雀鸟隐在翠绿色的树叶中，发出阵阵鸣叫。

今天是嬴子衿回归青致的日子，她刚进到（19）班，一堆花瓣朝着她撒了下来。

“庆祝嬴神康复！”

“啊啊啊！嬴神，我们想死你了。”

嬴子衿缓缓转头，看见两个男生拿着装有花瓣的篮子很尽职地撒花。

“咳咳。”江燃轻咳了两声，走过来，“嬴神，怎么样？”

这可是他专门上网，搜到的好几个欢迎方式里最合他心意的一个。

“土。”

江燃蔫了。

修羽大力地拍着他的肩膀：“我终于明白你明明有一副好皮囊，为什么连个女朋友都没有了，你这情商，啧啧。”

“滚！”江燃恼羞成怒，“那是我没这方面的想法。”

修羽耸了耸肩：“你有你也追不上。”

江燃臭着脸回到座位上，拿起校服把头一盖，就开始睡觉。

“自尊心强，别理他。”修羽拉过嬴子衿，“子衿，我给你准备了一些滋补的食物。我看爆料说，嬴露薇都进监狱了，也不知道是真是假。”

“嗯。”嬴子衿眉眼倦懒，“进去了。”

“恶有恶报，活该。”修羽冷笑，“嬴家也真是够果断的，直接放弃了她。”

嬴氏集团这些天也发声了，迅速断绝了嬴家和嬴露薇的关系，把嬴家放在了一个受害者的位置上，又经过一系列的公关手段，股票总算是又涨回来了。

嬴子衿对此并无兴趣。

“哇！”一旁的男生发出了惊呼。

修羽踢了他一脚：“声音这么大干什么？”

“嬴神，你姐……不对！”男生挠了挠头，在想一个合适的称呼，“就嬴家大小姐，钟知晚的真表妹，她发微博了。”

“嬴玥萱？”修羽皱眉，嬴玥萱他们自然都认识，也是精英院的，和钟知晚并列为青致女神。只不过嬴玥萱一年前去西大陆进行访学，他们很久都没有见过她了。

嬴玥萱：“大家好，第一次在微博上和大家见面，先自我介绍一下，我是嬴家大小姐——嬴玥萱，也是被我姑姑曾经扔掉的受害者。”

这是嬴玥萱注册了微博账号之后发的第一条微博。嬴露薇做的事情令人发指，哪怕是过去了这么多天，热度也依然不减。尤其是嬴玥萱的微博认证，还是“嬴露薇事件受害人”，引起了网友的高度重视。很快就有不少人跑到这条微博下面，纷纷安慰嬴玥萱。

“抱抱妹妹，真是无妄之灾，谁能想到自己的亲姑姑会做这种事情。”

“还好找回来了，要是没找回来，估计真的就如嬴露薇所愿死了吧？”

“这么看来嬴家是真的挺无辜的，丢了大小姐，还要给嬴露薇背黑锅。要我说，没有嬴露薇从中作梗，根本就不会有活体血库这么恶心的事情。”

“恶心的是嬴露薇，该死的也是嬴露薇，还是不要抵制嬴氏集团了。而且不是说嬴露薇进去了吗？嬴氏集团挣的钱也花不到她身上。”

嬴玥萱又发了第二条微博：“谢谢大家的关心，我还在国外，不知道国内的事情经过。但事情已经过去那么久了，我也释怀了，很感谢我的父母让我安全长大，他们也完全不知情，我恳求大家不要伤害他们。”

这份大度，嬴得了不少网友的赞扬。

“看见没，这就是真正的豪门千金才能拥有的气量，对比一下，某个假千金就太斤斤计较了。”

“所以假的成不了真的。不过现在嬴露薇都进去了，我看嬴家也不会再收养那个假千金了。”

“明白了，楼上这几位喜欢的是活菩萨，祝你们以后也被当活体血库，可千万不要反抗哦。”

…………

“按照老爷的吩咐，大小姐发出这两条微博后，事情的风向就彻底转变了，不少人都在夸大小姐善良。”管家给钟曼华汇报微博上的情况。

钟曼华这几天一直提着的心这才落了下来，她端起茶吹了吹，笑道：“小萱这孩子本就很有善心，也很懂事。”

“可夫人——”管家犹豫了一下，“被扔掉的是二小姐，我们让大小姐顶上，如果真相曝光了，该怎么办？”

“不会！”钟曼华面色一冷，“他们已经答应了不会放出去，更何况他们也没有证据。只要我和震霆都不出面，亲子鉴定都没法做。”

钟老爷子是知道这件事情，但隔代之间做不了亲子鉴定，只能做亲缘鉴定，那又能说明什么？最多说钟家多了个私生女，不会有人联想到嬴家有一对真假千金。

“不论怎么说，小萱是无辜的。”钟曼华摇了摇头，“她被接到嬴家的时候也还是个不记事的孩子，突然有一天知道她不是亲生的，她不会难受吗？”

去年四月，江漠远把嬴子衿从清水县带了回来。六月份的时候，嬴玥萱就递交了交换生的申请，去了西大陆，理由是她占了嬴家大小姐的位置这么多年，是时候离开了。

嬴震霆和钟曼华怎么可能愿意，只答应让她在西大陆游学完毕，就必须回来，嬴家大小姐的位置还是她的。养了十几年，感情哪里有那么容易说断就断？比起长子嬴天律，女儿才是她的贴心小棉袄。

钟曼华又叹了一口气，眼眶微红：“小萱像我，也要强，她提着行李箱走的时候虽然在笑，但我知道她比谁都难过。”

管家默然，好半晌，才踌躇地开口：“但只怕二小姐不会同意。”

“没事。”钟曼华放下杯子，不以为意，“现在嬴露薇都被关进去了，子衿也不用献血了。当时把她接回来的时候也都说好了，小萱大小姐的位置不可能给她，她当她的二小姐，但待遇不会变。不过你的担忧也不无道理，等震霆有空了，我们一起去找她谈谈。”

外人自然不清楚嬴家真假千金的内幕，只觉得嬴玥萱挺可怜的，一岁出头就被嬴露薇扔了。

修羽感叹道：“原来嬴露薇是个惯犯啊，嬴家还真倒霉，不过我怎么就这么开心呢。”

嬴子衿没加入他们的讨论，微抬起头，伸出手将双眼遮住，手指并拢，随后，又将中指和无名指稍稍分开，露出一条缝隙。

“子衿，你在看什么？”修羽好奇地看着她这个举动，“看操场上的人打篮球？”

“不是，”嬴子衿凤眼微眯，瞳光明灭，轻笑了声，“我在看因果。”

她和嬴家的因果已经淡得看不见了，不出意外，三天之内能够完全断掉。嬴子衿若有所思，有一句话叫作算人不算己，尤其是事关命运和未来，所以她其实并不知道她和嬴家的因果为什么能够断得这么快。按理说父母和子女之间的因果，不管发生了什么事，那也是断都断不掉的，因为血缘关系始终存在。她猜测是因为嬴家让嬴玥萱完全取代了她在嬴家的位置，才会如此。嬴家终于做了一件合她心意的事儿。

“因果？”修羽听得有些茫然，“那是什么东西？”

“神棍的东西。”嬴子衿起身，神情疏懒，“放学了，我去接小澜回家。”

“等等！”修羽忙开始收拾书包，“我也去接弟弟。”

中午太阳高照，嬴子衿接到了钟老爷子的电话。

钟老爷子先是问候她的身体，然后提起了一件事，语气冷淡了很多：“子衿，你妈……嬴家那边找你，你看你要不要见？”

他对嬴家彻底失望了，当然，嬴玥萱是他看着长大的，他也做不到全然冷血。

“他们找我？”嬴子衿微一挑眉，“嗯，我见。”

“就今天你放学后。”钟老爷子皱了皱眉，“但我觉得你还是不要见的好，不知道他们又想干什么。”连自己的亲生女儿都不认，完全没有人情味。

“外公，您放心。”嬴子衿打着哈欠，“他们要是惹我，我呢，就把他们打一顿。”

钟老爷子一噎。他差点忘了外孙女的武力值有多高了，身形高大的保镖都能撂倒，别说嬴震霆和钟曼华了。不对，他怎么突然就兴奋了？

“那也行。”钟老爷子还是不放心，“我还是跟着你去，有外公在，他们不敢放肆。”

“不用，您要是被气着了，那可得不偿失。”嬴子衿直接拒绝。

为了防止钟老爷子自个儿跑去，她专门给傅昀深发了微信，让他叫傅老爷子去钟家，拉着钟老爷子下棋，她自己则是在放学后去了约定的地方。

包厢里，嬴震霆和钟曼华已经落座。见到女孩进来，钟曼华还有点高兴，想和她亲近亲近，但被嬴震霆看了一眼后，又缩回了手。

嬴子衿在两人对面坐下，也不在意什么形象，神情漠然：“有事？”

嬴震霆皱了皱眉，下意识地不悦，亲生女儿回家这么久了，连他这个父亲都没叫过，一点也不像小萱招人喜欢。他的口吻很公式化：“找你来，也不是什么大事，只是和你说一声，被你小姑偷走扔掉的是你姐姐，你最好不要在网上乱说。”

话落的同时，嬴子衿听见了一声脆响。

咔嚓。

有什么东西在这一刻彻底断掉了，散得干干净净，一点不剩。

嬴子衿眉眼疏懒下来，身子靠在软椅上。她慢慢扬起眉梢，好看的凤眼里甚至蕴含着浅浅的笑。她向来不怎么笑，这一笑，瑰丽得惊人，转瞬的勾魂摄魄让周围一切都失色。可下一秒，女孩的笑就敛了去，眉梢眼底裹着冰冰凉凉的寒意。

钟曼华的心莫名一紧，像是被一只大手捏住了一样，喘不过气来，仿佛有什么东西正离她远去，这一次，彻底抓不住了。她有些慌，下意识就想去拉嬴震霆，想阻止他接下来的举动。可嬴震霆已经拿出一张支票，推到女孩面前：“这是五百万，你最好识趣一点，不然我和你母亲就把你送回去。”

嬴震霆丝毫没觉得他这么做有什么不对，在他看来，孩子就应该听父母的话。如果他这个做父亲的连女儿都管不住，那才是失职。五百万是一笔巨款，嬴子衿在嬴家这一年都没见过这么多钱。如果不是为了嬴氏集团着想，他也不会拿出来，哪里还有父母去求孩子的？

钟曼华是要强，但是嬴震霆比她更强势，她也一向主内，眼下嬴震霆都这么说了，她也不好接着阻止，不能让嬴震霆没了面子。

“用不着。”嬴子衿站起来，看都没看那张支票一眼，神情散淡，“这就走，不用送。”

寂静如黑色的潮水一般，汹涌澎湃。

钟曼华的耳朵嗡了一下，惊愕出声：“子衿，你说什么？”

“你嫌少？”嬴震霆深深地皱眉，冷冷地说道，“在嬴家把你贪婪的那些小毛病都改了！”

嬴子衿没理会他，看向钟曼华：“看来你没有告诉他。”

钟曼华的身子一颤，面色一点一点地变白。

嬴震霆敏锐地觉察到了不对劲儿，但他现在只要树立一个长辈的威严，神情更寒：“这是你母亲，你连妈都不叫了？你的教养呢？”

嬴子衿微微颔首：“嬴夫人，嬴先生，你们真有意思，我不喜欢说话，这应该是我这辈子说的最长的话了。我从来没想过要回到嬴家，是你们不顾我的想法，威胁我爸爸和弟弟，强行迁了我的户口，还拿走了我的身份证。也是你们让我给嬴露薇献血，当活体血库，从没想过一个人抽太多次血会死。”

如果她没有及时醒来，她会真的死亡。

“去年暑假的一个宴会，嬴夫人为了不让我去丢人，专门给我送了一杯果汁，里面下了安眠药。”女孩说得轻描淡写，仿佛这些和她毫无关系，漠然到像是一块没有心的顽石。

钟曼华脑海瞬间一片空白，所有的力气都被抽空了。她呆呆地看着女孩，嘴唇颤了一下：“你、你怎么知道的，我明明……”

她明明都将杯子洗干净了，也清理了其他痕迹，而且她也专门咨询了家庭医生，合适的药量绝对不会对身体有伤害，只是让人昏睡一段时间。事情被这么直白地揭露，她有些受不了。

嬴震霆并不清楚这件事，他当时还在出差。那场宴会他倒是知道，是南宜一个家族举办的，虽然不及四大豪门，但也是大家族了。

看着脸色煞白的钟曼华，嬴震霆呵斥："你妈妈那是为了你好，你要是礼仪学会了，她能不让你去？说到底还是你自己没用！"

"话就说到这儿了，有你们这样的父母，我只感觉恶心。"嬴子衿偏头，微笑，"也麻烦你们记住，我的嬴，不是你们的嬴。"

她原本就姓嬴，上古八大姓之一，和嬴家一点关系都没有。她的名字不仅仅是温风眠给她起的，也是她最好的朋友给她起的，她叫嬴子衿，她不会丢掉。

"好，很好！"尊严受到了严重的挑衅，嬴震霆怒极反笑，"那我倒是要看看，离了嬴家你怎么生活！既然你要走，那就把嬴家给你的银行卡留下，把你妈妈给你买的衣服和包也都留下。"

嬴子衿终于看了他一眼："你们给我卡了？"

钟曼华更是无地自容，小声说道："震、震霆，我忘记买衣服了，都、都是小萱穿剩下的。"

仿佛被当众打了一巴掌，嬴震霆的面容一僵，也有些不敢置信。

钟曼华抿了抿唇，第一次好言好语地劝："子衿，别任性，妈都说了你在嬴家的待遇不会差，你能回哪儿去？回清水县吗？那里那么贫穷落后，还有你那养父，自己都那么多病，怎么供你上学？听你爸的话，回家吧。"

因果一断，什么都没了。嬴子衿并不想和嬴家有过多的纠缠，她推开椅子往外走。

钟曼华又急又气，但更多的是丢脸，也起身要追。

嬴震霆拦住她："让她走，离家出走耍小脾气而已，等没了经济来源，她会回来的。"

"震霆，有件事我没和你说，子衿她……她已经搬出去三个月了，我也没给她钱。"

"这种事情你怎么不早说？"

"我……"

"好了，别说了。"嬴震霆眉皱紧，起身大步走出去追上女孩。

刺啦——

刺耳的声音落下，一辆黑色的迈巴赫在咖啡馆的门口停下，打断了嬴震霆欲要出口的挽留话语。副驾驶座的车窗摇下，穆鹤卿招了招手："小嬴，上车。"

嬴子衿顿了顿，拉开后座的车门上去。

穆鹤卿的笑容敛去，淡淡地说道："穆承。"

穆承会意，开门下车。他手上拿着一张三千万的支票，客气地递到嬴震霆面前，话里含着讥讽："请嬴先生说到做到，千万不要再来找嬴小姐。你们不要，我们要，三千万，买断你们和嬴小姐之间的所有情分，别后悔。"

迈巴赫再度启动，嬴震霆被喷了一脸的汽车尾气，呛得咳嗽了起来。

钟曼华跟着追出来："震霆，子衿呢？"

嬴震霆脸色很差："走了。"

钟曼华看见了地上的支票："震霆，这是……"

嬴震霆没应，将支票捡起来后，看也没看就撕了，自然没看见支票上有个"穆"字。他内心压着气，憋屈不已，他的五百万在这张支票面前根本就是一个笑话。

"震霆，怎么办啊？"钟曼华慌得不行，"子衿真的走了，我以前也以为她只是闹着玩，才没和你说，这下……"

嬴震霆很冷血："不怎么办，她的后路就是傅昀深，可傅昀深是什么人？一个纨绔能有多长情？傅老爷子活不了多久，傅老爷子一倒，傅家还容得下傅昀深？她迟早会回来的。"

钟曼华把想说的话咽了回去，她刚才只看见了黑色迈巴赫的车尾，但倒是看见了车牌号，是云京的车。她听穆夫人提起过，云京只有穆鹤卿会开黑色的迈巴赫，且车牌号的前两位是00，难道……这个念头刚起来，就被钟曼华否决了，连穆家的人都见不到穆鹤卿，嬴子衿能？

过于荒谬了。

迈巴赫在道路上疾驰，窗外风景如画。

"小嬴，昀深跟我说了，我已经帮你把户口从嬴家迁了出去。这种事情你怎么不早说？"穆鹤卿转过头看向女孩，很不开心。

嬴子衿撑着头，闻言挑眉道："穆老，理解一下我记忆力不好。"

穆鹤卿一脸不信："你说我记忆力不好还行。不过总算你跟他们没什么关系了。小嬴，你看看要不要跟我去云京？"

"哦，不去。"

穆鹤卿一噎。

穆承暗暗捏了把汗，他已经数不清他家老爷被拒绝多少次了，还是被同一个人拒绝，整个南宜还有谁敢？

“唉，还是老头子我魅力不够。”穆鹤卿叹了一口气，有些忧伤，“算了，我也不强求你，反正你以后要是有心来云京，一定记得来穆家找我。”

“会的。”嬴子衿从校服口袋里掏出了一个锦囊，递到了前座。

“这是什么？”

“护心脏用的。”

穆鹤卿小心翼翼地把锦囊放进自己上衣左上角的口袋里，又拍了拍：“老头子我感觉年轻了五十岁，还能再上个战场。”

“你还是算了。”嬴子衿很无情，“要是再中一枪，换个心脏你人也得没了。”

穆鹤卿不仅不生气，心情还挺好：“穆承，听到没，小嬴关心我了。”

穆承心想：穆家几个后辈天天想见您，还送补品，您不是都没什么感觉？嬴小姐说一个字您都能满足。

“小嬴，云京那边还有事，我今晚的飞机就走。你有什么事，就直接联系我。”穆鹤卿让车子停在温家小区门口，顿了顿，他冷哼一声，“还有，我一点都不想见那个气人的臭小子，你来云京也别带他。”

嬴子衿下车，朝他颔首致谢。

目送她离开，穆承问：“老爷，嬴家那边？”

穆鹤卿淡淡回道：“小嬴不想理，因为那两人怎么说都是她的父母，但我看不下去，你看着动手。”

第十章

ID：神算者

吃午饭的时候，温听澜只吃米饭，菜都不碰一下。他似乎重新回到了他的保护壳里，拒绝和外界进行一切交流。温听澜这两天的情绪都不太对，即便他尽力隐藏了，嬴子衿也不可能看不出来。她学过微表情，哪怕只是闪过了五分之一秒的情绪，她都能捕捉到。

“小澜，怎么了？”

“我没事。”温听澜只是捏紧了筷子，“马上全国联考了，我压力有些大。”

嬴子衿稍稍沉默，温听澜虽然已经基本恢复了，但他还是习惯性地压抑情感，什么都不愿意说。小时候她被蛇咬的那次，温听澜半背半拖着把她带去医院，自己的脚严重扭伤了，也是一字不吭。

嬴子衿递给他一个苹果：“有什么事就给姐姐说，藏在心里对你的病情不好。”

“我真没事。”温听澜低头，“姐，你去休息吧，你前阵子才出了车祸，我好着呢。”

嬴子衿没再问了，她知道再问下去，只会适得其反，她拿起筷子给他夹菜。

温听澜倒是在吃完了一口米饭之后，打破了沉默：“姐，你以后真的和嬴家没关系了吗？”

“嗯，没有了。”嬴子衿懒散地靠在椅子上，“可以随便打了。”

少年神情一顿，他姐还真是动手不动口。

“嗯，你提醒我了。”嬴子衿说，“从明天开始你跟我每天跑五千米，强身健体。”

少年的神情僵住了。

他就不该和他姐说话，倒血霉了。

温听澜神情郁郁地回到了班级里，拿出嬴子衿给他准备的枕头和耳塞，趴在桌子上休息。

嬴子衿在精英院三年级的教室门口站了一会儿，叫住了温听澜班上的班长。

班长也是一个男生，有些拘谨：“姐姐好。”

虽然他们比嬴子衿要大，但他们已经习惯了跟着温听澜一起叫姐姐。

他们也知道二年级期中考试中，出了一个综合满分的变态级的人物。别说叫姐姐了，叫声奶奶他们都心甘情愿。

嬴子衿看了一眼温听澜，低声说："麻烦了，我们到那边说。"

班长挠了挠头，跟过去。

"这几天是不是出了什么事？小澜情绪不对。"嬴子衿问。

"姐姐，你别告诉听澜是我说的。"班长犹豫了一下才开口，"姐姐，你知道学校有三个诺顿盟校的面试名额吧？"

嬴子衿颔首，"嗯"了一声："你接着说。"

"这面试名额一早就说好了，两个给国际班，一个给稳坐年级第一的学员——就是听澜。"班长说，"毕竟就算是三校联考卷，他的数理化也每次都能拿满分。"

三校联考是华国排名前三的高等学院一起考试，卷子的难度虽高，但比青致精英院的卷子差远了。

"诺顿盟校的面试时间就在全国联考后几天，也没多久了，听澜还为此准备了很长时间。"班长很愤懑，"结果就前天，国际班那个被开除的老师来了，说是这个面试名额不会给听澜，因为……因为……"

嬴子衿把他没说完的话补完："因为我是他姐姐。"

"姐姐，这事儿不能怪你。"班长急了，"是那个姓贺的公报私仇，心眼太小了，就是可惜了听澜……"

以温听澜的智商，进入诺顿盟校是稳妥的，但没了面试名额，再有天赋也没有用。昨天，精英院三年级全体进行抗议，贺珣依然不为所动。虽然诺顿盟校的面试名额是校长派发的，但要去诺顿盟校，还是得贺珣领队。他不愿意，温听澜也去不了。最重要的不是面试名额被拿走了，是贺珣当着温听澜的面说因为他是嬴子衿的弟弟，所以不给他面试名额，他的心理才会因此受到打击。同学也都知道他的病，平常都小心翼翼地和他相处，温听澜又比他们小两岁，算是照顾弟弟。

"我明白了。"嬴子衿没什么表情，"你们也别让他知道，这件事情我会处理。"

"姐姐你放心，我们都会安慰听澜的。"班长迟疑了一下，"姐姐，你别去找那个姓贺的，听澜肯定是不想你和他起冲突才不告诉你的。"

"嗯，我知道。"嬴子衿淡淡地说道，"谢谢你告诉我，你回去吧，好好准备全国联考。”

班长却忽然后退了三步，从书包里拿出了一支笔，双手合十夹住，对着女孩拜了三拜。

嬴子衿正在想事情，注意到他这个举动的时候，他已经拜完了。

班长深深地吸了一口气，狂奔而去：“哈哈哈哈，你们这群傻瓜完蛋了，我今天拜嬴神了，全国联考肯定比你们考得好！”

整个楼道里都回荡着他魔性的笑声。

嬴子衿面无表情。

难怪温听澜说班里的同学都笨，她看也是。

贺珣被青致辞退了之后，在青致旁边租了个单人公寓。只是公寓比学校的宿舍条件差得太远，贺珣住惯了学校的房子，这里让他很不适应，连负责做饭的人都没有。但没办法，在诺顿盟校的面试结束之前，他还不能离开这里。

这栋公寓里的电梯坏了，物业也一直没有派人来修。他今天去超市买菜，还必须爬十八层楼。贺珣在超市结账的时候，心情低到了极致，他提着购物袋往外走，眉皱得很紧。

砰！

一个易拉罐突然飞起，直直地朝着贺珣而来。他慌忙躲开，却不小心撞到了玻璃门，痛弯了腰，不住地倒吸气，面上笼了一层薄怒。他抬起头，眼神冰冷。

女孩逆光而立，轮廓朦胧，眉目生寒。她的双眸很静很凉，像是冰封了的湖水，而在这一瞬，湖水涌动了起来，有寒气破开了冰层，寒冰骤裂，让人心惊。

“你知道温听澜是我弟弟，所以拿走了他的面试名额？还专门跟他这么说？”

半个多月没见，贺珣愣怔了一下。除去那场公开提问，这还是嬴子衿第一次对他说这么多话。可她的眼神没有落在他身上，仿佛视他为空气，冷冷清清。贺珣有一种狼狈的感觉，但随之而来的是畅快。

“你很生气？是，你是应该生气，因为我拿走了你弟弟本可以得到的东西。但这就是社会上的生存法则，可以被拿走的东西，那本就不是属于自己的。”贺珣甚至还淡淡地笑了笑，借助身高优势，他居高临下，这一刻他也终于有了重新高傲的资本，“你要是真有能力，就给你弟弟一个诺顿盟校D级学院的面试名额。可你没有，你连诺顿盟校在哪儿都不知道。”

嬴子衿终于看向他：“谁告诉你，我要给他D级学院的？”

“连诺顿盟校你都找不到，你怎么……你说什么？”贺珣的瞳孔猛地收缩起来，像是听了个最好笑的笑话。他金丝眼镜下的眸子里浮起了嘲讽之色，“难不成你还真有面试名额？你进得去诺顿盟校吗？”

除了诺顿盟校的在校生，外人根本不知道诺顿盟校的具体方位，更别说进去了，即便是学员也需要有通行证才能去诺顿盟校。他的通行证只剩下最后一张，只够他这次带着三个学员去面试，顺便完成自己的考核任务。

只要没有留校，离开诺顿盟校后，就再也回不去了，可留校比通过毕业考核还难得多。A级学院的学员，一百个人里面最多也只有一个人有留校资格。

贺珣只觉得嬴子衿太自以为是了，真以为在那场公开问答上把他们问得哑口无言，就能得到诺顿盟校的青睐？未免可笑到了极点。

“你知道诺顿盟校在学术界的地位吗？”贺珣的讽刺之意更盛，“你连诺顿盟校的学员都不是，你怎么拿面试名额？诺顿盟校你开的？”

嬴子衿没有回答，她眉眼漠然，只是平静地说道：“也请贺先生记住你说的话，不属于你的东西，会被拿走。”

贺珣皱眉，并没有理解这句话的含义，欲要再出言的时候，女孩却已离开。

他缓缓吐出一口气，好一会儿，才一瘸一拐地朝着自己租的公寓走去。

晚上吃饭的时候，温听澜的情况转好，他身上的郁气散了些，但落寞还在。吃完饭后，他就把自己关在房间里不出来。

温风眠也看出来他不对劲了，很是担忧：“夭夭，愈愈的病情是不是又加重了？”

“不是，您别担心，我会安排好的。”嬴子衿打开电脑，“爸，我要去国外一趟。”

“国外？”温风眠皱眉，“怎么忽然要跑到那么远的地方去？”

“有很重要的事去处理，”嬴子衿低眸，淡淡地说道，“顺便见一见老朋友。”

“这样啊。”温风眠只当是她在南宜这边认识的人，也就点了点头，“你一个人去爸爸不放心，还是找个人跟着吧。”

嬴子衿沉吟了一下，说：“爸，我毕业后可能会带你们去云京。”

温风眠的神情有一瞬间的僵硬，半晌，才笑着开口：“云京太大了，但也确实是个适合发展的好地方，爸爸老了，就不跟你们年轻人瞎掺和了。但你想去哪儿，爸爸都支持你。我去看看愈愈。”

嬴子衿回到卧室，打开电脑，登录 NOK 论坛。

“可乐奶茶薯条”这个账号的成长值已经到十万了，但是在顶尖人士云集的隐藏板块里面，只能算是吊车尾。她其实并不想和以前的人有什么联系，但她想要的养老生活显然已经被破坏了，那么联系一下也无妨了，只不过她这个新号显然是联系不上的。

嬴子衿若有所思，看着网页右上角的“可乐奶茶薯条”三秒，点击了退出，重新回到了登录界面，然后她输入了另一个古老的账号。这个账号一登录，论坛的界面发生了变化，背景是暗金色的。这才是真正的 NOK 论坛，整个 NOK 论坛能够拥有这种页面的用户不超过五个人，连管理员都看不到。

她点开悬赏区，发了一条帖子后下线。

深夜，广阔的海洋上，暴雨不断。

这是一艘船只，表面是一只捕鲸船，实际上是在探测深海里的新生命，进行考古和新的科学研究。传言这里曾经是亚特兰蒂斯古国的存在地，这座一万年前拥有着辉煌文明的古大陆因为经历了天灾，从而沉没，连带着所有文明也毁得干干净净。但不少人坚信亚特兰蒂斯真的存在，只要能够找到这块古大陆的遗址，就能够拥有比洛朗家族还庞大的财富。这些年来，不少榜上的猎人都奔赴海上，却一无所获。

船舱里坐着一个年轻人，正在看电脑，屏幕显示的页面正是 NOK 论坛的隐藏板块。

年轻人像往常一样，浏览着悬赏区的悬赏帖。他的账号级别并不是最高的，但也是 S 级，所以对很多普通悬赏都没有什么兴趣，那些悬赏开的价格也不足以让他心动。直到他看见了一条很有意思的悬赏帖，标题带了诺顿盟校。

悬赏："悬赏诺顿盟校 SS 级学院邀请函一张，悬赏人会亲自去诺顿盟校取。"

悬赏价格："悬赏人的一次占卜。"

"呵……"年轻人嗤笑一声，"又是招摇撞骗的神棍。"

一次占卜换一张诺顿盟校的邀请函？还是 SS 级学院的？什么赔本买卖！更不必说这几年连 NOK 论坛里几个 SS 级成员手里都没有 SS 级学院的邀请函。

和别的级别的邀请函不同，只有诺顿盟校校长亲自签字才能够下发 SS 级学院的邀请函。所以能接下这条悬赏的，也只有诺顿盟校校长本人。可诺顿盟校校长又怎么会需要一个神棍去占卜？就算有人想接，也没那个本事把邀请函弄来。估计是一个什么都不懂的新人，才发了这么一条荒谬的帖子。

年轻人打算关掉这条悬赏帖，下一秒，他的视线随意一瞥，看见了发布这条悬赏的用户信息。

ID：神算者

级别：成员在隐盟会的权限太低，禁止查看

注册时间：1496 年 10 月 22 日

年轻人的瞳孔猛地收缩起来，死死地盯着最后一行数字，都忘记了他还在大西洋上漂着。他的用户级别是 S 级，所以他清楚这个注册时间指的并不是这个账号在 NOK 论坛的注册时间，而是隐盟会。毕竟互联网诞生了还不到一百年，就算有超自然的事情发生，也绝对不可能出现 1496 这个年份。

众所周知，进入了 NOK 论坛的隐藏板块，也就意味着加入了隐盟会。NOK 的全称 No one knows 指的其实就是隐盟会。隐于世界，无人知晓。诚然，互联网是 1969 年才出现的，但 NOK 论坛也只是隐盟会的载体之一而已。早在互联网被发明出来之前，隐盟会就已经存在了。NOK 论坛最早的痕迹能够追溯到 15 世纪，只不过那个时候它的名字还是隐盟会，时代在进步，隐盟会也用上了互联网。是以，是有那么一部分人的注册时间在

1969 年之前，因为他们本就是隐盟会的成员。

可是 1496 年？距今都五百年了，账户的主人还能活着？

“神算者……”年轻人又看向了发帖人的账号，喃喃自语。

忽然，他像是想起了什么，猛地扑向自己的床板，从床下翻出来一个箱子，里面有一个纸张枯黄的本子，显然是有些年代了。年轻人手指颤抖地翻开了其中一页，眼睛再一次睁大了。

他快速地浏览起来，只挑重点的看。

“1609 年，神算者说洛夫王朝将于 7 月 25 日灭亡，彼时无一人相信，只当成了一个笑话。只因洛夫王朝是当时西大陆最强盛的王朝，无人能够撼动。然而，7 月 25 日，皇帝在练剑时不幸将自己刺死，皇女反叛，斩杀皇子。一夜之间，洛夫王朝皇室人员全部死亡。至此，洛夫王朝终结。”

“1765 年，神算者说洛朗家族掌权者西泽·洛朗将会死于一次刺杀。洛朗家族警惕以待，严加保护，但依然没能阻止这次刺杀。西泽·洛朗死后，洛朗家族进入大萧条时期，直到式微。”

“1780 年，神算者说西大陆最后一名魔女术士死亡，同年，10 月 31 日，最后一场魔女审判结束，从此西大陆再无魔女术士，只有塔罗牌流传下来。”

记载到这里为止，这就代表着从 1780 年之后，神算者再也没有现身了，或许是消失了，也或许是隐世了。因此，哪怕直到现在也没人知道神算者的性别和年龄，唯一能确定的是神算者应该有很长的寿命，否则出现的时间不可能连跨几个世纪。但没有人关注其年龄、性别，只关注能不能找到神算者。只要能求得神算者的一次占卜，那人生会是质的改变。

年轻人之所以执着于寻找亚特兰蒂斯的遗址，就是因为祖上这样告诉过后辈们，洛朗家族最开始也就只有几个人，能够发迹，还是神算者带着他们找到了这座失落的古大陆，带回了无上的财富，金子数都数不完。年轻人的心情已经不能够用激动来形容了，他把本子放下后，又扑回电脑前。

也就是不到一分钟的时间，这条悬赏帖下面的回复瞬间破万，直接成了顶级热帖！

但年轻人突然注意到他刚才看到的注册时间，这个时候却变成了一串星号，显然是被加密了。可即便是这样，这个账号的出现也已经足够轰动整个论坛！

“谁来掐我一下，我看见了什么？悬赏榜第一！”

“有生之年，我居然能够在论坛里看见悬赏榜第一发悬赏帖？”

“我真的好想知道您到底干了什么，为什么您的悬赏金额那么高？”

“我外祖父就是隐盟会成员，但是他也没见过您发帖。冒昧地问一句，您今年多大了？”

距离隐盟会出现的那个时代太遥远了，现如今论坛里都是新一批成员。老成员别说刷帖，骨头都成灰了。也不是所有成员都像这个海上的年轻人一样有一本家族世世代代留下来的古籍，上面记载了有关神算者的一些故事。大部分人只知道神算者自从NOK论坛建立以来就在悬赏榜第一的位置，并且把其他所有人都远远甩到了身后，至今还没有一个猎人敢去接这个悬赏任务。

这一刻，国际上的顶尖人士，不管是西大陆的几个财阀，还是IBI的探长，以及所有榜上的猎人们，都关注到了这个帖子。

傅昀深也不例外，他用的是他所有账号里最低的一个A级账号。毕竟他的其他账号等级太高，一上线，系统就会自动提醒其他用户，过于高调。

他看着“神算者”这三个字，眸色渐渐幽深。

手机响了起来，电话那头是调酒师，他的声音很激动：“你看NOK论坛了吗？悬赏榜第一出现了！快，你权限比我高，我只是A级，看不到其他信息，你看看他到底是什么时候加入隐盟会的。”

“嗯。”傅昀深看着1496年这个年份，淡淡地说，“我也看不到。”

“你也看不到？”调酒师一愣，“你怎么可能看不到，你不是……”

调酒师话到嘴边又憋回去了，他知道傅昀深不是看不到，是不想和他说，他们之间的交情还没到会把所有秘密都告诉对方的程度。

“算了算了。”调酒师唉声叹气，“不过现在神算者再次现身，你是不是可以去找他了？”

他虽然一直不信这个称号，总觉得夸大了，但也不得不承认整个世界上都没有比神算者还能隐匿的人了。他原本都怀疑神算者只是NOK论坛随便挂在悬赏榜第一的一个假人，借以带给猎人们动力，可现在看来，神算者竟然真的存在，就算是IBI里最精英的探员都比不上神算者。想要查什么事情，只要有神算者，随便一看，就能得出结果。

调酒师又激动了起来：“你手中不是有诺顿盟校SS级的邀请函吗？

快接下这条悬赏，你就能见到神算者了。”

“不用。”傅昀深放下杯子，低笑了一声，“我已经不想查了，而且邀请函我是给小朋友准备的。”

调酒师一愣：“为什么？”

“没什么，可能这辈子就当个纨绔，在南宜待下去。”傅昀深关掉了NOK论坛，他最在乎的两个人都在南宜，傅老爷子的病好了，他也没必要再去其他地方。

“你疯了？”调酒师震惊到几乎失语，“你要是退了，你让那群人怎么办？而且还有那边的人，他们要是知道了你这么做，会疯的！”

“嗯，退了，养老。挂了，别打扰我。”傅昀深按断电话，并没有放下手机，而是打开了微信，他神情懒懒，点开了一个小饼干头像的对话框。

“夭夭，早点睡，记得喝一杯热牛奶。”

对方的消息是秒回的：“知道，你记得吃药。”

傅昀深眼睫微动，侧头，拿起放在桌旁的药瓶，倒出来了一粒。

叫她小朋友，她还真就把他当个老年人一样对待，很有个性的可爱。

夏风拂面，绿柳垂下，枝条将阳光切成碎片，落了一地的树影。

嬴子衿睡到自然醒，去学校向校长请了一个月的长假。校长想都没想就批了，甚至大方地说可以直接让她休到明年全国联考前，只要她能来参加全国联考就行。

她打开电脑，登录NOK论坛，然后……电脑死机了。等了十几秒，她才终于进去，看到了十万条的回帖。

嬴子衿沉默了，她本以为两百多年过去后，神算者这个账户名应该没有这么大的影响力了。当然原本是不会有这么大的影响力，怪就要怪隐盟会在建立了NOK论坛后，把她的名字挂在悬赏榜上。

她将帖子拉到最后一楼。

诺顿盟校：“SS级学院邀请函已到，随时恭候。”

很明显，这个账号是诺顿盟校的官方号，但究竟是不是诺顿盟校的校长，倒是无人得知。和洛朗家族的掌权者一样，诺顿盟校的校长也很神秘，几乎没有在公众场合现过身。比起洛朗家族的掌权者，诺顿盟校的校长更让NOK论坛里的人感兴趣。听说这位校长在炼金术上有很高的造诣，人虽然不在西大陆炼金界，但炼金界能比得过他的人基本上是没有的，甚至有传闻说从来没有出现过的毒药师榜第一就是诺顿盟校的校长。

这个回复一发出后，帖子就被自动锁了，所以后面也没有了新的跟帖。得到了确切的消息之后，嬴子衿抬手删掉了这条悬赏帖，她垂眸想着很久以前的事情。

她回到这里后，已经将她不在的这两百多年的历史全部翻阅完毕了。如历史书上记载的那样，洛朗家族最强的掌权者——西泽·洛朗，死于一场刺杀。那个时候他才三十三岁，洛朗家族顷刻间倾颓，不再是特兰西的统治者了。其实也并不是倾颓，而是退隐。她帮西泽改了他的死亡点，但因为他不是商曜之这样的普通人，所以受到的限制更多，其中一个限制便是要过很久西泽·洛朗才能重新醒过来。所以她在百年前离开的时候，把他冰封了。否则就算西泽·洛朗的身体经过了炼金界的改造，也不可能支撑他活到现在。

如同古武者一样将人类的寿命延长到了极限，炼金界也能够改造人的细胞基因。身体强度高的人能活个两三百年，但绝对不会超过三百五十年。不过本就有普通人活过一百三十岁的高龄，三百多年也算不了什么。人类的潜力本就无限大，尤其是大脑。当然这个世界还有其他神秘的地方，只不过不能公之于众。譬如有那么一批人，因为某种原因，他们是真的能够活很长很长的时间。很不巧，这批人里面她认识不少，所以她才不想现身。

冰封解除，西泽·洛朗苏醒，重新掌控了特兰西，所以洛朗家族会在这近一百年前重新出现在众人的视线之中。她唯一没想到的是，他一个这么抠门的人，睡了这么一觉之后，经商的能力还提高了不少，以前只是在西大陆敛财，现在成全世界了。至于某位炼金疯子……嬴子衿若有所思，她此行前往诺顿盟校，的确是要去见见他了。

她拿起旁边的日历，看了看日期，打算陪温听澜全国联考完，她再去西大陆。她弟弟的心理更为重要，不能让他的情绪再出现过大的波动。

嘀——

一个聊天框突然自动弹出，对面的账号只是一个数字 10，头像也是一片空白。

嬴子衿瞥了一眼，挺想关掉的。

10：“回来了？”

神算者：“当我死了。”

10：“……很好，这个语气是你。”

神算者：“没事别找我，有事也不行。”

10：“看来，我把你挂在悬赏榜第一是正确的，总有一天能够把你逼出来。”

猎人们不知道的是，悬赏榜第一的确是NOK论坛内部挂的，隐盟会建立于1496年10月22日，嬴子衿的注册时间和它的建立时间一样。最开始隐盟会只有四个人，好巧不巧，另外三个人就是那种能够活很久的存在。彼时互联网没有诞生，但互联网的出现是必然的，是以，四位元老的账号早早定好，等到进入互联网时代便可以应用。在登录这个号的时候，嬴子衿就知道她会被找到。

神算者：“哦，你能找到我，算我输。”

10：“……我错了。”

10：“算了，知道你还在就行了。不过话说回来，你这两百年都去哪儿了？”

神算者：“对方已不是你的好友，请先添加后再进行回复。”

10：“……算你狠！”

他怎么会认识这么一个变态！

6月10日，全国联考正式开始。

七点半，考场前已经有人在等了。全国联考考场是根据学院来划分的，精英院三年级的学员们都在同一个考场。

早上的时候，温听澜一个人静静地离开。二十分钟后，温风眠赶来，他喘着气：“愈愈，怎么回事，你怎么自己一个人跑了？”

温听澜抿唇：“爸，我都这么大了，又不是小孩子。”

“不是也不行啊。”温风眠又气又笑，“这是全国联考，很重要的。”

温听澜手指微微握紧。是，很重要，他没了诺顿盟校的面试名额，所以全国联考是唯一的出路了。不过他心态倒是很好，觉得三校联考的出题人，也挺笨的。他往温风眠身后望了望，没看见嬴子衿，只看见了把温风眠送过来的傅昀深，他有些失落。

“找你姐姐啊？”傅昀深弯腰，“叫声哥哥，我就告诉你。”

温听澜有些呆。

“行了，不逗你了。”傅昀深直起身子，下巴往右前方一抬，“你姐姐帮你去那边领准考证了，一会儿就过来。好好考试，你的所有努力都不会白费。”

两天的全国联考很快结束，外语考试铃声一响，学员们都是疯跑出来的。

温听澜依旧没有什么感触，倒是班长拉着他高兴地说道：“走走走，听澜，这一毕业就各奔东西见不着了，今天怎么也得聚一聚。嬴神，七少，一起来吧？”

最后，他们在烧烤摊外包了几张大桌子。烧烤摊位于青致路边，他们点了烤肉和啤酒，还有大盘鸡、炒虾尾和田螺，浓烈的辣香令人食欲大开。

“听澜，怎么样？有把握拿状元吧？”班长问。

“嗯。”温听澜言简意赅，“作文没好好写，满分无望了。”

班长一噎，他拍了拍温听澜的肩膀：“看来我们要在云京盟校见了，说不定我们还能被分到一个宿舍呢。”

“是啊，这没了诺顿盟校的面试资格，可不是只能去云京盟校了吗？”有人嘲讽地说。

班长转头，看见贺珣带着国际班的三个学员走过来。今天他们要出发去机场，前往西大陆，开口说话的是那个顶替了温听澜位置的男生。

贺珣的目光在嬴子衿身上顿了顿，才冷漠地移开。

男生却咄咄逼人：“真惨，要不是你不合贺老师的心意，这面试名额也到不了我手上。你放心，我一定替你拿到D级学院的邀请函。”

温听澜神情冷淡，一言不发。

“诺顿盟校的邀请函啊？”傅昀深的手在桌面上敲了敲，忽然一笑，他唇弯起，一副玩世不恭的样子，“巧了，我正要送一张给弟弟。”

他从口袋里拿出一张卡，啪的一声放在桌子上。卡片是黑色的，有烫金边。它看起来和普通的贺卡没有什么区别，甚至可以称得上粗糙二字，可那烫金边所勾勒出来的那种花纹，却彰显着这张黑色卡纸的不平凡。

离烧烤桌很近，贺珣的视力也极好，看到了卡上的两行字——

诺顿盟校

SS 级

一瞬间所有声音都消失了。

嬴子衿的眸光一定，她认得这个花纹，在塔罗牌大阿尔卡纳第八张牌，序号为“VII”的战车牌面上就有，也的确是诺顿盟校常用的那种花纹。这么丑的字，只有某个炼金疯子才能写出来。

傅昀深把这张卡放在桌子上后，别说温听澜，精英院三年级的其他学员也有些发愣。诺顿盟校的邀请函？还是 SS 级学院的？虽然他们对诺顿盟校的内部情况一无所知，但也都知道 SS 这两个字母，就代表了最高级。

“还 SS 级学院的邀请函？”男生先是愣了一下，几乎都要笑了，“诺顿盟校有 SS 级学院吗？可别张口就来。”

贺珣却抿着唇，一直没有说话，神情发怔。他没有拿到过邀请函，毕竟他去的是 D 级学院，只能算是吊车尾，但他见过 A 级学院的邀请函，没有这么简陋，更不会只有简单的两行字，但用的纸似乎就是一种。这种纸他只在他导师的办公室见过，据说很珍贵，火烧不掉，水也浸不透。他还听导师提起过，每一张诺顿盟校发出的邀请函上，都自带一个微型定位装置，为的就是防止丢失。

贺珣的目光下移，落在了黑色烫金卡的中间，果然看到那里有一个突起的细小颗粒。他瞳孔猛地收缩了起来，面部的肌肉也微微颤动着。先前说话的男生和国际班的另外两个学员见到他这个表情，都不由得有些心惊，难不成这真是诺顿盟校 SS 级学院的邀请函？不能啊，若谁拿到了诺顿盟校的邀请函定然会自己前去，怎么会送人？何况，谁不知道诺顿盟校连全国联考状元都看不上，怎么可能给南宜一个纨绔公子哥发邀请函？

男生张了张口：“贺老师，那……”

“时间到了，我们走吧。”贺珣嘴角绷直，压下心底的疑惑。傅昀深拿出的邀请函大概率是仿制的，他在诺顿盟校四年也没听说过 SS 级学院有邀请函。

见到贺珣也没有给出确切的回答，男生松了口气，又嘲讽了一句：“这要真是诺顿盟校 SS 级学院的邀请函，有本事到时候我们诺顿盟校见，在这里装什么？”

嬴子衿终于抬起了眼，眉挑起，无声地淡笑。

贺珣的瞳孔又是一缩，唇语是诺顿盟校的必修课，他看懂了女孩说的话——“那就诺顿盟校面试现场见”。他立即移开视线，不再去看，心却无法沉静下来。

专属的接送车抵达，贺珣四人上去。烧烤桌这边还静悄悄的，没有人说话。

班长下意识地咽了咽口水，小心翼翼地摸了摸那张黑色的卡：“七、七少，这真是诺顿盟校的邀请函？”这字迹未免也太潦草了吧。

傅昀深眼睫抬起，懒洋洋地问：“你觉得呢？”

“我觉得它是真的！”班长信誓旦旦道，“我眼睛就是瞎了，它也是真的。”

学习委员摇了摇头，压低声音对体育委员说：“他又喝高了。”

“就是真的！”班长大力地拍着温听澜的肩膀，打着酒嗝，“我们班听澜哪里还需要什么面试名额，邀请函直接到手，嫉妒死他们！到时候他们面试完就回家了，只能看着我们听澜在诺顿盟校里学习，哈哈哈哈哈！”

体育委员叹了一口气：“真喝高了。”

温听澜沉默着，倒是不关心这张邀请函是不是真的，虽然他对诺顿盟校很有兴趣，但这并不是他唯一的选择。云京盟校近些年在世界盟校的排名一直在上升，已经进入前十了。诺顿盟校远在西大陆，他去了，就没人照顾温风眠了。

温听澜把那张邀请函推了回去：“谢谢，我不能要。”

“嗯？”傅昀深没接，挑眉道，“这就是给你的，怎么不能要？”

“太贵重了，爸和姐都说了，别人送的贵重的东西我不能要。”

“没什么贵重的，一张纸而已。为了你，我可是拒绝了一个大生意。”他懒洋洋的，似是在可惜。神算者的占卜是很重要，但也比不过身边的人重要。

嬴子衿的神情一顿，她瞳光微动，前几天她发的那条帖子，可以说NOK论坛里百分之九十九的用户都看到了。而最开始她听到NOK论坛这个名字，便是从傅昀深那里听来的，他有账号很正常。上次她悬赏冰种翡翠，他也知道“可乐奶茶薯条”这个号是她的。她眼睫微垂，只是她还真没想到他手中有诺顿盟校SS级学院的邀请函。不过除了要拿到邀请函，她确实还要去诺顿盟校一趟，倒也不算白发了帖子暴露她的账号。

温听澜还是捧着自己的碗，不说话。

“这样——”傅昀深抬手敲了敲桌子，弯唇，“我先给你保管着，等你成了全国联考状元，你就把邀请函拿走，怎么样？”

温听澜看着男人，半晌，他用很小的声音问：“你是不是对我姐有什么企图？”

傅昀深被呛了下：“嗯？说什么呢，弟弟？”

少年面无表情：“你别想，这个不可能，我会阻止你的。”

傅昀深无奈，他还真没有什么企图，唯一的企图可能就是觉得，小朋友的头发挺好顺的，脸也挺好捏的，有时候像只小猫，脾气不定。

他眉梢挑起：“嗯，你要是这么想也可以。”

温听澜皱眉，抬手拽了拽他：“你小点声，要是被我姐听到了，她害羞了怎么办？”

“声音很小了。”傅昀深饶有兴致，“不过你说的这个害羞是怎么回事，听听？”

嬴子衿拿起一串烤板筋，语气很淡，不紧不慢地说道：“不用小，我都听得见，大点声。”

“嗯……”傅昀深泰然自若，“还要吃什么，我给你去点。”

温听澜心想，他是不是应该向傅昀深学习学习如何不要脸？

西大陆，特兰西。

洛朗城堡的最核心地带，奢华至极的房间里，连地板都是金子打造的，唯一不同的颜色就是天鹅绒铺成的床。床上坐着一个年轻人，他容颜俊美，五官深邃，如古罗马雕塑一般。他的头发也如金子般灿烂，双眸是深蓝色的，大海般深远辽阔，似是缀了星辰。年轻人的手指在平板电脑上随意地划着，越看脸色越差。

这是西泽·洛朗，洛朗家族几百年的历史上，最杰出也是最尊贵的掌权者。

以至于他当年被刺杀而亡时，整个洛朗家族都随着他一起退出了特兰西，以示誓死追随。仅有的几个老人都知道他以后会醒来，但他们的寿命只有正常人的长短，所以将这个秘密一代一代地传下去，一传就传到现在。乔布·洛朗，就是如今侍奉西泽的心腹之一，也是他上次将冰种翡翠寄给了钟家。洛朗家族的其他人并不知道如今的掌权者是早几个世纪前的人了，更不知道掌权者其实比家族中最老的人年龄还要大。

经过炼金术改造的身体，容颜也是永驻的，这就是炼金术的强大之处了，所以在某些方面炼金界要比古医界强。也正是因为西泽·洛朗的身份特殊，所以他所居住的城堡核心地带，才不允许其他家族成员踏入。

乔布敲了敲门，得到允许之后才走进来。他恭敬地行礼，是中世纪的古老礼节："主人，您该进入休眠期了。"

西泽放下平板，看着自己苍白的皮肤，啧了一声："真废。"

托他老大的福，他是重新醒过来了，但每一个月，都必须沉睡十五天，否则他的心脏就会崩裂，再度死亡。自从5月31日晚上他老大出现之后，他就给她发了不少条私信，可是都石沉大海，没有任何回复。

西泽清楚，神算者想要藏起来，就算她站在你的面前，你也找不到。即便他知道她应该在华国，可他要是去找她，她也能再度消失，所以他只能等着她来。

便宜诺顿那个狗东西了，能比他先一步见到老大。

翌日清晨，嬴子衿踏上了前往西大陆的航班。

登机前，她收到了来自NOK论坛的私信。

10："你去诺顿盟校了吗？我怎么没听到那边有什么消息？"

10："不是我说，你别以为你消失了两百年，想杀你的人就变少了，有一整个家族的人一直在找你，恨不得把你五马分尸。你去诺顿盟校那边最好小心一点，他们宁可错杀一万，也不会放过一千，不管要杀的人是不是你。"

神算者："再说废话，你的匿名论坛就成实名的了。"

10："……我错了，我自己主动删好友。"

嬴子衿退出神算者的账号，这才把手机放回口袋里。

她自然是看见了西泽给她发的私信，但现在还没有到能够见面的时候。洛朗家族隐退了那么多年，不单单是因为西泽"死了"。的确，就连她这一次去诺顿盟校，隐患也很大，还好比起她刚苏醒那会儿，她的能力有了极大的恢复，虽然离巅峰还有不可估量的差距，但去西大陆一趟，她遇到的风险能够降低不少。

但愿，不要再遇见其他老熟人了。

八个小时后，飞机在西大陆降落。

诺顿盟校的具体位置，外人的确不知道，有人说在深山里，还有人说在大海里。但不论如何，要想进到诺顿盟校里面去，必须得坐上诺顿盟校自己开设的地铁，倒像是电影里面那些特工的秘密基地了。诺顿盟校的防守可谓比特兰西监狱还要牢靠，没有这趟特殊地铁，就算会瞬移也去不了。

嬴子衿从南宜坐飞机降落到西大陆边缘的一个大城市后，转机去诺顿小镇。

机场里人来人往，有着各个国家的人。她靠在软椅上，半合着双眼，打了一个哈欠，腿突然被撞了一下。她睁开眼，看见一个六岁左右的小姑娘，呈大字形扑在了地上。还没等她伸出手把小姑娘提起来，小姑娘自己噌一下跳了起来，拍了拍身上的灰尘，朝她转过了头，是东方面孔，但眼睛是罕见的冰蓝色。

嬴子衿的眼神微微一顿，她只能够看到小姑娘的名字，但是看不到年龄和其他的，那么这个小姑娘不会是普通人。

“谢谢。”小姑娘神情严肃，“小孩儿，你长得真好看，有我年轻时候的风范。”

嬴子衿缓缓低头，抬手握住了小姑娘的右手，眸光一动——骨龄也是六岁。

“不过我今天有急事，就先走了。”小姑娘也握了握她的手，却不是故作老成，仿佛本就是一个成年人，“我要去找我侄女呢。”

嬴子衿颔首，随口问了一句：“你侄女多大了？”

“可能十九岁了，也可能二十岁了。哎呀，时间过得太久，我都记不清了，人老了就是不行。”

小姑娘盯着嬴子衿看了好久，越看眼神越直，还有些稀奇。她挠了挠头，犹豫了一下：“那什么，小孩，我觉得你长得就挺像我……”

话没说完，小姑娘就被人抱了起来，是一个女人，她很无奈：“小姐，别乱跑，你现在只有六岁，这里很乱，人贩子把你拐跑了怎么办？”

“行了行了，知道了。”小姑娘很不耐烦，脾气上来后，也就忘了自己要说什么。她朝着嬴子衿挥了挥手后，被强行抱着离开了。

嬴子衿重新合上双眼，接着等飞机。

下飞机的时候是这边的傍晚六点，飞机场距离诺顿小镇还有几十千米，她搭车前往。

嬴子衿知道，从她这一次下飞机后，就有不少人在盯着她了。说是盯着她也不准确，应该是盯着很多人。毕竟她在NOK论坛上发帖说她会去诺顿盟校亲自取邀请函，那么在进入诺顿盟校前，这一路都是被盯着的。的确有很多人在找她，有活了很久的，也有一些是家族代代相传的——那种祖父跟孙子说一定要杀了她的遗愿。

她侧头，看着车窗倒影里完全陌生的容颜，总觉得有些不满意。从机场这一路走来，她已经易容过三次了，想要她命的人也都不普通。

手机振动，是一个电话，号码被隐藏了。

这是诺顿盟校副校长打来的，整个诺顿盟校中，除了校长，也只有副校长活到现在。他同样被炼金术改造了身体，细胞的分裂能力要比普通人强很多，能活三百多年。诺顿盟校1754年正式建立，他们之前也一起共过事。

副校长强忍着激动：“您到哪儿了？我已经跟着地铁去接您了。”

“快了。”嬴子衿说，“提醒一下，我们被监听了。”

通话到这里为止。

正在地铁上的副校长霍然起身，走到一个教授旁边：“查一查，是不是有人入侵了我的手机。”不应该啊，如果有人监听，他手机不可能不提醒。

“副校长，的确有人入侵了你的手机，但来源不明，无法定位，不过——”教授的手指在键盘上快速敲打着，他的神情有些古怪，“他没能入侵成功，被挡回去了。”

副校长傻了，半晌，他明白是谁干的了。

嬴子衿消失的这两百多年，世界从工业时代直接步入了科技时代，他们都学了很久的新科学，再结合炼金术，所以诺顿盟校的科学技术是要领先于外界的。黑客联盟的老大入侵，他们都发现了，没想到……她重新回来，运用高科技的水平还是远远超前。同样是上个世纪的人，他们怎么就这么菜呢？

副校长面如死灰："唉，又要被骂了。"

南宜，钟家。

钟知晚引着穆夫人从海滩风景区回来。依照着钟夫人的指示，钟知晚一直致力于和穆夫人打好关系。穆夫人来南宜，最主要的原因还是因为穆家传来风声说穆鹤卿往南宜跑了好几次，于是她就想着能不能在这里见穆鹤卿一次。

"本来我和曼华说好在嬴家住下，最后她送我来了钟家。"穆夫人问，"晚晚知道这其中是什么原因吗？"

钟知晚的手指捏紧，笑了笑说："姑姑是怕表妹会让您厌烦，所以才让您住到这边来。钟家和嬴家是亲家，其实没有什么分别的。"

"你表妹？"穆夫人想起了嬴子衿，皱眉问，"她又怎么了？"

"我那个表妹吧，她挺让人一言难尽的。她其实不是嬴家人，是被收养的，但架子比别人都大。"钟知晚抿了抿唇，"在学校，她和差生混在一起，欺负别的同学，上次还把我们班的一个女生扔进了垃圾桶。老师她也不放在眼里，期中考试作弊得了第一。这次她没机会作弊了，索性直接请了长假，也不打算参加期末考试了。"

"嗯，是很差劲。"穆夫人神情淡淡，完全不关心。

"而且……"钟知晚的手指捏得更紧，"她还把自己的姑姑送到监狱里去了。"

穆夫人这才大吃一惊："她是这样的人？"

钟知晚低着头："所以我姑姑就怕她惊扰到您，没让您住她那边。"

"我知道了，替我谢谢你姑姑。"穆夫人笑道，"不过听你这么说，你表妹的为人不怎么可取，你以后也离她远一点。"

钟知晚压了压上扬的嘴角："不管怎么说，她还是我表妹，我会努力让她改的。"

"你有心了。"穆夫人点了点头，上楼去休息，"太晚了，你也去休息吧。”

钟知晚擦了擦额头上的汗，长舒一口气。她并不打算睡觉，而是准备复习功课。离期末考试只有二十天了，这一次嬴子衿不参加考试，第一名只会是她。她转过身，面上的笑还来不及收敛，就看到了站在楼梯口的钟老爷子。

他静静地望着她，仿佛已经停了很久。

第十一章

诺顿

昏黄的灯光下，钟老爷子不离开，也不过来，就那么看着钟知晚。

一双眸子并没有老年人的浑浊，反而十分明澈，仿佛能够洞悉一切。

钟知晚的心跳几乎静止了一瞬间，唰的一下，她的背后冒出了一层冷汗，额头上也有汗水冒出，内心更是一阵翻江倒海，脸色苍白如纸。她扯了扯嘴角，露出了一个似哭似笑的表情，声音也发得艰难："爷……爷爷。"

钟老爷子依旧没有什么情绪上的波动，他背着手，淡淡地说道："晚晚，跟我过来。"

钟知晚不敢不从，捏着手指，迅速跟了上去。她脸上还红得发烫，脑子也有些蒙，钟老爷子是什么时候从公司回来的？他又听到了多少？

她偷偷地看了一眼钟老爷子，见他神色平静，提着的心也稍稍放了下来。她爷爷脾气火暴，如果真的听到她说的那些话，哪里还忍得住？

然而，刚进入阁楼，两个字在她耳边重重落下。

"跪下！"

很冷，没有任何温度。

钟知晚的面色更白，腿不受控制地跪了下去。

钟老爷子果然都听到了！

钟老爷子又说："抬起头来，看前面。"

钟知晚战战兢兢地抬头，身子发抖。

钟老爷子却不看她，指着前面的照片："看着你奶奶的照片，你敢不敢把你刚才说的话再重复一遍？你敢不敢在你奶奶面前，把你这段时间做过的事情，全部说出来！"

钟知晚的嘴唇颤抖，语不成调："爷爷……"

钟老夫人在几年前去世了，钟老爷子要忙于公司的事情，钟知晚的父母也各自有事情，所以六岁之前，她是跟在钟老夫人身边长大的，钟老夫人对她很好，有求必应。

"钟知晚，上次你是怎么说的？"看着钟知晚瑟缩的样子，钟老爷子终于震怒，"你后来跟我反省说你只是因为嫉妒，一时之间冲昏了头脑，以后绝对不会再犯了，可现在是怎么回事？私底下你跟外人说子衿的坏话，还全都是你的一面之词！你对不对得起我和你奶奶对你的教导？"

钟知晚的身子又抖了一下，不敢抬头。她知道穆夫人不会去管其他人的事，更不会为了嬴子衿开口问其他人真假，才会放心地说那些话。可钟老爷子知道事情的经过，一听就明白她是故意为之。她一向伪装得很好，这一次却被撞了个正着。

钟老爷子一想起他刚才听到的那几句话，就气得心肺疼，更是暴怒：“平常你在学校里，是不是也这么败坏子衿的名声？”

钟知晚哭喊出声：“我没有！”

学校？

几乎整个二年级的人都向着嬴子衿，还叫什么“嬴神”，她只觉得可笑。瞧瞧，多么容易，凭着一张脸，一次期中考试第一名，就把所有人的心都给收买了，包括钟老爷子。

“爷爷，你怎么光向着她？”钟知晚眼泪止不住地流，哭得更大声，“难不成她比我还重要吗？”

“钟知晚，原来你是这样想的。”钟老爷子失望透顶，“你扪心自问，你什么没有？这十几年，我最疼的是谁？”

钟知晚死死地咬着唇。

是，以前钟老爷子都会向着她，可是去年年底，他见了嬴子衿后，她就不是唯一受宠的了。那时钟老爷子刚回来，没先找她，而是迫不及待地让钟曼华把嬴子衿带回来。她知道嬴子衿被迫给嬴露薇献血好几次，但她没跟钟老爷子说。后来她看到钟老爷子对嬴子衿那么好，越过了她，更是无法忍受。

“钟知晚，一天一夜，你给我跪好了。”钟老爷子冷冷地说，“你要庆幸你是我孙女，你要是我孙子，现在我已经执行家法了。”

钟老爷子离开阁楼，把门锁上。

钟管家先前也在，这时走过来：“老爷子，这表小姐没回来之前，大小姐处处都好，这怎么……”

钟老爷子疲惫地说道：“是我不好，在她性格塑造的关键几年，让她妈一个人看着她了。”

钟夫人也是个惯于伪装的人，她进钟家三年多后，才在钟老爷子面前露了马脚。可那时她已经生了钟知晚，也没做什么伤天害理的大事，总不可能让她离开钟家。

“看着晚晚这孩子……”钟老爷子叹了一口气，“我怕她做出什么让自己终生后悔的事情来，等到那个时候，谁也救不了她。”

夜幕微垂，夕阳消散，诺顿小镇的天已经完全黑了。

贺珣也抵达了目的地，他带着三个学员进入了一个很大的电话亭。电话亭里有一部电话，但不是用来拨打的。他拿起自己仅剩的最后一张通行证，在感应区刷了一下。轰声传来，电话亭跟电梯一样往下降。

三个学员又惊又奇："贺老师，这就是去诺顿盟校的路？"

"嗯，一会儿还要坐地铁。"贺珣看了一眼时间，"发车时间是七点三十分，到这里是七点五十分，错过这一趟，我们就进不去了。"

三个学员恍然，难怪外人都不知道诺顿盟校在哪儿，谁能想到这里有一个伪装成电话亭的入口？

很快，他们来到了地下。这里和普通的地铁站没有什么区别，面前是一个空轨道，上面还有着站点名。十五分钟后，有声音响起，是地铁来了。

贺珣稍稍一愣，诺顿盟校在时间上一向严谨，这一次地铁怎么提前了五分钟？

他很疑惑地走了过去，却被乘务员拦下："贺同学是吧？这辆车是副校长专门接人用的，你们学员的地铁一会儿才来。"

贺珣有些狼狈，又退了回去，心里却掀起了惊涛骇浪。

他在诺顿盟校这么多年，都没见过副校长。别说副校长了，在诺顿盟校四年，他一个管理层都没有见过。D级学院的学员，根本接触不到诺顿盟校的核心。

什么人竟然让副校长亲自去接？

地铁上，这辆地铁的内部和外部完全不同。

秉承了中世纪的古罗马风，车窗旁还有烛台和油画，没有座椅，而是茶几、沙发和书柜等，不像是车厢，倒像是一个奢华的房间。

嬴子衿抬眼，注意到了其中一幅画，巴洛克风很浓，显然是奇诺·冯的作品，还是真迹——奇诺·冯最贵的一幅油画，拍卖出过三亿美金的高价。在当时的古西大陆，他的画也很珍贵。因为是洛朗家族资助的文艺巨匠之一，奇诺·冯的大部分画作保存在洛朗家族内，现在还有不少在西泽的地下藏宝库放着。这一幅是当时诺顿盟校校长用炼金术给西泽改造了身体之后，拿到的报酬之一。

乘务员已经退了出去，这节车厢就只有正襟危坐、翘首期盼的副校长。他听到脚步声之后，迫不及待地抬起了头。在看到女孩时，他一把捂住了自己的心口，眼睛直接瞪直了，差点闭过气去。他揉了揉眼，再看过去，又揉了揉，掐着自己的大腿，发出了嘶声。

嬴子衿走到沙发前坐下，端起茶几上的热可可："别看了，真脸。"

正准备摸出放大镜的副校长讪讪地收回了手，很尴尬："这不是没见过您这个样子吗。"

两百多年过去，时代也变得太快，昨天还是4G，今天就出了5G，害他这个原本应该早在地下躺着的老古董不得不跟着一起学习。但科学发展得再快，也没有今天嬴子衿给他带来的冲击大。以前共事三年，他还真没见过她穿除了黑色以外颜色的衣服。

嬴子衿看了他一眼。

副校长立马坐直了，清了清嗓子，正色道："您放心，学校里只有我知道您来了。为了防止其他人知道您的身份，自从您发帖的那一天开始，我每天都会让学校早中晚各发三趟地铁，也安排了各种各样的人从各个地方来诺顿小镇。除了今天出现了点状况，其他一切都很正常。"

嬴子衿又拿起一块巧克力麦芬，闻言抬了抬眼皮，很敷衍地回了一个字："嗯。"

副校长心里难过，两百年后再见，他连得到一句夸奖的资格都没有了。

吃完巧克力麦芬后，嬴子衿问："你身体如何？"

副校长先是一愣，随后摇头，苦笑道："不太好，虽然校长用炼金术帮我改造了身体，但近些年我也感觉我要达到极限了。如果您再晚来几年，应该只能到土里刨我了。"

嬴子衿颔首。这是意料之中的事情，炼金术再强，也要遵循自然界的定理，只是将人类的身体潜力挖掘到极限，不可能让人长生不老。

"您怎么突然想起要邀请函了？"副校长很困惑，"当初校长都说了，让您当校长，您又不愿意。"

"本来没想的，"嬴子衿淡淡地说道，"给我弟弟开个后门。"

原以为是来看望他和校长的副校长心碎了。

"我一直不在，你们这些年的招生标准是什么？"

"您也知道，进入科技时代后，信息传播量太大，学校若是只开那些课程，迟早会把一些秘密暴露出来。但改是不可能改的了，所以我和校长就商量着分了个级。”副校长不断地擦着汗，“炼金系、超自然系、机械系等系别都在SS级以上，由我还有招生部亲自招生；A级到D级的院系和其他盟校的科目没有什么区别，这一批学员是下面的老师们招的，比较乱，鱼龙混杂。等我去查看的时候，发现好多不合格的都被招了进来，于是几年前我就定下了一个考核标准，考核失败，学位直接撤销。我发誓，绝对不是因为学校降低了标准，反正这一批学员也接触不到学校的核心。”

嬴子衿若有所思：“那世界第一？”

“这……”副校长挠了挠头，摊手，“可能是校长他一时心血来潮吧，您知道的，玩炼金的脑子多少有点问题。”

嬴子衿按了按太阳穴，这倒是真的。

十五分钟后，地铁停了下来。

这里是一座巨大的岛，四面环水，蔚为壮观，广阔辽远。夜幕下高楼大厦鳞次栉比，灯火通明，最中央的钟楼有钟声响起，深远悠长。

这是诺顿盟校。

地铁从小镇的地下穿梭而过，再越过海洋，才来到校园内。在这座岛的周围有着极其严密的防护系统，外界的信号都会自动屏蔽，安全至极。

“学校和当初建校的时候变化很大。”副校长跳下地铁，看了一眼时间，说，“今天很晚了，您先去休息，明天我带您去转转。”

嬴子衿微微点头：“走吧。”

她跟着副校长去校园的核心之处。这里需要指纹、面部识别、刷卡以及密令四道防线，为的是防止易容师这样的猎人进入到校园之中。除了洛朗家族，诺顿盟校绝对是NOK排行榜上的猎人最热衷前往的地方，也有不少悬赏帖悬赏诺顿盟校核心处的影像，只不过一次都没有成功过。

“那边是S级以下学院学员的住宿楼。最近在进行针对他们的考核，反正学校已经给机会了，过不了只能走咯。”副校长指着一栋高楼说。这几年，尤其是D级学院，就没有几个通过考核的，但只要是能通过，都是各个行业的精英。

两人穿过住宿区，前往小岛核心处。

这一路倒是并没有引起其他人的注意，除了招生部的几个教授，学校里其他人都没有见过副校长，贺珣的导师也不例外。

他在看见贺珣一直愣愣地看着对面的时候，立马点醒了他：“贺，你临时住处在这里，那边都是S级以上学院的领地，机密性很高。”

贺珣猛地回身，背脊上却出了一层冷汗：“我知道的。导师，会有学校的学员在外面的高级学院上课吗？”

“怎么会？”导师挺诧异，笑了笑，“能进入诺顿盟校，肯定不会上高级学院。”

贺珣缓缓地吐出了一口气，也觉得他的想法太荒谬。那绝对是他看错了，嬴子衿不可能在这里。

“对了，贺，刚才我接到上面通知，说是你们的考核会由新的面试官进行。”导师边走边说，神情严肃，“这位面试官是诺顿盟校的校董，我也没见过，但是肯定会比以前严格，你……唉。”反正在他看来，贺珣是过不了考核的。

贺珣抿了抿唇，低声说：“我知道了，导师。”

东曦既驾，万籁俱静，远处云霞浮动，第一缕阳光穿破云层，落在海上这座庞大的校园中。太阳下的诺顿盟校平添了几分神秘的色彩，金色弥漫，熠熠发光。

贺珣带着三个学员去面试场，今天面试的还有其他高级学院的学员，分了几个场地。贺珣看了一眼时间，对一个男生说：“你进去吧，做到最好，不要失误。”

男生点了点头，很自信地推开门。

三分钟后，他惨白着脸出来，大汗淋漓，仿佛经历了一件极为可怕的事情。

这不在贺珣的意料之中，想要进入诺顿盟校是很难，但也不至于第一次面试就被吓成这样。贺珣皱了皱眉，还是没开口训斥，而是对旁边两个国际班的学员说：“轮到你们了。”

两人点了点头，依次排队进入。

他们进去的时间长一些，可出来之后，也都垂头丧气的。其中一个学员羞愧地说道：“贺老师，对不起，我应该是没有过，学校考了我一种古语，可是我没有学过。”

三个学员都是如此，这让贺珣的心沉到了谷底。他的考核内容本就是要成功地将两个学员送入诺顿盟校，还要是 A 级学院，可现在无人通过，这就证明他的考核也失败了。

阳光热烈，贺珣的心却一点一点地凉下，他突然就十分后悔。他当初那么有信心通过考核，就是因为在他还不知道温听澜是嬴子衿的弟弟时，认为温听澜一定能够进入诺顿盟校。彼时面试名额派发下来之后，他专门跟着青致带着温听澜他们去测试过智商。国际班两个学员都普普通通，只有温听澜，智商高达 228！虽然不是世界纪录，但也是一个恐怖至极的数字了。如果没有公开问答那件事情，贺珣定然不会取消温听澜的面试资格。但他一向是同龄人中的天之骄子，实在无法忍受嬴子衿带给他的屈辱，所以他就拿回了温听澜的面试名额。

虽然面试结果过几天才会出来，但贺珣知道是彻底无望了。他神情难看，唇紧抿着，摇了摇头：“没事，先等结果吧。”

面试结果出来的速度比贺珣想的还要快，第三天就在校园内部网上公示了。

果不其然，他带来的三个学员不仅没有通过，名次还很靠后，顶替了温听澜的那个男生更是倒数几名。三个学员都没能面试成功，他就必须离开诺顿盟校。不仅如此，诺顿盟校还会请催眠师消除他们在诺顿盟校的这一段记忆。

贺珣送三个学员离开诺顿盟校后，没忍住去找了导师。

导师也拿到了结果，很是遗憾：“贺，看来你选的这三个学员，不符合我们的招生标准啊。这可是你最后一次机会，你怎么不珍惜呢？”

贺珣握紧了拳头，咬了咬牙，低声说：“导师，我还认识一个学员，他的天赋特别出众，智商高达 228，能不能请学校多给我一个面试名额，让我把这个学员带来？”

导师困惑地问道：“最开始的时候你怎么没选他？面试名额这么珍贵，你连人都不会挑？”

仿佛被戳中了什么心思一样，贺珣的神情很是狼狈：“因为……因为……”

“唉，贺，你也曾是我看中的学员，但是你的性格实在不适合当老师。”导师叹了一口气，“这样，那就多给你一个机会，你把这个学员叫来吧。”

导师把自己的手机给了贺珣，让他打电话。贺珣没有留校，所以他的手机无法联系外界。

贺珣自然不会去记温听澜的电话，他打给了青致，再让校长转给温听澜。贺珣很冷淡，语气高高在上，像是施舍一样：“温听澜，你有机会了，现在你立刻坐飞机来诺顿小镇，我带你进学校面试。”

“不去。”少年声音冷漠。

出乎贺珣的意料，温听澜竟然拒绝了。他皱皱眉，也冷了声：“这个机会很难得的，是我好不容易才向学校要来的，你真的要放弃？你可要想明白了，错过了你就再也没法进诺顿盟校了。难不成你真以为你姐姐能给你拿到面试名额，还是认为那天的邀请函是真的？”

“滚。”

听筒里传来了少年冰凉的嗓音，通话被掐断了。听着嘟嘟嘟的声音，顶着一旁导师困惑的视线，贺珣僵立在原地，只感觉前所未有的难堪。

“贺，你还是准备一下参加另一个考核吧。”导师摇了摇头，背着手走了。

A 级到 C 级的学院考核完毕之后，便轮到了 D 级学院。A 级学院的学员潜力仅次于 S 级学院，只是因为院系的原因，才被定到了这个级别，所以学员们基本通过了，B、C 两级直接刷掉了三分之二。教授们估计 D 级学院能有十个人通过就不错了。

整个 D 级学院一共有五百名学员，贺珣抽到的号是第五十三位，算是靠前。看着前面的同学进进出出，他的心一直提着就没下来。轮到他时，他更是感到前所未有的紧张。

考核室里只有一张长桌，对面坐了四位教授。贺珣刚一坐下，后门打开，有工作人员又搬来了一个沙发椅，放在了四位教授中间。

教授的神色很和蔼，解释道：“贺同学，校董听了你的名字，专门要过来，你稍等两分钟，校董马上就到。”

贺珣一惊。校董是专门为他来的？他做了什么事情能惊动校董？

另一个教授说：“贺同学，放心，应该是校董觉得你资质不错，所以要亲自面试你。”

贺珣这才松了一口气，想想也是，诺顿盟校的校董就几位，是和校长一个地位的人物，怎么会关注他身上发生的小事？

这两分钟等得贺珣很是焦灼，但他也只能等着。

终于，后门再一次打开了，四位教授忙起身迎接。贺珣只是学员，更要起身，但他没有上前迎的资格，只是抬起了头。下一秒，他的大脑在瞬间宕机，变成了一片空白，耳边仿佛有无数只蜜蜂嗡嗡直叫，让他的头皮几乎炸裂开来，一直以来的高傲在此刻崩溃。

贺珣愣愣地看着女孩在教授们的簇拥下进来，坐在了中间的位置。他直直地对上那张美到具有攻击性的脸，再也无法说服自己看错了。

嬴子衿。

最先开口的教授很恭敬："您终于来了，一切等您开始。"

"不必。"嬴子衿靠在椅背上，目光缓缓落在面容僵硬的贺珣身上，"你们问，我听。"

"好。"听到这话，教授们点了点头，彼此对视了一眼，心中都有了数。

教授们其实也清楚，校董来看一个D级学员的考核已是屈尊，不可能亲自出题。最让他们感到震惊的是这位校董竟然如此年轻，在这之前，他们没听过学校有什么校董。诺顿盟校和其他盟校不一样，神神秘秘的，却能够跻身世界第一的位置。诺顿盟校背后的资金来源也没人清楚，但总归是没有什么明面上的出资者，所以不像其他合作学校以及私立学校那样，有学校董事会，可以抉择学校的各大事务。诺顿盟校的所有大事，全部由校长一个人说了算。眼下突然多出一个校董，还是个女孩，该不会是校长的孙女吧？

教授们其实也没见过校长，不清楚有没有换过届，也不知道校长年纪多大。

"贺同学，请你准备一分钟。"一个教授看了眼表，说，"我们会轮番对你进行提问。"

贺珣还愣愣地回不过神，脑海中，那根本就一直紧绷着的神经直接断了，像是有一个接着一个的惊雷在他的脑海中炸开，炸成了一片废墟，让人心神皆震，溃不成军。

这一次不是青致的公开问答，更不是什么期中考试，也不是课堂上。

女孩坐在上面，分明不是俯视的眼神，却让贺珣感觉到了前所未有的压力和卑微感。他引以为傲的骄傲和优越感也在这一刻碎裂，干干净净，一点不剩。

嬴子衿是诺顿盟校的校董？可她不就是嬴家的一个养女，从乡下来的普通人吗？这样的人怎么可能和诺顿盟校有关系！

贺珣只感觉浑身发冷，四肢冰凉，完全无法相信。

“贺同学？”问话的教授注意到了他的不对劲儿，安抚道，“贺同学，你别紧张，再给你一分钟的时间。”

“是，教授。”贺珣机械地点了点头。这一分钟的时间让他更是如坐针毡，当他一向看不起的人成了他要去仰视的存在，这比直接打碎他的骄傲和自尊更让他难以接受。

“贺同学，我提的问题和炼金有关。”一分钟的时间到了，教授开口，“在大四，你们有一门选修课叫作炼金的起源。众所周知，炼金是中世纪的一种化学哲学思想，也是当代化学的雏形。历史上有不少著名科学家研究过炼金术，推动了化学的发展，但现在的科学否定了它的存在。第一个问题，请你说一下你了解的炼金术；第二个问题，在你看来炼金术是否存在？”

贺珣愣住了，瞬间脑海一片空白。为了这次考核，他准备了很多资料，但他完全没想到，上来会是一个跟炼金术有关的问题。这是大四的选修课，又和主修无关，也不强迫学员报课，谁还会认真去听？他做的一切准备，全部化为了无用功。

“我……炼金术，嗯，它……”贺珣费力地回想着，“它的目标是……是将贱金属转化为贵金属，然后，还有……”

教授们都摇了摇头，虽然他们不会强迫 D 级学院的学员了解这些，但这种回答委实不像是从诺顿盟校出来的精英。

“说话磕磕绊绊，没一点逻辑，上课态度不认真。要是这么随便的话，你不如不用考了。”终于，嬴子衿的眼神再一次落在了贺珣的身上，她抬手指着门，无喜无怒，话里没含一点情绪，“滚出去。”

四位教授都吃了一惊，贺珣猛地抬头：“凭什么让我滚？我不知道，难道你知道？”

嬴子衿撑着头，神情疏懒：“你还没资格问我，如果你真有能力，你来坐这个位置，你可以不用滚。”

这句话杀伤力巨大，贺珣容色惨白，神情更是狼狈。他失魂落魄地走了出去，连脚步都是虚的，踉踉跄跄的，差点摔倒。

“你们继续。”嬴子衿起身，从后门离开。

四位教授面面相觑，继续进行下一轮考核。

副校长正在外面等着嬴子衿，他也不怕被其他人看见，反正没有学员认识他。见女孩出来后，他小跑两步上前：“您怎么非要来D级学院这边的考核？我都说了这没什么好看的。”

“是没什么，帮人报仇。”嬴子衿偏头，轻笑了声。

动她，她不在意，欺负她弟弟，那不行。

副校长吃了一惊：“谁还敢动您的人？”

情况太复杂，嬴子衿也没解释，只是说：“我会在这里再待两天，帮我把我的药炉找来，给你炼一服药。”

虽然西大陆的炼金术和华国的古医十分相似，但差别还挺大，炼金术救不了的，古医能救。隔了两百多年，嬴子衿也不清楚现在的炼金界和古医界是什么样子，她还在的时代，炼金界和古医界每隔一段时间都会互相派人去彼此的领地交流。

“哎，好好好！我这就去准备！”副校长一拍大腿，很是激动。他风风火火地跑了几步，又像是想起了什么，停下来说，“话说，您既然回来了，要不然就在这儿住下吧。学校里SS级学院还有个占星系，要不然我给您个院长的职位，您教教学员？”

嬴子衿把帽檐往下一拉：“哦，你其实没有发现，我已经死了。”

副校长：“……好，都听您的。”

D级学院的学员考核持续了三天，也如教授们所料，最终通过考核的只有九个人，剩下的学员全都没有通过，要被撤销学位证书。

学员们虽然很失落，但也只能接受，他们有些课没有好好听讲。考他们炼金术和占星一类的，那真是答不上来。搬出学校临时住宿楼的时候，几个学员窃窃私语。

“不过贺珣是怎么回事？他的名字直接被挂在了学校的校园外网上。”

“这不就是在跟别人说他被学校开除了吗？也太惨了。”

贺珣同样也不能接受，他当然知道是谁授意学校这么做的。

他要去见嬴子衿，却根本见不到。

“贺先生，别说你已经不是学校的学员了，就算你是，校董也不是你想见就能见的。”教授将他拦下，露出很公式化的笑，“请问你有什么资格叫嚣着要见校董？”

“她不公平！”除了羞辱，贺珣更多的是感到愤怒，“都是考核没通过，我和别人的待遇怎么不一样？”

这分明是在向全世界告知他不是诺顿盟校的学员了。如果没有这则声明，他还可以继续装作是诺顿盟校的高才生。

“校董说，这就要问贺先生你以前做过什么了。”教授委婉地说道，“以其人之道还治其人之身，贺先生是华国人，这个道理贺先生懂吗？”

贺珣的神情一僵，回想起他曾经在青致做的一件件事情，面上的血色一点一点地褪去。一开始他不喜欢嬴子衿，是因为她学习差，后来是因为她太清高，还欺负钟知晚这样的好学员，所以他会区别对待。

“哦，对了，贺先生，校董专门托我给你带句话——”教授又笑了笑，“她说，她的能力，比你想的要大，还有一个东西，你也看看。”他将一份文件的复印件放在了贺珣的面前，提醒道，“看完之后，记得还给我。”

贺珣的背脊紧绷，半晌，他才接过这份文件。

这是一份录取通知书，和邀请函不同，录取通知书才是诺顿盟校正式下发的文件，同时也会记录在学籍上。邀请函只是邀请诺顿盟校选中的学员来诺顿盟校，经过考查之后，才会下发录取通知书，这是比邀请函还要难得的东西。

贺珣神情僵硬地低下头，看到了录取通知书上的字——

诺顿盟校 SS 级学院

机械系，温听澜

这个名字仿佛带走了周围的一切声音，贺珣的脑海再次一片空白，无法站稳，他握着这张录取通知书复印件的手指也不停地颤着。他虽然是 D 级学院的学员，无法接触到诺顿盟校的核心，但他也知道 SS 级学院已经很久没有招收过学员了。

温听澜是近三年来，诺顿盟校招收的唯一一个 SS 级的学员！

教授见贺珣一直在发愣，直接将录取通知书的复印件从他手中抽走了。

手上一空，贺珣才回神，声音涩然：“校董……可以随便往 SS 级学院塞人？”

如果不是嬴子衿给温听澜开了后门，温听澜能进 SS 级学院？还是机械系？他确信温听澜能够进入诺顿盟校，但最多是个 A 级学院而已。SS 级？根本不够格！

“贺先生，你是发烧了开始说胡话？学校的招生规则是校长定的，从来不会因为谁做出改变和退让。”教授被气笑了，神情冷淡下来。他索性搬过电脑放在贺珣面前，指着一份文档，“温听澜，智商 228，仅次于历史上那几位天才科学家。他的动手能力很强，能在三秒之内还原三阶魔方。五岁的时候他已经能将坏掉的随身听拆卸开来，取出坏掉的零件，再进行拼合，随身听还能接着听。贺先生，你倒是说说这样的天才需要走后门进 SS 级学院吗？”

如果不是因为确实适合，嬴子衿也不会把温听澜送进机械系。炼金系和超自然系首先被她排除在外，这两个院系，再正常的人进去也成疯子了。诺顿盟校的科技领先于外界，机械系的学员和教授们功不可没。

贺珣看着文档上的记录，唇动了动，一个字也没能说出来。

拥有这样强大的分析能力，温听澜的确是天才中的天才了。

“对了，贺先生，”教授推了推眼镜，淡淡一笑，“听说你毕业之后，选择的工作是学院教师，教课的学校似乎就是温听澜同学就读的那所吧？”

贺珣还是没应。

前所未有的后悔情绪充斥着他的心脏，压抑得几乎要爆炸开来。他甚至可以想到如果他没有把温听澜的面试名额拿走，而是带温听澜来诺顿盟校，那么他会是第一个教出 SS 级学员的老师。他不仅不会被撤销学位证，还能获得留校的机会，可现在什么都没有了。没有了诺顿盟校的学位，像青致这样的华国顶级学院根本不会录用他，他几乎是无处可去。

“话已经带到了，我还要去给学员们授课。”教授看了眼手腕上的表，“贺先生，提醒你一下，今晚最后一班地铁是九点三十分，你别错过了。”

诺顿盟校的校园外网和内网是不同的，内网只有在学校的学员和教授能登，外网对全世界开放。身为世界排行第一的盟校，诺顿盟校的校园官网自然是很受外界关注的，哪怕只是一条撤销学位的公告。去年也有一样的公告，但没有放名字，只写了人数，而今年不同，公告中有一句是这样写的——

“经学校慎重考虑，决定撤销贺珣等679名学员的学位证书。”

贺珣这个名字一下子就引来了不少人的注意，包括各个领域的大师，但也不过是有个印象，过几天就忘了。一个被诺顿盟校撤销学位证书的人，也值得他们去惦记？

只有青致学院高度重视这一条公告。

“校长，我们被骗了啊！”副院长一拍桌子，愤愤不平，“这还是诺顿盟校给了几年的缓冲期，要是没有缓冲期，贺珣连学位证书都拿不到，这么说来他根本算不上是诺顿盟校的毕业生。”

气坏他了，学校的财务归他管，当初青致是高价聘请贺珣来的，月薪高达十八万，副院长心想，他还不如拿这些钱去喂狗！

校长点了点头：“不是才好，否则我需要怀疑一下诺顿盟校的素质教育了。”

“不行，我要去告他诈骗！”副院长越想越不开心，气哼哼地出了校长办公室。

诺顿盟校，炼金系学院大楼。

副校长的效率很高，嬴子衿拿到了她的药炉。药炉并不大，背包刚好能放下。她又从医学系那边的药园里拿了一些药材，炼金术也是医学系的必修课。

嬴子衿取完药材之后，终于问：“七天了，诺顿呢？”

外界不知，诺顿盟校的名字听起来还挺高端大气的，其实这名字就是当初某校长随手一挥，用了自己的名字命名。

“哎？我也好久没有见到校长了，”副校长一拍脑门，“好像有几个月了。”

诺顿盟校这几年一直没有再招收新的SS级学员，也是因为诺顿这个炼金疯子经常消失，没把心放在开学校上。

嬴子衿缓缓点头，很遗憾："看来，炼金术也治不了老年痴呆。"

心脏上被直直捅了一刀的副校长捂着自己的胸口，但他真的觉得他很无辜："不是，这不能怪我，您又不是不知道校长一旦开始玩炼金，就把自己关在房间里不出来。他那房间周围可是放了不少有毒的东西，我也不敢靠近啊，久而久之我就忘了。"

他研究的是超自然科学，对炼金术一窍不通。

嬴子衿背上背包，没什么表情："带我去看看。"

副校长知道眼前这位大师可是炼金、古医双绝，不过最出众的还是用毒。他想都没想，立刻带着嬴子衿前往诺顿的住处。那是一个很高的塔楼，哪怕下午的阳光很热烈，也给人一种压抑的感觉。

嬴子衿看了一圈周围，淡淡地说："这边走。"

副校长连忙跟上，跟跳格子一样，跳着进到了塔楼里。踏着一层一层的旋转楼梯上去，两人来到了最高层。嬴子衿从口袋里拿出一双白色的手套戴上，才把手按在了门上，然后推开。

风从最顶上的窗户里卷了进来，吹动地上的废纸，一个人也没有。

嬴子衿合了合眸，几秒后，转头："人呢？"

她方才动用能力看了一下过去的十几天，这里一直没有什么变化，也就是说，诺顿已经离开很久了。

副校长大惊失色："我发誓，我上一次见校长就在这里，他也绝对没出去过。"

嬴子衿嗓音淡淡："他要出去，你也发现不了。"

副校长闭嘴了，这倒是。诺顿不仅仅在炼金术上有着极高的造诣，他还会易容。NOK论坛也有一个易容师排行榜，诺顿虽然没有位列其中，但他的易容术绝对不弱于前五。这种级别的易容师，改变身形都轻而易举。

嬴子衿垂下眼睫，沉吟了一下："塔罗牌。"

副校长忙跑出去，去占星系取塔罗牌。市面上流传的塔罗牌是假的，但诺顿盟校里都是真的。几分钟后，副校长去而复返，抱着几个盒子："您看看您要哪一种。"

"无所谓，不影响。"嬴子衿随便拿了一盒，塔罗牌一共七十八张，大阿尔卡纳二十二张，小阿尔卡纳五十六张，她用的还是大阿尔卡纳。洗好牌之后，二十二张牌在桌子上摆成一排。

嬴子衿低头，抬手从这些牌上缓缓掠过。三张牌自动吸到了手心上，她将这三张牌放到旁边，一张一张地翻开来。看到前两张牌的时候，副校长还能镇定。等到第三张牌出来的时候，他的脸色唰的一下变了，惊得跳了起来："这这这……"

嬴子衿看着她翻过来的这三张牌，瞳光渐深："别说话。"

副校长忙捂住了自己的嘴，屏住了呼吸。

第一张，倒吊者，序号"12"，大阿尔卡纳第十三张，逆位。

第二张，战车，序号"7"，大阿尔卡纳第八张，逆位。

第三张，空白。

塔罗牌里是有空白牌的存在，空白牌一向是替补牌，在其他牌缺失的时候，可以用空白牌来代替。可先前嬴子衿在用塔罗牌占卜的时候，分明没有将空白牌拿过来。这就是真的塔罗牌和市面上流传的塔罗牌的区别了。真的塔罗牌才拥有着占卜的能力，空白牌一旦成为被选中的牌，那也是有意义的。

副校长不会占卜，但他也了解过塔罗牌。逆位的倒吊者和逆位的战车寓意都不好，代表失败和劣势，也就是说诺顿当前的情况很不好。至于这张空白牌，他完全不懂。

"两个月前，他离开了这里，去找新的炼金材料。"嬴子衿嗓音低冷，"但那个地方他是第一次去，所以很不妙。不过，未来一年内没有性命之忧，是个好消息。"

听到这里，副校长才松了一口气。

嬴子衿说没有，那就是没有。不过校长到底跑哪儿去了？总不会是炼金界吧？可炼金界诺顿也不是第一次去了。

"越来越多的人在关注着这里，我必须离开了。"嬴子衿将牌收好，"学校的防火墙我帮你们加固过了，以后心别放那么宽。"

副校长还在琢磨有哪些能获取炼金材料的地方，冷不丁听到这句话，吓得差点跌倒："加、加固防火墙？"

女孩看了他一眼，眼神像是在看一块废铁。

"太谢谢您了！"副校长擦着汗，"唉，这也是个问题，现在科技太发达了，您的身份恐怕迟早会被发现。"

"嗯，别担心，"嬴子衿背好背包，凤眼微微眯起，"现在还不会。"

贺珣的事情一传二，二传三，整个青致都知道了。

三个年级的国际班都觉得脸上无光，他们以前也很尊敬贺珣，没想到他根本算不上是诺顿盟校的毕业生。既然不是，他还那么高傲，摆架子给谁看？

今天是三年级的学员归校的日子，青致有专门的志愿规划师，分析每个学员的长处和劣势，替他们规划盟校专业。

班长兴冲冲地从办公室跑回来，狂笑着拍桌："听澜，听说了吗？姓贺的那个小心眼居然被诺顿盟校撤销学位了，活该，真是活该！让他总是故意打压学员。"

温听澜还是不习惯社交，只是点头："听到了，谢谢。"

"听澜，他就是一神经病，你别把他的话放在心上。"班长想起嬴子衿跟他说的话，安慰道，"你智商228，是举世难见的天才，就算去云京盟校也不会比别人差。你想好报什么专业了吗？云京盟校的物理系是世界顶尖的。"

"不想学物理，到时候等成绩出来再看吧。"温听澜沉默了一下，慢吞吞地开始收拾书包，"你们先聊，我回家一趟。"

嬴子衿是昨天回来的，她去西大陆的事情也只有温风眠、温听澜、钟老爷子和傅昀深知道。她先回了趟家，才去钟家老宅那边看望钟老爷子。

今天是工作日，钟知晚在上学，钟夫人去做精油按摩了。钟老爷子本应该也在公司，听到嬴子衿过来后，就将工作交给下面的人了。

钟老爷子很头疼："子衿，你怎么就一个人跑了？先不说你身体有没有好，你一个女孩子，遇到坏人可怎么办？"

他起先不知道，嬴子衿到了西大陆那边的第二天才给他打了个电话。

嬴子衿颔首道："那他们应该会进医院吧。"

钟老爷子一噎，想了想，还是说："子衿，晚晚对你的意见很大，但这是她的错，你不用因为我去迁就。"

"外公放心。我还约了人，明天再过来看您。"

钟老爷子挥了挥手，很高兴。等嬴子衿离开后，他突然觉得有些不对劲，她约的人不会是傅家那个臭小子吧？他觉得也没其他可能了，立刻拿起手机，拨通一个电话，很不高兴地说道：“傅老头，我说了多少遍了，管管你孙子，什么儿孙自有儿孙福，瞎扯！你听到没？让他离我外孙女远一点！”

钟老爷子猜得不错，和嬴子衿有约的人的确是傅昀深。

市中心的一家酒吧前，男人倚着玻璃门，修长的腿微屈，风流韵致，自是一种绝色。有脚步声响起，他若有所觉地抬起头，眉目间的冷淡退去，一双桃花眼弯起来，恍若东风拂过，碧水微漾。傅昀深抬起手，习惯性地在女孩头上揉了揉，嗓音压着笑：“小朋友，旅游完回来了？”

嬴子衿想起走之前，副校长顺便让她又加固了诺顿盟校的物理防护系统，玩倒是没玩，活干了不少。她按着头，叹气：“算是吧。”

“以后你还是不要一个人去那么远的地方。”傅昀深又说，“知道你也要自己的私人空间，不过外面坏人太多了，我怕你出事。”

嬴子衿神情一顿。这话说得和她外公一模一样。

傅昀深看了眼手表：“先去吃饭，那边新开了一家私房菜馆，味道不错。”

路不远，两人走过去。

走了五分钟，嬴子衿觉察到身体上的不对劲，腹部有阵阵疼痛涌上，比起胳膊骨折根本算不了什么，但偏偏让人很难忍受。她停下脚步，慢慢地坐在了路边的长椅上，缓缓呼吸着。疼痛却更加剧烈，翻江倒海一般。

嬴子衿沉默了，她一向会忽视自己的身体。刚开始醒来的时候，她因为气血亏空，消耗过大，身体到了极限，睡不好，吃不好，例假来都不会来，更别说准时了，导致她也忘记了这件事。这是把身体调理好后她第一次来例假，结果一来便汹涌澎湃。会这么疼，还是因为以前身体太差。

傅昀深也停下。见女孩的面色隐隐苍白，额头上还有汗珠沁出，他神情倏地变了，立刻蹲下，仔细查看：“夭夭，怎么了？身体哪儿不舒服？”

“我没事。”嬴子衿的手按在椅子上，气息微促，但语调还是那么平静，说出来的话也很坦然，“痛经，缓缓。”

傅昀深沉默了。

他还是第一次遇到这事儿，虽然他周围没有女性，但他还是知道一些常识的。每个人的体质不一样，有人会痛得死去活来，有人吃雪糕也安然无恙。

傅昀深脱下自己的外衣，弯下腰，将外衣系在女孩腰间，声音放轻放缓："不能在这儿，夭夭，起来，我抱你走。"

"真没事，一会儿就好了。"嬴子衿按压着腹部，她以前受过不少伤，从来没在意过。

"怎么没事？"傅昀深耐着性子说，"这样，前面就是世纪商场，我陪你先去那里休息。"

事情紧急，也顾不了那么多，他抬手把她横抱起来。

傅昀深又看了一眼椅子，确定没什么痕迹后，才朝前走去。小腹处越来越疼，嬴子衿没什么力气，索性也没有再拒绝。她微微侧过头，闻到了熟悉的翡翠沉香，沉稳而温柔，有着强大的令人心安的力量，仿佛浸在温水之中，浮浮荡荡。

她呼吸平缓了一些，合上了双眼。

车水马龙，高楼大厦鳞次栉比，最高的那幢楼便是世纪商场，也是南宜最大的购物中心。

女人从试衣间出来后，立马吸引了其他客人的注意力。柜台小姐发出惊叹的声音："傅少夫人，这一身简直是为您量身定制的，模特也没您穿得好看。"

"过奖了。"苏阮矜持一笑。后天傅家有一场家宴，她不能失了颜面。

"傅少夫人，您看看要不要什么配饰？"柜台小姐殷勤地介绍着，却见苏阮蹙眉看向了商场的入口处。她也看过去，突然想起来了那个八卦。八卦说苏阮本是傅老爷子给傅昀深定下的未婚妻，但是苏阮看不上一个风流纨绔，转头嫁给了傅家嫡长孙，也就是傅昀深的大哥。

苏阮自然注意到傅昀深怀中还抱着一个女孩，眉间笼起了不悦。她当初没选择傅昀深是对的，否则一定会出现不少私生子。

"我不想看见他。有他，没我，有我，没他。"苏阮淡淡地别开眼，不想看见傅昀深，"你们让他现在出去。"

柜台小姐的神色一变，试探道："您是说，让七少爷出去？"

"是，让他出去，我想这点权力我还是有的。"苏阮摆弄着一条钻石项链，语气很淡，听起来漫不经心。她嫁进傅家，说好听点，那都叫下嫁。

别说傅昀深，如果不是婚约定了，她连傅翊含都不会嫁。

苏家是云京的名门望族，也有着百年底蕴。就算傅家是南宜四大豪门之首，那也远远不及苏家。倘若不是她爷爷执意要答应傅老爷子的请求，她根本不会嫁到南宜来。她是苏家本家这一辈唯一的女儿，她上面有四个哥哥，从小她都是被宠着长大的。她一直想着自己的婚姻大事自己做主，还能来一场书里写的浪漫爱情，结果最后全都破灭了。一纸婚约，她要嫁的人是一个风流纨绔，事情定了以后，她也没去求苏老爷子，去找了傅翊含。傅昀深要娶她，那也要看他有没有那个资格。她宁愿嫁给傅翊含，也要让傅昀深成为南宜的笑话、人们的饭后谈资，这就是代价。

不过婚后这两年，苏阮也发现了傅翊含的好，日久生情了。在得知傅老爷子偏心一个纨绔的时候，她对傅昀深更没有什么好脸色，谁不觉得傅老爷子昏了头？

苏阮转头，轻轻地抬了抬下巴：“还不去吗？”

柜台小姐只是稍微权衡了一下利弊就做出了决定。傅昀深这个南宜第一风流纨绔，是受傅老爷子的宠爱，可实际上什么实权都没有。但是傅翊含就不一样了，傅翊含是傅家嫡长孙，未来要继承傅氏集团。除此之外他本身能力也不差，没有借用傅家的势力，便已在云京商业界崭露头角了。

“少夫人稍等。”柜台小姐笑了笑，“您是我们的贵客，我们怎么可能让您离开。”

苏阮这才满意，接着试项链。

柜台小姐快步走到商场门口，面带歉意：“抱歉，七少爷，大少夫人在里面，她不想看见你，请你尽快离开。”

商场里其他客人都看了过来，目光之中有惊奇，有审视。傅昀深这张脸太出众，南宜的上流圈子就没有不认识他的人，能进入世纪商场的顾客也都非富即贵。

嬴子衿也听见了，她眼睫动了动，抬起头来。

“没事，夭夭，你休息，我来解决。”傅昀深动作缓慢，他也没看柜台小姐，抱着女孩向商场里面走去。

柜台小姐既尴尬又难堪：“少夫人，这……”

苏阮蹙眉，冷声开口：“傅昀深，我不想见你，请你出去。你应该知道，你和我同时出现在一个地方，外面会传一些不好的言论。”

这一句话终于让傅昀深停下了脚步，他侧过头，桃花眼弯着，在笑，嗓音却冰凉，让人一颤：“嗯？什么言论？”

苏阮很不耐烦：“是什么你自己心里清楚。”

无非是说傅昀深被退婚但还心系于她，跟踪她进到商场里。

傅昀深空出了左手，拿出手机，哪怕是一只手，也将女孩稳稳地紧抱在怀中。他看了眼墙上的钟表：“傅翊含，世纪商场，我知道你在公司，给你五分钟，立马过来。”

苏阮被气笑了：“傅七少，你跟你大哥说话就是这个态度？你不知道什么叫作尊敬？”

傅昀深没理她，他眼睫抬起，对另一个柜台小姐说：“去煮红糖水。”

那个柜台小姐什么都没说，匆忙去准备了。

傅昀深弯下腰，将女孩放在沙发上，自己坐在另一旁。

“我好点了。”嬴子衿呼吸渐渐平稳，半晌，她低声道，“但还真有点疼。”

难怪修羽平常那么飒爽的一个人，在来例假的时候也都蔫了。明明也没有枪伤那么重，可偏偏疼在了骨子里，也是奇怪。

嬴子衿转头，看见了脸色铁青的苏阮。

“你大嫂？”

“嗯，也是爷爷曾经给我定的未婚妻，算是第一次见。”傅昀深淡淡地回道。订婚的时候他不在南宜，一心只关注傅老爷子的身体状况，并没有见过苏阮。

嬴子衿收回了视线，眼神很淡，语气也没有温度：“她欺负你？”

傅昀深的手一顿，眼睫微动。他眉梢挑起，屈指敲了敲女孩的额头，懒洋洋的，声调拖长：“小朋友，这话就不对了，除了你，还有谁能欺负得了我？”

苏阮的面色越来越难看，同父同母，怎么傅昀深和傅翊含的差距就那么大。她真是太庆幸她当初的选择了，她不能想象要是她真的嫁给了傅昀深，以后会有多少人嘲讽她。

“傅七少的脸皮还真厚啊！”苏阮冷笑，“也是，这商场不是我开的，你死赖在这里，我也赶不走你。”

傅昀深没理她，从柜台小姐手中接过煮好的红糖水。

大门被打开，阳光随着风涌进。

一个穿着西装的男人脚步匆匆地走了进来，额头上还冒着汗。这是傅明城的长子，傅家嫡长孙——傅翊含，今年二十九岁，两年前，他和苏阮成婚。

傅昀深没抬头，正在喂嬴子衿喝红糖水："来了，带着你的女人从这里滚。"

傅翊含和苏阮的神情都是一变，苏阮忍无可忍，冷笑道："傅昀深，你说的是什么话？你以为你是这里的老板不成？还有，这是你大哥，不是你挥之即去的下人。"

她的话刚说完，傅翊含就拉过她的胳膊，低声道："小阮，走了。"

苏阮不可置信："你——"

"昀深，她不懂事，我替她道歉。后天是家宴，你没事的话就回来吧。"傅翊含强行把不甘的苏阮拉出去了。

嬴子衿喝完红糖水，阵痛下去，人也累了，就慢慢地睡了过去。傅昀深将她横抱起，向里走去。这里虽然不是商场总店，但他在这里也有休息室，不比五星级酒店的总统套房差。将被子给女孩盖好后，他退了出去，打了个电话。

"嗯，准备一块牌子。"傅昀深神情慵懒，"对，没错，就这么写。"

南宜发生了一件大事情，最大的奢侈品商场世纪商场，无论是总店还是分店都在外面摆了一块牌子——"苏阮不得入内"。

普通人不知道苏阮是谁，但豪门圈的千金公子不会不知道。世纪商场可是他们常去的地方，还是第一次遇到这种事情，消息一下子就传遍了南宜各豪门。

"你们干了什么？"傅明城面色沉下，"看看报道，外面风言风语，傅家的脸都丢尽了！"

苏阮咬着唇，眼眶红着，不敢说话。

傅翊含叹了一口气："爸，消消气，小阮她也不是故意的。"

"蠢货！"傅明城怒而拍桌，"你们难道不知道世纪商场不是能撒野的地方吗？在那里赶人，你们以为你们是老板？"

能够垄断南宜的奢侈品买卖，世纪商场的来头当然不小，可到现在也没人知道世纪商场的老板是谁，就算是傅家在世纪商场里面也没有特权。

傅明城怒极反笑："这下好了，不是你能不能进世纪商场买东西的问题，是你损害了傅家的名声！"

苏阮的眼泪一下子就掉下来了，她哪会知道世纪商场还会把这么一件小事看在眼里。

傅明城很不耐烦地摆手："出去出去，别在这里碍事。"

苏阮哭着跑了。

"爸，您和您儿媳妇计较什么，都是一家人，事已至此，生气也没有用，别生气了。"傅翊含无奈道，"我去看爷爷。"

傅明城的脸色这才缓和："去吧，多陪你爷爷说说话。"

傅翊含上楼，松了一口气。

在回南宜之前，苏阮都很正常，一遇到傅昀深，她就固执至极，他根本劝不动。

"大哥。"有惊喜的声音响起。

傅翊含转头，颔首道："一尘。"

"大哥，我可算是见到你了！大哥，你是不知道，我最近过的都是什么日子。"傅一尘一见到傅翊含，几乎痛哭流涕。他先把他怎么被傅昀深虐待，又把被傅夫人带着去全国各地看脑科医生的事情全都说了出来。

谁知，傅翊含越听，眉皱得越深，听完之后，他冷声道："傅一尘，你确实要好好反省一下了，一天到晚胡说八道，脑科没用，就去看心理科。"

傅一尘目瞪口呆地看着离开的傅翊含，怎么就没一个相信他的人？

看望完傅老爷子，傅翊含又回到书房。他摇了摇头说："爸，一尘对昀深的敌意太大了，您不如直接告诉他，昀深根本没有继承权，威胁不到我们什么。"

"没必要。"傅明城放下手中的文件，冷笑了声，"他是没有继承权，但老爷子可是想把御香坊都给他。"

"那也是……"傅翊含沉默片刻，"那也是他该得的。"当年那事，实在是说不清。

"不提他了。"傅明城招了招手，"翊含，过来看看这个方案怎么样。"

此时此刻，钟家人正在用晚膳。

钟氏集团的危机早已过去，钟老爷子也没再提起这件事情，钟知晚和钟夫人都不约而同地松了一口气。钟夫人也意识到她必须尽快结识云京家族，来开拓她的人脉，所以这一次穆夫人来南宜，她先钟曼华一步将穆夫人接到了钟家。穆家是公认的云京大家族，倘若她能够替钟知晚搭上穆夫人这条路子，前途就有了。

钟夫人很是殷勤："这是南宜的特色菜，您尝尝。"

穆夫人淡淡一笑："有心了。"

门铃声在这时响起，钟管家跑去开门，高兴地喊道："老爷子，表小姐回来了！"

女孩穿着短袖、牛仔长裤和一双帆布鞋，头上戴着一顶棒球帽，十分普通的装扮，却难掩她周身的气度。她抬头之际，露出精致好看的眉眼，恰如远山霜雪，超然物外。

穆夫人的动作一顿，面上浮上了几分不喜。她和钟家人一起用餐，嬴家的这个养女跑来做什么？但这里是钟家，她是客人，也不好指点什么。

看到自家外孙女，钟老爷子笑容满面，但下一秒他的笑容就消失了。他捂着心口，瞪眼："臭小子！你怎么也来了？"

外孙女来看他，怎么猪也跟着跑了过来？果然是要拱他家白菜！

傅昀深将大门关上，弯起唇，懒洋洋道："钟爷爷好。"

钟老爷子很想把他轰出去，但终归是他兄弟的孙子，他也只是嘴上讨个便宜。他乜斜了这个过于妖孽的男人一眼，冷哼一声："我一点都不好，你是来还你爷爷偷的零食的？"

"钟爷爷好眼力。"傅昀深笑了笑，又说道，"我让人搬了一车，给您放花园了。"

钟老爷子摆了摆手："这还差不多。坐下吃饭吧。"

嬴子衿在钟老爷子身边坐下，傅昀深便坐在她身旁，三人其乐融融。

这一幕让钟知晚心如蚁噬，她捏着筷子，手在发抖。

钟夫人长袖善舞，神情依然平静，对穆夫人道："听说您喜欢兰花，我在后院里养了几株兰花，不知道有没有这个荣幸邀请您去后院赏花。"

"嗯，有心了，走吧。"

穆夫人擦了擦嘴，起身和钟夫人一起出了大厅。她也不愿意自降身份和嬴家养女在一张餐桌上用餐，更不想让嬴子衿攀附巴结她。

她有意无意地问："我看老爷子好像还挺喜欢嬴家那个养女？"

"可不是吗！"钟夫人不动声色地说道，"老爷子也不知道是怎么了，还为了她教训晚晚呢。我这看在眼里，疼在心中，但也没办法。"

"既然是寄人篱下，那还是要有自知之明。"穆夫人声音冷淡，她并没有多余的时间去关注一个养女，索性还是不见为好。对她来说，最重要的事情还是帮助她的儿子拿到下一任穆家家主的位置。

吃完饭后，钟老爷子把嬴子衿叫到书房里，他痛心疾首："子衿，你小心一点傅家那个臭小子，他肯定对你心怀不轨，万一被他骗了怎么办？"

"外公，您放心。"嬴子衿安抚他，"他其实想当您的角色。"

钟老爷子："什么玩意儿？！"

嬴子衿不紧不慢道："不过，他现在当哥哥当得挺有成就感。"

钟老爷子茫然，是不是他老了，已经不懂年轻人的情趣了？

同一时刻，与南宜相隔上千公里之远的云京，穆家府邸。

穆鹤卿的行程只有穆承一个人知道，每天都会有不少人来向他打听。穆承皱眉，整理着今天的来访行程，忽然说："老爷，五夫人又去南宜了，应该是在南宜看见您的车了，想着能遇见您，和您亲近亲近。"

"看见就看见了。"穆鹤卿不在意，淡淡地说道，"她的脑子全部用在算计上面了。"

穆承点头："估计她以为您什么都不知道。"

穆家立足于云京那么久，全靠穆鹤卿一人撑起，穆鹤卿虽老了，但威严不减。

穆鹤卿在纸上写完最后一个字，沉吟半晌："人老了，身体再好，随时也有可能进棺材。穆承，准备一下，我要选继承人了。"

穆承吃了一惊："现在？可嬴小姐已经治好了您的病，古医界那边也说您的身体再撑三十年是没有问题的。"

穆鹤卿今年七十有五，已经是高龄了，所以在他听到古医界的诊断时，更加震惊于嬴子衿的医术，真正的妙手回春。

“想累死我吗？”穆鹤卿放下笔，叹了一口气，“原本我请小嬴来云京，就是想把穆家交给她。后来想想她没这个义务，我也就不强求了。不过——穆家的继承人，还是需要她点头。”

穆承暗暗心惊，这要是让穆家的子孙听见了，穆家就要变天了。

穆鹤卿又说：“这一次选继承人不限嫡系旁系，有能力，谁都可以，去准备吧。”

远处，白色的飞鸟盘旋而下，仿佛一场盛大的舞蹈正在落幕。

第十二章

鸠占鹊巢

6月20日，距离全国联考放榜还有三天时间，包括精英院在内的学员们都很焦虑。往年南宜全国联考前十全是青致的学员，温听澜考的时候虽然很轻松，但出成绩前的这段时间，他还真有点紧张。

温风眠见他将筷子掉在了地上，不由得失笑：“愈愈，这么担心？”

“没，就是想知道我的作文考了多少。”温听澜低头，他考完之后想了想，觉得他作文有些跑题，跑题的话十几分就没了，会与状元之位失之交臂。

嬴子衿喝了一口果汁，手撑着下巴：“不必查，你想知道你考多少，我告诉你。”

温听澜一怔，现在分数还没出来，连各大高校都没有得到成绩，他姐怎么知道的？

嬴子衿凤眼微眯，几秒后，她缓缓道：“你总分745，语文145分，其余科满分，不仅是南宜状元，还是全国联考卷的最高分。”

南宜这一次用的全国联考卷，和另外十个省市一样，考生人数加起来有几百万。南宜状元和全国联考卷的第一是两码事，这代表着温听澜还是十几个省市状元里的第一。

女孩说得认真，温听澜差点就信了，他神情郁郁：“姐，你别打趣我了。”

“嗯，那你就等一等，看看和我说的是不是一样。”嬴子衿挑眉，慢条斯理地倒了一杯热水，靠在椅背上，“爸，准备好，这几天你会接到很多电话，话费我给您交过了。”

“好。”温风眠只是笑笑，目光温和，“爸爸等着。”

事情果然如同嬴子衿预料的那般发展。

温听澜智商很高，远远超出了天才的水平，全国联考对他来说只是小儿科。温风眠也知道，温听澜的成绩肯定不会差，但他没想到第二天，他就接到了无数个电话，云京盟校、华国理工盟校、华国科技盟校、南宜交通盟校……华国排在前十的盟校，全都打来了电话。学校会比学员早知道成绩，所以在他们知道这一次南宜状元的成绩高达745分，拿到了全国联考卷第一的好成绩时，都迫不及待了。

第一个电话是云京盟校物理系打来的：“温听澜的父亲是吗？我是云

京盟校物理系的教授，请你务必务必要让他报物理系！”

还有云京盟校数学系的电话，也是一样的话，但多加了一句：“千万别信物理系的鬼话，都是假的。来数学系，奖金丰厚！”

连接了几十个电话，饶是温风眠，也都没有耐心了，更不用说，这几十个电话里有三分之二都是云京盟校打来的，一个院系一个电话。

等再一次接到云京盟校通信工程学院的电话时，温风眠问出了一个他很关心的问题：“你们云京盟校，是散装的吗？”

电话那头的人沉默了。

就在全城翘首期待全国联考成绩放榜的时候，钟曼华也是前所未有地喜悦。就在今天，嬴玥萱在西大陆的访学项目结束，回到了嬴家。

管家打开门，很恭敬：“大小姐。”

“管家叔叔好，我给你带了礼物。”嬴玥萱微笑。

管家受宠若惊：“大小姐太客气了。”

“小萱，妈妈等了你好久了，坐了十个小时的飞机累了吧？”钟曼华从嬴玥萱手中接过行李箱，很心疼，“人都瘦了，今天妈妈带你去吃大餐。”

“妈，哪有啊，我明明还胖了五斤。”嬴玥萱摘下遮阳帽，望了一眼大厅，困惑道，“妹妹不在吗？”

钟曼华瞬间就没了笑容，淡淡地说道：“不在，她出去了。你先好好休息。”

她的亲生女儿和她断绝关系，这如何能说得出口？她不能丢了脸。

嬴玥萱还想问什么，但也确实累了，她点点头，上楼去休息。嬴玥萱离开嬴家已经一年，但钟曼华会让保洁每周收拾她的房间，保证干净舒适，可以随时入住。

钟曼华看着地上的礼物，感叹一声：“小萱这孩子真懂事。”

管家也笑：“我也没想到，大小姐给每个人都带了礼物。”

没几分钟，嬴玥萱从楼上走下来，神情有些慌张。

钟曼华一愣：“怎么了？”

“妈，你见到哥哥送我的粉钻了吗？”嬴玥萱很急，“我放在抽屉里的，可它不见了，房间其他地方也没有。”

"粉钻？"钟曼华想起来了，那是去年嬴天律给嬴玥萱送的生日礼物。

嬴玥萱有些丧气："没找到，哥哥也要回来了，我弄丢了可怎么办。"

"好好的在家里，怎么会——"钟曼华的脸色忽然一沉，"一定是你妹妹干的，只有她能拿到。"

"妈，你胡说什么呢？"嬴玥萱微微惊愕，说道，"妹妹不可能做这种事情！"

"不是她还能有谁？你的房间和她的挨着，她想进去，随时都可以。"钟曼华冷笑了一声。

"妈，你对妹妹的偏见真的太大了。"嬴玥萱皱眉道，"她哪里有理由这么做？你帮我问问保洁，是不是打扫的时候掉在哪里了。"

"不用问，保洁怎么可能会动这么珍贵的东西？不想在嬴家做事了？你要是说她没理由，那是不可能的，你和她一天生日，你有礼物，她没有，还是你们共同的哥哥送的，她不会嫉妒？"钟曼华想都没想，拿起手机，"我现在就让她过来，把粉钻还你。她不来，那就报警。"

她找不到嬴子衿，警察还能找不到？偷盗这种事情传出去会贻笑大方，但凡嬴子衿还要脸，不可能避而不见。她说要报警，也只是吓唬一下嬴子衿，只要嬴子衿能乖乖回来做嬴家的二小姐，她当然不会这么做。

嬴玥萱更惊愕了："妈，你……你还没问清，也没有证据，就断定是妹妹做的？"

"小萱，这事儿你别管。她什么想法，我太清楚了。"钟曼华已经拨通了青致的电话，很冷血。钟曼华早就想明白嬴子衿为什么离开，无非是因为她和嬴震霆没有顾及嬴子衿的感受，更偏心嬴玥萱，心理不平衡。可才来家里一年的女儿怎么能跟养了十几年的女儿相比？

嬴子衿回来的时候，她早就说了他们和嬴玥萱感情很深，而且，为了能让嬴子衿更好地融入嬴家，嬴玥萱也去了西大陆一年。除了献血这事她做得是不道德，其他的也没什么了。结果嬴子衿偏要和他们断绝关系，让他们当父母的脸往哪里搁？

嬴玥萱劝不住钟曼华，她踌躇了一下，压低声音："管家叔叔，这段时间发生了什么？我离开前妈妈还没这样。"

管家还不知道嬴子衿和嬴家断绝了关系，连户口都迁了出去。他犹豫着开口："二小姐比较任性，让夫人操碎了心。大小姐您也知道夫人原本就要强，不能没了面子。”

“那也不能这样啊。”嬴玥萱说，“妹妹是妈妈亲生的，又不是仇人，怎么就要报警了？”

管家无言。

嬴玥萱神色淡了下来：“妹妹是亲生的，妈妈就要报警；如果换成了我，是不是直接要送进牢房？”

“大小姐！”管家一惊，“大小姐，您千万不要有这种想法，夫人和老爷会伤心的。”

嬴玥萱抿了抿唇：“那妈妈就不觉得她会伤了妹妹的心？”

难怪她这一次回来没有见到嬴子衿，其实她们见面也不算多，一开始嬴子衿被接了回来，她才知道她不是亲生的，是领养的。她要离开，钟曼华和嬴震霆强行留住她，说她从小也无父无母，离开了嬴家能去哪儿？于是她只能退而求其次，申请了青致的交换生项目，去了西大陆。

“大小姐，事情也不能怪夫人。”管家劝道，“反正……唉，二小姐怎么能和您比？夫人也只是好久没见她了，想见她。”

嬴玥萱点点头：“先去问问保洁有没有见到过我的粉钻，是不是谁不小心扔了。”

管家忙应下：“是，我这就去。”

各大盟校得到了成绩，青致也不例外。

自从青致建校以来，对于全国联考状元这个名号就没失手过，也就没有那么意外。只是校方没想到今年的全国联考卷难度比去年还要高，结果仍出了一个综合、数学两门满分的学员。他们也看过了温听澜的卷子，解题思路十分漂亮，所以校长也被一串电话砸晕了——无外乎都是一定要让温听澜第一志愿填他们的学校，还许诺了不少丰厚的奖金和福利。

当然，云京盟校是个例外，是各个院系在抢人。

“唉……”校长放下电话，很忧愁，“这都过了多少年了，云京盟校怎么还是散装的？”

副院长叹了一口气：“可不是吗，听说物理系和数学系每个月都会为了学员干架。就前阵子，一个学员要转去物理系，数学系不乐意了。”

“不过这事还是让学员自己决定。”校长觉得自己很有先见之明，

“还好温听澜同学转来了我们青致，不然今年的全国联考状元肯定轮不到我们。”

“他肯定会报云京盟校，选什么学院就不知道了。”副院长点了点头。他们也针对温听澜的各种情况做了专业分析，最终发现……有人在学习上是全能的，尤其是理工科专业。

“可惜了，我最开始的想法是让温听澜同学去诺顿盟校。”校长摇摇头，“或许以后会有机会吧。”

丁零零——

办公室的座机响了起来，校长接起，只是听了几句，脸色就很难看了。他也没说什么，只是说道：“我会帮您联系，至于她会不会见您，那是她自己的事情。”

副院长忙问：“又是哪个盟校？”

“不是，是嬴夫人。”校长皱眉，“说是嬴子衿同学拿走了嬴玥萱同学的粉钻，他们找不到人，就打到我们这里来了。”

副院长第一时间还没想起“嬴夫人”是谁，三秒后反应了过来：“就是‘灭绝师公’说的那个有暴力倾向的豪门贵妇呗。”德育主任说他见过不少家长，但是像钟曼华这样上来就不分青红皂白打人的，还是头一个。

“他们一家也真是奇怪。”校长翻着通讯录，“如果不喜欢嬴子衿同学，收养做什么？现在嬴露薇也进去了，何必纠缠？”

“咳咳！”副院长清了清嗓子，严肃道，“校长，据我多年看剧的经验，嬴家肯定还有什么阴谋！”

校长拨号的手一顿，幽幽地看他：“家庭伦理狗血剧吧？”

副院长：“……我说谎了，我其实就看了几集。”

校长不想和他争辩，拨通了嬴子衿的手机号码。

嬴子衿正陪着温听澜做题，并不是数学、物理题，而是诺顿盟校教授专门出的逻辑思维题，还被 IBI 要去了一套，说是用来招探员。这种题对温听澜的病情也很有帮助。

手机振动，她按下接听键：“校长。”

“嬴同学，有个事，学校不会插手，你自己做决定。”校长思虑了一下，把和钟曼华的通话内容全部说了出来。

嬴子衿眸光微敛："麻烦了。"

她离开嬴家，也没工夫去专门算嬴家的事情，真是烦。

"姐？"温听澜抬头，他现在觉得他姐可能是个神棍，竟然连他各科的分数都能说得分毫不差。

"没事，你接着做题，一会儿爸爸回来，我们出去吃饭。"嬴子衿站起来，慢慢地伸了个懒腰，"我去办点事情。"

夕阳西下，星星悄然爬上天幕。

从中午等到晚上，钟曼华也没有等到嬴子衿的人，甚至是一个电话。她再联系青致，青致却说他们不管学员的家庭私事，她气得直接坐车去了公安局。

一个女警察接待了钟曼华，先给她倒了一杯水，又拿出纸和笔："嬴夫人，先别急，麻烦您把事情的经过说一下。"

钟曼华声音冷冷："今天我女儿回来发现自己的粉钻不见了，家里找不到，被人偷了，偷走粉钻的人是我另一个女儿。"

听到这里，女警察诧异地抬头："您确定？"

钟曼华被她那一眼看得有些尴尬，脸色不太好："确定。"

女警察委婉地提醒："这种事情您可以先给您女儿打个电话问清楚。"

一提起这个，钟曼华就很不耐烦："她不见我，如果她不是心虚了，会不来？"

女警察摇摇头，接着做笔录。

"没什么好说的，作案动机当然是她嫉妒小萱才拿走了粉钻。"钟曼华更不耐烦了，"我就是人证，你们快帮我联系她，让她现在就过来。"

"嬴夫人，我需要再问您一遍，您确定是您的二女儿偷了大女儿的粉钻？"女警察的神情严肃，这颗粉钻价值八百万，可不是一个小数字。

钟曼华想都没想："确定。"

女警察点头，联系当事人。

"请您稍等，一会儿人就来了。"

钟曼华神色讥讽，她好言好语让嬴子衿回来，对方没回应，非要她报警，嬴子衿才会来，这就是不见棺材不掉泪。

二十分钟后，询问室的门被推开。

钟曼华转过头，习惯性地要开口训斥，然而，进来的是一个拿着公文包的青年。他穿着一身黑色西装，周身气度非凡。

钟曼华面色沉下：“你是谁？嬴子衿呢？”

“你好，我是嬴小姐的律师。”青年放下公文包，没理钟曼华，而是礼貌地朝着负责录口供的女警察颔首，“这是我的名片。”

他将一张名片放在了桌子上——

云京西风律师事务所，席维桓律师。

不说席维桓这个名字，单是西风律师事务所，就已经足以让人震惊了。女警察知道嬴子衿让律师来，但没想到会是西风律师事务所的人，西风律师事务所的律师不是用钱就能请到的，尤其南宜离着云京还远，有上千公里。

女警察接过名片，很客气：“您请坐。”

“客气了，事情很简单，就几句话，不用坐了。”席维桓笑了笑，“本该是嬴小姐自己来的，不过有些人她不想见，便托我来了。”

“一样的。”女警察点头，“您是委托人的律师，可以进行交涉。”

“律师？”钟曼华总算是反应过来了，她难以置信，“你说你是谁的律师？”

这么点小事还要请律师？她只是想让公安局帮着把嬴子衿叫回来而已，怎么还牵扯到律师了？她心脏突突地跳了起来，有一种不好的预感。

“嬴夫人是吧？我是嬴子衿小姐的律师。”席维桓像是才注意到钟曼华一样，笑容收起，神情也很冷淡，“我来是为了处理你污蔑嬴子衿小姐一事。”

“我污蔑？”钟曼华几乎都要笑了，“好啊，你倒是说说我怎么污蔑了？我要是污蔑，她能不自己来？”

席维桓没有回答，而是拿出了几份文件，一一摆在了桌子上。第一份文件就是那颗丢失的粉钻资料，他开口：“这颗粉钻是西大陆一场拍卖会上的拍品，最后由嬴天律先生用八百万的高价拍下，并转送给了嬴玥萱小姐。如果盗窃罪名彻底成立，那么偷盗者会被判五到十年的有期徒刑。”

“我什么时候说要判刑了？”钟曼华神情不悦地打断了他，她只是要叫嬴子衿回家，又不是真的要把嬴子衿送进去。等人来了，她将人带回了嬴家，剩下的事都会私下处理。

遇上完全不懂法律的人，女警察还保持着微笑和礼节。

第二份文件写的是偷盗罪，金额不同，惩罚也不同，金额越大，罪名也就越大。

“嬴夫人没有证据，直接说是嬴小姐做的，犯了污蔑罪。”席维桓指着第三份文件，声音冷得没有了温度，“根据法律规定，有以下情节的，处以五日以下拘留，情节较重的，处以五日以上十日以下的拘留，并罚款五百元。”

他指着其中一条，上面写的是——捏造事实诬告陷害他人，企图使他人受到刑事追究或者治安管理处罚的。

钟曼华又惊又怒，气笑了：“所以呢，你有证据不是她做的？”

“嬴夫人，我必须提醒你，你刻意散布嬴小姐偷盗罪名，污蔑罪已经成立。”席维桓淡淡地说，指着桌子上的那份口供，“这就是你污蔑罪的证据。”

“我根本没那个意思！”钟曼华哪里会知道这些，她面上臊得慌，“我就是想让她回家！”

女警察的神色冷下：“也就是说，你根本没有证据。”

“我……”钟曼华张了张口，还要说什么的时候，手机响了起来。她的难堪这才被冲散了一些，忙接起电话。

电话那头是嬴玥萱：“妈，你在哪儿呢？粉钻找到了，是保洁打扫的时候怕损坏，所以放在了外面，结果掉到书柜的夹缝里去了。我和你说了不是妹妹做的，你不会真的跑到公安局去了吧？”

钟曼华浑身冰凉，面色唰的一下变得惨白。

“妈？妈？”电话里嬴玥萱还在叫钟曼华，但是她什么也听不见了，头昏脑涨。

席维桓颔首：“看来是东西找到了，那么就能确定嬴夫人你的确犯了污蔑罪，涉及的金额太大，拘留十天恐怕不够。”

“你给子衿打电话！”钟曼华终于慌了，“我真的只是想让她回家！”

“不好意思，嬴小姐不想见你，才让我来。”席维桓礼貌地笑了笑，“而且我提醒一下嬴夫人，嬴小姐的户口已经从嬴家迁出去了，领养关系也已经解除。从法律层面上来讲，你不是她的母亲；从道德层面来讲，你不配当她的母亲。”

三句话如同一个接着一个的巴掌，毫不留情地往钟曼华脸上扇。她僵立在原地，前所未有的羞愤涌了上来，几乎要将她淹没。

“当然，流程还是要走的。”席维桓又笑了笑，“请嬴夫人准备好律师，我们法庭见。”

席维桓出了公安局之后，拿起手机：“您好，嬴小姐，事情已经全部办妥了。”

“辛苦了。”女孩声线冷缓，“费用过会儿会打过去。”

“嬴小姐太客气了，您是我的救命恩人，这点小事我当然会给您办。”席维桓摇了摇头。上次网暴的案子他会接，是因为律所下了任务，但之后的事情都是他心甘情愿的。他母亲有着严重的偏头疼，去了好几家医院都没有好转，还是嬴子衿给了他一个药方，才治好了他母亲的病。

“一码归一码，总而言之，谢谢了。”嬴子衿神情倦懒，她挂断电话，目光重新回到电视上。现在是晚上八点，刚好是狗血剧的播放时间，她很喜欢。

温听澜在一旁写逻辑题，偶尔抬起头来瞥一眼电视，一眼看见屏幕里的男主角闹着要跳河上吊，而他姐看得很有兴致。他面无表情地看了一眼自己要做的题，感觉自己被压榨了。

又写了一道逻辑题后，温听澜抬起头来：“姐。”

“嗯？”

“真的很好看吗？”

“还行，剧情有点平淡，看开头便能猜到最后，打发时间。”

温听澜默默地把“我觉得已经很狗血了”的话咽了回去，认命地继续写题。

得知钟曼华在公安局，嬴玥萱都没来得及告诉嬴震霆和嬴天律，立刻跑了过来。她十分困惑：“妈，为什么要拘留你？”

钟曼华抿了抿唇，脸上还在发烫，根本不知道怎么说，她是真没想到事情会闹到这种地步。她勉强露出一个笑容：“你妹妹没来，派来了她的律师，说我犯了污蔑罪，所以要被拘留。你去给你爸和大哥打个电话。”

“污蔑罪？”嬴玥萱皱眉，“妈，你怎么能污蔑妹妹呢？”

钟曼华脸色不太好：“我没想污蔑她！我就是想让她回家，天天在外面像什么样子？”

她看不见，也不知道嬴子衿一天到晚在跟什么人混，做出不好的事情来怎么办？谁来收拾烂摊子？她真以为断绝关系就可以一身轻了？到时候别人找上门来，找的还是嬴家。

“妈，你真的有些过分了。”嬴玥萱缓了一口气，才开口，“原本我就不同意发那条微博，是你和爸爸说如果不发，嬴家的生意会受到冲击，我才发的。可你没想过，真正被姑姑丢掉的是妹妹。”

“没什么区别，你不用再替她说话了。”钟曼华神情更冷，“你见过要把母亲送进拘留室的女儿？你爸太忙，先给你大哥打电话。”

嬴玥萱一向听钟曼华的话，没有半点忤逆，她只得拿出手机，联系还在西大陆的嬴天律。

电话接通，有着很大的风声传来，还有不少杂乱的声音。

“喂，哥哥，我是小萱。”嬴玥萱按住话筒，“妈妈出事了，要被拘留十五天，你什么时候能回来？”

“拘留？怎么回事？”嬴天律刚陪完客户，正在和朋友喝酒，听到这话一下子醒了。

“事情是这样的……”嬴玥萱简单叙述了一下，“我拦着了，但没拦住，妹妹应该是和妈妈有了什么矛盾，她没来，是律师来的。”

嬴天律听完，倒是没有什么反应，只是淡淡地说道：“媗媗，你把电话给妈。”

嬴玥萱把手机递过去：“妈，哥哥找你。”

钟曼华委实不愿意让自己的儿子知道这件丑事，但也没办法，她不想被拘留。她接过手机，快速说道：“天律，你是不是认识云京那边的律师？帮妈妈联系一个，你妹妹简直是太胡闹了。”

“妈，胡闹的是你。”嬴天律都气笑了，“媗媗都说了不是子衿做的，你居然还跑到公安局去了。你这是在干什么？嗯？”

“我这……”面对嬴天律，钟曼华的气焰一下子消了，声音也低下来，“事情已经这样了，再说这些也没用了，先找律师吧。”

嬴天律也知道钟曼华的性子，没和她多说，挂断了电话。他拿起打火机点了一根烟，烦躁地靠在沙发上。

“怎么了？”旁边的公子哥见他这样，不由得打趣，“又在为拒绝哪家千金而烦心呢？”

他们一起在西大陆这边创业，两年来公司已经初具规模，嬴天律因为出色的外形极其受欢迎，前不久还有一个财阀的千金说要让他入赘。

嬴天律站起来，拂了拂白色衬衫上的烟灰，神情淡淡：“我妈被拘留了，还是她自己惹的事情，我准备提前回去，明天的飞机就走。”

“拘留？”公子哥很惊奇，“犯法了？不会吧？”

“算不上。”嬴天律捏了捏眉心，“去年我们家收养了一个小姑娘，算是我妹妹。我妈非说她偷了我给婠婠的粉钻，也没证据，闹到公安局去了，现在被证明是污蔑，所以要拘留，你说这是不是她自找的？”

公子哥不在南宜，不清楚嬴家的事儿，摇摇头：“你妈也真是奇葩。”

嬴天律拿起西服外套，点头：“你们先玩着，我回去了。”

走出 KTV 后，嬴天律给助理发了一条短信，要订明天早上十点回南宜的机票。他缓缓吐气，倒是想起了一些事。他知道钟曼华和嬴震霆收养了个小姑娘，说是看她长得和他们像，有缘分。彼时他刚开始创业，也没时间管这事儿，就是中途回去了一趟。虽然只和嬴子衿见过一面，但嬴天律印象很深，现在都没忘，是个过于漂亮的小姑娘，就是有些怕生。

来到嬴家的时候，她很局促不安。小姑娘皮肤很白，身高在同龄人中也算高的了，很难想象在清水县那么贫穷的地方还能养出这样的小姑娘来。只不过她身上穿的衣服带着很多补丁，裤脚都洗得发白了，和他们一家形成了鲜明的对比。所以钟曼华和嬴震霆要收养这个小姑娘，他是同意的。后来他一直在西大陆创业，其他事情就不清楚了，没想到这次闹得这么大。要是他亲妹妹，钟曼华肯定不会这么干——其实他还挺想这个小姑娘是他亲妹妹的。

嬴天律按着头，笑着叹气，果然是喝多了，脑子里开始胡思乱想。

他甩了甩头，去洗手间洗了把脸，才朝外面走去。

将全部事情交给席维桓之后，嬴子衿没再管嬴家那边的事。她陪着温听澜去接受最后一次催眠治疗，修复心理，这一次之后，温听澜基本就能和正常人一样生活了。

诺顿盟校也配有专门的催眠师，除了负责清除学员的记忆，也会负责处理学员的心理问题。面试没过或者是学位证被取消，在离校之前都必须见催眠师，清除掉在校园里的全部记忆，诺顿盟校的秘密可不能暴露。虽然诺顿盟校的催眠师不像喻雪声一样在 NOK 催眠师榜上排行第二，但能力也不低。眼下诺顿还不在学校，嬴子衿很放心把温听澜送过去，至少不会被诺顿这个炼金疯子“欺负”了。诺顿盟校的安全性很高，温听澜过去之后也绝对不会再发生他五岁时遭遇过的事情，导致心理疾病复发。

嬴子衿看了一眼紧闭着的咨询室门，转过头：“你当年也是他负责治疗的？”

傅昀深仰头望着天，很轻地笑了笑：“不是，是他老师，他那个时候还小，能会什么。”

嬴子衿颔首：“催眠其实挺有意思的。”

催眠师可比神枪手和杀手要恐怖得多，他们动手的时候，对方都察觉不了，因此请催眠师出手的悬赏金额也要高得多。她看过 NOK 论坛里的悬赏帖，榜上前五的催眠师，有钱都请不来。

她若有所思地望着男人几秒，缓缓说道：“你想不想算个命？”

“嗯？”傅昀深桃花眼扬了扬，眼里含着浅浅的笑意，“算什么？桃花运？”

“看你了，随便选三张。”嬴子衿从口袋里拿出一副塔罗牌。

“塔罗牌啊。”傅昀深挑眉，他修长的手抬起，指尖在那些牌上划过。

手机在这个时候响了起来，很急促，突兀至极。

傅昀深收回了手：“夭夭，你先接电话。”

嬴子衿瞟了他一眼，才按下接听键：“喂，外公。”

号码是钟老爷子的手机号，打电话的人却不是。话筒里的声音很陌生，是个男人，语气很礼貌，声线低沉：“你好，子衿妹妹，很抱歉这个时候打扰你，我是嬴天律。”

嬴子衿偏了偏头，嗓音寡淡：“我不是你妹妹。”

话语间是无尽的冷漠，没有任何情绪波动，也没有温度，让人难以想象她到底经历了什么苦难，才会变成这样。向来都不知道怜香惜玉为何物的嬴天律，心也凉了下来。虽然他只和嬴子衿见过一面，但当时她还会向他笑，虽然笑容不大，但贵在真挚。

“抱歉，我不是故意这样叫你的。”嬴天律稍稍沉默了片刻，顿了顿，他继续说，“妈对你做的事情我已经全部知道了，我委实没想到她会做出这样的事情来。伤害已经造成，我知道说什么都没用了，我也不求你能原谅，只是希望能给你一点补偿。”

钟老爷子瞥了一眼小心翼翼和嬴子衿通话的嬴天律，确认嬴天律和嬴震霆以及钟曼华不是一伙人后，他才放心。同时，他也在迟疑到底要不要告诉嬴天律事情的真相，嬴子衿说她离开了嬴家，也就不想再和嬴家的任何一个人有牵扯。

他要尊重她的想法。

电话里，女孩语气平缓：“不必补偿，我很好，只要你们别烦我。”

“粉钻的事情真的是妈她太冲动了。”嬴天律按了按眉心，叹气，“我也不是给她求情的，她做了这么多错事，是应该拘留几天清醒清醒。”

嘟嘟嘟……电话已经断了。

嬴天律看着通话界面，微微苦笑。如果他用的不是钟老爷子的手机，估计连和嬴子衿说上话的资格都没有。他也真没想到钟曼华在一年之内，强行让嬴子衿给嬴露薇献了十三次血，也不管她愿不愿意。他按着太阳穴，将手机还给了钟老爷子：“外公，谢谢。”

“行了。”钟老爷子点了点头，“坐下吃饭吧。”

嬴天律坐下，瞧见嬴玥萱似乎是在发愣，叫了一声：“娓娓，在想什么呢？”

“啊？哦哦。”嬴玥萱恍恍惚惚地回神，坐了下来。

厨师将菜上齐，嬴玥萱吃得有些心不在焉，一直吃米饭，也没动菜。她不是没感受到钟老爷子对她没有以往那么关注了，她几乎立刻可以判断出钟老爷子知道她不是他亲外孙女的事情了。若非如此，钟老爷子的注意力一定会集中在她身上。可明明当时钟曼华和嬴震霆都说好了，会瞒着其他人，钟老爷子是怎么知道的？

“怎么了？”钟老爷子放下筷子，关心地问，“不合口味？”

嬴玥萱摇了摇头，细声细气地说道：“没有。可能我刚从国外回来，有些不习惯了。”

嬴天律没发现嬴玥萱的异常，他想了想，问道：“外公，子衿她还在青致？”

“干什么？”钟老爷子冷哼一声，“我告诉你，她不想见你们，你也别去打扰她。”

嬴天律无奈地笑：“外公，我没这个意思。妈做得太过分了，我总得弥补弥补。”

“用不着。”钟老爷子摆了摆手，“子衿给我说了，见不到你们，她就舒服了。”

嬴玥萱没说话，还在低头扒饭，为自己刚才的想法而有些羞愧。嬴子衿才是嬴家的真千金，她是个鸠占鹊巢的，她怎么能有这种想法，太不应该了。她抬起头，踌躇道：“哥哥。”

嬴天律正在想解决的办法，闻言转头：“怎么了？”

“我其实、其实……没什么，就是胃有些不舒服，我去趟洗手间。”嬴玥萱抿了抿唇，还是把“我其实不是你亲妹妹”这句话咽了回去。

她很怕嬴天律知道之后，也不会对她这么好了，她接受不了这个结果。

“胃怎么不舒服了？”嬴天律很紧张，“我送你去医院。”

“不用了，哥哥。”嬴玥萱飞快起身，几乎是落荒而逃。

嬴天律便没有追出去，他用钟老爷子的手机接着联系嬴子衿。

傅昀深点着闪烁的手机屏幕，挑了挑眉，拖长声调：“你哥哥？”

嬴子衿没回答，也学着他靠在栏杆上，望着天，整个人看起来懒洋洋的。阳光落在她几近透明的肌肤上，笼上了一层淡淡的金色，像是一层薄纱，有种朦胧的美感。

她将牌摆在他的面前，眉眼沉静：“嗯，那抽牌吧，哥哥。”

傅昀深的手一顿。

她的声音分明没有什么起伏，仍是惯听的清冷，仿佛“哥哥”只是随口一说，可偏偏像一片羽毛一样在他心尖上飘来飘去，拨动着他的心弦。他的耳畔仿佛也有微风拂过，带着轻微的气流涌动，酥酥痒痒。虽然他总喜欢用这个称谓来逗她，但当她第一次正式这样叫他，杀伤力极大。

傅昀深握拳抵唇，轻咳了两声：“夭夭，过分了。”

“过分？”嬴子衿转头，沉思两秒，了然道，“你不行。”

他眼睫微动：“嗯？”

她的声音依然平淡：“我只是叫一声，你就不行了，以后就更不行了。”

傅昀深眼神逐渐暗下，双眼深邃如海：“以后？”

“嗯，看心情，以后我或许还会这么叫你，你习惯一下。”嬴子衿没再说什么，还是两个字，“抽牌。”

傅昀深按着头，发现他和小朋友的思维不在一条线上，是他想多了。

他抬手选了三张牌。

嬴子衿翻开牌后，却陷入了沉默之中。哪怕在看诺顿的去向时，她也没感觉到有什么阻力，但这一次只是看看傅昀深身上的小事，阻力都很大。

傅昀深看着她手里的三张空白牌，不紧不慢地说道：“夭夭，这牌是哪里网购的，你这是被骗了，他连图案都没给你画。”

嬴子衿面无表情地收起牌：“不算了。”

“嗯？”

“别和我说话，现在不想理你。”

“……行。”傅昀深只是笑，“都听我们小朋友的。”

全国联考成绩放榜日终于到来，一大早，副院长便迫不及待地指挥着学员会的人开始贴红榜，更是在学校门口的大屏幕上放上了温听澜的照片和姓名，旁边还有大红花点缀。德育主任实在是欣赏不了副院长的老年人品味，又让人把大红花撤了。

学员们一进门就能够看到大屏幕，温听澜的长相随了温风眠，五官清俊，少年感扑面而来，让人心动。他转到青致之后，不少女生都芳心暗许，只不过平常他总是冷着一张脸，没有人敢接近。

“听说这位全国联考状元可是比我们还要小，才十九岁就考了这么高的分。唉，这就是天才和我们之间的差距。”

“只能说人家基因好，你不知道吧？他是嬴神的弟弟，姐姐那么强，弟弟肯定也差不到哪儿去。”

钟知晚对今年的全国联考状元是谁本没有什么兴趣，听到这话停了下来，她不由得蹙眉，温听澜是嬴子衿的弟弟？她只知道嬴子衿是从贫困县来的，在那边还有个家，倒是不知道原来是和温听澜一个家的。她不能理解嬴子衿的想法，放着豪门不待，非要回到那个贫困的家。温听澜是全国联考状元又怎么样，到时候毕业了，还不是要去他们公司打工？

“这是什么美好的家庭啊！”精英院的一个女生羡慕至极，“嬴子衿是咱们的年级第一，她弟弟也是三年级的年级第一。今年她弟弟是接近满分的全国联考状元，明年全国联考状元肯定是她了，就是不知道她能考多少分。”

钟知晚的神情冷淡，捏紧书包带：“离明年还有一年，你怎么知道状元一定是她？”

“她连咱们精英院的卷子都能拿满分，全国联考算什么？”女生理所当然道，觉察到了钟知晚脸色不对，她又忙开口，“不过，知晚你也不差，榜眼是妥妥的，我们不能和变态比。”

嬴子衿这种变态级的人物，又不是年年都有。

钟知晚的脸色更差了，她没理女生，快步进了教学楼。

全国联考结束后，一年级和二年级分别进行期末考试。考完之后，暑假正式开始。但因为是准三年级，二年级还需要再补一个月的课。嬴子衿没有参加这一次的期末考，精英院的成绩如往常接着进行了换算，钟知晚也重新回到了年级第一的位置上。只是她受到的关注比平时少了很多，校园论坛里基本上探讨的都是刚回来的嬴玥萱，还有嬴子衿。

修羽刷着帖子，说：“子衿，好多人都在猜你为什么不参加考试，居然还有人觉得你作弊了。我看他们都是鱼的记忆，忘记那场公开问答了。”

江燃灌了一口可乐，冷笑一声：“谁质疑，套在麻袋里打一顿。”

嬴子衿抬眼，淡淡地吐出一个字：“脚又不想要了。”

江燃闭嘴了，他不知道他妈跟嬴子衿说了什么，导致他现在被管得死死的。

修羽指着画板问：“子衿，你这是在干什么？画画？”

“嗯，不算画画，设计吧。”嬴子衿颔首，她闲来无事，准备给初光传媒麾下的一家服装公司设计几款服饰，送去西大陆那边一个设计大赛参赛，最重要的是能挣钱。

“以前我真不信有人是全能的，直到遇见了子衿你。”修羽叹了一口气，“这人与人之间的差距，怎么就这么大呢。”

嬴子衿一边随意地用笔涂画，一边随口回：“给你三百年学习时间，你也都会了。”

“咳咳咳……不了不了，我还想早点超生呢。”

修羽被呛住了，她转头，又看向江燃：“你不是该回云京了？”

“不想。”江燃趴在桌子上，很烦躁，“明年再说吧。”

云京那么乱，不如这边清静。

他回去也帮不上什么忙，不如跟着嬴神吃香喝辣。

下课后，嬴子衿去看钟老爷子。她又准备了新的茶，替钟老爷子调理身体。

“子衿……”钟老爷子欲言又止，“我看天律不是那种人，你看要不要把事情告诉他？”

“不用了，”嬴子衿握着笔，没抬头，淡淡地说道，“没必要。”

因果断掉难，但牵扯起来很容易，她不想再和任何一个嬴家人有关系。

“也好……”钟老爷子叹了一口气，“那子衿你就不要再管他们一家的事儿了。不过天律是个好孩子，唉。”

嬴子衿一边陪钟老爷子说话，一边接着画服装设计稿。画完之后，她又仔仔细细地看了看，总觉得有些难看，于是将画纸撕下扔到了垃圾桶里。

辞别钟老爷子后，她离开了书房。

嬴子衿走后，钟知晚才敢进来。这段时日，钟知晚也不敢再惹什么事，一心讨好钟老爷子，保洁的事她也抢着干了：“爷爷，您这垃圾满了，我帮您把垃圾倒了。”

钟老爷子欲言又止，最后所有的话都只化为一声叹息。

钟知晚抿了抿唇，走到垃圾桶边拿起袋子。她注意到了垃圾桶里一张很皱的纸：这是一张废稿，一款礼服的设计图，还有配套的首饰——头冠、耳环、项链、手链、脚链，外加戒指，看起来很多很烦琐，但并不让人感觉到累赘。

钟知晚的眼神黏在了这张纸上，她从来没有见过这么完善的设计图。她参加过不少宴会，每次选完礼服，还要选与之相配的首饰，有时候因为礼服的颜色和样式，首饰会很难选。哪怕只是稍微有一点差错，搭配起来都会显得不伦不类。

她也学过设计，毕竟翡翠斋是钟氏集团的第一产业，她未来要进入钟氏集团，不懂设计无法服众，所以她能看出这张设计图十分完美精妙。倘若真的能够做出这样一套礼服，绝对能够引起设计界的轰动。估计是钟氏集团给翡翠斋请新的代言人专门找来设计师画的图，搭配最新新品，推出广告进行宣传。她也看过不少设计师的作品，但都没有这一张好，连皮毛都难及。这么一张完美的设计稿，怎么就被丢了，难道是废稿？

但钟知晚能理解，越厉害的设计师，越精益求精，一笔画得不好都会作废重来。只是她对这张设计稿并无兴趣，她现在还在上学，翡翠斋的事情也与她无关。她收回了目光，又问候了一声钟老爷子，这才提着垃圾袋往外走，将其扔在了铁门外的大垃圾桶里。

繁星满天，夜渐渐深了。

回卧室的路上，钟知晚蹙着眉，想着如何能够在钟老爷子面前扳回一局，夺回她失去的宠爱，正巧碰上了从外面回来的穆夫人。

“夫人好。”钟知晚很有礼貌，“请问是发生了什么事吗？”

这几天穆夫人虽身在南宜，却一直早出晚归，不知道在忙什么。

穆夫人紧皱着眉头，听到钟知晚的声音，才从自己的思绪里惊醒。她对钟知晚还算温和，就随口提了一句：“我娘家有个服装设计公司，出了点事儿，没合适的设计图参加比赛。”

她也没多说，向别墅走去。

穆夫人在钟家住了快一个月了，按照钟夫人的指示，钟知晚有意搭上穆家这条线，她也探听到了不少云京那边的事情。穆夫人的娘家虽然与穆家无法相比，但也不差，全国服装产业排在第十三位的公司，就在穆夫人的家族旗下。只不过穆夫人的家族并没有把重心放在这家服装设计公司上，一直在开拓电子产品的市场。

设计图？

钟知晚突然就想到了刚才她看到的那张废稿，心怦怦跳了起来。她又跑出了铁门，在外面的大垃圾箱里翻出了那张设计稿之后，才松了一口气。是弃稿，那就证明是不要的，她用一下也没事。一张弃稿换得穆家的关注，很值得了。反正也是钟氏集团请来的设计师，那就是他们自家的。

等到时候搭上了穆家，她再给钟老爷子说一声，钟老爷子只会表扬她。

“喂，慧珠啊，南宜这边的设计师我都联系过了，还是不够格。”穆夫人叹了一口气，“你也知道，西大陆皇家艺术学院的那些教授眼光多高，没点新意，别说获奖了，初赛那一关都过不去。”

柯慧珠是穆夫人的妹妹，她自然也清楚这一点：“云京这边也不好找，那些顶级设计师早都被邀请走了。算了，再看看吧，实在不行就只能不参加了。”

西大陆皇家艺术学院不仅仅是一所顶级盟校，还是世界级的艺术殿堂，不少国际比赛都是西大陆皇家艺术学院负责举办的，包括这一次的服装设计大赛。若是在大赛上获奖，他们的公司就能够在世界舞台崭露头角。前几届他们也参加过，只不过都止步于决赛。这一次的大赛最特殊，因为这一次没设主题，让设计师任意创作，反而难度更高了。

“还有几天，我再找找。”穆夫人说，“慧珠，你也别光关注那些顶尖的设计师，去小店看看，说不定能遇到。”

但柯慧珠根本不觉得这样能找到好的设计师，也没点头。

穆夫人挂了电话，思索了一下，准备联系一个她在国外认识的贵族。门在这时被敲响，她放下手机，转头道：“门没锁，进来吧。”

钟知晚小心翼翼地走了进来：“夫人，我没打扰到您吧？”

“没有。”虽然很烦躁，但良好的修养让穆夫人没有发脾气，“有什么事吗？”

“刚才我听夫人说什么没有合适的设计图。”钟知晚的手背在后面，捏紧了纸张，犹豫了好久，才递了过来，“您看这个怎么样？”

穆夫人原本没抱什么希望，只是随便一瞥，目光却瞬间顿住了。

她立刻将这张设计稿拿了过来，看了足足三分钟，才抬起头来，语气难掩激动：“这是哪位设计师画的？”

钟知晚没想到她的反应会这么大，手指又捏了捏，很忐忑：“夫人，是我，我就是闲着没事随便画了画。”

“你画的？”穆夫人的神情认真了几分，想起来钟知晚是有国画的功底在，而这套设计也运用了很多国画素材。她忍不住赞叹了一声，“知晚，那你可真是个天才。”

小小年纪，竟然在设计上如此有天赋。

“夫人谬赞了。”钟知晚笑了笑，“我看您急得焦头烂额，想着能帮到您就好。”

“能，太能了。我跟我娘家那边说一说。”穆夫人拿起手机，有了设计图，制作服装就要简单多了。钟知晚此举乃是雪中送炭，她也对钟知晚另眼相看，是个可以培养的苗子。

钟知晚没说话，只是笑容加深了些许。

初光传媒，南宜分部。

嬴子衿扔了十张废稿之后，终于画出了她还算满意的设计图。她以前只是跟着奇诺·冯学过油画，服装设计这方面倒是没涉及过。这一幅设计图上一共有四套服装，两套裙装、两套裤装，是纯东方的风格，蕴含东方神话元素，十分新颖。

女秘书很认真地观摩："老板，你设计所用的元素是四大神兽？"

"嗯。"嬴子衿打开电脑，说，"从左到右，朱雀、玄武、青龙、白虎。"

"太厉害了，这个题材虽然有不少设计师用过，但是没老板你画得这么好看逼真。"女秘书惊叹，透过这四套设计，她仿佛已经亲眼看到了古神话中这四头神兽的模样。她又有些困惑地问，"不过老板，你怎么想起来亲自设计服装了？"

"有钱赚。"嬴子衿没有告诉她可爱的秘书，她确实见过这四大神兽。

女秘书呆了呆，快速拿出大赛文件，看到第一名有一百万奖金。然而对于其他设计师来说，比赛里的奖金不是最重要的，重要的是知名度和以后各大品牌的邀约。女秘书百思不得其解："老板，咱公司也不穷，还挺富的，你何必为了一百万就亲力亲为？"

嬴子衿抬起头，还挺认真地问："会有人嫌钱多？"

女秘书再次呆住了，还真没有。于是，她点点头："那我这就让分公司那边去赶制这四套服装，材料一定会用最上等的，还要去订购钻石。"

要在西大陆皇家艺术学院举办的服装设计大赛上拿第一名，光有设计图还不行，设计理念、立意和最后走台的模特，缺一不可。

"老板，这个花纹还挺好看的。"女秘书又注意到了每套服装上都有一团相同的花纹，有的在袖口，有的在领口，"不过我没看懂，是有什么含义吗？"

"你还挺敏锐的。"嬴子衿微微挑眉，从旁边拿了一支红色的马克笔，随手又在纸上将那些花纹描了一下。

有了红色的轮廓之后，女秘书这下看清了，她迟疑了一下，有些不确定地问道："这是一个'魅'字？"

"嗯，篆体。"嬴子衿手支着下巴，"你把它当成防伪标记好了。"

女秘书了然，一些设计师会在自己的设计稿中留下一些小彩蛋，只有设计师本人能懂。以前有一位设计师，专门在自己设计的服装上绣了字，平常看不出来，只有在全黑的情况下，这些字才会发光。她还是好奇："为什么是'魅'这个字？"

"以前用过的名字而已。"嬴子衿慢慢地伸了个懒腰，"只是用一下，别想多了。"

女秘书很有眼色地没有追问，换了话题："老板，你要出席到时候的走秀吗？"

"不用了。"嬴子衿淡淡地说，"随便找个人替代一下便可。"

女秘书已经习惯自家老板的性格了："那设计师的名字，就用这个'魅'字了？"

嬴子衿微微点头："你看着办，我看会儿剧本。"

女秘书离开。

过了一会儿，门再次被敲响。

嬴子衿没抬头，还在看电脑："进来。"

门推开，是商曜之。他站在原地迟疑着没有上前，因为他突然不知道该如何称呼嬴子衿，到现在他还没能反应过来，怎么神医一下子就成了初光传媒的执行长。

仿佛看穿了他内心的纠结，女孩嗓音淡淡："随便叫，名字只是代号，不碍事。"

"嬴小姐。"商曜之顿了顿，才接着说，"我来给您汇报，我离开星娱之前还拍了一部电视剧，马上就要播了。"

嬴子衿抬头："我知道，星娱让你带公司的女明星，还炒作你们之间的绯闻。"

商曜之苦笑着叹气："是这样。所以我在想会不会给公司带来麻烦。"

自从他拿到金华奖后，找他的剧本也就多了。经纪人说既然他决心进军电影圈，电视剧就要少拍。但不论是他还是经纪人，都在星娱的掌控之下，又有家人做筹码，星娱让他做什么，他就必须做什么。不管他拍电影还是拍剧，或者偶尔被邀请上综艺当导师，都被星娱要求一定要带公司的其他明星。

“不麻烦。”嬴子衿淡淡地说，“你是 A 级签约，公司原本就要为你解决一切麻烦。放心，你那部电视剧几个电视台都在买，还有视频平台，公司不亏。”

这就是顶级演员的号召力。

商曜之点头，想了想又说：“嬴小姐，有不少圈内人都向我打听我遇见的神医是谁，不过我没有说。”

“嗯，我医人，看缘分。”嬴子衿眼神微动，“有缘都会见。”

对于“起死回生”这种事，商曜之虽然也觉得荒谬，可它确确实实发生了。他感觉嬴子衿把他从生死线上救了回来，肯定也付出了相关的代价。

嬴子衿又看出了他的想法：“还行，你比较好救。”

救普通人，她十分顺手，只要对方的寿元没有耗尽。

商曜之压下心中的疑惑：“那就先谢谢嬴小姐了，如果有什么吩咐，我一定办到。”

“是有一个。”嬴子衿沉吟片刻，“公司设计了一系列服装，有两款男士的，需要你到时候宣传一下。但看你，不强迫。”

“小事情，我说过嬴小姐有需要尽管提，只要我能办到。”商曜之笑了笑。

辞别嬴子衿后，商曜之和经纪人会面。经纪人忙迎上来，关切地问：“曜之，怎么样，见到初传的执行长了？”

“见到了，你小号潜入粉丝群后，情况如何？”商曜之也没打算把嬴子衿的身份说出去。

提起这个，经纪人的神情一僵，他叹了一口气，拿出手机来：“没什么用，你自己看吧。”

商曜之点开一看，再一次看到了满屏的“崽崽”。

他沉默了，开始怀疑这个世界是不是在针对他。

第十三章

设计师魅

天朗气清，水软山温。

青致学院，二年级的补课还在进行中。

嬴玥萱原本是精英院的学员，只是去西大陆当了一年的交换生，她回来之后，自然还是在精英院继续学习。

同学们都和她打招呼：“嬴女……玥萱，你这一年不在，我们还挺想你的。”

嬴玥萱向来敏感，自然注意到了同学对她的称呼变化。虽然她心里疑惑，但也没怎么放在心上。她拿出准备好的礼物分给同学，他们收到礼物后都很高兴。

同桌见嬴玥萱正在本子上写写画画，好奇地问：“玥萱，这是什么？”

“我从伊兰公学带回来的学习资料，准备给妹妹一份。”嬴玥萱笑了笑，“但这是全外语的，妹妹看不懂，所以我在翻译。”

整个教室忽然沉寂一片，所有的目光都集中在嬴玥萱身上，带着几分惊诧。

嬴玥萱愣了愣：“怎么了？有什么不对吗？”

“玥萱，没必要，嬴子衿不需要这些。”有同学说。

“你说什么笑呢？”嬴玥萱皱眉道，“就是她需要，我才带回来的。”

如果嬴子衿的学习成绩能上去，钟曼华也不会那么偏执了。

钟知晚笑了笑，也没提醒她，话里含了几分讥讽：“我怎么听说她都从你们家搬出去了？你还把她当亲妹妹呢？”

不过，既然这么关心嬴子衿，嬴玥萱居然不知道嬴子衿是期中考试的年级第一？她挺看不起嬴玥萱的，钟老爷子的心都偏到哪里去了，嬴玥萱居然什么反应都没有。她也不指望嬴玥萱能干什么，事情只能她自己来。等搭上穆家，她的地位也会水涨船高。

嬴玥萱没应声，接着认真翻译资料。

与其他班级不同，补课的日子对于（19）班的学员来说是一件欢快的事情。因为这代表他们可以多听嬴子衿讲课，这一次期末考试，（19）班的平均成绩也冲进了年级前六，让副院长高兴得多吃了个馒头。

讲完课，嬴子衿从讲台上下来，擦了擦手。

修羽揽过她的肩膀：“子衿，晚上出去聚不？反正也没事。”

“今天不了，我去送个药。”嬴子衿背起书包，单手插兜，微微颔首。傅昀深的伤口的确愈合得比别人快，但用药补补身子总归不会差。

嬴子衿知道傅昀深不在傅家，而是住在市中心的一处私人公寓，离青致没多远，二十分钟的路程。虽然是私人公寓，但保安系统很严，傅昀深为了方便她进来，给了她门禁卡。

嬴子衿刷卡进入单元门，坐电梯上去。她又刷脸打开门，将书包放到沙发上后，去里面的卧室。卧室的门是开着的，男人半靠在墙边，手上拿着手机，偏头看向窗外，在打电话，侧颜俊美，风神清绝。

他往往是温柔的，哪怕是对着一只猫一条狗，他都会很耐心地给它们包扎伤处，很难想象经历过漫长黑暗的人还能够温柔至此。可此时，他周围笼罩着凛冽的杀伐之气，裹挟着戾意，一双向来弯着的桃花眼，此刻也镀上了一层寒霜，仿佛火中淬炼出来的刀刃，凌厉慑人，随时都要斩下一般。男人只是站在那里，就像是一座巍巍高山，压迫性极大。

嬴子衿知道他应该在忙，便退出去，却有一句话清晰地从桌子上一部老式的黑色手机里传出来，想不听到都难。

“长官，IBI 开始新一轮招人了，您真的不打算来看看？这几年进来的探员们，可是连长官您见都没见过，都挺好奇的，想看看长官您到底多凶残。”

国际调查总局 IBI 建立得挺早，在 20 世纪初就有了基础的架构，只不过还只是个雏形。直到 20 世纪后期互联网出现之后，IBI 才彻底出现在大众视野之内。但因为精英人手不足，彼时 IBI 的威信并不高。在不少元老的不懈努力之下，又用了二十年的时间，IBI 才有了如今的威望。但这么多年过去，元老们也都老了，有心也没办法一直管理下去。三年前，IBI 出现了一场空前绝后的暴动，IBI 里的派系很多，来自各个地区，都是精英级人物，到了那个层次，谁上都难以服众，IBI 到了要分裂的地步。

而倘若 IBI 一旦分裂，国际调查总局将不复存在，隐藏的那些黑暗也会暴露出来。元老们都很头疼，可又没有办法。直到两年前，IBI 出现了一个男人，很年轻，只有二十岁，以雷霆手腕、杀伐之势把 IBI 里所有的反叛势力都收拾了，将破碎的大局重组，甚至比以前还要铁板一块，令人难以置信。此后，元老们得以退休，将大权转交。

也是这两年，IBI 的声望再一次提高，令所有恶势力闻风丧胆。无论是西大陆的大财阀，还是云京几个顶级家族以及其他国际势力，都不会不知道 IBI 有一位新任长官，他没坐局长的位置，但局长也是他下属。只不过除了局长和有限的几个高级探长，IBI 其他人也没见过这位长官。哪怕见过，也不知道他的模样。因为据说他每一次在 IBI 出现，都不是真面目。IBI 的员工们估计这位长官也是个易容师，就是不知道是不是在 NOK 的易容师榜上了。

IBI 每年都会招收新的探员，选拔考核的难度不在诺顿盟校的考试之下。去年他们长官好歹还出了一套题，今年连题都懒得出，直接让他们向诺顿盟校买了一套。可诺顿盟校哪里会那么容易把自己内部的逻辑题给他们？害得他们不得不上 NOK 论坛发悬赏帖。结果有个探长的花边新闻给流出去了，让论坛里的成员们兴致勃勃地探讨了好久。

傅昀深首先听到的不是老式黑色手机里传出来的话，他转头，和女孩的视线对上了。他稍稍怔了一下，显然是没料到她会这个时候来。他先是结束了手上那部手机的通话，然后走到桌子前，拿起了那部老式的大哥大。男人桃花眼一敛，换上了玩世不恭的语气，懒洋洋道："那你让他们看看《动物世界》里的狮子，我比狮子再帅点再凶点，可能再厉害点。"

电话那头的探长被噎住了，他就不该抱任何希望。

傅昀深将两部手机都放下后，这才走向门口。他的神情没有什么变化，眉眼散漫，还是那个往街上一站能够攫取住南宜所有人目光的纨绔公子，自成一段风流。他稍稍倾身，自然地从女孩手中把药瓶接了过来："不想问什么？"

他谁都会防，唯独没防过她。

"嗯——"嬴子衿微微颔首，"你看我无权无势，万一他把咱俩抓起来怎么办？"

片刻的沉默。

"小朋友，又过分了啊，平常怎么没发现你的记忆力这么好？"傅昀深修长的手指微屈，在她的额上轻敲了一下。他们第一次见面他随口说的一句话，她记到了现在。

嬴子衿不紧不慢地说道："我做什么都看心情。怎么 NOK 论坛里没有你的八卦？"

不少在榜的猎人都上了 IBI 的重点关注名单，一旦违反规则或者出现了什么动静，IBI 的探员们就会从天而降，速度跟在地铁上才把吸管插进奶茶杯里还没喝，工作人员就来贴罚单一样。猎人们都挺痛恨 IBI 的，但有时候他们又需要 IBI 帮忙，又爱又恨之下没办法，他们只能拿那些探长的八卦绯闻当乐趣。

傅昀深靠在嬴子衿对面，桃花眼深邃，泛着迷人的光，冷白的肌肤衬着绯色的唇，两种颜色形成极大的对比，活脱脱一个勾魂摄魄的妖孽。他挑眉："没办法，洁身自好。"

"药给你了，我先回去了。"嬴子衿没再问什么，点了点头，"注意休息。"

傅昀深若有所思，眼尾弯了弯，笑："不急，夭夭，我好久没见伯父了，我送你。"

云京，柯家。

穆夫人拿到设计图后，就交给了她娘家的服装公司——华绣。华绣主打的是古风，这一套设计图很符合华绣的理念。

穆夫人的妹妹柯慧珠是华绣的董事长，也是一位设计师。

"姐，这是谁画的？"柯慧珠赞叹不绝，"设计实在是太大胆了，但又很巧妙，画画的功底很厚啊。"

穆夫人淡淡地抿了一口茶："南宜认识的一个千金小姐，确实不错。"

"南宜的千金小姐？"柯慧珠恍然大悟，"看来是想借此讨好你，借此搭上穆家。"

"怎么可能？让她想想就行了。"穆夫人放下茶杯，话语里含了几分轻蔑，"唯一能跟穆家相比的就只有聂家那三家，其他家族根本配不上。"

穆家有几百年的历史了，在古代已经根底稳固，哪里是那些后起之秀能比的？她又怎么可能不清楚钟知晚的心思？在她看来，钟知晚就算再优秀，出身也不够入她的眼。她能给钟知晚的好处不过是在这次服装设计大赛上，挂上钟知晚的名字，其他的她都不会给。

柯慧珠笑了笑："那是，姐，你的地位那么高，哪里是南宜那些暴发户能配得上的。"

穆夫人说："设计图有了，我就不和你聊了，我还有事。"

“好，姐，这次多谢你了。”柯慧珠看着这张设计图，又皱了皱眉，“不过我感觉这礼服应该是一个系列的，怎么只有这一套？”

“她说这是她空暇时间画的，能有一套不错了。”穆夫人并不在意，“这一套也足以力压群芳了。”

“也是，有时候灵感就是突如其来的，再接着画下去反而可能会破坏了前面的设计。”柯慧珠收好穆夫人发过来的设计图，匆匆去了公司。

西大陆皇家艺术学院举办的这届服装设计大赛，参赛的设计师以及公司要先把设计图发送到官方邮箱里，由评委看过之后，再进行走秀。走秀的时间定在了七月底，距离现在还有二十天。服装设计大赛举办了好几届，每次获奖的也就业内那几个顶级设计师，评委们都能够从设计风格判断出这是哪一位设计师的作品。

但今天，一份设计图引起了所有评委的注意力。这份设计图一共有四张，每一张上都有一套礼服，评委们都没见过这样的新奇设计，尤其是礼服上的花纹构造，委实巧妙绝伦。

女人惊讶出声：“初光传媒，我记得这家公司，前几届他们虽然没能获奖，但也都是四五名，很厉害了。”能在全球那么多公司里脱颖而出，初光传媒的设计一向不差。

“不过这一次他们的设计太出色了。”另一位评委点点头，“不知道是请了哪位设计师出山，能不能得第一还是个未知数，但第二肯定稳了。”

“设计师的名字写的是魅，没听过，应该是一个新人设计师，一定要特别关注。”

几个评委都在这份设计稿上做了标记，仔细收好后，才开始翻阅接下来的设计稿。只不过有了初光传媒珠玉在前，他们感觉后面的都少了点什么，没有让人眼前一亮的稿子，哪怕那些是评委们已经熟悉的几个顶级设计师的作品。

“华绣。”女人先看了一眼公司名，说，“这家公司我也有印象，走的纯东方风，不过往届的排名都在十五名开外，设计不够新颖。”

她点了一下鼠标，打开了附件，一张设计稿展露在了评委们的眼前。每张设计图都会被投影到前方的幕布上，将细节放大，方便所有评委观看。这一张设计图出现之后，评委们的神色全部变了。

先前初光传媒的一套设计图以东方神话中的四大神兽为素材设计，四大神兽这个元素并不少见，每一届的服装设计大赛上都会有，但是从比赛开始至今，也唯有这一套给他们留下了深刻的印象。评委们也都是设计界内顶级的设计师，眼光毒辣，即便华绣发过来的这张设计图和初光传媒的有所差别，可他们不会看不出前者抄袭了后者，但精华的地方没一个抄上了，更不用说原品是四套礼服，华绣的这张设计图上只有一套。这种设计大赛抄袭的事件不少，但大多是抄袭不出名的设计师，这还是第一次有参赛作品抄袭直接抄了另一个参赛作品。

“这个华绣，胆子倒是不小，是不知道他们几斤几两了，连初光传媒的设计图都敢抄？”女人冷笑了一声，拍桌站了起来。

往届比赛初光传媒虽然没有进过前三，却也把排在十五名以后的华绣远远甩在身后，两者根本不在一个档次。倘若不是初光传媒这一次有四神兽礼服，华绣凭借着这一幅设计图绝对能够入围前三。

其他评委的神情也很严肃，其中一个问：“华绣的设计师是否和初光传媒的设计师有关系，是同事？”

否则如何能够抄得这么像？就连袖口处的花纹也一模一样。

另一个评委说：“华绣的设计师叫钟知晚，没听过，应该也是一个新人设计师。这年龄——二十岁，按理说，这个年纪的设计功底不可能有这么深厚。”

当然，天才除外，只可惜这幅设计图本来就是抄的。

设计界最忌讳什么？无非是抄袭，只要被烙上这两个字，这个设计师这辈子都完了。

“确实是抄袭，这种设计图连复赛都不可能进！”又一个评委说，“直接退回去，华绣既然这一次敢用抄袭的作品，下一次保不准还会，必须禁止华绣以及其旗下的设计师参加以后的服装设计大赛！”

“不用。”女人却抬手阻止，淡淡地说，“既然他们敢把抄袭的作品送上来，想必也是挺有信心的。这个时间点，礼服应该都开始做了，材料也都备齐了，不能让他们白费功夫。”

其他评委都不由得有些惊诧：“您的意思是？”

女人今年三十六岁，名叫玛莎·梅纽因，她是获得过设计界最高荣誉者中最年轻的女性，也是这一次评委组的组长。大事都是她说了算。

玛莎颔首说道："我的意思是让他们接着参赛，不是喜欢抄袭吗？刚好让所有人看看。给决赛多放一个名额，别让抄袭作品占用了其他好作品的位置。"

对于抄袭一事，玛莎深恶痛绝，她曾经的作品被同学抄袭过，如果不是她提前存了底稿，她不仅会被反咬一口，还要看着本属于自己的作品，被别人盗走，换得无上荣光。

"不失为一个好办法，也借此警醒一下其他参赛者，杜绝此类事件的发生。"

评委组商量完毕后，将华绣的设计图专门挑了出来，接着看其他参赛作品。

三天后，柯慧珠接到了服装设计大赛决赛的邀请函。

这不是华绣第一次接到，但她还是很激动。她可以断定，凭借着这一幅设计图，华绣能够在国际设计界站稳脚跟，以后的合作邀约也会不断。

"柯总，您难道不觉得，一个学院生根本设计不出来这样的图吗？而且，这套礼服其实还是有点瑕疵。"一旁，特助还是没忍住开口，譬如腰封那个位置的线条有点不流畅。

"我查过了，这幅《朱雀》的风格不属于任何一个知名设计师。如果是不知名的设计师，你觉得他能有实力和华绣斗吗？估计连制作这套礼服的成本都没有。"柯慧珠摆了摆手，华绣虽然不是什么顶级大公司，但堵一个小设计师以后在设计界的路，那还是可以的。

特助没敢再说话。

"就算真的出了什么事，还有设计师顶着。"柯慧珠不以为意，"这种事情，不是我们要操心的，礼服的制作进展如何了？"

"已经赶制了一半。"特助忙道，"按照您的吩咐，用的都是最上等的材料，单是材料价值就在三百万。"

礼服制作完毕之后，他们还要请模特。

柯慧珠神情这才缓和下来，点了点头："带我去看看。"

华绣给云京的中小型家族提供定制服装，拥有一个大型工厂，足足有十二个设计师和裁缝在制作这套礼服，其中一个设计师皱着眉在看礼服的右边袖子，很为难的样子。

柯慧珠走过去：“怎么了？时间不多了，别浪费。”

“柯总，这团花纹我觉得有点奇怪。”设计师说，“如果去掉，也不影响整体，可偏偏去掉之后，礼服就又没有那种惊艳感了。”

“那就不去掉了。”柯慧珠皱眉，“设计图都已经交上去了，你们还能改？”

设计师把“我觉得这团花纹好像组成了一个字”的话给咽了回去。

柯慧珠拍了拍手：“准备一下，再给你们八天时间，八天之后，就要给模特试穿了。”

与此同时，南宜，初光传媒分部。

女秘书将文件放在了桌子上，羡慕地说：“老板，你绘制的四套礼服已经制作完毕了。要不是太贵重了，我也想试一试。”

“你喜欢？等走秀完之后，你挑一套带走吧。”嬴子衿接过文件，女秘书狂喜，可还有下一句，“材料费从你工资里扣。”

“……那还是算了吧。”女秘书心痛至极，“我一个月的工资还不够买一只袖子。”

“这两套给谢曼雨，她能撑得起来。”嬴子衿沉吟，“另外两套给商曜之。”

这套神话元素的礼服，其中“朱雀”和“白虎”是女装，“青龙”和“玄武”是男装。谢曼雨是初光传媒旗下一个双金电影奖项获得者，今年三十二岁，正值女明星的大好年华。

“谢老师后天回国，商老师也刚结束《粉妆谍影》剧组宣传。”女秘书一一应下，应完，她拿起平板电脑往外走，继续关注热点新闻，忽然停了下来，“老板，这套礼服……怎么跟咱们的那么像？”

她重新回到办公桌前，把手中的平板电脑递了过去。屏幕上是一条华绣官博新发的微博，配了一张模特图，模特身上穿的礼服和初光传媒的设计有异曲同工之处。女秘书的第一反应是公司内部有人把设计稿泄露出去了，但仔细一想又不可能。可如果没泄露，模特身上的这套礼服怎么跟他们制作出来的那么像，还都和朱雀有关？

“老板，事情有些不妙。”女秘书神情严肃了几分，“我们也有宣发，但晚了华绣一步。如果商老师和谢老师再发微博宣传，恐怕会被说抄袭。”

嬴子衿缓缓合上双眼，三秒后，她睁开眼，淡淡地说道：“不用，按计划进行。”

“好。”女秘书点了点头，“公关部随时准备着。”

华绣要在参加决赛前把礼服发出来造势，但初光传媒并不用。华绣的模特穿上那件礼服后，惊艳感很强，但对比初光传媒制作出来的四套礼服，却如同东施效颦一般。

嬴子衿靠在座椅上，她果然还是太懒了，曾经她也经常将写得不满意的古武秘籍随手扔进垃圾桶，也没人捡走。不过礼服设计和古武秘籍倒是不一样，后者她随便写的也没人看得懂。她记住了，以后不用的废稿揣兜里给嘟嘟当靠垫也不扔了。

青致，精英院。

钟知晚看着穆夫人回复她的消息，内心的激动难以平复。

她手指颤抖着打字：“谢谢夫人，我一定会准时过去的。”

穆夫人：“知晚，你别紧张，你的礼服我已经准备好了，到时候你只用去走个过场，参加颁奖典礼即可。”

钟知晚的呼吸急促，穆夫人一定是得到了什么内部消息，知道她一定会获奖，她的努力都没有白费。她将手机放回书桌里，走上讲台，拍了拍桌子，开口：“跟大家说一下，我要请几天假，所以我不在的这几天，事务都由副班长代理。”

同学们都难免有些好奇，钟知晚认真，一向不会缺勤，哪怕是生病了也会来学校，这还是她第一次请假。

“这你们就不知道了吧？”钟知晚的同桌兴奋地说道，“你们有没有看华绣上午发的那条微博？模特身上穿的那件礼服就是知晚设计的，知晚作为设计师，当然要去决赛现场了。”

学员们都吃了一惊，能进精英院的都是天之骄子，但在全国联考前，所有人的注意力都集中在学习上，兴趣会放在一旁，钟知晚却能在稳拿年级第一的情况下又在服装设计上获奖。

“知晚，你太厉害了，女神就是女神，什么都强。”

“到时候决赛有直播吧？我们一起看直播，给知晚你加油。”

嬴玥萱茫然道："知晚，你什么时候学设计了？你不会设计啊，怎么还去参赛了？"

班里的声音渐渐停歇，同学们面面相觑。

钟知晚被噎住了，有些恼怒。她最烦嬴玥萱这种茫然无知的样子，会不会说话？她神情冷淡，话语间添了几分嘲讽："你在西大陆一年不也开始做科研了？'士别三日，当刮目相待'的道理，表妹不懂？"

"是啊，是啊。"有同学附和，"知晚会设计，玥萱会科研，不像嬴子衿，她什么……"

"都会"两个字还没说出来，就被嬴玥萱打断了。她很生气："每个人的情况不一样，妹妹什么都不会又有什么关系，她还小，后面还有很多机会。我去给妹妹送东西。"

她抱着书离开，留下其他学员面面相觑。

一片寂静后，有人说："玥萱是不是误会了什么？"

没有人能回答这个问题。

嬴子衿并不在（19）班，嬴玥萱跑了个空。

南宜这边有一条古街，保留了一些古代建筑，现在成了旅游风景区，今天是工作日，又烈日高悬，人不是特别多。

傅昀深侧头，眼睫动了动，问女孩："夭夭，过段时间想不想出去玩？"

嬴子衿吃了一口甜筒："去哪儿？"

"嗯——"傅昀深沉吟，又笑，"算是一个好玩的地方，你应该会喜欢。"

嬴子衿也没追问，只是颔首："那去吧。"

傅昀深闻言，眼尾扬起："答应得这么快，不怕我把你卖了？"

"不怕，应该我卖你。"

"哦？"

嬴子衿端详了他几秒，缓缓开口："长得好，身材好，性子也好，不少千金名媛想要，拍卖一下，价高者得。"她能挣不少钱。

"夭夭，没良心了。"傅昀深往后靠了靠，低笑过后，他淡淡地说，"你有一点说错了，我性子不好。"

她从背包里拿出了一盒防晒霜："我觉得挺好。我改良的，还没找人试过，给你，哥哥试一下？"

依旧是很平缓的语调，声音清冷，没什么情绪，可听在有的人耳里，偏偏拨动了心弦。

傅昀深沉默地看着她，耳膜还在被这一声“哥哥”撞击着。

他叹气，果然如她所说，他的确不怎么行。

此次服装设计大赛决赛的场地就在西大陆皇家艺术学院的大礼堂内，决赛的时间定在 7 月 23 日，晚上七点。当天下午，初光传媒和西大陆皇家艺术学院的评委方商讨过后，最终决定男女装礼服各展示一套。评委组要求女装必须展示“朱雀”这一套。

商曜之发了新的微博：“晚上直播见。”

一分钟的时间不到，评论破万。

“不得不说，初光传媒的资源真的太好了，我哥这才签约，就能够去国外走秀了！”

“崽，不是我说啊崽，你能多发几张吗？我都没有素材剪辑了。”

“删了删了快删了，都忘了不能叫崽吗？不要让曜之知道了。”

对“崽”这个字很敏感的商曜之一眼就看到了，他深吸了一口气，保持微笑。

呵呵。

商曜之发完微博后，在初光传媒的安排下，谢曼雨也紧随其后，发了一张照片。

谢曼雨：“九宫格没有，今晚直播见。”

谢曼雨一向低调，在网上的流量虽然不高，但影迷多。

“雨宝，你终于记得你的微博密码了。”

“我姐气势杀我，这眼神，这身材，绝！”

两条微博很快上了热搜，点进来的网友也越来越多。

“你们不觉得谢影后的这件礼服和华绣家的很像吗？花纹一样啊。”

“什么情况？谢曼雨是影后吧？都达到这么高的高度了，不至于碰瓷我们小模特吧？”

谢曼雨是童星，八岁开始拍剧，今年是她出道的第二十四年了。三年前，她凭借着《无字碑》这部电影成功问鼎影后，同时斩获了金华奖和金鼎奖，一部影片封神。在《无字碑》里，谢曼雨饰演的是女皇，少年期、青年期、老年期三个重要阶段，皆由她一人饰演。无论是少女的傲骨，还是登基之后的大气磅礴，谢曼雨都演得出神入化。这个角色太深入人心，现在还有不少粉丝会亲切地叫她陛下。

网友们就谢曼雨的礼服是否抄袭了华绣的展开了激烈的讨论，由于华绣先放出模特图，模特的粉丝都认为谢曼雨故意欺负他们的偶像，在网上骂声一片。一时间，谢曼雨的微博下多了不少讨伐的言论。

谢曼雨的经纪人倒是平静，这种事情她已经习惯了，于是问："曼雨，公司说是老板要帮你回应一下，你看看你是想自己回，还是怎么样？"

"给公司处理。"谢曼雨没有丝毫犹豫，"公司能办好的事，我就不费劲了。"

经纪人点了点头，回复女秘书。

女秘书立刻向嬴子衿汇报："老板，谢影后那边说全权交给你负责。"

嬴子衿颔首，转发了华绣的微博。

初光传媒："躺好，垫脚石要有垫脚石的自觉。"

看到这条转发微博的经纪人和谢曼雨大惊，他们老板……有点凶，有点护短。

谢曼雨默默按灭手机，转头问商曜之："话说回来，我这才结束国外的工作，还没见过新老板。小商，你见过了，男的女的？"

商曜之无奈道："和前辈您一个性别。"

谢曼雨不仅在圈内的地位很高，追求她的人也不少，但奈何谢影后的气场太强，眼界又高，一直单身到现在。她深沉地叹气："太遗憾了，好不容易生出了想嫁人的念头……"

西大陆的晚上七点，华国是早上。

青致大礼堂内，电影幕布降下，垂落在舞台的正中心，上方的投影设备打开，将这一次决赛走秀的直播画面映了上去。

这是钟夫人在得知钟知晚被穆夫人邀请去西大陆后专门向学校申请的，钟知晚能够给她长脸，自然要多宣传宣传。只要不影响学员的学习和生活，学员和家长们的要求青致一向会满足。精英院的学员们都来了，其他班也来了不少，身边的同学能去这样顶级的服装设计大赛领奖，他们也与有荣焉，倒是（19）班的到来让其他人都很意外。

江燃长腿一伸，把过道占严实了。

修羽踩了他一脚："给你姐和嬴神让位。"

江燃脸黑了，他已经没有"家庭地位"了。

修羽拍了拍旁边的位置："子衿，坐。"

嬴子衿坐下，抬头看向前方的幕布。

直播已经开始了，镜头先是转向了评委席和邀请来的嘉宾，有人高兴地喊了起来："看！快看！那是知晚！"

钟知晚今天穿了一件白色小礼裙，她在设计师的席位上坐着，镜头扫过来的时候，她下意识地挺直了背，手指捏紧，紧张得出了汗。但她的心情无比雀跃，一想到她马上就能够进入云京的上流圈子，她就无法压住脸上的笑意。

"下面有请来自华国的华绣，为我们带来一款东方风的礼服——"台上，主持人拿着手卡念台词，"'朱雀'！有请！"

音乐响起，掌声雷动，模特从幕布后面款款走出，步伐妖娆。她化着精致的妆容，眼线极深，勉强算是撑起了这套礼服。走秀加展示一共也就一分多钟，观众们还没从这件奢贵惊艳的礼服中回过神来。

评委席上，玛莎拿起了话筒："下面我想请华绣的设计师钟知晚回答我几个问题。"

这是正常的流程，根据设计师对设计的了解，会有一个单独的评分。

钟夫人觉察到钟知晚的紧张，给她使了一个安抚的眼神。钟知晚压着胸口，站了起来，露出一个大方得体的笑容："我是钟知晚，您请问。"

"这套礼服的素材都很常见，设计却很大胆新颖。"玛莎淡淡地看着她，"你设计礼服的时候，灵感和立意是什么？"

"众所周知，朱雀是东方神话中的四灵之一。"钟知晚松了一口气，娓娓道来，"于五行中主火，所以我采用了不同深浅的红色，还有领口处的花纹，是……"

钟知晚一口气说了五分钟，说完之后，却发现玛莎没有流露出任何激动或者欣喜的神色，依旧是那样看着她，仿佛什么都知道一样，她的心头一跳。

"厉害厉害。"嘉宾们并不知道事情的真相，赞不绝口，"年纪这么小，就有如此高的设计天赋，以后毕业了，欢迎来我们公司任职。”

钟夫人立马认出说话的人是一家世界五百强公司的设计总监，很欣慰，她就知道她教导出来的女儿是同辈之中最出色的。

钟知晚受宠若惊：“谢谢。”

玛莎再次开口：“第二个问题，一般四灵同时出场，为什么你只设计了朱雀？”

“因为我还是学员，时间不多，”钟知晚笑了笑，“只来得及设计一款，以后有时间我会把剩下的三款都设计出来。”

“最后一个问题——”玛莎眼神锐利，“你确定这套礼服是你设计的？”

钟知晚的心跳得更厉害了，她抿了抿唇，坚定道：“是！”

“好。”玛莎忽然笑了起来，“我的问题到此结束。”

钟知晚重新坐下，终于没有那么忐忑了。但她的后背已经被汗水浸透了，她准备去洗手间一趟，这时主持人开始宣布下一个参赛的作品。

“巧了，也是来自华国的公司，不过大家已经很耳熟了。”他看了一眼手卡，露出了一个神秘的笑容，“初光传媒，评委看过他们的设计后惊为天人，所以用来压轴。欢迎初光传媒带来他们精心设计的四灵系列。”

熟悉的名词让钟知晚身体一僵。

“天啊！快看快看！”

“简直是鬼斧神工，美神降临！”

观众席上传来了更加激烈的惊呼声。

钟知晚也抬头看向 T 台。

T 台上，谢曼雨先出场，不过她穿的不是已经在微博上展示过的“朱雀”，而是还没有在大众的视野之下暴露过的“白虎”。这是一套白色的礼服，领口处点染了少许浅蓝色的绒毛，左边裙摆及膝，右侧裙摆如水拖下，绫罗曳地。没有什么过浓的妆容和刻意做出来的表情，谢曼雨只是很自然地在走，那种独属于女王的强势感就以压倒般的姿态扑面而来，柔美与凌厉并存，震慑心魂。虽然谢曼雨只拍电影，但她在娱乐圈摸爬滚打这么多年，演过各个类型的角色，走秀对她来说轻而易举。

谢曼雨一登场，远在华国观看直播的粉丝们和爱好服装设计的网友们一下子就炸开了花，直播间的人气在瞬间飙到了六千万！

“啊啊啊，三年了！今天这声‘陛下’，我先叫为敬！”

“我姐这眼神！当时曼雨在《无字碑》里演到女皇登基时，那个让臣子平身的动作，我都甘愿跪下。我姐的设计师是谁？这是什么神仙设计，绝了绝了。有这种能力，还用得着去碰瓷一个小模特？”

“呵呵，话可别说那么早，设计要看灵感，指不定就是初光传媒的设计师看到华绣的这套礼服后有了灵感，要不然为什么两家都用了四大神兽当素材？”

别人不知道，钟知晚却一清二楚。

钟知晚呆呆地看着谢曼雨从T台的后方一直走到前方，耳边是惊叹和赞美的声音，比起之前华绣的模特登台热烈了不止一百倍。可钟知晚根本没有心情去欣赏这套堪称绝世的礼服，只感觉一阵接着一阵的眩晕感涌上脑袋，耳朵嗡嗡作响，脚下的高跟鞋几乎要踩断了。

钟知晚一直都认为，既然那张废稿是她在钟老爷子的书房里捡到的，那么肯定属于钟氏集团旗下的设计师，所以她才会那么放心地拿走。钟氏集团的生意集中在珠宝上，设计方面也不差，她还专门把那张设计图改良了一下，确保礼服制作出来后能够更好看。可谁能告诉她，她从垃圾箱里捡到的设计图为什么会是初光传媒的？初光传媒，和钟家八竿子打不到一起，无论是流水收入还是知名度，钟氏集团都要差得远。

钟知晚的面色一点一点变得惨白，冷汗不停地往外冒。现在没人注意她，她站起来，只想快点离开这里，可因为极度的恐惧导致双腿发软，她扶着前面的椅背，动都动不了。心里的恐慌更甚，钟知晚不小心脚下一滑，跌在了座椅上。这一跌，她看到了上方不断升降的摄像头，脑子瞬间被抽空了，变得一片空白。

这是直播！面向世界，面向国际设计界的直播！

但凡是在设计领域有所建树的人基本都在看这场服装设计大赛，就算没看的华国人也会在这之后知道她钟知晚的大名，不是因为她出彩的设计，而是因为她抄袭！

哪怕是被钟老爷子撞见了她在背后说嬴子衿的坏话，钟知晚也从来都没有这么慌过。她把初光传媒的设计图捡来当成自己的，初光传媒可不会像钟氏集团那样护着她，怎么办？她的手指捏紧了裙子，眼泪掉了下来，急得心脏都快跳出嗓子眼了。

可根本没人关注她，因为谢曼雨下去之后，商曜之出场了。直播间的人气迎来了再一次的暴涨，逼近两亿，这是顶级演员的号召力。何况商曜之和其他同辈的小生小花不一样，他不仅有娱乐圈公认的天花板颜值，还有着极高的实力。

“这套礼服好绝！我要晕倒了，谁来扶我一把。”

“好了好了，今天谁都不要叫崽崽了，叫老公，听见了吗？”

“崽，不容易啊，今天你最帅了！呜呜呜，我们好欣慰。”

…………

一轮走秀完毕，主持人重新登台：“大家少安毋躁，这套四灵系列一共有四套服装，请大家等几十秒，让两位模特展示接下来的两套。”

下面的欢呼声更大了，包括玛莎在内的评委们也坐直了身体，目光灼灼。他们只是看过设计图，还没有见过实物，但前面那两件让他们清楚地知道初光传媒在缝制和材料的选择上也下了极大的功夫。

灯光重新聚拢，背景音乐也进行了更换。这一次是谢曼雨和商曜之同时出场，两人分别穿上了“朱雀”和“玄武”。

原本在看见“白虎”和“青龙”两套礼服时，柯慧珠还很镇静。直到她看见了这两套，她的脸色由青转红，又由红转白，胸口剧烈地起伏着，眼前一阵阵发黑。她没想到她的特助一语成谶，穆夫人拿过来的那张设计图竟然真是抄袭的！抄的还是初光传媒！

华绣也给不少明星做过定制礼服，柯慧珠当然知道初光传媒的底蕴。柯家在云京也只是中等家族，和初光传媒比还真不够看。华绣抄袭抄到了初光传媒的身上，直接给自己挖了一条死路。不说问鼎国际设计界，能不能继续做下去都是个问题，这下怎么办？

柯慧珠只祈祷着其他人最好不要看出来，这样或许还能有挽回的余地，可哪怕是外行人都能看出这四件礼服才是一套。

主持人也在讲解：“各位观众朋友应该发现了，初光传媒这一套礼服和华绣的很像，不过前面也说了，华国这边，反而是初光传媒最早将设计图寄来的。”

“那到底谁抄袭谁的？初光传媒早就知道了吧？难怪会那样回复。”

“我姐在娱乐圈是什么地位？稀罕你一个小模特。”

“不说了，有姐妹知道设计师是谁吗？我要关注！”

…………

青致大礼堂内，为钟知晚欢呼的学员们安静了。哪怕是和钟知晚一向关系很好的同桌女生，也尴尬得说不出话来。先前他们有多么激动，现在就有多么羞恼——羞的是他们夸赞钟知晚的话，恼的是钟知晚明明抄袭了，却还要说是自己设计的，白白浪费了他们的信任。

啪啪啪！

一阵掌声突然打破了沉默，是（19）班的学员。

“钟知晚厉害啊，不仅敢抄初光传媒，还敢说是自己设计的，佩服佩服。”修羽带头鼓掌，啧了一声，“我就说嘛，以她的水平怎么可能设计得出来？”

江燃的头动了动，轻嗤道：“丢人。”

修羽问：“不过话说回来，初光传媒这次的设计师是谁？”

嬴子衿喝了一口可乐，一双凤眼波光潋滟，口吻随意：“嗯，我。”

修羽倒吸了一口气，放在以前，她肯定会觉得嬴子衿是在开玩笑，然而，嬴子衿随手画的一幅油画都能把西大陆皇家艺术学院的名誉教授吸引来，设计服装也定不在话下。

她压低声音：“子衿，你什么时候混进初光传媒了？”

“不算混。”嬴子衿打了个哈欠，倦懒道，“光明正大。”

“唉，我也想进初光传媒。”修羽跃跃欲试，“子衿，你说我毕业了去初光传媒当个扫地小妹可行吗？只给我们家崽崽打扫房间。”

昏昏欲睡的江燃听到这话，顿时醒了几分：“什么？你要干保洁？那你来我家，我给你一个月十万。”

啪的一下，修羽把一个苹果拍在了江燃的头上。

嬴子衿望着两人若有所思，江燃和修羽出身云京，这点毋庸置疑，但来南宜上学的原因和目的还不得而知。她微微垂眸，江燃修炼了古武，和古武界脱不了干系，非普通人，以她现在的神算能力，确实看不出重要的信息。但她能察觉到江燃的体内，还有另外一股不属于他的内劲，显然是来自一个更强的古武者。

“哎，我这人心很坏，特别幸灾乐祸。”修羽高兴道，“好想看看钟知晚现在是什么表情。”

直播的画面在这个时候一转，摄影师给了钟知晚一个特写镜头。

屏幕上，钟知晚面色惨白如纸，汗水把妆容都弄花了，狼狈不已。她牙齿不停地颤着，身子也如筛糠一样抖了起来。她看见摄像头对准了她，她想逃，可所有人的目光都集中在她身上。他们眼神厌恶，于她如芒刺在背一般，浑身上下每一个细胞都疼。

评委席上，玛莎再一次起身。她拿着话筒，面上带着笑意："初光传媒的这一套四灵系列，是我当评委这几年见过的最好的设计品，很独特，很有新意，让我差点以为这位华国的设计师真的见过这四只神兽。”

大屏幕上出现了初光传媒设计师的信息，没有照片，也无性别，单单一个字——

魅。

玛莎又说："很遗憾的是她有事不能到场，不过这并不妨碍第一名归她所有。”

无人反驳，别说是四件礼服，哪怕单单拿一件出来都能够艳压群芳。

“那么，钟知晚——”玛莎的目光一转，笑意瞬间敛去，“我先前问你，你确定那套礼服是你设计的？你回答‘是’，还很坚定。”

“我，不是……”钟知晚慌张得不行，呼吸了好几下，才勉强将情绪平复下来，“是我设计的，我也没想到会撞了元素，还这么像。”她退无可退了，不如拼死一搏。

“都到这个时候了，你竟然还不承认。后台！”玛莎神色更冷，大屏幕一转，出现了初光传媒设计的四件礼服，后台的工作人员专门放大了每件礼服的花纹。

玛莎抬手指着大屏幕说道："诸位请看，我咨询了初光传媒，才知道这四件礼服上别有玄机。这团花纹不仅仅是为了美观，也包含了设计师的名字，是华国的篆体。诸位再请看华绣的这套礼服。”

大屏幕被一分为二，右边出现了华绣的礼服，花纹部分也被放大，篆体没有楷体那么好认，有些抽象，但这并不妨碍他们看出两边的花纹是一样的，这是抄袭的铁证。

“哇！我从未见过如此厚颜无耻之人，抄袭就算了，还死咬着不承认，哪里来的脸？”

“小小年纪，未来还有很长的路，为什么要抄袭？图什么？”

“最开始我对这个姑娘还挺有好感，长得不错，气质也好，没想到居然抄袭。”

钟知晚嘴唇一颤，不可置信地看着那团花纹，容色更加苍白。她怎么都没有料到这团花纹竟然会是初光传媒设计师的名字，她还以为只是为了美观。灯光落在了她脸上，像是在嘲讽她的无知和嘴硬。

“设计界不需要靠抄袭为生的设计师。”玛莎对着镜头颔首，“我也借着这个机会宣布一下，华绣，今后禁止参加所有设计类比赛和选秀。钟知晚，我原本见你年纪小，想着你还不懂事，才再三问你。如果你勇于承认错误，我会给你机会，可你没有。”

钟知晚脸色煞白，头晕目眩。

“所以很抱歉，设计界内，你被封杀了。我也希望在座的各位能借此警惕，不论什么时候，抄袭都决不允许！”

柯慧珠也大惊失色，未曾料到钟知晚的抄袭事件竟然能够波及整个华绣。可设计师抄袭，又极力隐瞒，他们怎么知道？她强忍着愤怒，给还在南宜的穆夫人打了个电话，咬牙切齿道：“姐，你找来的这是什么人？你知道吗？她抄袭！抄的还是初光传媒，华绣都完蛋了！姐，我信任你才让你帮忙找设计师，可你给我找了个什么？你是嫁到穆家去，就不管我们的死活了吗？”

“什么？”穆夫人神色一变，“抄袭？”

“是抄袭！你看直播吧！”柯慧珠冷笑一声，掐断电话。

新一届设计大赛到此结束，初光传媒第一，华绣不仅什么奖都没有拿到，还被封禁了。网友们对此津津乐道，唯有柯慧珠呼吸困难、耳鸣眼花。

她猛地回头，看向失魂落魄的钟知晚，神情冰冷至极。

柯慧珠上前，也不管周围还有很多人，抬起手扇了钟知晚一巴掌，毫不留情地嘲讽道：“就你还想搭上穆家？不看看你自己配不配？”

钟知晚的脸迅速肿了起来。

“柯女士，”钟夫人的神情冷下，将钟知晚护在身后，“你未免太过分了。”

这件事情的确让钟夫人脸上无光，她很想训斥钟知晚，可钟知晚毕竟是她的女儿，柯慧珠竟然当着她的面扇钟知晚巴掌？

“我过分？”柯慧珠冷笑，“你是她母亲吧？你教出来的女儿是吧？你女儿一手毁了我们柯家的华绣，我没怎么对付她，只是扇了她一巴掌，已经不错了！”

在云京，柯家虽然只是中型家族，但也足够和南宜的四大豪门媲美了。柯家麾下产业也很多，柯慧珠这一辈，女儿就她和穆夫人两人。穆夫人嫁进了穆家，没接手柯家的产业，所以华绣才到了柯慧珠的手上，柯家更好的产业都被她的几个弟兄拿走了。柯慧珠本想借着这一次服装设计大赛，让华绣一飞冲天，成为国际设计品牌，可现在还会不会有人购买华绣的产品都是个未知数！

柯慧珠居高临下地看着这对母女，神情轻蔑。

钟夫人的脸色难看，胸口重重起伏两下，怒斥一声：“钟知晚，还不道歉！”

“对不起对不起对不起！”钟知晚忍了一晚上的泪，终于落了下来，她哭得上气不接下气，“我不知道，我什么都不知道。”

“笑话！我不信你不知道你抄袭，少在这里马后炮。我就告诉你吧，只要柯家在云京还有一个人，你这辈子都别想踏入云京的圈子！还有华绣的损失你们也得赔。”柯慧珠不想再多看钟知晚一眼，上车扬长而去。

此时此刻，南宜。

穆夫人原本都已经歇下了，接到柯慧珠的电话后，心里一突。她匆匆撕下脸上的面膜，打开手机，网上全是有关今天设计大赛的新闻。她的脸色一变，立刻联系钟夫人，劈头盖脸道：“你这个女儿胆子可真是够大，骗人骗到我头上来了。我本想给她一个机会让她进入云京，谁知道她把人都丢到了全世界去。嬴家的养女品性再怎么差，也比一个抄袭的好！”

不等对方有什么回应，穆夫人挂断了电话。

她忧心忡忡，柯家发生了这种事情，穆家不可能不知道。前几天，作为穆鹤卿的代言人，穆承可是亲自说了，穆鹤卿要选继承人，她就怕这件事情会对她儿子有什么影响。

穆夫人这下睡不着了，把披肩披上，走出了房门。

翌日，钟家。

网上的动静只大不小，网友们都很关注。

钟老爷子今天还没有来得及在网上冲浪，因为商曜之无意间带火了他们一批货，钟氏集团翡翠斋的生意这几个月都很好。原本到他这个年龄都要退休了，但他越干越起劲儿。

中午，钟老爷子才得以回家休息。

刚一进门，钟管家就焦急出声：“老爷子，出事了，大小姐抄袭别人的设计，都已经闹到国外去了，现在情况不容乐观啊！”

钟老爷子吃了一惊：“怎么回事？”

钟管家一边把手机递给他，一边将事情简单地叙述了一遍。

“晚晚现在在哪儿？她什么时候跑到西大陆去的？怎么还去参加设计大赛了？”钟老爷子重重拍桌，他不仅仅是气的，更多的是担忧。钟夫人当时说钟知晚最近学习压力大，要带她出去散散心，于是跟学校请了几天假，他也就同意了。

“大小姐应该还在西大陆。”钟管家忙道，“我刚才给夫人打了电话，那边没接。”

钟老爷子气得头发昏，捂着心口，深吸一口气：“让她们快点回来！”

他一直担心钟知晚在钟夫人的撺掇下，再干出点让她自己后悔的事情来，可他没想到会来得这么快。这件事情牵连到了柯家、初光传媒以及国内外的设计师，钟知晚犯了大错。一瞬之间，钟老爷子仿佛苍老了好几岁。

“是，老爷。”钟管家点头，匆匆离开。

钟老爷子按了按太阳穴，接着查看网上的新闻。

全网最强爆料君：“有热心网友投稿，说这一次华绣的设计师是个惯犯，她以前就干过这种事了，偷自己表妹的作品，事情经过如下。”

下面配了一张图，是青致学院校园论坛上的一条帖子，发帖日期是今天凌晨两点。青致校园论坛是匿名的，学员们也不知道这条帖子是谁发的。

标题：“钟知晚利用学员会部长特权，拿了嬴子衿写的字。”

内容：“大家还记不记得三月份的艺术节？学校请了很多业内大师，连盛会长都来了。当时林玺说嬴子衿抄袭了魏厚的作品，最后证明那幅字是嬴子衿写的。大家肯定很疑惑为什么嬴子衿的字上面会有魏厚的印章，事实上是钟知晚在奖项评选之前见到了嬴子衿的字，生怕自己的第一被夺，所以拿走了嬴子衿的参赛作品，去找了魏厚。魏厚也是个偷窃惯犯，两个窃贼合作，真是让人恶心。如果当时没有盛会长那张照片，他们的目的就达到了。我以人格担保，爆料绝对是真的，这是魏厚和林玺亲口跟我说的，他们俩都可以做证。”

网友们震惊了。

“怕自己的第一被拿，就偷走别人的字？”

“等等，我想起来嬴子衿这个名字了，有点耳熟，好像就是钟氏集团当初说的那位表小姐？这下懂了，豪门争宠嘛，可你一个大小姐和表小姐争什么？又没有利益冲突，和和谐谐当姐妹不行？”

“不不不，还是有问题，这位表小姐不是亲的，是嬴家领养的，这就更没关系了，钟知晚为什么要这么做？”

让这件事的热度达到顶点的是全国书法艺术家协会的账号转发了这条微博，并确认了此情况属实。

同一时刻，青致校园论坛也在讨论这件事情。

“我瞎了眼，居然奉这样一个人为女神，平常没看出来，她的心思竟然这么恶毒？”

“我突然想起来钟知晚以前老说嬴子衿怎么怎么样，这是故意的吧？”

“什么？我嬴神也是她能说的？拜嬴神，次次模考 730 分！”

“你说我去（19）班偷拍嬴神然后打印出来挂墙上膜拜，会不会被追着打？”

“会的，你会在一个月黑风高之夜被燃哥套在麻袋里打。”

（19）班，男生回复完后，愤愤地说道：“钟知晚真的太过分了，还好当时有证据。”

嬴子衿正靠着窗台闭目养神，闻言她睁开眼，视线落在了江燃和修羽身上：“你们？”

修羽知道她的意思，摊了摊手：“肯定不是啊，我和江燃都不知道还有这种隐情。”

江燃吞了一颗药，压着躁意：“要是知道了，不早就把她套在麻袋里打一顿了？”

嬴子衿敛了敛眸，没继续问，也懒得去查，她打开手机。

“可乐奶茶薯条”这个账号在NOK论坛上引起过不小的动乱，所以她不再用这个了，注册了一个新的小号。

ID：指路人

级别：A

嬴子衿也没有刷成长值，是直接进去的。“神算者”这个账号是NOK论坛最初的四个号，有着很大的特权，可以随便放别的账号进来。既然她已经动用老号，引起了一些老朋友的注意，那么再用也无所谓了。

她点进交易区，这个板块不同于悬赏区，榜上前几的猎人们大多不会来这里逛，除非有特别需要。交易区是用户们买卖东西的地方，不太珍稀的药材也会放在这里。

嬴子衿发了一条帖子。

交易：出售以下产品——

美白面膜，七天见效，一疗程1888元；

生发洗发水，三天见效，一瓶199元；

治肾亏药丸，五天见效，一盒6666元。

定价并不高，NOK论坛里的用户也不缺钱，再加上又是日常用品，很快就卖出了一千份。大部分用户选择隐藏了身份，所以在交易区进行的交易，卖方需要先把东西寄送到隐盟会指定的地方，然后由隐盟会进行派送。据说隐盟会的快递服务很好，早上下单，下午就到，还是送货上门。

嬴子衿正要下线，一个聊天框弹出。

10：“你怎么还开小号了？”

指路人：“？”

10：“对不起，我等会儿自删好友。”

过了几秒，那边又没忍住问：“我说，什么时候能见个面？”

指路人：“？”

10：“对不起，我忘记你死了。”

晚上七点，钟知晚才从西大陆回到南宜。

一路上，她根本不敢抬头。即便路人根本认不出来她，她还是觉得他们都在用奇怪的眼神看她，这种感受前所未有。回到钟家后，钟知晚一直绷着的神经终于松了下来。可她还来不及坐下，迎面而来一巴掌，啪的一声，清脆响亮。

这是钟夫人打的。

钟知晚捂着脸，咬着唇，默默地流泪。

“你看看！你现在变成什么样子了？”钟夫人把忍着的气都发出来了，劈头盖脸一顿训斥，“钟知晚，你已经废了，你知道吗！”

她精心培养钟知晚是为了什么？还不是为了让钟知晚进入真正的名流圈子？可现在钟知晚抄袭的事情众所周知，如何能在云京混得下去？

“我的心血全都白费了！”钟夫人越想越气，“钟知晚，你对得起我吗？对得起我这么多年——”

“给我闭嘴！”一声怒喝从楼上传来。

钟夫人的心一跳，猛地抬头。

钟老爷子从二楼下来：“你还好意思说？她小小年纪，你都给她灌输了什么思想？”

钟夫人一下就噤声了，她勉强挤出一个笑容：“老爷子。”

“海岩单纯，当初被你给算计了，你才得以进钟家。”钟老爷子淡淡地看着她，“我看在晚晚的分上，不忍心孩子刚出生没多久就没了妈，才让你留下来。”

钟海岩是钟老爷子的三儿子，也是钟知晚的父亲。

钟夫人的脑袋嗡了一下。

“别以为你伪装得很好，我什么都不知道。”钟老爷子拍案而起，“你做的那些事情我一清二楚，现在立刻给公众还有初光传媒道歉。”

钟夫人的脸发烫：“可事情都成这个样子了，道歉还有什么用？”

“没用就不道歉了？”钟老爷子气笑了，“晚晚就是有你这个爱慕虚荣的妈，才会走到今天这个地步。”

钟知晚还在哭，但听到这话，心中多了几分希冀：“爷爷……”

对，钟老爷子一定有办法解决！

然而，钟老爷子却没再说什么，转头走了。钟管家跟在后面，叹了一口气："大小姐，你好好反省吧，老爷子能做的都做了，这一次，他没办法护你了。"

虽然发生了这么大的事情，但学还是要上的。钟知晚知道如果她连学都不上了，那是真的什么都没有了。至少靠着学习，她还能够进入云京盟校。等再过几年大众淡忘了这件事情，就不会再对她有什么影响。

她很快整理了一下心情，第二天背着书包去学校。但一进到精英院内，钟知晚就发现了不对，同学们看她的眼神都很奇怪，尤其是跟她关系好的几个女生，眼中更是毫不掩饰的厌恶。

钟知晚的心突突直跳："你们……"

"钟知晚，我真是后悔和你一起玩。"同桌直接搬着自己的桌子去了后面，"谁知道你会不会什么时候捅我一刀。"

"可不是吗？表面表妹表妹地叫，背地里偷人家的字。"

"这样的人，不承认她是我们班班长。"

同学们窃窃私语，钟知晚终于明白是怎么回事了，是当初艺术节的事！

她猛地夺过旁边一个男生的手机，手指颤抖着开始看那条帖子，一瞬间血液上涌，脖颈上青筋凸起。怎么回事？为什么这件事情会被爆出来？

钟知晚再也忍不住了，她哪里还有继续在班里待下去的心情，收拾东西就往外走，迎面碰上了接完水回来的嬴玥萱。

嬴玥萱一愣："知晚，你怎么又走了？还没放学呢。"

钟知晚忍着眼泪，不理嬴玥萱，直直地向前走，忽然她停了下来，背对着嬴玥萱，寒声开口："那条帖子是你发的吧？"

"什么帖子？"嬴玥萱茫然道，"我最近都没上网，也不喜欢上网。"

钟知晚转过身来，眼角还挂着泪，她眸底尽是嘲弄和讥讽："林玺可不仅仅是我师兄，也是你师兄，你想要知道，太容易了。"

她和嬴玥萱同龄，还是同年级，所以小的时候，她们学什么都在一起。最开始的时候，她们的老师还会夸嬴玥萱有灵气，有天赋，不过到后来嬴玥萱的各项成绩就没她好了，一直被她压着。

"林玺师兄？"嬴玥萱皱眉，"我回来之后还没见过他。你到底想说什么？"

“嬴玥萱，你真厉害，我现在想明白了。”钟知晚笑了笑，“你知道我对第一志在必得，所以不管干什么，都会屈居第二，这样才能自保。但你也会在关键时刻算计我。你真是好心机好算计好手段，谁都没你心思重。”

“钟知晚，你过分了。”嬴玥萱的声音也冷了下来，“我要是有能力得第一，我会让给你？我妈对我教导有多么严格，你不知道？我小时候得个第二，她都不让我吃晚饭，我何必让自己受苦？”

“所以我才说你心机深啊。”钟知晚笑得眼泪都出来了，“别人都看不透你，实际上你才是藏得最深的那一个。”

“钟知晚，你真是不可理喻！”嬴玥萱生气，“原来你是这么想我的，我本以为你和我妹妹之间可能有误会，现在看，你还真是这样的人。”

“嬴玥萱，你是很厉害。”钟知晚也不生气，还在笑，“只可惜，你的小心思在绝对的实力面前是没用的，嬴子衿比你强一千倍一万倍，你对她的施舍根本就是个笑话。”

她不再看嬴玥萱一眼，跑着离开了教学楼。

嬴玥萱也不想与钟知晚再多说什么，拿着杯子进到教室里。

班里的人都注意到了她情绪不对，先前两人的争执声也不小，不少同学都听到了。

有人出声安慰：“玥萱，别生气，钟知晚已经破罐子破摔了，她说的话，你都别当真。”

也有人说：“就是，她当时也这么揣测嬴子衿，我们都被骗了。”

嬴玥萱回到座位上，慢吞吞道：“我不想生气，但是控制不住。”

她拿起笔，想了想，又放了下来，叹了一口气。她一直想给嬴子衿送学习资料，可没有一次成功。她需要找个机会让嬴天律把嬴子衿约出来，她们可以好好聊聊，她也可以道个歉。

事情已经过去几天了，风波并未停息。

钟知晚根本不敢去学校，她怕听到那些话语，也怕看见同学们对她指指点点。她双手捂着脸，哭得很伤心：“妈，我真不知道事情会变成这样，我真的只是想帮咱们家。”

只是她太急了，她应该再等等的。

“两件事情都闹得太大，也确实是你的错。”钟夫人紧紧皱着眉头，“但是我们还有迂回的余地。”

钟知晚小声抽泣：“怎么迂回？妈，你是不知道学校里的同学怎么说我的，我真的承受不住了，我要崩溃了，我想退学。”

“退学？”钟夫人声音一沉，“你要是退学了，才是真的没有任何办法了。”

“可我……”钟知晚想起同学们看她的眼神，又开始大哭，“他们都知道我干的事情了，我怎么待得下去？”

“就像你爷爷说的那样，我们先去初光传媒，找他们的设计师道歉，求得原谅。”钟夫人冷静道，“你年纪小，他们总不会太咄咄逼人。至于艺术节那件事情——这个养女已经离开了嬴家，连个后台都没有，能翻出什么花样来？”

钟知晚一愣：“妈，你是要……”

钟夫人摆了摆手：“你在旁边等着，这件事情我来解决，把她的电话给我。”

钟知晚抿了抿唇，按着座机上的通话记录，调出了嬴子衿的手机号码。

钟夫人拨去电话，十秒后，电话才接通，她开门见山道：“嬴子衿，我是钟知晚的母亲，艺术节的那件事情是个误会，你明白吗？”

“有病去治。”嬴子衿神情漠然，嗓音凉淡。

她看是钟家老宅的座机号码，才接了这个电话。

钟夫人没想到对方会如此不识抬举，也失了耐心。一个孤女，还给她甩脸色？会画个画，写个字，就不知道自己几斤几两了？

“你有个从乡下来的爸爸是吧？好像还有个弟弟？听说，你弟弟还有病？”钟夫人忽然笑了笑，高高在上，威胁性十足。她早就把嬴子衿查清楚了，从清水县来的乡下人，在南宜无依无靠，原本还有嬴家做靠山，现在都离开了嬴家，还能怎么样？

是，是还有全国书法艺术家协会，可难不成全国书法艺术家协会还能护住嬴子衿的那个乡下人爸爸和弟弟？她动嬴子衿要思量思量，可还动不了这对父子？钟夫人相信，嬴子衿会很识趣。

“好。”女孩的声音平缓，语调都没有波动半分，透着冰凉的冷意，“你可以试试。”

钟夫人皱眉，不悦道："嬴子衿，我给了你机会，你最好不要这么——"

嘟嘟嘟……

电话被挂断了。

钟夫人深吸了一口气，冷笑连连："好好好，现在的年轻人真的是心比天高，胆子还大，这来到大城市了，就已经忘记自己是谁了！"

"妈，你别……"钟知晚的脑子还有些蒙，"嬴子衿她其实……"

"别什么别？"钟夫人放下听筒，"她这是故意想踩你一脚，要不然怎么在这个时候曝光艺术节的事情？"

钟知晚的嘴唇动了动，想说她确定发帖的肯定是嬴玥萱，可她知道说出来也没人信，因为嬴玥萱伪装得过于巧妙。

"既然她这么不识好歹，那就别怪我不客气了。"钟夫人又拿起手机，联系了一个人，"喂，查一查温风眠和温听澜这对父子的住处，查到了之后告诉我，我会让人把他们控制起来。"

钟知晚神情发愣，也不敢反驳钟夫人。

"好了，现在我们去初光传媒那边。"钟夫人站起来，又警告了一句，"你一定不能顶撞了他们的设计师，伏低做小地道歉懂吗？"

钟知晚木木地点头。

风涌进，钟家老宅的门开启。

是钟老爷子以及跟在他后面的钟管家，两人才从公司回来。

钟知晚抄袭这件事情对钟氏集团也有一定的冲击，更不必说钟氏集团也确实跟设计界有不小的联系，再怎么说她也是钟氏集团的大小姐，但好在钟氏集团做生意一向诚信，大部分网友没有把两者牵连在一起。可一小部分网友也足够公司股东们焦头烂额了，股东们都对钟知晚很是不满。

钟老爷子没看钟知晚，别过头去。

钟管家走上前，拿出了一个本子："大小姐，这是你的护照，飞机票是这周末的，这其中的时间足够你去给公众道歉了。"

"爷爷！"钟知晚的身子猛地一颤，不可置信。她将飞机票接过来，在看见目的地是西大陆北部的一个小国家时，手指也颤了起来。

"老爷子！为什么要把她送出国？"钟夫人的神情也变了，这听起来是很好的事情，但对于南宜四大豪门子弟来讲就叫流放，是结果坏到了极点，才会做出的选择。

“大小姐，你做得太过了，老爷子一向公正，没办法护你。”钟管家没理钟夫人，只是对着钟知晚说，“这是老爷子能给你最后的东西了，出国，重新做人。老爷子在你这个年纪，都已经开始创业了。”

钟知晚的手颤着，眼泪又流了下来。她从小就是家里的公主，什么苦都没有吃过，让她一个人在异国他乡生活，这根本就是酷刑。

“不行！”钟夫人不能接受，“我不会把晚晚送出国的！”

“夫人别急，这是给你的。”钟管家又拿出了另一份文件。

“什么东西？”钟夫人接过来，瞳孔猛地收缩。

这是一份离婚协议书。

她翻到最后一页，看见上面已经有了一个签名——

钟海岩。

钟夫人的唇颤了颤，这是要把她逐出钟家。钟知晚是钟老爷子的孙女，可她跟钟家什么血缘上的关系都没有。她没想到事情会变成这样，站都站不稳了，这时她的手上被塞了一支笔。

“签字吧，夫人。”

钟夫人知道自己无力拒绝，只得签下了自己的名字。

钟管家将离婚协议书收好：“海岩先生过几天就回来，到时候会通知你去民政局。”

钟老爷子终于开口了：“管家，送她出去。”

与其说是送出去的，不如说是赶出去的，连带着还有钟夫人这么多年的日用品和其他东西，全都扔了出去。

钟老爷子上楼，背影苍老万分。

钟管家停下来，还是多说了一句：“大小姐，好自为之。”

钟知晚默默抽泣，将飞机票收好。

她茫然无措地看向窗外，第一次后悔了。

第十四章

第五家族

艳阳高照，晴空万里。

一架私人飞机，从南宜的飞机场起飞，除了乘务员和驾驶员，这架飞机上就两个人。飞机内部很豪华，有客厅、餐厅、独立卫生间，甚至还有浴室和厨房。

傅昀深抬手按下一个按钮，中间的两张软椅一转，就变成了一张床。

嬴子衿坐到沙发上，端起一杯果汁："你还没说去哪儿。"

"隐盟会的一个实体交易点。"傅昀深抬眼，淡淡地说道，"有不少新奇的东西，想着给你看看。不过挺危险的，到时候你跟紧我。"

嬴子衿沉默了几秒，打开手机，看了一眼10给她发的那条消息。她按了按头，轻叹。她这是明知山有虎，偏向虎山行。虽然她已经不打算养老了，但也没想那么早见他们。她现在的能力和武力值都没有恢复到巅峰的十分之一，对于某些事情还是能避则避，会少很多麻烦。

算了，左右他们也认不出来她。

16世纪的时候不存在互联网，隐盟会的总署在西大陆的一个村庄上，很不起眼。猎人这个称谓也是从那个时候就有了，猎人又被称为猎杀者，猎杀的对象有很多。彼时西大陆的古教廷雇用了不少猎人，猎杀所有的魔女和术士。这是被载入历史的大事件，史称"魔女狩猎"，又被叫作"女巫审判"。但其实她们都算不上女巫，也没有什么书上写的神乎其神的魔法，只是有一点超出普通人的能力而已。

魔女和术士被捕杀之后，真正的占卜者越来越少，到了穷尽的地步。"魔女狩猎"是她在西大陆留下的最后一则谶言，谶言结果是既定的，无法更改。

猎人加入隐盟会之后，隐盟会会对他们的实力做一个综合评估，从而进行排名，每个排行榜的前十，实力都是断层般的存在，只不过以前并没有什么枪神榜一说，毕竟那个时候枪都没有被发明出来。几百年的技术发展，排行榜也越来越多了，借助网络隐盟会也得以进一步扩大。

嬴子衿查看了NOK论坛隐藏板块的用户人数，高达十八万！当然，比起全球七十亿人口这不算什么，但能加入隐盟会的成员必然接触到了这个世界上的一些深层秘密，包括亚特兰蒂斯古大陆的沉没地点，又包括炼金术是真正存在的。这些秘密是被极力掩盖的，不会透露给普通人，但十八万人，谁知道能够保守多久？

嬴子衿敛眸沉思，其实不知道为什么10会给隐盟会的成员开一个论坛。按理说，这些秘密知道的人越多越会坏事，10作为隐盟会的创始人之一，又是保守世界机密的人之一，不会不明白这个道理。

“夭夭，五个小时的行程。”傅昀深走过来，指了指床，又拿出眼罩和耳塞递给她，男人的声线低缓有力，语气也是惯听的温柔，“先休息一下，到了叫你。”

与华国相隔了五个时区的一个岛上。

这个岛位于太平洋上，四面环海，占地面积很大，足以跟一个拥有五百万人口的城市相媲美。但是在世界地图上，找不到这个岛的具体方位，岛上有飞机场，也有港口。

这是隐盟会的据点之一。

嬴子衿还在飞机上，她微微蹲下看傅昀深操作电脑。电脑上是两张人像图片，端口处连接了一台黑色的四方体机械，像是打印机。傅昀深按下几个键之后，机械运转。几分钟后，两张薄如蝉翼的面具出现了，跟屏幕上的图片一样。

傅昀深拿起其中一张，递给了她。

嬴子衿接过，颔首问：“所以那些排行榜上的易容师，用的其实是高科技？”

傅昀深轻笑一声：“不一定，也有其他的，那是真本事。时间匆忙，就拿这个用了。”

嬴子衿戴上面具，发现面具不仅不会对皮肤造成什么伤害，反而十分贴合人脸。她看向镜子，里面出现了另一张脸，完全看不出来原本的面容。她若有所思，看来她果然是个老古董了，她易容还是靠化妆。

两人下了飞机，早已有人等候。那是一个年轻人，快步走来：“少爷，您终于来了，出了点事，需要您去处理。”

傅昀深神情一顿，侧眸看向女孩。

嬴子衿把遮阳帽戴好：“你去吧，我没事。”

“夭夭，你就在中心区转转，别的地方太乱，先不要去。”傅昀深说完，转头对年轻人淡淡地说道，“我不在，她的命令就是我的命令。”

年轻人神情一凛，迅速应下：“是！”

傅昀深没有直接离开，先把嬴子衿送到了中心区。隐盟会的中心区和大城市的市中心没什么太大的区别，有购物商场，还有娱乐设施。

“嬴小姐，您好，我叫云山，这一路我会负责您的安全。”云山很恭敬，同时，他也在悄悄地打量着女孩，心中疑惑滋生。他当然知道傅昀深和嬴子衿都易容了，但他委实看不出她有什么特别的地方。不过能让傅昀深那么说，她肯定还是有过人之处。

“客气。”嬴子衿下颌微抬，“我去买点吃的。”

“啊？”云山呆了呆。

接下来的十几分钟，他眼睁睁地看着女孩买了奶茶和甜点，仿佛真的在逛街一样。他心想，这小姑娘是不是心有点大？虽然说中心区最为安定，但也不是不会出事，万一……

这个念头才冒出来，前方忽然响起了巨大的嘈杂声。有十几个人正在往这边走，也不管前面的人是谁，都是直接一脚踹开，但没有人敢言。

云山的神色微微一变：“是暗金的人，他们竟然敢在中心区闹事。嬴小姐，我们去另一边。”

嬴子衿也无意和这里的人起争执，她转身跟云山离开。

但晚了一步，那一行人已经走了过来，其中一个高大的青年看都没看他们，如先前那样抬起手，将嬴子衿手中的奶茶和甜点全部打翻在了地上。

嬴子衿停下脚步，看了一眼地上的一片狼藉，两秒后她又抬起了头，还挽了挽袖子。

云山此刻还没意识到发生了什么，在他看来，无论是奶茶还是甜点，都不是什么重要的东西，至少跟命比起来不是。

隐盟会一向没有什么规定，这里鱼龙混杂，称得上混乱不堪，这里聚集着来自世界各地的猎人、佣兵、特工，还有一些穷凶极恶之徒。一般来讲，中心区是不能动手的，这是隐盟会成员之间约定俗成的规则，但不包括所有成员。这里是 IBI 都不会管的地方，据说，隐盟会和 IBI 达成了一个交易。这个交易是什么，除了两方彼此的掌权人，也没人知道。

云山见到女孩停了下来，压低声音：“嬴小姐，我们先走吧。”

那个高大的青年感官敏锐，自然注意到了。他也停下，嘴角扯了扯，笑是冷的，还带着轻视：“喂，你——那是什么眼神？”

他这么一停，他身后的十几个人也跟着止住了脚步，都回过了头。

云山警惕了起来，挡在女孩面前。

“赔吧。”嬴子衿眼神淡淡，她指的是被打翻的奶茶和甜点。

青年仿佛听到了什么好笑的笑话，他上前，脚直接踩在了甜点上，用力地踝了几下。杧果班戟里的果肉沾上了泥土，奶茶也彻底溢了出来，彻彻底底地毁了。

“满意了？”青年收回脚，笑了笑。他抬起手指着女孩，笑意讽刺，“中心区不便动手，要是在外面，你敢用那种眼神看我，你的眼睛——”

“也就别要了”这句还没被说出口，一只手扣住了他的肩膀，也没用什么力，轻轻一动。

嘭！

青年连反应的时间都没有，下一秒天旋地转，倒在了地上，发出惊天动地一声响。

所有的嘈杂声在瞬间消失。

和青年一行的那些人脸上的笑也都一点一点地隐去，神情难看，仿若风雨欲来。

嬴子衿没理他们，她半蹲下来，为了不把手弄脏，她给右手戴上了一只白色的手套，然后捡起地上还剩下不少的奶茶，慢慢地往青年的头上倒。

周围的其他人已经不是惊愕，而是惊恐了。来过隐盟会的人，没有谁会不知道暗金，暗金是一个佣兵小队的名字。佣兵算不上是猎人，他们是一个团队，而猎人一般都是单独行动的，没有哪些猎人会聚在一起。只有在接悬赏任务的时候，几个猎人会合作，合作完毕后，又会散去。暗金佣兵小队不是最厉害的佣兵小队，但绝对是最凶残的，恶名远扬。岛上的其他人见到他们一般是能避则避，至于剩下的猎人则是懒得理他们。暗金佣兵小队也有分寸，不会去挑衅真正强大的猎人们，向来是暗金佣兵小队欺负别人，还没有人踩在他们头上过。

“新人？刚入岛？不懂规矩？想死？”队长是一个外国人，说的外语，他走上前来，脖子上那道狰狞的伤疤愈显清晰。

“嬴小姐，您退后，我来。”云山的神色也冷下，他们和暗金佣兵小队没有什么利益上的冲突，也就没动过手，但这不代表他们收拾不了暗金佣兵小队。

嬴子衿抬起手，那是一个示意他不要动的手势。

可云山又怎么会不动，他奉命保护嬴子衿，要是出了什么事，他有十条命都不够赔。但他没想到，他真的没有动上手，因为没能来得及。

女孩动了。

她只是抬手、屈肘、俯身、伸腿，特别简单的动作，粗暴直接，却防无可防。

砰！

砰！

砰！

街道上只能听见重物落地的声音，其中夹杂着骨头断裂的脆响声。

也就三分钟的时间，十八个佣兵全都倒在了地上，一个比一个惨，疼得连声音都发不出来，而嬴子衿连气息都没有乱。甚至中途因为不便于揍人，她还拿出发圈扎了个高高的马尾辫。

嬴子衿将手套扔到了垃圾箱里，淡淡地说："垃圾。"

时间仿佛静止了，所有人都难以置信。

云山瞪大了眼睛，下意识地往后退了几步，喉结艰难地滚了滚，然后揉了揉眼睛，又揉了揉眼睛，眼神发直。

暗金佣兵小队里，外国人居多，他们不懂华国的古武，但武力值也不低，至少能跟修炼了十五年的古武者打平，否则也没资格上岛。可他们被嬴子衿一个人收拾了，看起来她还没用什么劲儿。

古武者！

云山心中一凛，这个看起来柔柔弱弱的小姑娘，内劲绝对不低！放在古武界也绝对是厉害的人物了。可这个年纪能修炼出内劲都已经是出色的了，如何能够有这么厉害的身手？他自己就是一个古武者，清楚地知道成为古武者有多难。古武者越来越少，也不仅仅是因为踏入了 21 世纪这个科技高速发展的时代，还有一个特别重要的原因，关乎整个古武界的存亡，所以古武者才会撤出众人视线之中，全部回到古武界。

嬴子衿重新买了一份甜品后，将袖子放了下来："好了，别跟着我了，去帮他吧。"

"这怎么能行？"云山想都没想，"这里太乱了，我肯定得跟着您。"

这话刚一说完，云山就收到了一个"你跟着我才是添乱"的眼神，他一噎，有些忧伤，又想起先前傅昀深说“她的命令就是我的命令”，他瞬间不动了。一个人干掉了暗金佣兵小队，他也能做到，但绝对不可能这么轻松。

嬴子衿提着袋子，也没看周围人什么表情，缓步离开。

在隐盟会，最忌讳问别的成员的身份，当然，想知道可以随便去查，只要能够查到。

云山站在原地好一会儿，半晌，他才拿出手机，也是部黑色的大哥大。

两秒后，电话接通。

云山神情严肃，语气诚恳：“少爷，我觉得我才是需要被保护的那一个。”

嬴子衿离开了中心区，去悬赏区。

悬赏区和线上论坛没有什么分别，这里也有悬赏任务可以接。在最初没有网络的时候，猎人们就是这样接任务的。悬赏区大部分是猎人，不过很多猎人都易容了，除了一些根本不怕被知道身份的。

猎人们高谈阔论——

“这一次来，悬赏榜第一还是没换，不愧是神算者。”

“你是多久没上论坛了？还不知道吧？人家榜一现身了，你要想去可以试试。”

“不敢不敢，我就那么想象，别说榜一了，榜十搞我也就一根手指的事情。”

“不知道什么时候才会有人接下猎杀榜一的悬赏，到时候一定要在论坛里给我们开个直播！”

悬赏区中心最上面有一块大屏幕，堪比那些国际大都市的巨型广告屏，绝对醒目，进来的人一抬头就能看见大屏幕第一行的红字。

NO.1：神算者；悬赏金额：因数字太长，屏幕不够而无法显示。

而 NO.2 的悬赏金额已经到五十亿了。

嬴子衿面无表情地压住帽檐，右手拿出手机，用指纹解锁，随后打开 NOK 论坛登录。她用的当然不是“神算者”这个账号，是刚开的小号。

指路人：“给你十秒钟，把我从悬赏榜上撤下来。”

10：“要是刚开始，我二话不说给你撤了，但现在不行了，你知道想搞你的人有多少了吧？你以为单单凭我就能让你稳住悬赏榜第一？我把你挂上去的第一天，就开始有人不断在加码。你的悬赏金额飙升得那叫一个快，我都目瞪口呆了，所以……你还不清楚你以前干了些什么吗？”

指路人：“两百多年过去了。”

10：“说明你魅力大，惦记你的人多啊。就说一个，前阵子，有个家族叫什么我忘了，给管理员发消息说要高价买你的信息，说他们家族有一个一代传一代的祖训，就是要找到你。不知道找到你之后要做什么，可能是想要你的命，连你的面都没见过。当然我没卖，咱们关系这么好，我怎么可能卖呢？你说是吧。”

指路人：“说得好像你能找到我似的。”

10：“……能给我点面子吗？”

别说，哪怕现在科技这么发达，神算者不想被找到，那无人能找到她。

嬴子衿关了聊天框，继续往前走，准备去看看悬赏药材的地方。

“瞧一瞧，看一看了，最准的《周易》观测，女士们先生们，测一次仅仅一千元，快来呀！”吆喝声从前方的一个地摊上传来。

嬴子衿偏头。

那是一个很破烂的摊子，旁边竖着一个古装电视剧里的旗幡，上面有一个八卦图。摊子后面蹲着两个人，都不大，二十岁左右，刚才吆喝的是那个少女。

见到嬴子衿后，少女迅速起身，抓起摊子上的一个香囊，殷勤道：“这位小姐姐，我观你印堂发黑，必有血光之灾。你只要买一个我精心制作的香囊，保准你能活到一百岁，价格不高，就十万，你看怎么样？”

嬴子衿微微颔首：“嗯，一百粒决明子，一粒一岁。”

少女的表情在瞬间碎裂了，她捅了捅一旁的少年，压低声音：“哥，我觉得她才是神棍，她居然知道我在这里面放了什么，怎么看出来的？”

少年像是才反应过来，抬起头：“什么？”

嬴子衿停下脚步，视线落在两人的身上。她没看到这两个人的名字，通常就算对方是古武者，她也能够看到对方的名字。她推开那个香囊，问：“你们姓什么？”

"我行不更名，坐不改姓！但是小姐姐，你要知道我名字，要买的，也不贵，就五百。咱们老乡，用自己的钱就行，你要是没现金，喏——"少女眨了眨眼，立马翻出一块牌子，上面是两个二维码，"你看扫微信还是支付宝？"

五秒后，叮的一声响，钱到账了。

"谢谢老板！"少女眼睛一亮，毫不犹豫地就把自己卖了，"我叫第五月，他叫第五风。"

嬴子衿瞳光渐深。

第五。

果然。

云京，第五家。

第五家虽然名气没有聂家和穆家大，但实力绝对不低。当时修羽提起云京的事，她就在想坑了修羽的那个神棍家族是不是第五家，看来是了。她看不出来他们的名字，是因为他们本就属于神相世家。

拿到了钱，第五月就跟见到了亲人一样："小姐姐，你是不是也会占卜？那可太好了，哥，你说是不是？"

第五风凉凉地看了第五月一眼，慢悠悠地回道："是。"

第五月立马卷起了铺盖，又说："小姐姐，你这么厉害，还有钱，我决定了，我要跟你混。"

第五风慢悠悠地起来，动作不紧不慢，显然也是打算跟着嬴子衿了。

嬴子衿瞥了兄妹二人一眼，也没说什么，接着向前走。

第五月抓着铺盖，也走。

"要不是——"嬴子衿顿了顿，还是没有把后面的话说出来。

第五月雀跃地跟在后面："小姐姐，要不是什么？"

嬴子衿面无表情地转头，不怎么想理人。

要不是他们的直系老祖宗是她徒弟，她早就把这两个人一脚一个踹出去了。

太阳西斜，阳光落在了海平面上，铺满一片璀璨的金色。

傍晚时分，来到这座岛上的人更多了，尤其是悬赏区，进进出出的人很多。

嬴子衿转了一圈，发现这里并没有她需要的药材，也就没多待。和云山分开后，她把傅昀深给她的人皮面具摘了下来，然后换上了另外一副妆容。虽然她的易容只是单纯的化妆，但能够瞒过检测设备。去诺顿盟校的时候，她也是专门新办了几个身份证明。

已经过去了两个小时，第五月和第五风这对兄妹还跟在她后面没有走。

不过，她也没赶他们。

第五月终于想起了一件挺重要的事："对了，小姐姐，你叫什么？我没在这个岛上见过你哎，你是刚来的？"

嬴子衿没答，而是问："你们在这里待了多久了？"

岛上是有常住居民的，还不少，但是要拿到常住居民的资格证，在NOK论坛里的成长值，要在十万以上，成长值作为消耗品，攒起来很慢，消耗却会很快。

"不长不长，也就两个月，可待了这么久了，我还没有赚够回家的路费。"第五月摆了摆手，又忧愁地叹了一口气，她很丧气，"哥，这里的人真的一点都不好骗，哪像咱们在云京的时候，那些二货真的是一骗一个准，轻轻松松十万到账。"

第五风拍了拍他跟乞丐没有什么区别的衣服，一副高深莫测的样子，没说话。

第五月扶额："小姐姐，你不要介意，我哥他脑子出了点问题，反应慢。"

嬴子衿挑眉："你还有两个兄妹？"

第五月虽然性格跳脱，但绝对不是真的傻，若不然她也不会那么利落地把算命摊都收了。她掰了掰指头："有啊，我还有个哥哥叫第五花，一个妹妹叫第五雪。"

嬴子衿沉默，这取名方式，是那个废物无疑了。

"我和我哥是被我爷爷扔到这里的。"第五月也没隐瞒，"他老人家让我们在这里锻炼。小姐姐，要不是你慷慨大方转了我五百块，我和我哥今天肯定饿死了。"

嬴子衿目光幽远，想起了挺久远的事情。上一次她在华国只待了不到三年，还是走之前临时去逛了逛。那个时候还是皇朝时期，但已经接近尾声了。她收了几个徒弟，将她的一些能力传了下去，其中一个就是第五少弦。推演并不是学一学或者看一些书就能懂的，和古武、古医一样需要天赋。第五少弦的天赋极高，甚至能够推演出朝代更换大事，但同样因为窥探到了未来又或者是更改了因果，他的寿命也很短。

她在见到第五少弦的第一眼时，就已经看见了他的寿元——

三十六岁。

寿元更改起来太困难，尤其是针对本人，如果要改他们的寿元，那么至亲之人的寿元就会相应地减少，还会受到无妄之灾，所以一般来讲，他们都不会这么做。不过她离开这里的时候，第五少弦还只有二十岁出头。后面的事情，她也不知道了，而现在她还无法看到那么久远的事情。

嬴子衿又问："听没听过第五少弦这个名字。"

"第五少弦？好熟哦。"第五月挠了挠头，撞了撞第五风的胳膊，"哥，他是谁来着，你记得起来不？"

足足过了三十秒，第五风才有了反应，他的语速也很慢，急得第五月想打他："老祖宗。"

"啊！对对对，老祖宗！"这么一提醒，第五月也想起来了，"他是我祖爷爷的祖爷爷的……我也不知道几个祖爷爷了，不过英年早逝。唉，算了，反正我们家人历来活得都不怎么长，我爷爷也下不了床了。小姐姐，你怎么会知道我们家老祖宗的名字？"

虽然在云京第五家族是和聂家、穆家齐名的，但这十几年知道第五家的人越来越少，还有不少人以为他们就是骗子。第五月和第五风是第五家的嫡系，也就是第五少弦这一脉传下来的。

"看出来的。"

第五月嘴角一抽："……小姐姐，你真的很像个神棍。"

"还好。"确认了两人是第五少弦的后裔，嬴子衿的眉眼松散了几分，还慷慨道，"你们要回国的话，我可以免费送你们一程。"

华国，南宜。

自从上次被行政拘留十五日，又得到了嬴天律的警告后，钟曼华也消停了很长一段时间。即便这件事情她有心隐瞒，还是有风声传了出去。那些往日巴结钟曼华的人，这些天见到她都是绕道走，钟曼华还没有受过这种委屈。

然而，嬴天律根本不理她，她只得每天拉着嬴玥萱倾诉。饶是嬴玥萱再听钟曼华的话，也都烦了，可又没办法拒绝。嬴玥萱忍了忍，还是以尊敬的态度说道："妈，妹妹不在学校，我找过了。你做了那种事，也别去烦她。你能不能不要那么有偏见？你知道的好多事情，估计都是听了别人的一面之词。"

"是，我知道，有偏见是我不对，可这能怪我吗？"钟曼华还是很伤心，"她明明是我亲生的，却样样不如你，我教也教不会。我望女成凤，怎么就错了？你不用帮她说话，她到底是什么样子，我心里很清楚。"

门外，嬴天律按在门把上的手一顿。

卧室内，交谈声还在继续。

嬴玥萱说："怎么样样不如我了？我在书画上的造诣可没有妹妹高，连全国书法艺术家协会的门都踏不进去。"

钟曼华并没有被安慰到，她的声音几乎带着怨气："除了这个呢？还有什么？是，还有钢琴，那场演奏会确实很好，弹的是薇拉·霍尔的曲子，可这都是千金小姐们该会的东西，她会了却不和我说。你让她去学习，去像你一样搞科研，她会吗？她听过我的话吗？"

若放在之前，嬴子衿会这些，钟曼华肯定欣喜若狂，很有面子。可她都没有来得及享受这种荣光，嬴子衿就说要和他们断绝关系，让她的脸往哪里搁？

最开始，无论是钟曼华还是嬴震霆，都认为嬴子衿只是要耍小脾气而已，迟早会哭着回来。可两个月过去了，他们连嬴子衿的影子都没有见过。钟曼华想让钟老爷子帮忙，而钟老爷子直接将她拒之门外，钟家其他几个兄弟姐妹看她的眼神让她难堪至极。

嬴玥萱听得一愣："演奏会？"

但凡接触过音乐，就不会不知道薇拉·霍尔这个名字。如果嬴子衿弹的是薇拉·霍尔的钢琴曲，音乐界早就炸裂了，网上肯定也在疯传视频。她在国外却根本没听到这方面的新闻，真是奇怪，难道有人封锁了消息？可什么级别的势力才能封锁住如此重大的新闻？

"妈，每个人的长处都不一样。"嬴玥萱也没去深究，压着最后的耐心，"妹妹擅长艺术，你该满意了。我有个作业忘在学校了，我去取。"

钟曼华更关心她的学习，也起身：“那我送你。”

“不用了，妈，你头疼的话，还是多休息。”嬴玥萱躲还来不及。

她把门关上后，才松了一口气，抬起头后，心跳却在瞬间静止：“哥、哥哥？”

即便她知道这样的想法很不对，可她第一个冒出来的念头，还是嬴天律有没有听到刚才她和钟曼华的对话，如果听到了……

靠墙站着的嬴天律见嬴玥萱出来，转过了头，他的神情没有任何变化，眉眼依然寡淡。他下巴一抬，平静地问道：“妈精神又不正常了？”

十九年前，婴儿丢失后，钟曼华的精神遭受到了严重的打击。这些年她看过不少心理医生，也吃过很多药，不过一直没有根治，说是创伤太大，又没有及时得到治疗。

“有点……妈真的有些不可理喻。”嬴玥萱小声说，她稍稍松了一口气，看来嬴天律没听见她和钟曼华的对话。如果听见了，他不会这么冷静。

“嗯。”嬴天律看了一眼手腕上的表，“我最近几天有事，都不回家。你要是受不了妈，就先住校。”

嬴玥萱迟疑了一下：“哥哥，我不能住你那儿吗？”

嬴天律在市中心有一套公寓，以前她也会在那边住。

“你是大姑娘了，我们虽然是兄妹，但也得避嫌。”嬴天律笑了笑，语气淡淡，“我那边有朋友要来，不方便。”

嬴玥萱有些失落，但也没说什么：“那哥哥，你去忙吧。”

嬴天律颔首，也没进去问候钟曼华，他下楼拿起车钥匙出门。上车后，他并没有启动车子，只坐在驾驶座上点了一根烟，手指微微颤抖。

十九年前，他也只有五岁，记不太清事，只记得当时他妹妹丢了，家里乱作一团。过了十几天，他妹妹又找回来了。但现在看来，显然当初没有找回来。他的亲妹妹流落在外十九年，好不容易回到家里，却发现自己已经被取代了——大名、小名、生日、身份，什么都不剩，而且，还要当自己亲姑姑的活体血库。

嬴天律根本无法想象那一年嬴子衿是怎么撑过来的，他起初真以为钟曼华和嬴震霆收养嬴子衿，是因为长得像、合眼缘。可这是他亲妹妹，到头来不仅没能够得到亲情，还定了个养女的名头。他今天听嬴玥萱和钟曼华的对话，突然意识到嬴玥萱是知道的，至少知道得比他要早。但她什么都没有说，因为无法割舍掉这样的生活。同样的年龄，嬴子衿在贫困县连一件好的衣服都穿不起，嬴玥萱却在所有人的宠爱下长大，衣食无忧，还能够发展自己的兴趣，两相对比，冲击感更强。

嬴天律深吸一口气，压下心中惊涛骇浪般翻滚的情绪。

他踩下油门，转动方向盘，驱车前往钟家。

“外公。”一进钟家大门，嬴天律开门见山道，“您是不是很早就知道子衿才是我妹妹？”

钟老爷子正在看资料，听到这话，抬头，很平静：“你知道了？”

嬴天律按着头，气笑了：“我不小心听到的。外公，您怎么不和我说？”

钟老爷子不咸不淡：“和你说了有什么用？子衿已经离开嬴家了，是不是你妹妹都不重要了。”

“很重要！”嬴天律的双手按在桌子上，双目直视着钟老爷子，“她才是我妹妹，怎么能被当作养女？必须向外界公布她的身份。”

身份在豪门圈子里很关键，他无法理解为什么明明嬴子衿才是嬴家真的大小姐，钟曼华和嬴震霆却仿佛不在乎她这个人一样，提都不提。

“子衿说她不需要。”钟老爷子叹了一口气，摇摇头，“我没告诉你，也是不清楚你是个什么态度。万一你跟他们俩一样，那还不如不说。”

“外公，您对小……萱是个什么态度？”嬴天律迟疑了片刻，不管是嬴玥萱这个大名，还是婠婠这个小名，乃至嬴玥萱身份证上的生日，其实都是嬴子衿的。

“不会亲近，也不会远离。”钟老爷子心情复杂，“怎么说她也是我看着长大的，她也没做什么出格的事，但是我要多补偿补偿子衿。”

嬴天律缓缓吐气：“可为什么她知道她不是亲生的，却不告诉我？”

“她知道？”钟老爷子闻言，神色一变，“她居然知道？”

“是，她知道。”嬴天律淡淡地说道，“我想了一下，应该是子衿回来的时候，她就知道了，所以她会去西大陆那边。”

钟老爷子顿时沉默下来，嬴玥萱一年前便知道事情的真相，但没告诉他，也没告诉嬴天律，更没有真的离开嬴家。她享受了别人的人生十几年，锦衣玉食。如果嬴玥萱执意要离开，钟曼华和嬴震霆是拦不住的，何况离开了，也不代表就没有亲情了。

钟老爷子的心情更复杂了。

“人的本性罢了，怕失去得到的。”嬴天律想了很久，轻叹一声，“我和外公您一个态度，她依然是我妹妹，但子衿的东西不能被任何人占了。外公，找个时间，我们开一场宴会，向外公布子衿的身份。”

大海风平浪静，阳光耀眼。

嬴子衿还没有离开这座海岛，她刚联系了傅昀深报了平安，又有一个电话打了进来，是钟老爷子的号码。但她知道打电话的人是嬴天律，她按下了拒接键。这座岛在地图上找不到，她也在国外，浪费国际漫游的钱去接不重要人的电话，她没这个爱好。

对于嬴天律，她没接触过，也不想接触。

岛上除了中心区、悬赏区这两个大地区，还剩下一个，猎人区。

身后，第五月眸中的笑意一收，声音也严肃了几分，指着上面：“小姐姐，你看。”

嬴子衿抬头，顺着第五月所指的方向看去。

这两天，第五月一直给嬴子衿充当向导，当然不是免费的，一天一千，包食宿。

“那就是猎人们竞争的地方。”第五月说，“如果榜上的猎人输了，就要下榜，和赢的人互换位置。”

入目是一栋直入云霄的建筑物，足有八十八层。高楼的最上方，是醒目的“HERMIT”这个单词。Hermit，隐者，塔罗牌大阿尔卡纳第十张，序号“9”，同时也是隐盟会的外文名字。嬴子衿最开始去过的南宜那个地下集市，也看见了 Hermit 这个单词，是隐盟会所属。

猎人区猎人们的竞争所导致的排行榜变化，和上次因为枪神榜第七的死亡导致排行榜发生了变动不同。如果死亡，这个猎人也就没有再竞争榜单的能力了，榜单会直接空缺，让后面的人补上。不过也不是所有猎人都能够在彼此间进行竞争，譬如催眠师、易容师，这些猎人只能看实战了。枪神榜竞争起来容易得多，看准头即可。

“我打听到消息了，今天会有榜上的猎人来，还有可能有榜前二十的猎人。”第五月兴致勃勃，“小姐姐，这可是千载难逢的好机会，你要不要去现场看看？”

榜上的猎人大多不会来猎人区，好不容易才在榜单上有了一席之地，万一手滑输了怎么办？来到猎人区的猎人基本是没进一百排行榜的，想着搏一搏，就算还是进不去，也能引起大人物的注意。听说 IBI 的长官偶尔也会来这里，挑选精英人手。进了 IBI 那就不一样了，这些无名无分的猎人，就能够成为编制人员，还能领工资，不过 IBI 要求严格。

现在的猎人榜，是实力的象征。

“不急。”嬴子衿微微颔首，“我有事，先去另外的地方一趟。你们随便逛逛，后面不跟着我也可以。”

“跟着，必须跟着！”第五月很坚定，“小姐姐你这么厉害，我必须跟紧了。虽然我的占卜能力不强，但你要是不嫌弃，我什么都能帮你观测。”

嬴子衿停下脚步，转头，第一次用了很重的语气：“不要什么都去观测，少用能力，会没命。”

第五月一愣，望着女孩离去的背影发呆。

不像穆家和聂家，第五家其实是在衰退的，因为但凡是家族里惊才绝艳的天才，寿命都很短，没有一个人能活过四十岁。第五月的父亲也早早去世了。从小第五月就很清楚，在占卜上越有天赋，命就会越短。有时候她还挺庆幸，她比较没用，能够活久一点，可也是因为太没用，她帮不上什么忙。

一向反应很慢的第五风慢慢地转头，看着女孩离开的方向，若有所思。

第五月突然猛地撞了一下他：“天啊，哥！暗金佣兵小队被灭了，是谁这么大发慈悲把他们给收了？灭得好！上次他们还故意踩坏了我的八卦图。”

第五月撞了半天，都没见第五风有什么反应，她不高兴了：“哥，你说话啊。”

三十秒后，第五风慢悠悠地开口：“你踩到我的脚了。”

第五月：“你这个反射弧……”

嬴子衿重新戴上面具，去和傅昀深会合。

她眼睫垂下，在想过去的事情。

第五少弦的寿命会那么短，是因为他帮她占卜过一次。可最后不仅什么都没看到，还折损了寿元，所以第五少弦的后辈，她能护就护着，总归是她的亏欠。这也是为什么她让第五月少观测未来，如果一定要这么做，最好借助塔罗牌这样的工具，能够减少一些损伤。

嬴子衿来到傅昀深给她的坐标地址。这是一家商店，她的目光落在了玻璃橱窗上。橱窗内摆放了很多武器，一边有她曾经从枪神榜第七那里顺来的同款沙漠之鹰，也有 R45，甚至还有 MP5K，另一边是刀、剑、弓箭、长矛……各种各样，应有尽有。

她敛了敛眸，推门进去。

这家店很大，她进去后，甚至看见了最里面还停放了一架坦克。

还真敢卖。

傅昀深在右边的货架前，听到脚步声后，他转头，桃花眼弯起：“夭夭，来。”

云山很恭敬，这次是发自内心的：“嬴小姐。”

“给你选点防身用的。”傅昀深揉了揉嬴子衿的头，“先等一等，还没选好。”

嬴子衿颔首，没拒绝。

她的视线一一扫过货架上的东西，来了几分兴趣。

她离开这个世界前，这些东西已经被发明出来了，只不过还很简单，也没有这么多类型。她从枪神榜第七那里拿来的沙漠之鹰，还在衣柜上放着，也没用过，她还打算找个机会挂到 STAR 这个国际拍卖网站上去卖。

“这是新款的 P92。”云山把几把枪放在了桌子上，“嬴小姐，它的优点在于弹夹容量大，威力也还可以，用来防身足够了。这是 R45，优点在于装填快速，它的威力比 P92 还大，但是相应的，后坐力也强。不过这对您来说不是什么问题。还给您准备了其他的东西，不过太珍贵，没有在外面摆放，少爷进到后面去帮您取了。”

嬴子衿接过，淡淡地说：“嗯，我听过，一个逃生手机游戏里的装备名。”

整个店忽然安静了下来，风也停止了。

所有客人的目光都落在了女孩身上，有惊诧，有匪夷所思。

“不错，是游戏里的装备名。”云山没觉得有什么不妥，“所以嬴小姐您看看您需要哪一个？”

嬴子衿颔首：“我需要一些零件进行加工。”

云山一愣：“啊？”

“需要零件？”一个年轻人笑了，他话语间含着讥讽，“你不会想着组装吧？你知道它是什么吗？你知道它的原理吗？哦，不好意思，你只知道游戏。”

是，是有那么一款射击类游戏，将现实生活中的武器都模拟了进去，当作游戏装备。隐盟会的成员也是人，会有七情六欲，自然也都玩过这款风靡全球的求生游戏，甚至不少成员在游戏中的段位还很高。不过他们也都是闲暇之余随便玩玩，没有认真过。

这款射击类游戏的游戏引擎是虚幻 4，不管是画面、地图、音效，还是射击手感，都十分逼真，确保玩家能够拥有真实的射击体验。可游戏再怎么逼真，也是假的，这可是真枪实弹，能跟游戏比？游戏里可以随便按几个键，就能够击中敌方，现实里只要体格差一些，连一弹都打不出去，骨头就可能会被震裂。

这家店是这座岛上的器械总署，名气很大，榜上的猎人也会在这里进行装备的购置。可还没有谁是因为在游戏里听了几个装备的名字，就认为现实中自己也能用了。

云山皱眉，看了一眼年轻人。

哦，不认识。

那就没什么威胁。

“我们小姐会不会组装和你有什么关系？”云山翻了个白眼，“就算不会，这些也是她的，不是你的。你家住海边，管得那么宽？”

年轻人被噎住了，有瞬间的羞恼：“那又怎么样？她用，那是白瞎了这些枪。”

新款的 R45，店内就只进了三把，他别说买了，连预约都预约不到，能够直接从店家这里取货的，都是神级人物。

“先不说不会白瞎，就是白瞎了，我们少爷也扔水沟里，你捞不着。”云山哼了一声，“嬴小姐，您稍等，我这就去找少爷。您先看看，零件一会儿给您送来。”

嬴子衿微微点头：“麻烦了。”

“不麻烦不麻烦，为您服务是我的荣幸。”云山说完，从后边的门离开，去找傅昀深。

其他客人收回了目光，只有被云山嘲讽过的年轻人，眼神还很不善。

“那是什么人？”他的同伴走过来，很好奇，“她都不认识这些东西，是怎么进来的？”

“还能怎么进来？靠关系的。”年轻人耸了耸肩，“不知道谁眼光那么差。”

“最近是有不少人上岛。”同伴说，“现在的新成员，实力一个比一个差。”

年轻人神情嘲弄：“所以我才说好的东西都被走后门的得到了，真有实力的反而没有。”

五分钟的工夫，云山去而复返。

这一次一同回来的，还有傅昀深。他易了容，其他客人不认识他，但也知道能够跟店主直接拿最新的货还不用预约的人物也就那么几个。

“零件，都给你挑了一些。”傅昀深抬头示意云山将提着的箱子放下，他又拿出了几张纸，“图纸。”

嬴子衿接过图纸，与生俱来的解析能力让她在脑海中勾勒出了所有零件的位置。她拿起那把 R45 放在手里转了转，不紧不慢地先把外壳拆了下来。

这个举动让店里的不少人倒吸了一口气，他们拿都拿不到的装备，就这么被拆了，真以为是在玩游戏？

年轻人重新走了过来，冷笑：“毁了一把好枪，我倒是要看看，你能组装个什么玩意儿出来！”

傅昀深抬起眼睫。

云山冷冷开口：“安静一点，闭上你的嘴。”

不管是出于好奇，还是心痛，抑或是其他原因，剩下的客人们也都围了过来。

女孩拆卸 R45 的速度由慢到快，像是边拆边在计算着什么。她将 R45 全部拆完，也就用了三十秒的时间。然后，她开始从零件箱里挑零件，替换了几个零件，开始重新组装。

来购置装备的客人，自然也有懂枪的，他们的神色从漫不经心，到逐渐凝重。

云山也猛地跳了起来，双眼睁大。

三分钟后，R45 重新组装好了，比原先轻了一些，小了一些，大变化看不出。

“试枪的地方在后面，走，小朋友，带你过去。”傅昀深起身。

两人一前一后出去。

年轻人当然不会放过这么好的机会，也跟上前。

后面有一个很大的射击场，方便试枪。

嬴子衿握住重新组装好的 R45，对准的是天。她也没抬头看，就那么扣动了扳机。

嘭！

一声爆响。

所有人都下意识地朝天空看去。

一秒，两秒……十五秒过去，什么反应都没有。

年轻人又讽刺了一句：“你放空枪呢？怎么什么——”

啪嗒！

一声响动，天空上忽然掉下来了一团黑影。

是一只鸟，啪的一下落在地上，头和爪子朝地，显然是被击中了。

周围瞬间一片死寂。

年轻人睁大眼睛，看着地面上的鸟，心态瞬间崩塌。

云山大脑也死机了。

他跟着傅昀深去过不少地方，包括但不限于热带雨林、沼泽、荒漠、无人区，野外知识是必备的。他自然认得这只鸟——尖尾雨燕，飞得最快的鸟，平常它的飞行速度为 170km 每小时，最快的时候，能高达 352.5km 每小时！直升机的速度，也不过 300km 每小时。肉眼去看尖尾雨燕，也只能看见残影一闪而过，更别说捕捉了。而且它们几乎不会落地，所有时间都在天上，飞得还很高。R45 的射程是远远不够的，从来没有哪个捕猎者，拿起一把 R45 就能够把尖尾雨燕打下来。

“改了一下射程，还行。”嬴子衿吹了吹枪口，将 R45 收到了配套的枪包里，“捡起来，晚上烤了吃吧。好像有点小，到时候再抓点鱼。”

“嗯，有人会去抓鱼。”傅昀深忽然笑了笑，“这边海鲜不错，还想吃什么？”

嬴子衿专门在中心区看了美食攻略：“海蟹，辣炒的好吃。”

“海蟹性寒，夭夭你——”傅昀深顿了顿，低声说，“虽然你的日子没到，但你还是少吃这种东西。”

嬴子衿稍稍沉默了片刻：“你记得我的日子？”

她自己都没去记。

“要紧事，怎么会不记得。”

傅昀深也没多说，偏头，敲了敲已经傻掉的云山：“晚上记得烤肉。”

两人并肩离开。

射击场上其他人呆呆地看着他们的背影。

云雾拿着几个箱子从装备间出来，这是傅昀深专门给嬴子衿准备的防身用的武器。他听见了外面的动静，但不知道具体发生了什么，困惑地问：“二哥，怎么了？你想什么呢？”

“我在想——”云山恍恍惚惚地回神，看着他提着的尖尾雨燕，“还好不是保护动物，吃了不犯法。”

云雾心想，糟糕了，他二哥脑子坏掉了，以后只能靠他给少爷办事了。

云雾对此非常满意。

晚上，猎人区。

第五月在一个卖烤肉串的店铺门口蹲了好久，终于蹲到了嬴子衿。她高兴得跳了起来，招了招手：“小姐姐，这里这里。”

嬴子衿走过去，很慷慨地给了她一杯冰可乐。

“哇，夏天有冰可乐喝，就是最快乐的事情。”第五月猛喝了一大口，打了个嗝，“小姐姐，票我都买好了，咱们一会儿就能进去看他们比试了。”

“我的钱。”

第五月“石化”了。

“咳咳！”她正色，“小姐姐你放心，我以后会连本带利还你的。”

“小事，不用。”嬴子衿淡淡地说，“记住，少占卜，万不得已，不要占卜。”

“我知道啦。”第五月叹气，“我也得行啊，我撑死给别人看姻缘事业什么的，大事情就算了。”

第五风慢悠悠地跟在两人后面，依旧穿着他那身乞丐服。

第五月眉飞色舞：“哦，对啦，小姐姐，今天猎人区之所以会有这么多人，是因为他们在找第一毒药师呢。”

嬴子衿神情一顿，倒是没什么特别的反应，她嗓音低冷：“毒药师榜第一？”

“是啊。找了有十几年了吧，只不过没找到。”第五月打了个嗝，摊了摊手，“猎人之中，毒药师可是最凶残的，真正的杀人于无形。”

毒药师可以远攻，也可以近攻，而且隐藏性极高。如果是神枪手，好歹能够在事后判断他藏在什么地方，但毒药师不可能。毒药师在和别人擦肩而过的那一瞬间，就已经出手了，而等到毒药发作的时候，都是几天甚至一年后，被下毒的人连发现都发现不了。

“我见过毒药师榜第十七，是个老头儿，长得还很吓人。”第五月又说，“所以我估计，毒药师榜第一也应该是个老头儿。反正这些毒药师，活得都挺长。”

毒药师和炼金术师以及古医虽然都研究药物，但本质是有区别的。炼金术起源于西大陆中世纪，16 世纪到 18 世纪这几百年间有不少和炼金术有关的书籍。最开始，科学家们研究炼金术是研究怎么将石头以及一些很普通的金属转化为金子，这其中涉及了不少化学原理，炼金术也推动了化学的发展。

但近代化学的出现反而是质疑了炼金术的真实性，实则不然，真正的炼金术只不过没有展露在普通人的面前。炼金术师追求的也不仅仅是点石成金，而是万能药，也可以说是长生不老药，跟古代时期传言中的炼丹术有异曲同工之妙。只不过这么久过去，集炼金界和古医界之力，也没法真的让人长生不老，顶多是将人类的潜力开发到极限，延长寿命。

毒药师却要比炼金术师和古医都强，因为毒药师能医人，也能杀人，并且毒药师的毒，炼金术师和古医不一定解得了。但凡是上了榜的毒药师，哪怕只是第一百名，都会被国际各大势力招揽，毒药师榜的含金量要比枪神榜高得多。

“不是，毒药师榜第一，不是老头。”嬴子衿慢慢地撕开了巧克力的纸壳，难得地反驳，顿了顿，她又说，“长得很好看，不过最近脾气变得不怎么好。”

第五月大惊：“不可能吧？在我爷爷那个时候，毒药师榜第一就没换过，没名字，也没代号，这都多少年过去了，还能多好看？”

毒药师会拿自己的身体试药，所以大部分人不人鬼不鬼的。她见过的那个老头儿，右半边脸完全坏死，结果人家根本不注意形象，更不在乎会不会吓到小孩，都没整个面具戴戴。她见的时候就没能承受住，晕过去了，醒来之后还大吐了三场。

“嗯。”嬴子衿淡淡地说，“事情都过去好多年了。”

当初隐盟会成立之后，毒药师榜是第一个榜单，她只是想玩玩，也没告诉其他三个人，然后不小心上榜了。而她也只是离开了这里，并不是死了。所以只要没人能够制造出来更厉害的毒或者解了她的毒，毒药师榜的第一就不会换。

嬴子衿按着头，要是不提起来，她都快忘了她还有这么一个烂摊子了。不过她是毒药师榜一的事情连 10 也不知道，倒是还挺省事。

“嗐，不管了。”第五月没心没肺，“榜一是男是女是老是少，和我有什么关系呢？我连饭都吃不起，更别说去见榜一了。”

“稍等一下，我接个电话。”

嬴子衿这次接了钟老爷子的来电：“外公，我在。”

“子衿，有件事情我想和你商量一下。”钟老爷子声音沉下，“天律那孩子……知道你的身份了。不过他跟那两个人不一样，他是真想补偿你，说是等你旅游完回来在南宜办个宴会，把你的身份证实了。”

原本，钟老爷子在得知嬴子衿才是他亲外孙女的时候就要这么做了，可嬴家不让，不给亲子鉴定，也绝不承认。钟家也有几个有异心的人盯着，他委实有心无力。但嬴天律就不一样了，嬴天律是嬴家人，完全可以证明。

“不用了，外公，我不需要。”嬴子衿语气很淡，“不过也替我谢谢他吧。”

嬴子衿的声音从免提中传出。

“子衿妹妹，我——”嬴天律还没来得及说什么，通话已经结束了。

他怔怔地看着桌子，半晌才吐出两个字，是自嘲的口吻：“晚了。”

是他晚了，伤害已经造成，怎么也弥补不了。他只恨他当时也是个小孩子，什么都做不了。如果是他，他绝对不会放弃寻找嬴子衿，更不会让她被另一个人顶替。而等到他有能力的时候，事情已经回不去了。

“天律，子衿知道你是为她好了。”钟老爷子叹了一口气，安慰他道，“她也谢谢你了，当不了兄妹，你们也不会是仇人。”

嬴天律靠在沙发上，仰了仰头：“外公，最近我能不能在这边住一段时间？”

他无法平静下来，嬴家那边，他谁都不想见。如果他回到他的私人公寓，保不准嬴玥萱会跑过去找他，但现在他委实无法对她升起更多的亲近心了，更想避开。

“你住吧。”钟老爷子知道嬴天律一时半会儿也缓不过来，点了点头，“有什么事情，吩咐管家就行。”

嬴天律望着天花板好一会儿，忽然转头问道：“外公，你有子衿的照片吗？”

“有啊，怎么？”

“给我几张，我打印出来，也当一下屏保。”

“你想得美。”

嬴天律神情一顿，眉梢挑起，深感荒唐：“外公，您说什么？”

“我说你想得美。”钟老爷子冷哼，“我精修的照片，凭什么免费给你当屏保？”

嬴天律沉默了，他这才想起钟老爷子还是一个自媒体博主。为了得到自家妹妹的照片，他向“恶势力”屈服了：“行，您说要怎么样？”

“先欠着，到时候再说。”钟老爷子摆了摆手，把他整理好的照片都发了过去。

这些照片大部分是演奏会上拍的，还有一些日常照。

女孩素颜淡唇，瞳光如雪，侧颜都是惊心动魄的美。

嬴天律看着看着，眼尾一点一点地变红，喉咙也干哑得难受。他忍着心中的酸涩，笑了笑说：“我妹妹长得真好看。”

钟老爷子冷漠无情地打断他：“那是我外孙女。”

嬴天律面无表情地把手机按灭，提起自己的黑色西服外套，上楼了。他小时候在这边住过，老宅这边房间多，所以也一直留着他的房间，方便他什么时候再过来。屋里的摆设也没有变化，还是以前的老样子。

他拿出钟老爷子给他的银行卡号，打开了手机银行，然后没有丝毫犹豫地把他这些年的个人存款全部给嬴子衿汇了过去。

大洋彼岸，叮的一声响，是三千万的到账信息，还有一条新的信息。

“妹妹，或许我也不配这么叫你，但我还是想叫一声。很抱歉在你最难的时候，大哥不在，也没能保护你。大哥现在不知道能干什么，只有这些了，请你一定一定不要还回来。”

下方落款，嬴天律。

嬴子衿看着转账附言，眼神动了动，半晌，她轻轻地叹了一声。

第五月听到了，她转头：“小姐姐，你怎么了？”

“没什么。”嬴子衿关掉了消息页面，淡淡地回道，“有些麻烦，但也不算。”

她和嬴天律之间有因果也不代表她会和嬴家有更多的牵连。

“什么麻烦？”第五月挠了挠头，“我能帮上忙吗？”

“不用。”嬴子衿说，“我们走吧。”

第二天早上，嬴天律还是回了一趟嬴家。

钟曼华知道嬴天律对她很生气，她也挺怕嬴天律，她自知理亏，不敢跟他说什么，在卧室里不出去。

嬴天律径直上楼，去了书房。书房里有一个保险箱，是嬴震霆和钟曼华用来放重要文件的地方，但密码他也有。他微蹲下，输入密码，将箱子打开，拿出里面的文件。他快速地翻着，直到翻到了最后一张纸。那是一份亲子鉴定书，是南宜第一医院鉴定中心的，权威性很高。他松了一口气，还好有亲子鉴定书在，他不用去重做一次。

翻开这份亲子鉴定书，嬴天律的神情却猛地一震。跟他想的不一样，这份亲子鉴定书不是嬴子衿和钟曼华、嬴震霆的，而是嬴玥萱的，白纸黑字写得分明——

四、分析意见：D8S1179 等 19 个 STR 基因均为人类的遗传学标记，遵循孟德尔遗传定律、联合应用可进行亲权鉴定，其累计非母排除率为

0.99999999989。在上述结果中，被检孩子的等位基因均可从被检母的基因型中找到来源。经计算，累积亲权指数为1.2876×10的九次方。

五、鉴定结论：经过鉴定中心鉴定，嬴玥萱是井红贞的亲生女儿。

鉴定结论让嬴天律的双眼骤然缩紧了。第四个分析意见他没怎么看懂，可他不会看不懂鉴定结论。他唇抿着，目光接着下移，看见了文件右下角的签名。

鉴定人：路陵。

嬴天律知道路陵，此人是第一医院的一名专家级医师，是云京医院退下来的金牌医生，医术很高超，在国际医学界也享有一定的声誉。但是三年前，路陵因为一场车祸不幸去世，彼时南宜第一医院还专门给他举办了追悼会，云京那边也有大家族的人来吊唁。

嬴天律又在这份鉴定书上找到了日期。

鉴定日期：2016年10月24日。

嬴天律按着太阳穴，情绪却怎么都不能平静下来，也就是说，几年前嬴震霆和钟曼华就已经找到了嬴玥萱的亲生母亲，还做了亲子鉴定，但是依然把嬴玥萱留在嬴家养。他还以为嬴玥萱的父母都已经去世了，现在看来她的母亲分明还在。

他接着在保险箱里翻找，却没有找到属于嬴子衿的那份亲子鉴定书。

嬴天律缓缓吐出一口气，将嬴玥萱的亲子鉴定书放了回去。他站起来，靠着墙，怔怔地望着天花板，足足停了十几分钟后，才下楼来到了钟曼华的卧室。他眼睫垂下，敲了敲门："妈。"

钟曼华见嬴天律居然肯主动找她，她立马起身开门，笑道："天律，有什么事需要妈妈帮忙？"

嬴天律神情冷淡："我说几句话就走。妈，当初你们把小萱找回来的时候，没有在第一时间做亲子鉴定吗？"

听到这句话，钟曼华的脑海一片空白："天律？你说什么？为什么要做亲子鉴定？"

"我知道事情的真相了。"嬴天律气笑了，"妈，都这个时候了，你还打算瞒着我？"

钟曼华完全没想到嬴天律也知道了。

她抿了抿唇，勉强露出一个笑容：“不是故意瞒你的，只是不知道怎么说。”

嬴天律眸光锐利，道：“那现在可以说了。你们找人的时候都不做亲子鉴定？”

“小萱不是找回来的。”被嬴天律这么步步紧逼，钟曼华也只能把以前的事情说出来，“她是我和你爸领养的。”

“领养的？所以当年你们不仅没把子衿找回来，还领养了另一个人替代她？”嬴天律微微惊愕，还以为是最开始的时候找婴儿找错了。

“什么叫替代？小萱就是小萱，她无可替代。”钟曼华听不得这种话，脸色冷了下来。眼见嬴天律的神情越来越难看，她缓和了口吻，“当时那种情况，怎么找都找不到。你还小，你不知道外界有多少人盯着嬴家。要是这种丑闻爆出去了，嬴家还能有今天？我和你爸是为了这个家考虑，你怎么也不能多理解我一下？”

“名字和生日都被拿走了，这还不叫替代？你还瞒着我，甚至拿她当血库。妈，你是她妈吗？你怎么做得出来？”嬴天律深深地吸着气，顿了顿，他笑，嘲讽的口吻，“我忘了，我前天看新闻都有亲妈能把自己的女儿打进重症监护室，救都差点救不过来，其实你还不错。”

被自己的亲儿子这么说，钟曼华脸一阵青一阵白：“你今天就是来和我说这些的？”

“嗯，不说了。”嬴天律松了松领带，神情更淡，“我再怎么怨你恨你，也改变不了你是我妈的事实。但有一点，我不可能向你妥协，子衿的身份必须公布。”

“不行！”听到这里，钟曼华声音骤然尖厉，“我和你爸都说了，只有小萱才是嬴家的大小姐，她也是你妹妹啊。真公布了，你让她怎么办？”

嬴天律很失望：“她得到的已经够多了，我也没说她不是我妹妹。”

十九年的感情，那不是假的。

“好啊，你去。”钟曼华怒极反笑，“你看看没有我和你爸的允许，你能怎么公布？你还说小萱是你妹妹，你就这么想让她被驱逐出名媛圈？”

嬴天律已经不气了，他微微颔首道：“明白了，你当时也是这么和外公说的。”

没再看钟曼华的脸色有多难看，他关上了门离开了嬴家。

坐上车后，嬴天律拨通了一个电话号码："麻烦帮我查一个人，井红贞，水井的井，红色的红，坚贞的贞。是，花多大的代价都行，最快的时间帮我找到这个人。"

他要知道，这个人究竟是谁。

（第二册完）